MOEWIG THRILLER

Leonard Leocum
Paul Posnick

Weitere Aussichten: tödlich

MOEWIG THRILLER

MOEWIG Band Nr. 2368
Moewig Taschenbuchverlag Rastatt

Umschlagentwurf und -gestaltung: Werbeagentur Zeuner, Ettlingen
Verkaufspreis inkl. gesetzl. Mehrwertsteuer
Auslieferung in Österreich:
Pressegroßvertrieb Salzburg, Niederalm 300, A-5081 Anif
Printed in Germany 1986
Druck und Bindung: Elsnerdruck, Berlin
ISBN 3-8118-2368-X

*Unser Dank geht an John Witte,
CBS-TV-Meteorologe in New York,
für seine nützlichen Ratschläge und technischen Hinweise.*

Montag, 3. Juli
San Francisco, Kalifornien

Darlene Edwards hatte das Gefühl, als müßte sie aus der Haut fahren. Sie saß zusammengekauert hinter dem Lenkrad des uralten VW-Käfers, betastete den Pickel an ihrem Kinn und hoffte, daß das Ding aufgehen würde, ehe sie den Verstand verlor. Dann betrachtete sie den Finger, um festzustellen, ob er voll Blut war; als sie nichts fand, leckte sie ihn trotzdem ab. Vordersitz und Boden des Wagens waren mit leeren McDonalds-Schachteln übersät, doch im Augenblick gab es nichts mehr zu beißen, so daß sie schon an sich selbst herumkauen mußte.

Dieser Schweinehund! Sie warf einen schnellen Blick nach draußen, die beinahe verlassene Straße entlang. Sie haßte ihn und wartete zugleich verzweifelt darauf, daß er wiederkam. Sie mußten von hier fort, ehe das Unwetter losging.

Darlene blickte durch das kleine Loch, das als Sonnendach angepriesen wurde. Über ihr grollte der Himmel, ohne daß ein Luftzug kam. Keuchend saß sie da und hatte gleichzeitig das Gefühl, in der drückenden Schwüle anzuschwellen. Sie fächelte mit einer Wachspapierhülle, die einmal einen Hamburger enthalten hatte, durch die Luft, leckte sich die Finger und wartete auf James Grotz, den miesesten Mann der Welt.

„Ihr Jim" – aber gleichzeitig gehörte er Susie und Kenny und Mable und dem ganzen übrigen Stall, soweit sie davon wußte. Sie hatte nichts gegen die Anschafferei, überlegte sie und preßte die Schenkel ein wenig zusammen, oder gegen seine Zuhälterei. Sie entspannte sich wieder und fühlte dabei den Schmerz im Schambein, der nicht wieder weggehen wollte. Aber es machte sie ängstlich und zornig und immer hungrig, und das führte wiederum dazu, daß sie immer dicker wurde.

Tankstellen, Trinkbuden – zuerst nur kleine Sachen. Ein kleiner Betrag und ein Bier und eine Flasche Scotch und ein schneller verschwitzter Bums – irgendwo auf der anderen Seite der Stadt, in einer Gasse, auf einem alten Feldweg, irgendwo.

Und jetzt gab es kein Halten mehr – immer wieder auf die Straße, immer wieder den Wagen fahren, immer mehr Moneten für dieses oder jenes, was immer er sich in den gierigen Kopf setzte.

Und jetzt hatte er sich eine Bank vorgenommen, der Idiot! Eine Bank, um Himmels willen, was sollte denn das? Er würde sie noch beide an den Galgen bringen! Sie drehte den Zündschlüssel, wartete, bis der Motor ansprang, schaltete dann aber wieder ab. Wo steckte er, zum Teufel?

Wieder ließ sie den Blick die Straße hinab zur Bank wandern, steckte einen Finger in die Nase – und plötzlich war es zu still ringsum. Und urplötzlich zu laut. Es begann mit einer Folge leiser Ächz- und Sirrlaute, von denen sie hoffte, daß es sich um Fehlzündungen handelte – aber das war es nicht. Dann setzte mit urtümlicher Gewalt das Unwetter ein.

Die Straße wurde schwarz, als sie Jim aus der Tür hasten sah, den vorderen Fuß geradeausgestellt, den hinteren zur Seite geschoben, damit er über die Schulter sehen konnte. Wie ein häßlicher, böser Käfer hastete er in der zunehmenden Dunkelheit auf sie zu, in einer Hand die Waffe, in der anderen einen viel zu kleinen Beutel. Wieder dröhnte der Himmel, und sie dachte daran, den Motor anzulassen, obwohl sie sein Surren gar nicht mehr hören konnte. Und wieder schlug sich der Himmel mit der Faust in die offene Hand, und plötzlich saß Jim neben ihr und brüllte, kreischte ihr ins Ohr, stieß sie mit der Waffe an in dem Versuch, den Wagen in Bewegung zu bringen. Doch sie hörte kein Wort.

Der erste Blitz zeichnete für alle, die genau hinschauten, einen zackigen Spalt an den Himmel und erhellte die künstliche Nacht über der Stadt.

Darlene Edwards und James Grotz spürten in ihrem Volkswagen nichts. Der Blitz erhitzte die winzige Kammer innerhalb weniger Zehnmillionstelsekunden auf dreißigtausend Grad Celsius. Wenn ein

Blitz in einen Baum fährt, bringt er den Saft des Holzes zum Kochen und Dampfen, bis der Baum von innen heraus explodiert.

So geschah es auch mit Darlene und Jim. Das Blut platzte aus ihren Körperöffnungen, aus jeder Pore. Und dann explodierten sie, Opfer eines verrückten Unwetters, getroffen von einem Blitz mitten in San Francisco.

Dienstag, 4. Juli
Alliance, Nebraska

Der weiße Mann schlief, und der schwarze Mann weinte. Ihr ganzes Leben lang waren sie schon Nachbarn, und die Wurzeln ihrer Familien reichten an diesem Ort ein Jahrhundert zurück; dennoch lebten sie, als gäbe es den anderen nicht.

Zu beiden Seiten der Bundesstraße 385 im Box-Butte-Bezirk regnete es – regnete es Steine von Faustgröße. Der schwarze Mann hatte dem Land auf seiner Seite Zuckerrüben und Kleidung und Ehre und Würde abzuringen versucht und was sonst noch zu haben war. Jetzt ging seine Ernte zugrunde. Die schützenden Blätter wurden zerfetzt, die Pflanzen zerdrückt, und seine Augen, die in der Jugend noch Tränen vergossen hatten, waren nun trocken vor Schmerz, während er das Schauspiel beobachtete. Unter seinem Herzen jedoch saß ein Brocken von der Größe einer Faust.

Der weiße Mann hatte wie immer beim ersten Prasseln die Augen geöffnet, wachsam gegenüber jeder Veränderung, gegenüber jeder Gefahr, die seinem Königreich drohen mochte. Viele tausend Morgen umgaben ihn, von seinem Willen zusammengehalten. Sein Haus schloß ihn ein, Symbol seiner Herkunft und seines Könnens. Maschinen und Dienstboten kümmerten sich um ihn, waren seinem Willen unterworfen. Und die Vereinigten Staaten von Amerika standen hinter ihm, verdammt noch mal, und schützten ihn. Er besaß Land, das ihm Geld vom Staat brachte, wenn er es brachliegen ließ. Es gab

Ernten, die ihm auch Geld brachten, wenn er sie nicht reifen ließ. Und zerstörte ihm eine unangenehme Laune der Natur das wenige, das er doch noch anbaute, nun, so war auch damit Geld zu machen. Also drehte er sich um, betrachtete seine Frau und legte sich wieder schlafen.

Mittwoch, 5. Juli
St. Louis, Missouri

Im Klubhaus unter der Tribüne war nichts weiter zu hören als das Summen der Klimaanlage und das Gejabber von körperlosen Stimmen. Doch Bucky Bently, der auf dem Massagetisch lag, ein Bier in der Hand, den anderen Arm zum Trainer ausgestreckt, damit der ihn beruhigte, sah dennoch auf dem Fernsehschirm an der Wand, daß es noch immer regnete. Und das paßte ihm bestens.

„Zwei Tage vor dem All-Star-Spiel, und auf wen fällt das Los? Richtig geraten!" Bucky hob den Kopf gerade hoch genug, um noch etwas Bier nachzuschütten, und rülpste laut. Das Bier war warm geworden. Er ließ die Dose auf den Astroturfteppich fallen und wandte den Kopf, um zuzuschauen, wie es im weichen Boden versickerte. In drei Minuten würde man das verdammte Spiel abblasen, dann konnte er loslegen. Duschen, sich rasieren, fönen, dann fürs tolle Leben herausputzen, ohne Ehefrau. Ein Star in Fahrt.

Auf dem Fernsehschirm waren die fünfzehnhundert Fans zu sehen, die noch immer unermüdlich ausharrten, die unter Plastikdecken hockten wie durchsichtige Würmer und darauf warteten, daß der Regen aufhörte, daß das Spiel begann, egal welches . . ., die darauf warteten, daß Bucky die große Angst spürte. Ach, wie Bucky den Regen liebte!

Um 20.37 Uhr erklärten die Schiedsrichter das Spiel offiziell für verregnet. Um 23.37 Uhr ergoß sich Bucky Bently das zweitemal in – wie hieß sie doch gleich? –, rollte zur Seite und schlief glücklich lächelnd ein. Draußen regnete es noch immer.

Donnerstag, 6. Juli
15 Meilen südlich von Summersville, 22 Meilen südwestlich von Nettle Fenwick, West Virginia

Sie hatten sich zu weit vorgewagt, waren zu hoch geklettert. Sie waren zu jung, zu unschuldig, viel zu sehr verliebt. Jetzt preßten sie sich aneinander und hockten hoch am Hang des Mount Lookout und wußten, daß sie in der Klemme steckten. Ihre Kleidung war zu dünn, sie hatten außerdem nicht genug mit.

Sie hatten sich einen hübschen Nachmittag im Garten der Natur gönnen wollen, und so waren sie für Nacht und Kälte nicht richtig gekleidet; sie hatten kein Zelt und keine warmen Sachen mit; sie waren so gut wie nackt.

Früher, am Nachmittag, als die warmen Sonnenstrahlen durch die Pinien stachen, war es sehr erotisch gewesen, die Luft über die Brustwarzen streichen zu spüren, bis sie hart waren, und zuzusehen, wie die Haut des anderen sich rauh überzog wie die Oberfläche eines Sees, mit spitzen kleinen Gänsehautzonen und Kanälen hitziger Erregung.

Die Kleidung, die sie in ihrer Leidenschaft über die Lichtung verstreut hatten, fühlte sich jetzt feucht und kalt an auf der Haut. Nylonhöschen und eine durchbrochene Bluse, ein Anorak, der den Wind nicht abhielt, und dünne Socken, in Schuhe gerutscht, die nicht für die Natur gedacht waren. Und es war sternenlos dunkel und wurde noch dunkler.

Sie kuschelten sich aneinander, rieben sich gegenseitig, als hofften sie, damit ein bißchen Wärme zu gewinnen. Sie hätten sich auch gern um der Wärme willen noch einmal geliebt, waren aber zu wund und hatten Angst, sich eine intime Stelle zu erfrieren, eine Höhlung, eine Extremität, die der teuflischen Kälte nicht direkt ausgesetzt werden mußte.

Endlich schliefen sie ein. Und erst sieben Tage später wurden sie gefunden. Tot. Erfroren. Aufgetaut. Und schließlich verwesend in der neu zurückgekehrten Sonne.

Freitag, 7. Juli
Westchester, New York

Das dreizehnte Loch im Leewood Country-Club war eines der schwierigsten überhaupt. Vierhundertundzwanzig Meter, vorwiegend steil bergauf. Zanetti begab sich zu seinem Ball, der mit dem Abschlag auf dem ebenen Teil gelandet war, doch bei vierunddreißig Grad im Schatten kam ihm sogar eine gerade Strecke geneigt vor. Er linste durch den Dunst zum Grün hinüber und sagte sich, daß er es noch nie in zwei Schlägen bis dorthin geschafft hatte. Eigentlich hatte er das noch bei niemandem gesehen. Nachdem er sich den Schweiß von der Stirn gewischt hatte, warf er dem Caddie das Handtuch zu, der ihm dafür automatisch einen Schläger Nummer 4 gab. Zum Ball geneigt, wischte sich Zanetti die Handflächen an der Hose ab, um besser zupacken zu können. Der Ball saß perfekt im frischgemähten Gras, und die kräftige Sonne schien das Weiß des Balles zu verstärken, der vor seinen Augen größer und dann wieder kleiner wurde. Blinzelnd wischte er sich einen Schweißtropfen aus dem Auge. Ihm war ein wenig schwindlig, doch in dem Augenblick, da er von dem Ball noch hätte zurücktreten können, hatte er bereits auszuholen begonnen. Als der Schläger sich dem hohen Ruhepunkt näherte, stach ihm der Schmerz spitz durch die Brust. Zanetti erstarrte einen Augenblick lang, der Schläger fiel ihm aus der Hand, sein Mund klaffte auf, nach Luft schnappend, die er nicht mehr fand. Als sein linkes Knie einknickte und ihn zu Boden sinken ließ, hörte er Marie leise, aber schrill schimpfen: „Dreiundsechzig Jahre bist du alt! Was willst du beweisen, wenn du bei diesem Wetter Golf spielst? Was soll das heißen, du hast kein Wägelchen gemietet? Bist du verrückt, oder . . .“

Erstes Kapitel

Im Kontrollraum von ABC-TV in New York war auf mehreren Monitoren das Gesicht von Roger Moss zu sehen, der die 6-Uhr-Nachrichten vortrug. Außerdem wurde der Sportberichterstatter gezeigt, der gerade seine Krawatte zurechtrückte, dann das Gesicht Lydia Bailys, die ein letztes Mal an ihrer Zigarette zog, ehe sie auf Sendung ging, und eine andere Kamera war auf Forest Hill, den Wetterfachmann, gerichtet, der seine große Wetterkarte fertigmachte. Hätte Roger nicht gerade eine fesselnde Geschichte vorzutragen gehabt, hätte die Aufmerksamkeit Forest gelten müssen, denn als Fernseh-Meteorologe machte er keine halben Sachen. Heute abend trug er einen Badeanzug im Stil des letzten Jahrhunderts, dazu eine Gummikappe, und unter der großen Tafel war ein Sandkasten mit Strandstuhl aufgebaut, aus dem er den heutigen Wetterbericht abgeben würde.

Aber Roger war mitten in einer heißen Story, die sogar die Studiomannschaft interessierte. „Miß Annette la France, die, wie Sie sich vielleicht erinnern, vor etwa einem Jahr einmütig zur Miß Wall Street gewählt wurde, ein Preis, der eher mehr als weniger auf ihre großzügigen körperlichen Qualitäten zurückgehen dürfte ...“ Es wurde ein Film mit der fraglichen Dame eingeblendet, die eine enorme Brust zur Schau stellte, während sie stolz durch eine jubelnde Menge auf der Wall Street paradierte. Zurück zu Roger: „Nun, heute hielt sich Miß la France im Central Park am Bethesda-Brunnen auf. Beflügelt von unbekannten Motiven, doch zweifellos in Reaktion auf die unerträgliche Hitzewelle, die unsere Stadt heimsucht, beschloß sie, sich völlig frei zu machen und ein wenig zu baden. Anscheinend war das allen recht, und sehr bald hatte sich eine ziemlich große Menge eingefunden, die Miß la France zu anderen Leistungen anspornte, etwa zum Brustschwimmen.“

Roger blieb todernst, doch hinter den Kameras klang gedämpftes Gelächter auf. „Probleme ergaben sich erst, als einige Angehörige der besten Freunde des New Yorker Bürgers eintrafen und zu dem Schluß kamen, daß die Szene nicht völlig legal war. Nachdem sich Miß la France geweigert hatte, aus dem Brunnen zu steigen, watete die Polizei hinter ihr her. Und in ihrem Kielwasser kam es zu einem kleinen Aufstand." Auf dem Bildschirm begann ein Film: eine durcheinanderlaufende Menschenmenge, Polizeibeamte und irgendwo in der Mitte ein nacktes Mädchen, das jedermann genauer zu sehen hoffte. Doch die Magie des Fernsehens und des Filmschnitts verdarb dem Publikum dieses Vergnügen. „Schließlich wurde sie festgenommen, herausgeholt und in blauen Uniformstoff gehüllt zur Wache gebracht, wo sie wegen Erregung öffentlichen Ärgernisses und Anstiftung zum Aufruhr angeklagt wurde. Es gab zwölf Verwundete, zwei Polizisten sind im Krankenhaus, und ein Pferd ist durchgebrannt. Dem Tier geht es gut." Roger blickte düster in die Kamera. Immerhin war es sein starres Gesicht, das ihm im Jahr eine Viertelmillion Dollar einbrachte. „Und jetzt", fuhr er fort, durchaus wissend, daß dieser Höhepunkt nicht zu überbieten war, „kommt Forest Hill mit dem Wetter."

Es waren erst die 6-Uhr-Nachrichten, keine aufregende Sache. Es geschah jeden Tag, in jedem Programm bei jeder Fernsehgesellschaft – trotzdem lag eine gewisse Spannung in der Luft. Die Nachrichten waren das große Geschäft, und die Stars brachten Zuschauer, die Zuschauer bedeuteten Einschaltquoten und Werbeträger, und Werbeträger bedeuteten das große Geld. Forest Hill war ein Star, der erste Meteorologe in der Geschichte des Fernsehens, der als Hauptanziehungspunkt einer Nachrichtensendung galt. Sein Auftreten war zum Teil slapstickhaft-komisch, zum Teil schüchtern-naiv. Doch mit jeder Ansage brachte er etwas Neues und Flottes, und die Leute schalteten nicht nur wegen des morgigen Wetters auf seinen Kanal, sondern ebensooft auch nur seinetwegen.

Er hatte sich in seinen Strandstuhl gelümmelt; ihm machte es nichts aus, gegen ein nacktes Mädchen ankämpfen zu müssen. Er stieg sofort voll ein. „Heiß! Heiß! Mir ist ja so heiß!" Forest schob einen Träger seines Badeanzuges von der Schulter. „Ist euch nicht auch fürchterlich heiß da draußen, Leute? Und wer trägt die Schuld daran? Ich nicht! Ich hab' Ihnen doch gesagt, daß es heiß werden würde, oder nicht?" Die Bühnenhelfer und Kameraleute riefen: „Ja, Forest, das haben Sie gesagt!" Forest sprang auf und riß sich den anderen Träger des Badeanzugs herunter, so daß er nun mit nacktem Oberkörper vor den Kameras stand. Schrille Pfiffe und Zurufe hallten durch das Studio. Forest achtete nicht darauf und stapfte durch den Sand zur Karte der Vereinigten Staaten.

„Jetzt sage ich Ihnen, was ich tun werde. Ich werde Ihnen ein bißchen Erleichterung versprechen. Sehen Sie das Unwetter hier?" fragte er und deutete auf einen schwarzen Ballon, der auf der Landkarte in der Nähe von San Francisco angebracht war. Forest nahm den Ballon und bewegte ihn über die Karte, bis er das Gebiet New York erreicht hatte. „Nun, dieser Bursche müßte heute abend bei uns eintreffen: Wir werden Regen bekommen."

Forest begann zu singen: „Es begann in San Francisco ..." Dann hielt er inne, blickte auf die Uhr und verkündete: „... vor genau vier Tagen, zehn Stunden und siebzehn Minuten. Und seither hat sich das Ding im Gefolge dieser Warmfront über das Land geschoben, durch Nebraska, Missouri, West Virginia ... bis ..."

Er hielt inne und hob den Kopf. Dann verdrehte er die Augen nach oben und sagte langsam: „Ich habe gesagt, wir kriegen heute abend zwischen sieben und acht Uhr *Regen.* Und da ich mich nie irre – fast nie –, sollten Sie die Regenschirme mitnehmen." In diesem Augenblick begann es im Studio zu regnen – eine Kaskade, die sich über Forest ergoß und seinen Sandkasten in ein Schwimmbad verwandelte.

Forest starrte auf das Wasser, das auf ihn herabrieselte, dann auf das Fernsehpublikum, und kniff ein Auge zu, als werde ihm hier ein Riesenstreich gespielt.

„Das ist kein Regen! Ich habe eben gesagt, der fängt erst zwischen sieben und acht an! Dies ist Wasser aus einem ganz normalen Gartenschlauch!" Forest verließ seinen Sandkasten und marschierte, gefolgt von Kamera 3, aus der Kulisse. Millionen Zuschauer sahen den Bühnenhelfer, der den hochgereckten sprudelnden Gartenschlauch hielt.

Das Stimmengewirr im Kontrollraum machte einer Atmosphäre gespannter Sorge Platz: Forest war zum x-tenmal vom Drehbuch abgewichen. Der Regisseur legte die Finger über die Kontrollen. Forest, das wußte er, war immer für eine Überraschung gut.

„Aha", sagte Forest übertrieben. „Eine Regenmaschine!" Er entriß dem verblüfften Helfer den Schlauch und drehte sich um. Kamera 1 richtete sich hastig auf das Chaos, das Forest schuf, indem er das ganze Team der 6-Uhr-Nachrichten besprühte und dabei Lydia Bailys Frisur ruinierte und jedermann außer Roger in Deckung jagte. Der Nachrichtensprecher blieb stur an seinem Platz sitzen und ließ sich das Wasser über das Gesicht laufen, als warte er darauf, daß das Kind mit seinem Unsinn aufhörte. Inmitten des Gelächters und der Flüche dachte ein kluger Techniker daran, das Wasser abzudrehen.

„Morgen wird es mit dem Regen aus sein, morgen ist es wieder heiß. Sehr heiß, lassen Sie sich das gesagt sein!" Lächelnd ließ Forest den Schlauch fallen. „Dann bis morgen", sagte er winkend. „Sonnige Tage!" Gleichzeitig begann er den Rest seiner Badekleidung abzulegen, und nur die schnelle Reaktion des Regisseurs verhinderte, daß zwanzig Millionen Zuschauer seine festen weißen Hinterbacken zu Gesicht bekamen.

Die 6-Uhr-Nachrichten waren vorbei. Die großen Scheinwerfer brannten nicht mehr, Helfer beseitigten das Chaos, das Forest angerichtet hatte. Aber niemand beklagte sich. So etwas gehörte im Zweifelsfall zum Job. Forest trug einen Frotteemantel und auf dem Kopf ein Handtuch; nach der Sendung wirkte er wie ausgewechselt. Athletisch gebaut, blond, gutaussehend, hatte er nur noch wenig Ähnlichkeit mit dem Clown, der das Wetter vorführte. In Wirklichkeit war Forest Hill ein ernster Mann, ein voll ausgebildeter Meteorologe, der seine Sendungen besser vorbereitete als jeder andere Kollege im Fernsehen. Seine Vorhersagen stimmten fast immer, und er war stolz darauf. Kein Zweifel – das Wetter war sein Leben.

Als sie nebeneinander durch den gewundenen Korridor zu ihren Büros zurückkehrten, boten Forest Hill und Roger Moss einen denkbar großen Gegensatz. Außerhalb der Studios war Roger ein lebensfroher Bursche, der gern trank, der hinter Frauen her war und stets etwas zu lachen fand. Forest, der normalerweise ernst auftrat, gab sich in diesem Augenblick noch zurückhaltender als sonst.

„Roger, ich möchte dir eine Frage stellen. Glaubst du wirklich, daß die Sache mit der Busendame eine Nachricht war? Oder war es eine Wetterstory?“ Roger musterte den anderen fragend von der Seite.

„Ein bißchen von beidem, würde ich sagen. Du bist doch nicht etwa eifersüchtig? Ich meine, dein Regentanz war nun wirklich nicht zu überbieten.“ Roger zeigte keinen Ärger wegen des unfreiwilligen Bades. Roger wußte, daß er dabei eine gute Figur gemacht hatte und daß sie ja beide im Schaugeschäft waren.

„Das meine ich nicht, Roger. Ich möchte vielmehr wissen, worin die besondere Zutat besteht, die eine Wetterstory zu einer Schlagzeile macht.“ Wieder wandte sich Roger dem anderen zu und erkannte, daß der Meteorologe seine Frage viel allgemeiner meinte. Er überlegte kurz.

„Ich würde sagen, das Wetter wird zur Nachricht, sobald es einen menschlichen Aspekt auf die Bühne bringt. Wenn es direkt, indirekt, spezifisch oder in humoristischer Weise auf Menschen einwirkt. Howgh, der große Staatsmann hat gesprochen.“ Roger mokierte sich über sich selbst, doch Forest lachte nicht. Mit einem unbestimmten Blick dankte er dem anderen und bog zu seinem Büro ab. Roger blickte Forest Hill nach, der sich mit gesenkten Schultern und gedankenverloren entfernte, und überlegte, was mit ihm los sein könnte.

Forest stellte sich gerade dieselbe Frage. Im feuchten Badeanzug mit Frotteemantel saß er hinter seinem Schreibtisch und versuchte zu ergründen, was mit ihm nicht stimmte. Er sah sich im Büro um, betrachtete die vertrauten Instrumente, deren Anblick ihm sonst Freude machte. Die drei Uhren für die pazifische, die östliche und die Greenwich-Zeit erwiderten starr seinen Blick, die Sekundenzeiger drehten sich gedankenverloren weiter. An einer Wand hingen säuberlich nebeneinander Karten für: Stabilität, Schneefälle, Regen, max. Temperaturen, min. Temperaturen, Temperaturveränderungen, 5-Tages-Vorausschauen und Niederschlagsmengen-Vorhersagen. Diese Karten verrieten ihm nichts Neues. Die vier Fernschreiber am Ende seines Büros waren ständig im Betrieb; Forest hörte sie schon gar nicht mehr.

Er drehte seinen Stuhl zum Tisch herum und starrte auf seine verschränkten Hände. Die Geschichte mit der Busendame war längst vergessen; Roger gegenüber kannte er keinen Berufsneid. Vielmehr beschäftigte ihn der Widerwille, der ihn erfüllte, der Ekel vor sich selbst und seiner Arbeit – vor seinem Auftritt. Genaugenommen haßte er sich selbst, weil er den Narren herauskehrte und die Bedeutung des Wetters herunterspielte – aber nicht mehr als gestern. Was war es also? Einsam, geschieden, gelangweilt, mit einem zu großen Gehalt, unfähig, sein Dasein vor sich selbst zu rechtfertigen – so saß er grübelnd an seinem Tisch.

Forests Assistentin Micky Leary trat ohne anzuklopfen ein. Sie hatte noch nie angeklopft seit dem ersten Tag vor fünf Jahren, da sie den Posten bei ihm antrat. Sie war hager, ohne die Kurven, die die meisten Männer mit Weiblichkeit gleichsetzen. In den Vierzigern, hatte sie sich unter dem Schutzmantel ihrer Arbeit verkrochen. Sie trug das Haar zu einem engen Knoten zusammengerollt und kleidete sich vernünftig – andere Leute nannten sie farblos. Doch ihre Augen lebten, und ihr Gesicht zeigte einen Humor, der vom Herzen kam.

Micky sah ihn am Tisch sitzen, und ihr Herz machte einen Sprung. An manchen Tagen kam sie sich wie seine Mutter vor, an anderen wünschte sie, er würde sie endlich einmal als Frau sehen. Doch stets entdeckte sie an ihm etwas, an ihrer Bekanntschaft mit der ernsten, engagierten, leicht verlorenen Seite der berühmten Person, das sie innerlich schwach machte. Sie hatte nie mit ihm darüber gesprochen und würde es wohl auch nicht tun. Ein Mensch, der schon so lange im Leben stand wie sie und der entsprechende Narben vorzuweisen hatte, fordert die Welt nicht noch einmal dazu auf, ihn anzuspucken. Trotzdem . . .

„Na, wen haben wir denn da? Wenn das nicht Mr. Sarah Bernhardt und die flotte Lola in einem ist! Er schwimmt, er zieht sich aus, er bannt die Massen – und das schon bei den 6-Uhr-Nachrichten! Hat man Sie schon nach oben gerufen, Boß?“ Forest wandte sich lächelnd zu ihr um. Ihre Anwesenheit wirkte belebend auf ihn.

„Scheiß auf die hohen Tiere, Micky. Denen geht es doch nur um die Einschaltquoten. Kein Telefon wird klingeln, Sie können sich darauf verlassen.“ Und sie lachten, denn sie hatte ihn aus seiner Stimmung gerissen, was beide durchaus wußten.

„Hier sind die Informationen, die Sie haben wollten“, sagte sie, durchquerte das Büro und legte ihm die Papiere auf den Tisch. „Und ziehen Sie endlich das nasse Zeug aus. Am liebsten wäre mir, wenn ich zusehen dürfte, hübscher Meister.“ Sie begannen wieder zu lachen, aber schon stürzte sich Forest auf die Papiere, breitete sie auf seinem Tisch aus, verglich eine Tabelle mit der anderen und ließ sie allein weiterlachen. Sie beobachtete ihn einen Augenblick lang, wie schnell er die Daten verarbeitete, und staunte, wie wichtig sie ihm waren. Zugleich fühlte sie sich ein wenig im Stich gelassen.

„He, vergessen Sie mich nicht ganz! Lassen Sie mich nicht draußen hängen! Ich bin Ihre zuverlässige Assistentin Micky, die sich den ganzen Nachmittag abgerackert hat, um Ihnen diesen Haufen Zahlen zu servieren.“ Forest war mit dem Lesen fertig und wußte nun, was ihn bekümmerte. Diese Erkenntnis gab ihm Auftrieb, verschlechterte seine Laune aber zugleich wieder. Denn Forest Hill mußte sich eingestehen, daß er Angst hatte.

„Ich möchte Sie etwas fragen, Micky. Und lachen Sie mich nicht aus.“

„Wenn Leute wie ich mit dem Lachen aufhören, sind Sie Ihren Job los, Boß.“

„Ich meine es ernst, verdammt!“ Stirnrunzelnd starrte er sie an.

„Okay, ich auch!“ Spöttisch erwiderte sie seinen aufgebrachten Blick.

„Wissen Sie, was einen Tornado auslöst? Nein, ich will es einmal so ausdrücken. Wissen Sie, welche Voraussetzungen gegeben sein müssen, damit sich ein Tornado bilden kann?“

Micky zuckte die Achseln. „Aber ja doch! Schwere Gewitter. Eine Kaltfront, die sich auf heißer und feuchter Luft bewegt. Richtig?“ Forest lächelte sie erfreut an.

„Völlig richtig, Mädchen. Sehr gut! Um es ganz genau zu sagen . . .“ Er stand auf, begann im Büro herumzugehen und unterstrich seine nächsten Worte mit energischen Gesten. „Sie brauchen eine Schicht warmer, feuchter Luft in Bodennähe und eine Schicht wärmere Luft darüber, die die erste Schicht unten hält."

So, wie er es beschrieb, konnte er auch einen Fruchteisbecher mit heißer Soße meinen.

„Und jetzt erhitzt die Sonne die Erde, und der Boden erhitzt die untere Schicht, bis sie heiß genug zum Aufsteigen ist, und die Kaltfront kommt und drängt sich unter die warme, feuchte Luft, gibt ihr einen zusätzlichen Schubs, und ehe man sich's versieht, hat man eine Säule heißer, feuchter Luft, die bis zwölf-, fünfzehn-, achtzehntausend Meter hochbrodelt wie ein Riesenschornstein." Er grinste diabolisch und näherte sich ihr mit zuckenden Armen.

„Schon begriffen, Boß", sagte Micky und wich zurück. Er folgte ihr.

„Dann gehen die Winde an die Arbeit. Ein hoher Westwind bläst über den oberen Teil des Schornsteins und leert ihn, so daß die heiße Luft weiter aufsteigen kann. Eine zweite Winderscheinung in sechstausend Metern nähert sich und läßt das Gebilde im Gegenuhrzeigersinn rotieren, und die ansteigende Luft kondensiert weiter, gibt neue Hitze an das System zurück, und die Luft kreist immer schneller und saugt dabei von überall her weitere Luft an, bis man eine einzige machtvolle kreisende Masse hat, und dann ..."

„Dann?" fragte sie. Forest lief auf sie zu, hielt inne und sprang unmittelbar vor ihr in die Luft.

„Dann stürzt ein mächtiger Muttertrichter herab, und *peng* ... hat man einen Tornado!" Er blickte sie erwartungsvoll an. „Na?"

„Na was?" fragte Micky. Forest explodierte mit einer Heftigkeit, wie er sie bisher noch nicht gezeigt hatte, jedenfalls nicht ihr gegenüber.

„Verdammt! Was haben Sie den ganzen Nachmittag gemacht? Sehen Sie es denn nicht?" Micky neigte den Kopf vor der Attacke, besorgt, daß ihr die Tränen in die Augen steigen könnten, besorgt, daß sie es diesem blinden, egoistischen Schweinehund heimzahlen würde, besorgt, daß sie etwas übersehen hatte.

Dann hob sie den Kopf, faßte sich ein Herz und fauchte zurück: „Was soll ich sehen? Ich sehe nichts! Was denn?" Sie merkte, daß sie ihn anschrie. Er packte ihren Arm und zerrte sie zum Tisch. Er zog eine der Karten aus dem Stapel und breitete sie vor ihr aus. Es war eine Wetterkarte der Vereinigten Staaten, bezogen auf den Zeitpunkt der 6-Uhr-Nachrichten.

„Sehen Sie das?“ fragte Forest und fuhr mit dem Finger über eine Sturmlinie, die das Land von Kalifornien bis New York überquerte.

„Aber ja, Boß. Das ist das Unwetter, hinter dem Sie seit drei Tagen her sind.“

Er klopfte ihr leicht auf die Schulter. „Gut, würden Sie mir jetzt das Gebiet zeigen, das Sie den ganzen Nachmittag erkundet haben?“ Micky beugte sich über die Karte und deutete auf eine Stelle weiter im Süden, am Ende der Grenze zwischen Oklahoma und Kansas. Dann blickte sie zu ihm auf und zuckte zusammen, als erwarte sie, daß er sie erneut anfahren würde.

„Na, Micky, und was war in dieser Gegend gestern los? Was war mit der kleinen Stadt Garnett in Kansas?“ Seine Stimme kam ihr wieder einigermaßen vernünftig vor, wenn auch leicht spöttisch, und sie hielt es für vertretbar, an ihrem Platz auszuharren. Sie raffte sich zu einer Antwort auf.

„Der Ort scheint von einem Tornado vernichtet worden zu sein, Boß. Nur noch Trümmer vorhanden.“ Sie stockte und sprach dann hastig weiter: „Und Sie baten mich, die Informationen zusammenzutragen – bestätigte nationale und lokale Werte über die Wetterbedingungen in dem Gebiet. Das habe ich getan. Und hier“ – sie tippte mit der Fingerspitze auf den Papierstapel – „hier ist alles: Hochdruck-, Tiefdruckzonen, Temperatur, Fronten, Windgeschwindigkeiten, Wolkenbildungen . . . im Radius von fünfhundert Meilen. Alles vorhanden. Und warum schreien Sie mich an?“

Micky Leary war den Tränen so nahe, wie es ihr bei diesem Mann überhaupt möglich war, und Forest hätte schon blind sein müssen, um es nicht zu bemerken. Doch ihn beflügelte etwas, das zwingender war als ihr Schmerz.

„Haben Sie sich die Daten angesehen, Micky? Haben Sie sie nur zusammengetippt und abgeliefert . . . oder auch wirklich studiert?“

„Ich weiß nicht, was Sie meinen, Boß. Natürlich habe ich die Zahlen gelesen!“

„Na?“ Er starrte sie an, doch sie hatte keine Antwort parat, und in Forest sank eine Hoffnung in sich zusammen. „Sie sehen es nicht, wie? Es gab dort einen Tornado, der den dämlichen kleinen Ort ausradierte. *Peng!* Keiner hat es überlebt. Und all die Werte aus allen verfügbaren Quellen zeigen nicht die geringste Voraussetzung, daß an jenem Ort und zu jener Zeit ein Tornado überhaupt auftreten konnte.“ Forest ordnete die Bogen nebeneinander auf seinem Tisch. „Was sehen Sie auf dem gestrigen Satellitenfoto?“

„Wolken über dem gesamten Gebiet.“

„Eine dichte Wolkendecke“, faßte er nach. „Und wie sah es vorgestern aus?“

„Genauso“, antwortete sie und blickte ihn verwirrt an.

„Wieviel Sonnenhitze würden diese Wolken wohl ins Weltall zurückstrahlen?“

„Etwa achtzig Prozent?“

„Ausgezeichnet geraten! Nun sagen Sie mir eins: Wie, zum Teufel, konnten Luft und Boden so heiß werden, daß die Sache überhaupt in Gang kam? Wie konnte es dort überhaupt ...“ Forest entfernte sich vom Tisch, blieb am Radarschirm stehen und starrte blicklos darauf. „Wie konnte es dort überhaupt zu einem Tornado kommen, Micky?“ flüsterte er.

Sie betrachtete seinen Rücken und haßte ihn, wie man nur einen Menschen hassen kann, den man liebt und der einem weh getan hat. Sie war am Ende ihres Lateins. Sie hatte keine Antwort für ihn. Andernfalls hätte sie selbst jeden Abend vor der Kamera gestanden, anstatt im Streß ihrer Assistentenstelle festzusitzen.

„Na ja ... vielleicht war es nur ein verrückter Zufall, Forest. Wissen Sie, so etwas kommt eben vor.“ Mehr brachte sie nicht heraus, mehr konnte sie nicht ertragen – im nächsten Augenblick lief sie aus dem Zimmer.

Eine lange Zeit verging, ehe Forest aus seinen Gedanken erwachte. Er mußte sich von dem faszinierenden Schirm mit seiner Totalansicht des Planeten förmlich losreißen und in das Hier und Jetzt mit seinem

Dilemma zurückkehren. Als er merkte, daß Micky verschwunden war, ging er zur Tür und schloß sie. Dann kehrte er hinter seinen Tisch zurück und ließ sich in den Stuhl sinken. Er konnte den Blick nicht von den Karten wenden, die vor ihm lagen.

„Vielleicht ist es ein verrückter Zufall", hatte sie gesagt, „ein Tornado, den es eigentlich gar nicht geben darf."

„Klar", sagte er, „ein Zufallstornado, ein Zufallstornado." Und dann zog er eine Schreibtischschublade auf und ergriff einen anderen Ordner mit Karten. „Und das wäre der zweite! Und der dritte!"

Zweites Kapitel

Der Regen ergoß sich in Sturzbächen über Manhattan, wie Forest vorhergesagt hatte. Doch als er das ABC-Gebäude verließ, blickte er mürrisch zu den schwarzen Wolken auf, die sich über den Straßen ausschütteten. Normalerweise hätte ihn die Genauigkeit seiner Arbeit gefreut, doch heute war diese Bestätigung ein leerer Triumph. Er stand unter der Markise des Eingangs und sah zu, wie die Passanten Schutz suchten, die Jackettkragen bis zu den Ohren hochgestellt, durchgefeuchtete Zeitungen – den Regenhut des einfachen Mannes – schlaff auf dem Kopf. Regenböen setzten Schirme außer Gefecht, und der Verkehr verstärkte den Affront von oben, indem er das Wasser der Pfützen von unten hochspritzte. Die Szene war ganz normal. Es regnete in New York, und die Stadt geriet allmählich aus den Fugen.

Doch wie immer das Sprichwort auch heißen mochte, nicht alle Menschen waren von dem Regen gleichermaßen betroffen. Mit einem Schlenker des Handgelenks setzte Forest seinen Schirm in Betrieb. Es war ein präzisionsgefertigtes Instrument aus Karbonstahl, ein Schirm, der sich wie eine aufgehende Faust in seiner Hand öffnete. Diesen Schirm gab es nicht noch einmal auf der Welt. Streets in London hatte ihn nach eigenem Entwurf für Forest angefertigt. In geschlossenem Zustand paßte er in Forests Handfläche; offen bewegte er sich sanft vor dem Wind – vor jedem Wind, selbst einem Sturm. Der untere

Rand des Schirms lenkte das Wasser von seinen Beinen ab. Auf diese Weise geschützt, ging Forest auf den Rolls-Royce Silver Cloud zu, der darauf wartete, ihn zur Party zu bringen. Wie durch Zauberhand öffnete sich die Tür, der Schirm faltete sich wieder in seiner Hand, und er lehnte sich in einen Winkel des exquisiten und trockenen Luxus, den Berühmtheit und Geld mit sich bringen. Kein Taxameter tickte bei dieser Fahrt, er hatte keine durchnäßt-dampfenden Buspassagiere neben sich und keine Sorge, wie er ans Ziel kommen sollte, wenn die Natur aus dem Rahmen fiel.

Der elegante metallicgraue Wagen glitt majestätisch durch den Central Park, und Forest blickte durch das Fenster auf die durchnäßten Kinder, die das Freiluft-Rockkonzert im Stich ließen, auf das sie stundenlang gewartet hatten. Einige versuchten, noch trocken zu bleiben – unter Bäumen, Büschen oder durch hastige Flucht, als könnten sie der Attacke entgehen, indem sie sich sehr dünn machten und zwischen den Tropfen hindurchglitten. Die anderen – die Realisten, die Langsamen, die Dicken und die Müden – stapften durch den Dreck; sie waren bereits zu naß, um sich noch um irgend etwas zu kümmern.

Forest starrte hinaus und fragte sich, warum er nicht den Drang verspürte, den elektrischen Knopf an der Tür zu drücken, bis das Fenster offen war vor der herabströmenden Nässe, und in die Nacht hinauszubrüllen, wie er es oft zuvor getan hatte: „Ich hab's euch gesagt, ihr Idioten! Ich habe euch gesagt, ihr sollt Regenschirme und Mäntel mitbringen oder zu Hause bleiben! Ich hab's euch gesagt!" Heute jedoch hatte er keine Lust dazu. Er brachte es nicht fertig. Es war, als läge keine Freude mehr in dem Umstand, recht zu behalten bei einer so einfachen Sache wie der Frage, wann es regnen würde. Jeder, der ein bißchen Grips hatte, konnte eine solche Vorhersage machen, wenn er nur wollte. In ihm war dieser Wunsch sehr früh erwacht, er hatte sich mit seiner ganzen Energie und Intelligenz darauf gestürzt und war nun ein besserer Fernseh-Meteorologe als alle anderen. Und jetzt fuhr er in diesem Symbol seines Könnens – allein. Eine Glaswand trennte ihn von dem namenlosen Fahrer, der ihm vom Sender zur Verfügung gestellt wurde, und er war unterwegs zu einem

Ziel, auf das er am liebsten verzichtet hätte – einer vornehmen Party, sehr reich, sehr schick, sehr avant-degeneriert.

Die Fahrstuhltüren führten direkt ins Penthouse, und Forest sah vor sich ein Tableau, in dem jeder Beteiligte durchaus wußte, wie seine oder ihre Pose zur Vollkommenheit des Bildes beitrug: ein eingeknicktes Handgelenk, ein lässiges Vorbeugen, ein Heben des Kopfes, welches das Profil zur Geltung brachte, Hosen mit Bügelfalten, die den ganzen Abend halten würden, und zahlreiche Dekolletés, raffiniert und gefährlich zwischen Bräunungsgrenze und Brustwarze angesiedelt. Nichts, was Forest nicht schon hundertmal gesehen hatte – doch heute sah er sich selbst als Außenstehenden, ein beunruhigendes Gefühl. Heute abend gehörte er nicht dazu. Forest holte Atem und stürzte sich hinein – er marschierte zur Bar, wobei er unterwegs die Maske seiner Star-Persönlichkeit aufsetzte.

„Sonnige Tage, Mr. Hills!"

„Hill heiße ich, Fred. Forest Hill. Sie werden wohl langsam alt, daß Sie sich meinen Namen nicht mehr merken können!" Der alte farbige Barmann lachte leise vor sich hin und schüttelte den Kopf; er hatte Spaß an diesem Ritual. Lächelnd blickte Forest in das beruhigende alte Gesicht mit den magisch funkelnden Augen, die alles gesehen zu haben schienen, so auch viele der Tiefen, in die Forest gestürzt oder zu denen er sich lediglich hinabgelassen hatte. Trotzdem schien Fred nie ein Urteil über ihn zu sprechen, schien ihn stets mit echter Freude zu begrüßen. Eine Sekunde lang fragte sich Forest, ob dieses Willkommen wirklich ihm galt, oder ob der Barmann jeden Gast gleich behandelte.

„Ich hätte gern zwei Saharas, Fred. Das ist Wodka-Martini mit Gin anstelle von Wermut. On the rocks, bitte." Fred zeigte keine Reaktion. „Eine sehr trockene Angelegenheit, Fred. Man könnte schon sagen, *on the trocken.*" Forest und Fred grinsten sich an, dann drehte sich der Meteorologe um und musterte das Schlachtfeld.

„Erwarten Sie schwierige Gesellschaft, Mr. Hills?" Der Barmann stellte zwei große Gläser vor Forest hin und lachte wieder – Laute, wie sie eigentlich nicht zu dem künstlichen Geplapper und den schrillen Tönen der Party paßten.

„Nein, Fred, eher das Gegenteil. Ich versuche jeder Art von Kontakt aus dem Weg zu gehen – Bantam, Mittel oder schwierig, was immer." Forest schwieg und trank einen großen Schluck aus einem Glas. „Manchmal ist ein bißchen Verstellung die beste Verteidigung. Und das ist mein Requisit." Forest stieß in spöttischem Salut ein Glas gegen das andere, trank wieder und wandte sich dann von der Bar ab, um sich ins Gedränge zu begeben. Und weil er Fred so gut kannte, mußte es Einbildung sein, daß die weiche Stimme ihm leise nachrief: „Sonnige Tage!"

Höflich drängte sich Forest um verschiedene Gruppen herum – Gesichter und Lebensgeschichten, die ihm bekannt waren oder die er gar nicht kennen wollte oder an die er sich nicht erinnern konnte. Und im Gehen lächelte er, ging dem Augenkontakt in einer Weise aus dem Weg, die niemand kränken konnte. Auf der anderen Seite spielte ein Cocktailtrio, doch von der Mitte der Ereignisse aus wirkten sie wie Pantomimendarsteller, die in der Ferne hin und her hüpften. Es war ein wenig zu voll zum Trinken und Herumgehen, doch Forest fürchtete in ein Gespräch verwickelt zu werden, wenn er stehenblieb. Zwei Drinks waren kein Bollwerk gegen die Menge. Er roch das Gras, das geraucht wurde, hörte das Lallen der Betrunkenen und atmete den Schweiß, den sogar die Superreichen verströmten, und wußte, daß hier Kokain geschnupft wurde und wahrscheinlich alles mögliche, was ungesetzlich, doch höchst reizvoll war für Leute, die eigentlich keine Angst davor haben mußten, erwischt zu werden. Das Verbrechen, überlegte Forest, war wirklich eine Erscheinung der Straße; sobald man den Penthousefahrstuhl verließ, wurde es zu etwas Modisch-Schickem.

Forest hob den Blick und stellte fest, daß er nicht weiterkam. Vor ihm erstreckte sich eine dichte Masse von Gestalten, die von ihren Gruppen getrennt zu sein schienen, ohne sich etwas daraus zu machen. Sie bildeten eine Mauer, die sanft hin und her schwankte und ihr vertikales Terrain nicht preisgab. Plötzlich spürte Forest eine Hand an seinem rechten Bein, über der Kniekehle, doch unterhalb des Gesäßes. Im nächsten Augenblick kniff ihm jemand in die rechte Wange; es tat zwar nicht weh, doch spürte er deutlich die spitzen Fingernägel.

„Selina?“ Eine Frage, die die Antwort eigentlich schon vorwegnahm.

„Natürlich, mein Liebling. Wer würde sonst wagen, den großen Forest Hill so aufdringlich zu begrüßen?“ Forest konnte nicht weglaufen. Er konnte nicht einmal gehen. Er war sogar dermaßen eingekeilt, daß er mit seiner Ex-Frau sprechen mußte, ohne sich umdrehen oder sie anschauen zu können. Er spürte ihren Atem im Nacken und fand das sehr unangenehm.

„Wie geht es dir, Selina?“ Er spürte, wie sie sich vorbeugte und an ihn preßte.

„Möchtest du die Höhen und Tiefen von heute wissen, oder soll ich dir eine 5-Tage-Vorhersage geben?“ Forest schaltete innerlich ab und versuchte, einen der Drinks an den Mund zu heben. Doch es war wie während des Berufsverkehrs in der U-Bahn: Hatte man das Pech, gegen einen besonders widerlichen Nachbarn gepreßt zu werden, war die Flucht erst möglich, wenn die Türen wieder aufgingen. Ihm lief es heiß und kalt über den Rücken – was sie einmal füreinander empfunden hatten, war längst gestorben –, und er schauderte vor ihrem Körper zurück, der sich in der Menge an ihn drängte.

„Alles Gute, Selina“, murmelte er. „Nett, dich nicht gesehen zu haben.“ Dann stürmte er vor, drängte sich seitlich durch die Mauer, die ihn gebremst hatte, und ließ Selinas Krallen ins Leere klicken.

Ein bitterer Geschmack lag ihm im Mund. Er versuchte ihn mit dem Rest des ersten Drinks hinunterzuspülen, doch er wußte, daß das eine vergebliche Übung war. So wirkte Selina in letzter Zeit nun mal auf ihn; obwohl er es versuchte, konnte er ihr nicht völlig aus dem Weg gehen. Meistens trafen sie sich auf Partys, bei denen sie normalerweise einen neuen Freund oder Liebhaber vorführte, doch nie einen neuen Ehemann. Während der Trennung und kurz nach der Scheidung hatte Forest ziemlich gelitten bei dem Gedanken, daß sie einen anderen berührte oder liebte – als wäre sie dieses Gefühls überhaupt fähig. Erst in letzter Zeit hatte er erkannt, daß er sie wirklich nicht zurückhaben wollte. Er wünschte sich überhaupt keine Beziehung mehr, mit niemandem, nicht, wenn ihn dabei solche Kränkungen erwarteten. Die perverse, rachsüchtige, oberflächliche kleine Selina – sie hatte ihn völlig unterdrückt, und er zahlte noch immer dafür. Ihn störte nur noch, daß sie nun von seinem Geld lebte, das er als Clown vor der Kamera wahrhaft mühsam verdiente. Unterhalt an jemanden zu zahlen, der einem völlig gleichgültig geworden ist, kann eine Last sein.

Seufzend blickte sich Forest in dem großen Raum um. Nachdem er die eine Person hinter sich hatte, der er auf keinen Fall über den Weg laufen wollte, konnte er sich ungehindert nach dem Menschen umsehen, den er dringend sprechen mußte, seien Bruder Arthur. Sie trafen sich auf solchen Partys, weil Selina und Valerie, Arthurs Frau, mit der Gastgeberin des Abends, Marissa, dieselben Schulen besucht hatten, so daß sich mit den Jahren ihr gesellschaftliches Leben irgendwie miteinander verknüpft hatte – eine Art Mini-Jet-Set. Arthur und Valerie waren zur Party aus Washington hergeflogen, und Forest sah den Grund für sein Kommen normalerweise in diesem Umstand. Heute abend mochte es sogar stimmen, denn heute mußte er wirklich mit seinem Bruder reden. Es gab niemanden auf der Welt, dem er sein Problem anvertrauen konnte.

„Miese Party, finden Sie nicht auch?" Forest senkte den Kopf und erblickte ein unglaublich unschuldiges Gesicht, das zu ihm emporsah. Er bemerkte die helle, saubere Haut und das echte gelbblonde Haar und ließ sich schließlich von den hellblauen Augen bannen. Das Mädchen schien im vollen Ernst zu sprechen.

„Ich weiß nicht, was Sie meinen, meine Kleine. Ich amüsiere mich bestens."

„Unsinn! Ich habe Sie seit Ihrer Ankunft beobachtet. Sie versuchen sich zu betrinken." In ihrer Stimme lag keine Anklage, vielmehr Verständnis für sein Bedürfnis, sich für das Ereignis zu stählen. Forest betrachtete sie verstohlen. Sie war sehr jung, sehr attraktiv, sehr klein und mit einem Vorbau versehen, der zu der sonstigen knabenhaften Gestalt wenig paßte. Er fühlte sich instinktiv zu ihr hingezogen.

„Ich müßte mich wohl geschmeichelt fühlen – ich meine, weil Sie mich so ganz genau beobachtet haben."

„Eigentlich nicht." Er erkannte, daß sie ihm nichts vormachte. „Ich sehe hier niemanden, mit dem man wirklich reden kann, nur Langweiler und alt werdende Süchtige. Die Leute hier sind alle so verdammt reich, gut gekleidet, verbindlich, maskenhaft starr. Ich suchte nach einem bißchen Leben. Sie sahen aus, als ob Sie litten oder so." Forest nickte bestätigend und zeigte ein schiefes Lächeln.

„Sie haben ein scharfes Auge, kleines Mädchen. Zwei zu null für Sie. Ich hatte gehofft, daß ich meinen Kummer nicht ganz so offen herumtrage."

„Oh, das ist es nicht", antwortete sie hastig. „Man merkt es nur, wenn man sich die Mühe macht, genau hinzuschauen. Glauben Sie mir, bei diesem Haufen ist Ihr Geheimnis nicht in Gefahr. Niemand würde merken, wenn Sie einen Herzanfall hätten und im Stehen stürben. War das eben Ihre Frau?" Forest mußte schlucken. Himmel Herrgott, die Kleine kam schnell zur Sache!

„Meine geschiedene Frau, wenn Sie Wert darauf legen", sagte er und blickte unwillkürlich in die Runde. Urplötzlich fühlte er sich unbehaglich. Er wollte schon kehrtmachen, als sich ein stämmiger Arm um seine Schulter legte und ihn festhielt.

„Wie ich sehe, hast du meine kleine Jenny schon gefunden, du alter Lüstling. Hat mein Bruder dich belästigt?" Arthur sprach laut, aber gutmütig. Er drückte Forest noch einmal an sich, und nur mit Mühe befreite sich Forest aus dem Bärengriff und grinste seinen Bruder herzlich an. Arthur Anspacher war ein Riese von Mann, der sich die Figur eines Athleten bewahrt hatte, obwohl er weit über fünfzig war. Als Major des militärischen Geheimdienstes brauchte er keine Uniform zu tragen. Er tat es aber dennoch, weil er sich darin wohler fühlte. Die beiden Männer sahen wirklich nicht wie Brüder aus.

„Ich habe das kleine Mädchen nicht belästigt, Arthur. Vielmehr hat sie mich durch die Mangel gedreht, und zwar durchaus gekonnt." Jenny ging nicht darauf ein. Sie musterte die beiden abschätzend.

„Ich wußte ja gar nicht, daß du einen Bruder hast, Arthur. Und erst recht nicht, daß ich da eben mit ihm gesprochen habe. Wir sind uns noch nicht vorgestellt worden." Forest erkannte, daß sie recht hatte. Sie hatten sich angeregt unterhalten, ohne zu wissen, wer der andere war.

„Forest, dies ist Jenny Wells, die Tochter von General Harlam Wells. Du kennst ihn bestimmt. Jenny ist mein kleiner Liebling.

Sozusagen mein Protegé." Arthurs Stimme erhob sich fröhlich über den Lärm der Party. „Sie arbeitet den Sommer über bei Goddard – du weißt, im Computerzentrum für Weltraumsatelliten." Obwohl er es nicht wollte, reagierte Forest gereizt.

„Arthur, ich bitte dich! Ich bin Meteorologe und weiß durchaus, wer General Wells ist. Und ob du es glaubst oder nicht, ich kann mir sogar unter dem Namen Goddard etwas vorstellen! Nun mach schon, und sag Jenny endlich, wer ich bin." Forest lächelte schief, und Jenny grinste offen zurück.

„Du hast völlig recht, tut mir leid. Jenny, ich möchte dir meinen Bruder Forest Hill vorstellen, den berühmten Fernsehwetterfrosch." Arthur gab Forest einen sanften Rippenstoß. „Deine Einschaltquoten scheinen schlechter zu werden, mein Freund, wenn ich dich mit deinem bekannten Gesicht noch vorstellen muß." Forest und Jenny musterten sich einen Augenblick lang. Was zuerst einfache Sympathie mit einem Hauch von Flirt gewesen war, komplizierte sich plötzlich durch Familie, gemeinsame Interessen und ähnliche Karrieren. So erwischten sie sich bei dem Versuch festzustellen, ob sich dadurch zwischen ihnen etwas änderte. Offenbar nicht. Doch Forest fühlte sich auch nicht beflügelt. Nachdem nun Arthur zur Stelle war, erkannte er, daß sein Problem ihm über alles ging, sogar über sein gutes Benehmen.

Er löste den Blick von Jenny und wandte sich abrupt an Arthur. „Ist Valerie nicht mitgekommen, Arthur? Wenn ja, könnte die kleine Jenny vielleicht mit ihr reden, während wir beide mal ein bißchen auf der Terrasse plaudern."

Jennys Augen begannen zu funkeln. „Ich kann sehr gut auf mich selbst aufpassen, Mr. Hill", sagte sie. „Mich sogar allein amüsieren. Ich bin sicher, daß ich auch einen anderen . . . Gesprächspartner finde." Sie machte auf dem Absatz kehrt und marschierte davon, als fühlte sie sich verstoßen, ohne es sich anmerken lassen zu wollen. Forest blickte ihr nach, registrierte, daß unter ihrem blonden Schopf eine hitzige Persönlichkeit steckte, und tat die Information beiseite. Dann ergriff er den Arm seines älteren Bruders, als könnten seine ein Meter achtzig die Riesengestalt in Bewegung bringen, und versuchte ihn zur Terrasse zu drängen.

„Ich muß mit dir reden, Arthur. Hier und jetzt. Es ist wichtig, du mußt mir ein paar Minuten lang zuhören."

„Verdammt, Forest, warum bist du so ungesellig? Wir sind hier auf einer Party, und du bist mir etliche Drinks voraus, und das ist eine verdammt attraktive junge Frau. Sie mag ein bißchen zu jung für dich sein, das gebe ich ja zu, aber ich glaube, du gefällst ihr. Jedenfalls hast du sie richtig ärgerlich gemacht."

Forest bahnte sich einen Weg, ohne den Arm des Bruders lozulassen. „Sie gefällt mir auch, Arthur, und ich wollte sie nicht verärgern. Nur ist mir das andere im Augenblick wichtiger." Plötzlich spürte er Arthur zurückzucken. Forest drehte sich um, weil er glaubte, seinen Bruder verloren zu haben, doch Arthur hatte sich nur nach einem vorbeischwebenden Tablett gestreckt und ein Glas Champagner geangelt.

Forest öffnete die Schiebetür zur Terrasse, und sie traten ins Freie. Es hatte zu regnen aufgehört, doch die Fliesen waren noch naß. Die Stadt funkelte nach dem kurzen Bad, und die Luft war klar und kühl, wie Forest vorhergesagt hatte. Er schloß die Tür und hoffte, daß niemand sonst bemerken würde, wieviel schöner es außerhalb der klimatisierten Partyatmosphäre war. Tief unten jammerte eine Sirene, und Forest machte sich klar, daß in New York sogar bei Regen Brände entstanden.

„Hübscher Abend, herrlicher Ausblick, hast du Ärger oder ich?" fragte Arthur lachend und stürzte den Champagner mit einem Schluck hinunter.

„Ich wünschte, es wäre so einfach. Ich glaube, wir alle bekommen Ärger."

„Oho, Philosophie. Warte einen Augenblick, ich bin gleich wieder da. Wir scheinen vor einer Diskussion zu stehen, bei der man ein ganzes Tablett mit Drinks benötigt." Arthur wollte zur Tür zurück, doch Forest verstellte ihm den Weg.

„Stehst du mal einen Augenblick lang still und hörst mir zu, du alter Dummkopf?" Arthur schien zu spüren, wie ernst es sein Bruder meinte. Achselzuckend stellte er das Glas fort und verschränkte die Hände hinter dem Rücken.

„Na schön. Reden wir jetzt, trinken wir später. Aber wehe dir, wenn du nichts Wichtiges auf dem Herzen hast!“ Forest nickte hastig, Erregung begann in ihm aufzusteigen. Endlich konzentrierte sich Arthur voll auf ihn, endlich würde er einmal laut aussprechen, was ihn seit einem Jahr in Gedanken und Träumen beschäftigte. Obwohl er wußte, daß Arthur ungeduldig wartete, begann er hin und her zu gehen, doch er wollte seinen Vortrag richtig fair aufbauen, ohne seinen Bruder zu beleidigen. Endlich wandte er sich um.

„Arthur, ich weiß nicht recht, wie ich damit anfangen soll. Du bist im Geheimdienst, und da weiß ich eigentlich nicht, ob ich dich um Information bitte oder dir welche liefere, aber hier ist mein Problem. Ich bin überzeugt, daß mit dem Wetter etwas nicht stimmt. Ernsthaft. Es gehen Dinge vor, die eigentlich nicht passieren dürften.“ Forest zögerte und überlegte sich seine nächsten Worte sorgfältig. „Ich fürchte, daß irgend etwas unser ganzes Wettersystem aus dem Lot geworfen hat ... und daß wir am Beginn einer Folge von Wetterkatastrophen stehen, von denen wir uns nie wieder erholen.“

Arthur antwortete nicht sofort. Er hatte die Fähigkeit zuzuhören und neue Informationen in aller Ruhe aufzunehmen, ehe er reagierte. „Ich verstehe“, sagte er schließlich in neutralem Ton. „Soll das heißen, daß du das Ende der Welt vorhersagst?“ Forest versuchte aus dieser Frage Sarkasmus herauszuhören, doch Arthur hatte im Ernst gesprochen.

„Nein, das ist es nicht. Jedenfalls noch nicht. Ich will vielmehr sagen, daß wir sehr bald, wenn die Dinge so weitergehen, in eine unaufhaltsame Entwicklung geraten. Und wenn es erst soweit ist ... ja, dann ist das Ende der Welt gekommen. Jedenfalls der Welt, wie wir sie kennen. Eine Kettenreaktion würde einsetzen, welche die Zivilisation von der Erdoberfläche vertreibt. Die Ozeane würden sich verlagern. Es gäbe Eiszeiten und Dürreperioden und Unwetterkatastrophen, wie sie dieser Planet noch nicht erlebt hat. Und bis zu einem neuen Gleichgewicht könnten weitere zehn Milliarden Jahre vergehen.“

Arthur holte die Hände hinter dem Rücken hervor und trat an die Balustrade. Er lehnte sich dagegen und starrte in die Nacht hinaus. „Wenn es stimmt, sind das keine hübschen Zukunftsaussichten. Aber warum erzählst du *mir* davon?“ Er drehte den Kopf zur Seite und musterte Forest ernst. „Was hat das mit mir zu tun, und was erwartest du von mir in dieser Sache?"

Forest versuchte es seinem Bruder gleichzumachen und emotionslos zu antworten. „Arthur, ich glaube, daß die extremen Wetterverhältnisse der letzten Zeit unmittelbar mit den Wetterversuchen zu tun haben, die vom Militär durchgeführt werden."

Arthurs Kopf ruckte herum, und Forest erkannte, daß der andere ihn am liebsten unterbrochen hätten. Forest legte Arthur die Hand auf den Arm, um ihn zu bremsen. „Ich glaube daran, weil es keine andere vernünftige Erklärung gibt. Alle anderen Varianten habe ich durchgeprüft. Das Militär macht hier einen Versuch und probiert dort etwas anderes, ohne zu erkennen, was damit angerichtet wird. Wir leben in einem enggefügten System, Arthur. Alles hängt mit allem zusammen. Der verdammte Sauerstoff, den wir atmen, kommt aus den Regenwäldern Südamerikas. Wußtest du das? Na, ich weiß nicht recht, ob das Militär davon weiß.

Deshalb wollte ich mit dir sprechen, weil du Zugang zu Informationen hast, die ich nicht erhalten kann. Ich weiß nur von den Experimenten, die in der Öffentlichkeit bekanntgeworden sind, doch von den anderen habe ich keine Ahnung. Und ich bin sicher, daß es andere gibt."

„Himmel Herrgott, Forest!" Arthur nahm seinen Bruder an den Armen. „Bist du verrückt geworden? Du läufst durch die Gegend und verkündest das Ende der Welt und weißt nicht einmal, wovon du redest! Himmel Herrgott!" Arthur war außer sich vor Zorn. Sein Gesicht hatte sich gerötet, und er schien jeden Augenblick explodieren zu wollen. „Und warum sucht man die Schuld immer beim Militär, um Himmels willen? Ich kann dir nur sagen, daß das nicht stimmt, mein kleiner Bruder. In dieser Sache hast du keine Grundlage für einen Verdacht." Er hob abwehrend die Hände. „Unschuldig!"

Nur selten hatte Forest seinen Bruder so zornig erlebt. Er erkannte, daß er eine empfindliche Stelle des anderen getroffen hatte, daß er Arthur beruhigen mußte, wenn er die Hoffnung auf Hilfe nicht aufgeben wollte.

„Arthur", fuhr er leise fort, „reg dich nicht so auf! Ich beschuldige das Militär ja nicht konkret. Ich behaupte ja nicht, daß es mit Absicht handelt. Ich weiß nur nicht, ob die Leute erkannt haben, was sie machen und welche Auswirkungen die Versuche haben können. Deshalb spreche ich hier mit dir. Ich möchte nur wissen, was das für Experimente gewesen sind, damit ich die zuständigen Stellen über mögliche Gefahren informieren kann. Ich versuche euch zu helfen, Arthur. Mir geht es nicht darum, Ärger zu machen." Er musterte Arthur mit ruhiger Entschlossenheit. „Jemand muß das nämlich tun. Jemand muß aufpassen. Ich bin zufällig darauf gestoßen, das ist alles."

Arthur setzte ein schiefes Grinsen auf; er schien seinen Ausbruch bereits zu bereuen. Forest hatte ihm Zeit gegeben, sich zu beruhigen und wieder zu fassen. „Hör mal, es tut mir leid, daß ich eben so hochgegangen bin. Wir haben in letzter Zeit in der Öffentlichkeit verdammt schlecht abgeschnitten und sind meistens sehr unfair angegangen worden. Ich bin also ein bißchen empfindlich. Andererseits mußt du zugeben, daß deine Geschichte auf den ersten Blick ziemlich unverdaulich aussieht. Ich bitte dich, das Ende der Welt ..."

„Vergiß das, Arthur! Tut mir leid, daß ich davon gesprochen habe. Beschränken wir uns auf einige unerklärliche Zwischenfälle und das Wetterversuchsprogramm des Militärs."

Arthur schüttelte ergeben den Kopf und setzte sich auf die gemauerte Balkonbrüstung. Er lächelte Forest an; sein Zorn schien verraucht zu sein, als hätte es ihn nie gegeben.

„Okay, ich kann dir alles sagen, was ich weiß, denn die Dinge sind nicht geheim. Vergiß das nicht, Forest! Die Daten stammen aus den Bibliotheken. Und gäbe es geheime Dinge, so wüßte ich das. Es wäre immerhin mein Job." Forest lehnte aufmerksam an der Wand. Äußerlich war ihm nichts anzumerken, doch sein Herz klopfte heftig.

„Grundsätzlich gab es zwei Bereiche – den Versuch, Wetter zu erzeugen, und den Versuch, es zu verhindern. Auf beiden Gebieten wurden keine großen Erfolge erzielt. 1962 begannen die Marine und das Handelsministerium ein Projekt mit dem Namen ‚Sturmbraut'. Man wollte feststellen, ob die Gewalt von Hurrikanen gemindert werden konnte, indem ein Flugzeug außerhalb der Wand des Auges mit Silberjodid Sturmwolken aussäte. Auf diese Weise wollte man außerhalb des Auges größere Wolken entstehen lassen, die allmählich die Augenwand ersetzt hätten. Durch Vergrößerung des Auges hätte sich dann die Sturmgeschwindigkeit um fünfzehn bis dreißig Prozent verringern lassen.“ Arthur begann seinen Bericht mit Armbewegungen zu veranschaulichen.

„Das ist wie bei einem Eisläufer, der die Pirouette dreht. Sind die Arme angelegt, bewegt er sich schnell, sind sie ausgebreitet, bewegt er sich langsamer. Na ja, ehe das Projekt begann, wurden 1961 Versuche durchgeführt bei . . .“

„Ester?“

„Ja, richtig. Und dann ’63 und ’69. Das war . . .“

„Debbie.“

„Himmel, was für ein Gedächtnis du hast! Was war Ted Williams 1941er-Trefferdurchschnitt?“

„0,406. Wie ging es weiter?“

„Es reichte nicht. Die Marine gab das Projekt 1972 auf. Dann natürlich das ‚Projekt Zirrus‘. Dabei wurden Flugzeuge eingesetzt, um im Golf von Mexiko Hurrikane zu erzeugen. Irgendein Arschloch warf etwa hundert Kilo Trockeneis in eine kleine Dame namens ‚Mimi‘, nachdem sie bereits ermüdet war und auf das Meer hinaushielt. Im Nu hatte es sich Mimi anders überlegt. Sie hatte die Richtung gewechselt und fiel mit altem Schwung wie General Sherman über Savannah, Georgia, her, ehe jemand einen Regenschirm aufspannen konnte. Hübsch, nicht wahr?“

Gegen seinen Willen mußte Forest lächeln. „Sehr hübsch!“

„Außerdem gab es Forschungsprojekte, die ein Mittel gegen Hagel finden sollten. Das war 1966. ‚Projekt Hagelschlag‘. Und eins gegen Blitzschlag – ‚Projekt Himmelsfeuer‘. Dann ‚Projekt Wirbelwind‘ gegen Tornados und ‚Fido‘ gegen Nebel.“

„Und?‘

„Etwa so wirkungsvoll wie die Krebsforschung. Soviel ich weiß, sind alle inzwischen aufgegeben worden.“ Arthur sprang wieder auf die Terrasse.

„Wie steht es mit der anderen Hälfte?“ Arthur blickte seinen Bruder verwirrt an. „Das Wettermachen?“

Arthur lachte. „Wir nennen das: ‚Nixon macht Regen.' Du erinnerst dich doch an Nixon, oder?"

„Vietnam?"

„Und Laos und Kambodscha und das übrige Südostasien, soweit wir die Finger drauflegen konnten. Das begann '66. Vielleicht hast du in den Pentagonpapieren darüber gelesen." Forest hörte den verächtlichen Unterton in der Stimme seines Bruders.

„Ja. Das war doch ein Unternehmen des Verteidigungsministeriums . . ."

„Richtig! Das Ding wurde mit etlichen Kodebezeichnungen getarnt. Kannst du dir solche Namen vorstellen – ‚Projekt Hilf dem Landsmann', ‚Projekt Lächelnder Sam' oder ‚Projekt Gummiente'? Jedenfalls sollte das Ganze den Ho-Chi-Minh-Pfad verschlammen und die Hauptnachschubroute der Kommunisten empfindlich unterbrechen. Dieses Ziel wurde tatsächlich erreicht, außerdem versackte die Reisernte und brachte Hunger über das Volk. Und trotz allem haben wir den verdammten Krieg verloren."

Forest musterte den anderen fragend. „Dich scheint die Sache anzuwidern. Das ist nicht gerade die typische Einstellung für einen Soldaten."

„Bauern oder ihre Ernte zu vernichten entspricht nicht meiner Vorstellung von Kriegführung. Das wäre ein Krieg gegen Zivilisten, und so etwas schmeckt mir absolut nicht. Aber vielleicht bin ich ein bißchen altmodisch."

„Das bist du nicht", sagt Forest lächelnd. „Du bist einfach viel zu human für eine Kriegsmaschine. Die Soldaten sind wilde Tiere, du aber bist nur ein Teddybär."

Arthur hob die Schultern. „Ich bin kein Teddybär, Forest. Daß du dir das ja nicht einbildest. Ich bin nur eine andere Sorte wildes Tier." Arthur blickte durch die Fenster in den Partyraum und wandte sich wieder seinem Bruder zu. „Und das wär's, Kleiner. Die ganze dreckige Geschichte, vom ersten Fehlschlag bis ins Aus. Tut mir leid, hier findet sich nichts, was deine Theorie stützen könnte. Mag schon sein, daß du mieses Wetter erdulden mußt oder du dich mit deinen Vorhersagen schwertust, aber uns kannst du das nicht anlasten."

Forest spürte, daß Arthur genug hatte von der Dikussion, daß er zur Party zurückwollte, doch er konnte ihn noch nicht gehen lassen. „Arthur, einen Moment noch. Das kann unmöglich alles sein. Ich habe klar dokumentierte Beweise für Wettererscheinungen, die eindeutig nicht in den Rhythmus passen. Die Ursache muß irgendwo liegen. Vielleicht sind deine Informationen nicht komplett, vielleicht sagst du mir auch nicht alles, was du weißt, doch ich weiß, daß mehr dahinterstecken muß."

Arthur machte einen drohenden Schritt auf Forest zu, hielt sich dann aber zurück. „Wenn du nicht mein Bruder wärst . . . weißt du, was du da sagst? Du behauptest entweder, daß ich meinen Job nicht richtig tue oder daß ich lüge. Und das ist ein ziemlich dickes Ei von einem kleinen Fernseh-Wetterfrosch!"

Forest konnte sich nicht länger zurückhalten. Arthur hatte den Knopf gedrückt, mit dem Forest nicht fertig wurde. „Nenn mich nicht so, Arthur! Ich bin Meteorologe. Wissenschaftler. Ich habe gründliche Vorarbeit geleistet. Meine Angaben stimmen hundertprozentig. Du bist nur einfach zu dumm oder viel zu sehr auf deine alten Gleise beschränkt, um das zu begreifen."

Arthur trat dich an Forest heran, den er ein gutes Stück überragte. „Dumm bin ich nicht, du Clown. Ich renne nicht wie ein aufgescheuchtes Hühnchen herum und kreische, daß der Himmel einstürzt, ehe ich Beweise vorlegen kann. Warum gibst du die Sache nicht auf?" Arthur wollte sich entfernen, kehrte aber noch einmal zu Forest zurück. „Wenn du mir nicht glaubst, warum unterhältst du dich dann nicht mal mit General Wells im Pentagon? Warum soll er dir nicht den Kopf zurechtrücken? Aber laß meinen Namen aus dem Spiel!"

„Ich würde deinen Namen nicht mal zum Fluchen mißbrauchen. Aber eins kann ich dir sagen. Du hältst mich für irgendeinen Idioten, der im Fernsehen das Wetter vorträgt. Aber ich bin ein sehr guter Wettermann, und ich sage dir für deine Zukunft Regen voraus."

Im Penthouse war Jenny inzwischen auf Valerie gestoßen, und nachdem sich die beiden ausgeplaudert hatten, wollten sie die Brüder von der Terrasse hereinholen. Sie drängten sich gerade auf die Glastüren zu, als sie erstaunt mit ansehen mußten, wie Forest sein Glas über

Arthurs Kopf ausleerte. Gleich darauf stürmte er in den Raum und bahnte sich rücksichtslos einen Weg durch die Menge, wobei er mit lauter Stimme rief: „Sonnige Tage allerseits! Sonnige Tage!“

Arthur stand reglos auf der Terrasse, während ihm der Gin-Wodka-Martini über das Gesicht in den Kragen tröpfelte. Verspätet ging ihm auf, daß sein Bruder über etwas zutiefst beunruhigt war.

Sonnabend, 8. Juli
Westchester, New York

„Es war eindeutig. Fragen Sie doch herum. Fragen Sie Arnold Ginsberg, den Bar-Mizwa-Jungen. Fragen Sie seine Mutter und seinen Vater. Oder den Kassenwart der Synagoge, der übrigens schon mit einem Blick auf den Parkplatz den Umfang der Kollekte taxieren kann. Erkundigen Sie sich, ob es nicht eine Katastrophe erster Güte war!

Heiß ginge ja noch bei einem solchen Anlaß. Vielleicht auch noch sehr heiß. Aber daß es draußen so ungemein heiß sein mußte und drinnen noch viel heißer! So war es aber. Eine solche Hitzewelle, daß der Kind-Mann Arnold ein Seidenhemd und einen zweihundert Dollar teuren Anzug so übel vollschwitzte, daß er ihn nur eine Stunde lang tragen konnte, ihn aber weiter anbehalten mußte. Und das war, bitte sehr, ehe die Klimaanlage versagte und die Hühnerleberpastete zu fließen und Tanten und Mädchen und dergleichen ohnmächtig zu werden begannen.

Es war eine Tragödie, jawohl. Man konnte förmlich sehen, wie die Umschläge in den Taschen aus dem Leim gingen, wie sich frisches Scheckpapier wellte, während die herrlichen Ziffern, daneben die Perfektion etlicher Nullen, in blauen Anzügen jeder Schattierung zu verlaufen und zu verschwimmen begannen.

Und um bei der Wahrheit zu bleiben, auch wenn nie darüber gesprochen werden sollte: Es gab keinen, der sich ganz davon erholte. Besonders nicht Arnold Ginsberg, der Kind-Mann."

Drittes Kapitel

Forest stieg langsam aus tiefem Schlaf empor, mit der Erkenntnis, daß er den ganzen Sonnabend vor sich und den Freitag noch nicht überwunden hatte. Im Schein der unanständig fröhlichen Sonne, die seine Wohnung am Riverside Drive zu erhitzen begann, kniff er die Augen zusammen. Er drehte langsam den Kopf und ließ sich von der Uhr sagen, daß es beinahe Mittag war. Sein Kopf sagte ihm darüber hinaus, daß er einen Kater hatte. Instinktiv hob er die Hand, um das Wetterradio auf dem Nachttisch einzuschalten, hielt sich dann aber zurück. Heute nicht, vielen Dank.

Während er duschte, sich rasierte und anzog, wurde Forest von Ratlosigkeit, Unentschlossenheit und Selbstzweifeln heimgesucht. Er hatte damit gerechnet, daß Arthur skeptisch reagierte, doch keineswegs mit einem kränkenden Angriff auf seine fachliche Glaubwürdigkeit. Es schmerzte ihn, daß nicht einmal der eigene Bruder hinter die Fernsehperson zu blicken vermochte. Aber dann meldete sich eine Stimme in Forest, die ihn aufforderte, nicht aufzugeben: Er war abgewiesen worden, aber nicht vernichtet. Tatsachen sind Tatsachen, und die Gesetze von Aktion und Reaktion hatten durchaus Bestand. Er hatte seine Aktentasche auf dem Schreibtisch bewußt nicht angesehen, doch er konnte nicht vergessen, daß sie vorhanden war. Die Karten und Daten darin gaben ihm das Gefühl, als wäre die Tasche eine tickende Zeitbombe, er wußte nicht, wie er sie loswerden sollte.

Forest verließ die Wohnung; es war ihm unmöglich, mit seinem Problem in einem Zimmer zu bleiben. Zuerst wanderte er durch die heißen Straßen der Stadt, gefüllt mit den Mittellosen, die es sich nicht leisten konnten, die Stadt am Wochenende zu verlassen. Er verzehrte ein spätes Frühstück und ein frühes Mittagessen an einem Hot-dog-

Stand und wanderte weiter. Manche Menschen besuchen Bars, um sich innerlich zu lösen, andere gehen ins Kino. Forest stand plötzlich vor dem Hayden-Planetarium – und hier verbrachte er den Tag. Er ließ sich zu einer magisch beruhigenden Außenansicht des Lebens verführen: Sonnensysteme, Galaxien, Sternennebel, Sterne, die Millionen von Lebensspannen entfernt geboren wurden oder starben. Die große Kuppel über ihm wurde zu einem Teleskop in das Universum.

Als es Abend wurde, sah sich Forest auch noch die Lasershow an: Lichter und Formen, die zu Mozart und Bach wirbelten und sich umarmten und dann zu Jazz und Beat tanzten. Als es vorbei war und Forest wieder auf der Straße stand, kam er sich wie gelähmt vor. Seine Halsmuskeln waren vom vielen Hochstarren verkrampft, und er hatte das Gefühl, nie wieder gerade stehen zu können. Er hatte sich schon früher gefragt, warum die Sitze nicht weich waren und nicht zurückgestellt werden konnten, aber vermutlich war das der Preis, den man für eine Fahrt ins Außergewöhnliche bezahlen mußte. Außerdem blieb das Publikum wach. Forest fühlte sich allmählich besser. Er ging nach Hause und legte sich schlafen.

Sonntag, 9. Juli
Dayton, Ohio

Harry Wexler war nicht betrunken, dafür hatte seine nörgelnde Frau gesorgt. Es war ihm gelungen, die abendliche Auseinandersetzung in Gang zu bringen, als die Party noch kaum begonnen hatte. Jetzt saßen sie eisern schweigend im Wagen, während Harry über den Riverfront Drive zu fahren versuchte – durch einen unvorstellbar dichten Nebel, der ganz überraschend aufgekommen war. Noch nie hatte man in Dayton während des Sommers solchen Nebel erlebt.

Harry krampfte nervös die Hände um das Steuer. Die Nebeldichte wechselte, und er mußte konzentriert nach vorn starren, damit der Wagen auf der Straße blieb. Er wünschte , daß ihm jemand vorausführe, damit er den Lichtern folgen konnte, doch anscheinend war außer ihnen niemand so dumm, durch solches Wetter zu fahren.

„Auf dem Herweg war es völlig klar", sagte Elise und brachte mit ihrer Stimme zum Ausdruck, daß er auch noch an dem Nebel schuld war. Er versuchte langsam zu fahren, doch ließ er in seinem Zorn den rechten Fuß zucken. Plötzlich war die Straße fort. Harry linste in das Weiß und versuchte sie wiederzufinden, während Elise zu schreien begann, doch er hatte keine Gelegenheit mehr herauszufinden, ob ihr Schreien ihm galt, denn schon klatschte der Wagen ins Wasser.

Viertes Kapitel

Das Telefon klingelte neben seinem Ohr und weckte Forest, und er brauchte gar nicht erst aus dem Fenster zu blicken, um zu wissen, daß wieder ein extrem heißer Tag bevorstand. Es war noch früh, doch das Licht, das sich auf dem Bett spiegelte, schimmerte bereits unangenehm grell. Das Telefon klingelte weiter, und Forest hob schließlich ab.

„Forest, alter Knabe, ich hoffe, ich habe dich nicht geweckt." Es war Roger Moss. Forest seufzte und lehnte sich zurück; eine Hand tastete nach einem Kissen, an das er sich lehnen könnte.

„Natürlich nicht, Roger. Ich habe gerade staubgesaugt und konnte das Telefon nicht hören. *Natürlich* habe ich noch geschlafen. Es ist neun Uhr früh und Sonntag!" Er knurrte übertrieben gereizt. Gleichzeitig begann Forest zu lächeln; er wußte, was jetzt kam. Roger war sozusagen sein bester Freund, mit dem er oft zusammen war. Forest wußte also, was ein Anruf Sonntag früh bedeutete. Roger war Wochenendvater.

„Es sieht schlimm aus, Forest. Linda ist seit gestern hier, und ich bin dicht davor, bei der Sesamstraße den Löffel abzugeben. Im Augenblick tanzt Bibo mit voll aufgedrehtem Ton durch mein Wohnzimmer, und Linda tanzt mit und tritt Reisflocken in den Teppich. Wenn ich nicht bald erwachsene Gesellschaft und einen Drink kriege, wird man mich verhaften, weil ich meine zehnjährige Tochter in den Mutterleib zurückdrücken wollte." Forest schwieg. Er mußte sich zurückhalten, um nicht loszulachen bei der Vorstellung, daß der bekannteste und beste Nachrichtensprecher Amerikas von einem kleinen Mädchen terrorisiert wurde. Andererseits mußte man das Mädchen kennen.

„Begreifst du, was los ist?" knurrte Roger.

„Oh, durchaus. Du möchtest, daß wir im Plaza zusammen zu Mittag essen, doch ich soll schon früher kommen, damit ich dir das Händchen halten kann, bis die Bar aufmacht. Richtig?"

„Haarscharf getroffen. Woher wußtest du das, alter Knabe?" Roger bemühte sich um einen zuvorkommenden Ton.

„Weil wir das schon mal durchgemacht haben. Mehrmals sogar."

Forest blickte in seinem Zimmer herum – er betrachtete Decke und Wände, die bald mal wieder gestrichen werden mußten, seine stummen Wettergeräte, die Kleidung, die auf dem Boden und über Stühlen verstreut war, und blickte dann aus dem Fenster in die brütende Hitze.

„Na?" fragte Roger.

„Einverstanden. Ich habe sonst nichts vor. Wir treffen uns um halb eins im Park und essen zusammen. Aber du mußt mir eins versprechen, und das ist mein voller Ernst..."

„Was du willst, was du willst!"

„Bitte laß mich nicht allein mit... ihr. Wirklich! Keine Minute, begriffen?"

„Ich verspreche es dir", antwortete Roger sofort mit froher und erleichterter Stimme. „Ich gebe dir mein Wort."

Forest lachte leise. „Ach, wir wissen doch alle, wieviel das wert ist, oder?" Als er Rogers hohles Lachen hörte, legte er auf.

Forest erreichte den Park an der westlichen 72. Straße und hörte bereits das Rasseln und spürte das Paukendröhnen in der Luft. Keine Frage – der Central Park war an den Wochenenden ein wahrer Zirkus. Er bot ein phantastischeres Schauspiel, als sich ein einzelner jemals ausdenken konnte. Ein alter Mann und eine junge Frau in passenden purpurnen Overalls fuhren auf ihren Fahrrädern vorbei. Hinten auf dem Gepäckträger waren große Holzbehälter befestigt; sie dienten zur Aufnahme des Hundekots, den die beiden von der Straße schaufelten. Doch ringsum gab es Tausende von Hunden jeder Rasse, angebunden und frei herumlaufend, und ihre Besitzer scherten sich nicht im geringsten um das Problem.

Forest kam an Schauspielern und Zauberern, Jongleuren und Clowns vorbei, an einer Yogaklasse und einem Bocciaspiel und blieb dann einen Augenblick stehen, um zuzuhören, wie ein gutaussehender halbnackter Schwarzer auf einer Blechtrommel Schubert spielte. Ein ständiger Strom von Rennfahrrädern strömte in die eine Richtung, während ein Heer von Läufern in die andere keuchte. Ab und zu trabten durch die Menge Mietpferde, deren Sonntagsreiter sich nur mühsam im Sattel hielten. Forest folgte schließlich einem schreiend bunt gekleideten Puertoricaner ein gutes Stück die Querstraße des Parks entlang. Der Mann trug ein Radio mit Kassettenspieler, das mindestens fünfundzwanzig Pfund wog; dicht hinter ihm gingen zwei kleine Jungen, die jeweils einen Lautsprecher trugen. Die Musik hatte eine erstaunlich elektrisierende Wirkung.

Forest traf Roger samt Tochter an der Fünften Avenue am Eingang zum Zoo. Die kleine Linda schien gerade einigermaßen zufriedengestellt zu sein. An ihrem rechten Arm hing ein Ballon mit einem Micky-Maus-Kopf. Am linken die Nachbildung einer Boeing-707.

Sie versuchte aus einer weißen Papierschale italienisches Erdbeereis zu essen, doch die Ballons ließen ihre Bewegungen ziemlich ruckhaft ausfallen. Ihr Gesicht hatte bedrohlich die Farbe gewechselt, aber da die Farben dem entsprachen, was sie im Laufe des Vormittags schon auf ihr Kleid gekleckert hatte, war Forest nicht beunruhigt.

Roger dagegen wirkte ausgesprochen grimmig und schien dringend Hilfe zu brauchen. Er hatte sichtlich genug von seiner Vaterrolle, wobei ihn offenbar am meisten störte, daß er sie in der Öffentlichkeit spielen mußte. Die Gruppe marschierte sofort die Fünfte Avenue hinab auf das Plaza zu, und wie immer merkte Roger, daß sich auf den Gesichtern der Passanten Erkennen malte, als er und Roger vorbeigingen. Seltsamerweise kam es seltener dazu, wenn sie zusammen waren: Allein fühlte sich Roger viel öfter erkannt. Roger hatte dieses Phänomen einmal zu erklären versucht, indem er es damit verglich, daß Robert Redford und Cary Grant gemeinsam auf einer

Parkbank saßen und Hot dogs aßen. Er meinte, daß ein normaler Mensch so etwas einfach nicht verdauen könne. Forest fragte sich seither, welchen der beiden Stars Roger sich selbst zugedacht hatte.

Von außen gesehen ist der Palmenhof des Plaza ein Anachronismus: Marmortische, Leinentischdecken und Rieselmusik, die von uralten, aber noch lebendigen Musikern erzeugt wurde. Innerhalb des Kreises jedoch war viel mehr los. Roger wählte dieses extrem teure Lokal für sein sonntägliches Frühstück, weil er hier unweigerlich auf Damen stieß, die er anderswo nicht treffen konnte. Zuerst hatte Forest nicht glauben wollen, daß diese Begegnungen geplant waren: Ein so guter Schauspieler war Roger eigentlich nicht. Doch jedesmal, wenn sie hierher kamen, geschah es wieder. Forest blickte nervös zu Linda hinüber und flehte die himmlischen Mächte an, daß es heute einmal anders sein würde.

Forest und Roger bestellten Drinks und spielten dann mit ihren Fingern, während sie die Uhr beobachteten: Alkohol wurde nicht vor ein Uhr serviert. Sicher ein amüsanter Anblick von draußen – ein ganzer Raum voller Leute, die schon blau im Gesicht waren vor Verlangen nach einem Drink, aufs Trockene gesetzt durch ein kleinkrämerisches Gesetz. Die Beteiligten jedoch fanden das nicht amüsant. Als die traditionellen dänischen Marys schließlich eintrafen, mit Aquavit bereitet anstelle von Wodka, verlor Rogers Gesicht etwas von seiner Spannung. Linda war damit beschäftigt, ihre Limonade ins Glas zurückzupusten, so daß sich nun endlich die Zungen lockerten.

„Wie war die Party Freitag abend?“ fragte Roger unschuldig.

Forest blickte ihn überrascht an. „Wie hast du davon erfahren?“

„Mein lieber Knabe, ich weiß von jeder Party, zu der ich nicht eingeladen bin. Mein Verfolgungswahn ist sehr ausgeprägt.“

„Es war eben eine Party, und nichts für mich. Ich bin ziemlich ins Fettnäpfchen getreten. Selina ist über mich hergefallen, und dann hab’ ich mich an meinem Bruder abreagiert. Kannst du dir vorstellen, daß ich ihm einen Drink über den Kopf schüttete und in die Nacht hinauslief und dabei brüllte: ‚Sonnige Tage!‘? Ich war ein echter, unverfälschter – du weißt schon.“ Forest blickte zu Linda hinüber und bemerkte, daß seine Zurückhaltung fehl am Platze war.

„Sicher zu Recht", meinte Roger und leerte sein Glas. „Wie betrunken warst du denn?"

„Auf keinen Fall so betrunken, daß sich mein Verhalten damit rechtfertigen ließe – selbst wenn ich mir etwas vorlüge. Ich wollte mir in einer Wettersache Rat holen, und ..." Forest zögerte und überlegte, was er Roger anvertrauen konnte. „Eigentlich wollte ich dich deswegen auch fragen ..."

„Deine Wetterbesessenheit wird dich noch ins Zölibat treiben und als einsamen alten Mann ins Grab bringen, Forest." Roger lenkte den anderen elegant vom Thema ab; er war ein Meister darin, keine ernste Note in ein Gespräch kommen zu lassen. „Hast du nicht wenigstens eine flotte junge Dame kennengelernt?"

Forest verzichtete darauf, seinen Freund einzuweihen, und nippte an seinem Glas. Plötzlich trat ein Leuchten in seine Augen.

„Da war wirklich eine junge Dame, sehr hübsch, sehr jung, etwas ganz Besonderes. Ich glaube, sie wollte mich vor mir selbst retten. Sie kann nicht älter als zwanzig gewesen sein."

Roger grinste Forest an und lehnte sich über den Tisch. „Wenn du dich jetzt schon aus dem Kindergarten bedienen willst, alter Freund, warum nimmst du dann nicht meine Tochter? Sie ist entschieden boshaft veranlagt, und ich verspreche dir, daß ich nicht hinschaue. Ach, da ist jemand, mit dem ich etwas besprechen muß. Bleibt sitzen. Ich bin gleich zurück." Im nächsten Augenblick war er aufgesprungen, drängte sich seitlich zwischen Tischen hindurch, wich Kellnern aus und hielt auf die gegenüberliegende Seite des Saales zu. Hilflos wandte sich Forest an Linda und bestellte einen neuen Drink. Linda blickte ihn voller Unschuld an, doch er glaubte ihr die Ahnungslosigkeit nicht. Tolles Mittagessen! Dabei hatten sie noch nicht mal bestellt!

Montag, 10. Juli
Bronx, New York

Susan Albright schob lautlos ächzend die schwere Stahltür auf, fuhr herum und schloß sie mit gleicher Anstrengung wieder hinter sich. Dann ging sie sechs Schritte weit durch den Korridor zur nächsten Tür. Der fünfzehn Zentimeter lange Schlüssel glitt leicht in das Schloß, doch ehe sie ihn herumdrehte, blickte sie durch das dicke kleine Fenster. Auf der anderen Seite war niemand zu sehen. Ein automatischer Reflex, den man sich in der Geschlossenen Station angewöhnte. Susans Gesicht war hübsch und zeigte gewöhnlich ein unglaublich ansteckendes Lächeln, doch in diesen Minuten zuckten ihre Lippen vor Zorn.

Warum hatte man ihr nicht gesagt, daß Sunny hierherverlegt worden war? Zum tausendstenmal haderte sie mit den Tücken der Anstalt. Sie war in Station B gegangen, weil Sunny sie sprechen wollte. Dort erfuhr sie von einer Schwester, Sunny habe einen anderen Insassen gebissen und wäre in die Geschlossene Station verlegt worden. Es war nicht das erstemal. Susan vermochte ihre Frustration nicht zu unterdrücken, obwohl sie hier arbeitete. Sunny war geistig zurückgeblieben und psychotisch. „Was für eine Kombination!" dachte sie. „Man sollte meinen, daß man sich an die Hoffnungslosigkeit der Situation allmählich gewöhnt." Achtzig Prozent der entlassenen Insassen kehrten früher oder später zurück. Waren die zwanzig Prozent die Hoffnung wert?

Susan verschloß die dritte Tür hinter sich und erreichte die Station. Wo waren denn alle? Mit Ausnahme eines alten Mannes, den die ordnungsliebenden Pfleger William Tell genannt hatten, weil er immer wieder sein Essen auf dem Kopf balancierte, Madame LaFarge, die in einem eigentlich nicht dazu gedachten Stuhl am Fenster lautlos hin und her schaukelte, war der Tagesraum auffällig leer.

Von hinten griff plötzlich eine kräftige Hand nach Susans Arm. Sie hatte gelernt, in den Stationen ihre Gefühle zu unterdrücken, und drehte sich gelassen zu einer etwa einen Meter neunzig großen Schwarzen um, die liebevoll „Big Bama" genannt wurde.

Ihre Augen waren glasig, ihr Grinsen war leicht verzerrt, als Big Bama sagte: „Hallo, Miß Susan." Für jedes Wort brauchte sie eine Ewigkeit, und Susan spürte, wie ihre aus langer Übung gewonnene Geduld ein wenig ins Wanken geriet.

„Wo sind denn die anderen, Bama?" fragte sie.

„Hallo, Miß Susan", wiederholte Bama.

Susan wiederholte ihre Frage. „Hallo, Big Bama. Wo sind denn die anderen?"

„Draußen", sagte Bama.

„Auf dem Dach?" fragte Susan und bemühte sich verzweifelt, den Blick der anderen auf sich zu ziehen. „Ist Sunny mit oben?"

Bama nickte und hob langsam die Hand, bis der lange, schlanke Zeigefinger zur Decke gerichtet war.

Der Hauptschlüssel paßte zu allen Türen, so auch zur Dachtür. Mechanisch schloß Susan wieder hinter sich ab. Oben an der Treppe wiederholte sie den Vorgang. Draußen wunderte sie sich über die aufziehenden Wolken: Vor wenigen Minuten hatte sie doch noch hellen Sonnenschein gesehen! Das Dach, das auf drei Seiten mit Maschendraht und auf der vierten mit einer hohen Backsteinmauer abschloß, maß etwa zwanzig mal zwanzig Meter im Quadrat und war mit Kies bedeckt. Benny und Briggs, die beiden Pfleger der Geschlossenen Station, saßen unter einem kleinen Vordach an der Mauer und pflaumten sich an. Sie nahmen von Susan mit einem Nicken Kenntnis. Nicht zu freundlich, da Susans Job nicht gerade zur Freundschaft anhielt. Sie war vom Staat eingesetzt, um sich um die Rechte der Patienten zu kümmern, was sie für das Krankenhauspersonal auf die falsche Seite des Zauns stellte. Susan war sich dieser Situation durchaus bewußt und behandelte die Pfleger stets freundlich und taktvoll – doch die engere Beziehung hatte sie eindeutig zu den Patienten. Wenn es sich ein Kranker in den Kopf setzte, die Anstalt zu verlassen, stellte er einen Antrag, und Susan mußte die Entlassungschancen klären. Michael „Sunny" Davies hatte ebenfalls Entlassung beantragt. Zum viertenmal. Einmal war er zu seiner Mutter zurückgeschickt worden und hatte schließlich einen Schlachter am Grand Concourse angefallen. Jetzt wollte er wieder hinaus, und Susan mußte formell die nötigen Schritte einleiten.

Zwanzig Patienten bevölkerten die Landschaft des Daches, sie wanderten herum, standen still, lehnten an irgend etwas oder schwankten auf der Stelle. Susan fragte sich, ob die Öffentlichkeit wußte, wie präzise *Kuckucksnest* und *Rosengarten* eigentlich waren.

Sunnys leeres Gesicht füllte sich mit einem Lächeln, als er Susan in der Tür auf der anderen Seite entdeckte. Er ging so schnell auf sie zu, wie es sein mit Thorazin beruhigter Körper gestattete. Er hatte etwa die Hälfte des Weges zurückgelegt, als der Himmel seine Schleusen öffnete. Keine ersten Tropfen, kein Donner, nur ein plötzlicher, gleichmäßiger Regen – von einer Heftigkeit, daß man das Gefühl hatte, den Verstand verlieren zu müssen. Das Schaukeln und Herumgehen hörte auf. Die Menschen auf dem Dach blickten zum Himmel auf, während ihnen das Wasser vom Gesicht abprallte und in Sekundenschnelle ihre Kleidung durchnäßte. Niemand machte Anstalten, sich unterzustellen.

Benny war aufgesprungen, schwenkte die Arme und fluchte geharnischt: „Ihr Idioten, kommt her!“ Er faßte es nicht, daß die anderen einfach im Regen stehenblieben. „Kommt rüber! Seid ihr verrückt oder was, kommt doch endlich!“

Die Ironie in Bennys letzten Worten führte dazu, daß sich Briggs vor Lachen zu krümmen begann. Die Patienten, die begierig auf jeden eingingen, der nicht zu ihnen gehörte, lachten daraufhin ebenfalls. Innerhalb von Sekunden kicherte und kreischte das ganze Dach und reagierte auf den Regen, wie nicht anders zu erwarten war: kindlich. Benny lief zwischen ihnen herum und drehte sie zur Tür. Ein grinsender Sunny griff nach Susan und versuchte sie in den Regen hinauszuziehen, doch sie leistete Widerstand. „Ist doch nur Wasser, Miß Susan!“ sagte er. „Es bringt Sie nicht um!“

Fünftes Kapitel

Das Wochenende mochte zwar ereignislos verlaufen sein, doch hatte es Forest Gelegenheit gegeben, sich zu beruhigen. Er erwachte Montag früh mit neuer Energie, die Bilder seiner Träume noch frisch im Kopf.

Er hatte einen Alptraum erlebt. Er war durch eine Wüste gestolpert, und ein Riesengeier mit Selinas Gesicht kreiste über ihm und wartete darauf, daß er zu Boden ging. Doch plötzlich zuckte ein Blitz aus dem leeren Himmel herab, ließ das Ungeheuer explodieren und zu Asche verbrennen. Doch ehe ihn die Ascheflocken erreichen konnten, verwandelten sie sich in einen sanften Regen, der sein Gesicht und seinen brennenden Körper kühlte. Er hatte die Augen geschlossen, und als er sie wieder öffnete, erblickte er Jenny Wells. Das goldene Haar bildete eine Aura um ihr Gesicht, die blauen Augen waren zärtlich und lockend, während sie die Hände nach ihm ausstreckte. Forest hatte sich auf die Jagd nach ihr gemacht und zu seiner großen Freude feststellen können, daß sie sich ihm nicht entzog. Im Näherkommen fühlte er etwas in sich reagieren, eine sexuelle Erregung, die er beinahe nicht zügeln konnte. Er erwachte mit dem spürbaren Beweis für die Intensität seines Traums.

Forest hob den Arm und schaltete das Wetterradio ein. Unbewußt begann sein Verstand die Daten zu absorbieren. Die heutigen Ziffern waren beruhigend. Lächelnd stand Forest auf. Der Angelpunkt war Jenny, zumindest war sie das Symbol für die Antwort auf sein Problem. Auf dem Weg zur Dusche blieb Forest stehen und betrachtete sich intensiv im Spiegel, besonders die Augen. In seinem Kopf öffnete sich eine Tür. „Forest Hill, du bist Meteorologe“, sagte er zu sich selbst. „Tu das, worauf du dich verstehst!“ „Ich weiß“, antwortete er sich selbst. „Ich tu’s ja auch!“ Dann trat er unter die Dusche und schrubbte sich die letzten drei Tage vom Körper.

Gesäubert und entschlossen wickelte sich Forest ein Handtuch um die noch immer schmale Hüfte und wanderte durch den Flur ins Wohnzimmer. Er setzte sich hinter seinen Schreibtisch und starrte kurz auf seine Tasche. Dann griff er nach dem Telefon, klemmte sich den Hörer unter das Kinn und spielte mit der rechten Hand eine Melodie auf der Wähltastatur. Zugleich öffnete er mit der linken Hand das Kombinationsschloß der Aktentasche. Als er zu seinem Büro im Sender durchverbunden worden war, lag die Tasche mit Karten und Dokumenten offen vor ihm.

„Forest Hills Büro. Micky Leary."

„Hallo, Kleines. Ich bin's."

Sie schnaubte durch die Nase. „Mann, Boß. Was gibt es sonst Neues? Kommen Sie heute zur Arbeit?"

„Nein, Micky. Aber ich möchte, daß Sie für mich etwas erledigen. Rufen Sie General Harlan Wells im Pentagon an und machen Sie einen Gesprächstermin mit ihm aus."

„Für wann, Forest?"

„Für heute, Sie müssen sich also ein bißchen beeilen." Es trat eine Pause ein, während Micky überlegte, ob sie die große Frage stellen sollte, doch sie blieb sich treu und brachte sie vor.

„Ich will es versuchen, Boß. Ehrlich. Aber was ist, wenn der General zu tun hat oder so?" Sie brachte es fertig, aus ihrer Stimme jeden Sarkasmus herauszuhalten.

„Für mein Problem wird er Zeit haben. Zuerst sagen Sie ihm, wer ich bin. Wenn ihn das nicht in Fahrt bringt, sagen Sie, es gehe um eine Angelegenheit von großer Dringlichkeit. Wenn nötig, können Sie die Worte ‚nationale Sicherheit' einfließen lassen. Und wenn das nicht klappt, erwähnen Sie den Namen seiner Tochter, Jenny Wells. Rufen Sie mich zurück."

Micky atmete hörbar ein. „Sagen Sie mal, was geht hier vor? Wollen Sie sich zum Militär melden oder etwa heiraten?"

Forest lächelte und murmelte liebevoll ins Telefon: „Seien Sie kein Dummkopf! Ich erwarte Ihren Anruf." Er war noch nicht ganz angezogen und suchte noch nach sauberen Socken, als das Telefon wieder klingelte.

„Ja, Micky?"

Sie lachte stolz. „Mann, o Mann! Sie sind ja wirklich berühmt! Wir brauchten nicht mal den nationalen Notstand auszurufen. Der General freut sich, Sie zu empfangen." Forests Hand verkrampfte sich um den Hörer. „Termin um zwei Uhr. Sie nehmen Flug 941 Eastern Airlines, ab LaGuardia 12.30 Uhr."

Forest blinzelte und überschlug hastig seinen Zeitplan. „Hören Sie zu, Mick. Das haben Sie sehr gut gemacht. Jetzt tun Sie mir bitte noch einen Gefallen. Erarbeiten Sie mir heute das Wetter und machen Sie es mir für die Sendung fertig."

„Klar, Boß, gern. Aber können Sie mir auch vertrauen?" Forest blickte zum Fenster hinaus: Der Himmel war wolkenlos. Die Hitzewelle war noch nicht abgeebbt.

„Selbstverständlich vertraue ich Ihnen, Micky. Selbstverständlich!"

Sechstes Kapitel

Welchen Zauber das Fliegen einmal besessen haben mochte, für den Geschäftsmann war es damit längst vorbei. Der Shuttleflug nach Washington glich einer verlängerten Busfahrt durch die Stadt, nur konnte man sicher sein, daß man auch einen Sitzplatz bekam. Man erstand das Ticket in der Maschine, quälte sich anderthalb Drinks hinunter und war schon am Ziel, in dem vollen Bewußtsein der Tatsache, daß die An- und Abfahrt zum und vom Flughafen länger dauerte als der eigentliche Flug. Für Forest jedoch war die Reise ein wunderbares Abenteuer in einer feierlichen und magischen Wolkenwelt.

Forest stieg vor dem Pentagon aus dem Taxi und sah sich mit großen Augen um. Sooft er Washington auch besuchte, die Stadt beeindruckte ihn immer wieder. Sein Blick glitt am Horizont über das Lincoln-Denkmal, das Weiße Haus, das Washington-Monument und das Jefferson-Memorial – eine gewaltige Menge historischer Marmor. Und vor ihm ragte das größte Bürogebäude der Stadt auf. Plötzlich fragte er sich, was er eigentlich hier wollte. Seine kostbare Aktentasche kam ihm ganz unbedeutend vor, und er wechselte sie nervös von Hand zu Hand. Aber er war nun einmal hier, und es wäre sinnlos gewesen umzukehren, ohne es auch nur zu versuchen. Also straffte er in unbewußter Nachahmung seines Bruders die Schultern und marschierte durch den Vordereingang.

Ein Offizier am zentralen Informations- und Einlaßtisch registrierte Forests Namen und ließ sich den Termin mit dem General telefonisch bestätigen. Anschließend stellte er Forest einen Besucherausweis für den Jackenaufschlag aus. Außerdem überreichte er ihm einen kleinen gedruckten Grundriß und kennzeichnete das Büro des Generals mit einem Kreis. Der Weg dorthin sah einfach aus, aber das war er natürlich nicht.

Das Pentagon besteht aus fünf Stockwerken in fünf konzentrischen Ringen, die durch zehn speichenähnlich angebrachte Korridore miteinander verbunden sind. Das Büro des Generals trug die Nummer 3-C-138. Die Zeichenerklärung machte deutlich, daß die erste Ziffer das Stockwerk, der Buchstabe den Ring, die nächste Zahl den Korridor und die letzten beiden das Zimmer kennzeichneten. Forest blickte sich um. Er befand sich in der Hauptflurebene, die an eine kleine überdachte Stadt erinnerte – es gab hier alles, einen Buchladen, eine Bank, Zahnklinik, einen Blumenladen und eine Bäckerei.

Forest fand eine Rampe und begann den Aufstieg. Dabei kam er an Modellen von Flugzeugen und Geschossen und vielen hundert Gemälden vorbei, die das amerikanische Militär der Vergangenheit und Gegenwart verherrlichten. Forest fand dieses Gepränge ein wenig aufdringlich – wie bei einer unermeßlich reichen Frau, die all ihren Schmuck gleichzeitig angelegt hat. Im dritten Stockwerk fand er den A-Ring, dem er bis zum ersten Korridor folgte, diesen ging er bis zum C-Ring hinab und wandte sich dann nach links, um Zimmer 38 zu suchen. Er hatte Glück, brachte Entschlossenheit auf und war bereit, sich nach dem Weg zu erkundigen – so schaffte er es wie durch ein Wunder, General Wells' Büro in weniger als einer Viertelstunde zu erreichen.

Forest zögerte einen Augenblick lang vor dem Eintreten und bemerkte dabei ein großes Gemälde an der Wand neben der Tür des Generals. Es war ein Ölgemälde, auf dem der Beginn des letzten Triumphs der Union bei Chattanooga festgehalten war; jedenfalls besagte die Unterschrift: „Unionstruppen unter General Hooker verdrängen am 24. November 1863 die Konförderierten vom Lookout-Berg, Tennessee.' Das Bild war 1863 von einem gewissen H. Charles McBarron gemalt worden und hieß: „Schlacht der Wolken". Forest lachte leise vor sich hin und öffnete die Tür. Hier war er richtig.

Der General bekleidete offenbar einen wichtigen Posten; sein Büro war eher eine Zimmerflucht. Forest befand sich in einer großen Empfangszone, mit Teppichboden ausgeschlagen, darin mehrere armeegrüne Ledersofas und Sessel. Ein blonder Soldat mit Babygesicht und Bürstenhaarschnitt saß hinter einem großen Mahagonitisch und tippte auf einer Schreibmaschine, sprach in einen Telefonhörer und kaute gleichzeitig auf einem Kaugummi herum. Sein Gesicht bot ein vollkommenes Beispiel unschuldiger Konzentration. Amüsiert stellte Forest fest, daß das Büropersonal doch überall gleich war, ob nun männlich oder weiblich. Vermutlich lag es am Job. Nach kurzer Pause hörte der Soldat auf zu tippen und legte den Hörer auf. Das Kauen war aber noch nicht zu Ende. Forest lächelte kurz.

„Hallo. Ich bin Forest Hill und habe einen Termin beim General Wells." Der Soldat blickte in einen Terminkalender und musterte dann Forest.

„In der Tat, Mr. Hill. Ich mußte ein paar andere Sachen verschieben, um Zeit für Sie zu schaffen. Der General hat viel zu tun."

„Vielen Dank. Das war nett von Ihnen."

Der Soldat stand auf und zuckte die Achseln. „Danken Sie nicht mir, Kumpel. Es war der General. Er hat eine Schwäche für Meteorologen oder so. Ich melde Sie an." Der Soldat begab sich zu einer Tür hinter sich, klopfte zweimal energisch und trat ein, wobei er die Tür hinter sich schloß. Forest überlegte, ob der Mann sich über ihn lustig gemacht hatte, aber im Grunde war es ihm egal; seine Handflächen begannen feucht zu werden. Die Tür ging auf, und der Soldat winkte Forest herein.

Forest erblickte eine Teppichfläche vor sich, die eine Meile breit zu sein schien; in der Ferne sah er hinter einem großen U-förmigen Tisch einen stattlichen Mann mit zurückweichendem Haar und einer Zigarre im Mund. Er besaß dicke, buschige Augenbrauen und ausgeprägte Wangenpolster und füllte seine Uniform zur perfekten Karikatur kapitalistischen Genießertums. Während Forest den langen Marsch durch das Büro bewältigte, registrierte er die amerikanische Flagge rechts hinter dem General und eine zweite Fahne links. Aus den Fenstern blickte man auf Rasenflächen und einen Brunnen. Die Wände waren dicht an dicht mit Landkarten bedeckt. Der General erhob sich erst, als Forest seinen Tisch erreicht hatte, dann streckte er den Arm aus und schüttelte Forest einmal energisch die Hand.

„Es freut mich, Sie kennenzulernen, Mr. Hill. Setzen Sie sich, setzen Sie sich." Forest ließ sich in einen der beiden weichen Stühle vor dem Tisch sinken und sah zu, wie der General seine Körpermasse langsam in den eigenen Sessel senkte. Dabei paffte er mit schnellen Zügen an der Zigarre, die ihm aus dem Mundwinkel ragte, bis sein Kopf von Rauchwolken umgeben war. Sein Blick war nach innen gerichtet, als erinnere er sich an etwas, und er lachte leise vor sich hin, doch nicht sehr freundlich. Nach kurzem Schweigen widmete er seine Aufmerksamkeit wieder dem Besucher und nahm die Zigarre aus dem Mund.

„Sie sind komisch, Mr. Hill. Jawohl, Sie sind ein komischer Mann. Immer wenn ich in New York bin, sehe ich mir Ihre Schau an. Meine Güte, was Sie aus einem Wetterbericht machen, ist einmalig!" Sein dickes Gesicht verzog sich vor Lachen, und er deutete mit der Zigarre auf Forest und fuchtelte beim Sprechen damit herum. Forest fiel auf, daß er kein sauberer Raucher war. Der General verstreute nicht nur überall seine Asche, sondern hatte es auch geschafft, die Zigarrenspitze zu einem feuchten, faserigen Stumpf zu zerkauen.

„Vielen Dank, General. Es freut mich, daß Ihnen mein Auftritt gefällt." Forest wollte schon weitersprechen, aber der General unterbrach ihn.

„Wie geht es Ihrem Bruder Arthur?" Er wartete die Antwort nicht ab. „Ein verdammt feiner Bursche, Ihr Bruder. Und ein verdammt guter Soldat. Wissen Sie, er hat meine kleine Tochter Jenny unter seine Fittiche genommen. Sie studiert in Harvard Computermathematik oder etwas in der Art, und der alte Arthur hat ihr einen Sommerjob in Goddard verschafft. Verdammt nett von ihm und Valerie, auf sie aufzupassen . . . und ihr hier unten eine Arbeit zu verschaffen, in der

Nähe ihres Vaters. Ansonsten bekomme ich sie kaum noch zu Gesicht, seit sie auf dem College ist. Harvard! Eine reine Jungen-Universität. Nicht mal Radcliffe! Na ja, wenigstens ist sie nicht in West Point gelandet wie ich." Er lachte lauthals über seinen Witz, und Forest fragte sich, ob er jemals mit dem Reden aufhören würde. Er kam zu dem Schluß, daß er wohl die Initiative ergreifen müsse, und nutzte die erste Sprechpause aus.

„Dazu kann ich Ihnen sagen, daß ich Jenny erst neulich abend auf einer Party kennengelernt habe, General. Sie war mit meinem Bruder und Valerie da. Jenny ist eine hübsche junge Dame, und sie hat scharfe Augen. Sie war klug genug, sich von den Partygästen nicht täuschen zu lassen."

Der General blinzelte Forest zu. „Sie eingeschlossen, mein Sohn?"

„Mich ganz besonders, Sir. Sie hielt uns alle für langweilige alte Täuscher und sagte mir das auf den Kopf zu. Was mir an ihr ganz besonders gefallen hat." Forest lächelte bei dem Gedanken. Der General machte ein stolzes Gesicht und zog weiter an seiner Zigarre.

„Sie hat in der Tat ihr eigenes Köpfchen, meine Tochter. Und ein dazu passendes Mundwerk." Schweigend saßen sie einen Augenblick da, dann warf der General einen verstohlenen Blick auf die Uhr und beugte sich vor. „Nun, was kann ich für Sie tun, Mr. Hill? Ich nehme an, daß Sie den weiten Weg nicht nur gemacht haben, um mal ein wenig mit dem Vater der kleinen Jenny zu plaudern." Forest schluckte. Nachdem nun der entscheidende Augenblick gekommen war, wußte er nicht, wie er beginnen sollte.

„In Wahrheit war es Ihre Tochter, die mir den Gedanken eingab, mich an Sie zu wenden. Nicht direkt, aber sie weckte meine Erinnerung, daß Sie ja bei der Armee für das Wetter zuständig sind . . ., und es gibt da etwas, das Sie meines Erachtens wissen sollten."

Der General lehnte sich gelassen zurück. „Ja, das ist eines meiner Gebiete, obwohl wirklich nicht viel dazu gehört. Ich will sehen, was ich für Sie tun kann." Forest hob seine Aktentasche und deponierte sie auf dem schimmernden leeren Tisch des Generals. Während des Sprechens stellte er die Kombination ein.

„General, es geht um folgendes: Viele Menschen halten meine

Wettervorhersagen für komische Sketche. Ich muß zugeben, daß sie das in gewisser Weise auch sind. Aber gleichzeitig sind meine Vorhersagen sehr präzise. Sogar die präzisesten von allen Fernseh-Meteorologen." Forest lobte sich selbst, um eine Basis für seine Darstellung zu schaffen, aber der General ließ ihm das nicht durchgehen.

„Dieser Meinung sind Sie selbst, Mr. Hill?"

„Jawohl, General. Auch auf die Gefahr hin, selbstbewußt zu erscheinen. Ich erwähne es, weil ich, um diesen hohen Genauigkeitsgrad zu erzielen, präziser recherchiere und gezielter nachfasse als jeder meiner Kollegen. Das heißt, daß ich mich nicht nur auf Satellitenfotos und allgemeine Wind- und Temperaturveränderungen verlasse. Ich grabe tiefer und stelle genau fest, was in jedem Teil des Landes im einzelnen passiert."

Der General gab sich größte Mühe, nicht gelangweilt zu erscheinen. „Ich halte das für ausgezeichnet, Mr. Hill. Ich hatte auch angenommen, daß Sie Ihr Handwerk verstehen. Ich meine, sicher zahlt man Ihnen das hohe Gehalt nicht nur als Clown, oder?"

Forest ignorierte den Sarkasmus des Generals und setzte seine Darstellung unbeirrt fort, wobei er Papiere und Karten aus der Aktentasche nahm und auf dem Tisch zurechtlegte.

„Im Verlaufe meiner Recherchen, General, mußte ich etwas Seltsames feststellen. Zuerst dachte ich ja, ich hätte mich geirrt oder ich erhielte ungenaue Informationen. Doch wenn es um das Wetter geht, lasse ich nicht locker. Also ließ ich die Zahlen überprüfen und nochmals überprüfen, und das alles läuft auf folgendes hinaus: In den letzten beiden Jahren hat es in den Vereinigten Staaten eine Reihe von Wetter . . ." – Forest zögerte, um sich das richtige Wort zu überlegen – „Wetterereignissen gegeben, die eigentlich nicht hätten eintreten dürfen. Sie entsprachen in keiner Weise den uns bekannten Naturgesetzen – und doch traten sie auf. Und jeder dieser Vorfälle endete mit einer Katastrophe." Forest blickte den General offen an. „Einer Wetterkatastrophe."

Unter Forests starrem Blick begann der General zu blinzeln, und in seine Augen trat ein schlauer Ausdruck. Der letzte Rest von Jovialität wich aus seinem Gesicht. „Das ist ja ausgesprochen interessant, Mr. Hill", sagte er gedehnt. „Ausgesprochen interessant. Aber warum erzählen Sie mir das alles? Ich bin kein Wissenschaftler. Ich bin nur ein müder alter Soldat, der hier für die Armee im Papierkrieg seinen Mann steht." Er versuchte sich an einem Lachen, aus dem aber nichts wurde.

Forest stand auf, ordnete seine Papiere in vier Stapel und beugte sich über den Tisch des Generals. Der Schreibtisch war jedoch so groß, daß die beiden Männer sich auf diese Weise kaum näher kamen. „Ich habe Ihnen dies alles gebracht, General, weil ich mir Sorgen mache. Ich bin kein Superpatriot und kein Mann, der Unkenrufe ausstoßen möchte, doch mit unserem Wetter geht etwas Seltsames vor, und ich möchte dafür sorgen, daß an hoher Stelle jemand darüber Bescheid weiß. Wissen Sie davon?" Starr musterte er den dicken Mann, der jedoch seinen Blick gelassen erwiderte.

„Nein, mein Sohn, nicht daß ich wüßte. Warum erzählen Sie's mir nicht mal von Anfang an?"

Forest hatte das Gefühl, von oben herab behandelt zu werden, und wollte schon gereizt auffahren, aber dann nahm er sich zusammen. Wichtig war im Augenblick nur, angehört zu werden; die Tatsachen würden für sich selbst sprechen.

„Ich möchte Ihnen vier dieser seltsamen Ereignisse vortragen, nur vier. Mal sehen, was Sie davon halten." General Wells nickte aufmunternd und ließ seine alte Zigarre in einen Papierkorb fallen. Er zog eine neue aus der Brusttasche, biß das Ende ab und spuckte es ebenfalls in den Papierkorb.

„Ich höre Ihnen zu, Mr. Hill. Ich bin ganz Ohr. Mal hören, was Sie zu sagen haben." Er neigte sich im Stuhl zurück, legte beide Füße auf den Tisch und schloß halb die Augen, während er an seiner Zigarre zog. Forests Herz begann schneller zu schlagen mit der Erkenntnis, daß er tatsächlich die Chance erhielt, seine Geschichte zu erzählen.

„Am 9. Juni 1972 brach über Rapid City, Süd-Dakota, der Canyon-Lake-Damm. Zweihundertsechsunddreißig Tote wurden geborgen. Hundertvierundzwanzig Menschen wurden vermißt. Die Sachschäden betrugen Hunderte von Millionen. Es war die schlimmste Flut im

Lande seit der Mississippi-Überschwemmung 1927." Der General brummte zustimmend.

Forest versuchte präzise und ohne Gefühl vorzutragen. Ihm standen unzählige Einzelheiten zur Verfügung, und wenn sich sein Vortrag einstudiert anhörte, dann nur deswegen, weil er ihn so oft im Geiste durchgegangen war. Er öffnete einen Hefter mit Dokumenten: Übersichtskarten, Satellitenbilder und Pressefotos von der Überschwemmung und ihren Folgen. In manchen Bildern standen Autos aufrecht an Telegrafenmasten, Betten hingen in Bäumen, und Bäume waren in Häuser gedrückt worden.

Forest schob die Mappe zum General hinüber. „Der lokale Wetterbericht für jenen Tag sprach von unterschiedlicher Wolkendecke mit gelegentlichen Schauern und Gewittern. Das stimmte genau für die relativ schwache Warmfront, die sich der Gegend näherte." Forest wartete, bis der General den Blick von den Unterlagen hob. „Diese schwache Front brachte in knapp sechs Stunden 37,5 Zentimeter Regen nach Rapid Creek! Auf der Basis der gegebenen atmosphärischen Bedingungen war das unmöglich, Sir!"

Forest wartete auf eine Reaktion, bekam aber außer einer emotionslosen Rauchwolke nichts zu sehen. Der General zupfte an seiner Hose.

„Erstens, mein Sohn, war es *doch* möglich, weil es eben geschehen ist. Zweitens – und Ihr offensichtliches Interesse für Details wird Ihnen das sicher offenbart haben – hat ein Pilot des Innenministeriums etwa dreihundert Kilo Trockeneis in eine Gruppe vereinzelter Wolken westlich der Stadt abgeworfen. Das war ein Fehler, denn der für das Projekt verantwortliche Offizier besteht darauf, er habe dem Piloten gesagt, die Wolken südlich der Stadt zu besäen. Die Flutopfer behaupten natürlich, die Regierung habe nachlässig gehandelt."

„Mir war nicht bekannt, daß Wolkenabregnen den Niederschlag um mehr als zehn Prozent steigern kann", sagte Forest betont.

„Mir auch nicht. Aber die ganze Sache ist noch vor Gericht anhängig, also ist es wohl müßig, darüber zu diskutieren. Was haben Sie sonst noch?" Forest überlegte einen Augenblick lang und faßte dann den Entschluß, nicht weiter nachzudenken. Er öffnete eine andere

Akte und drehte sie zum General herum. Die Überschrift lautete: „Johnstown-Flut".

„Am 21. Juli 1977 wurde Johnstown, Pennsylvanien, durch eine Überschwemmung verwüstet. Siebenundsechzig Todesopfer, viertausend verloren das Dach über dem Kopf."

„Das geht doch noch", warf der General ein, „wenn man an die Flut gleichen Namens denkt, die 1889 zweitausend Todesopfer forderte."

„Zweitausendzweihundert", gab Forest zurück. Er erkannte, daß das Spiel nun wirklich begonnen hatte. „Das Hochwasser dieses Jahres, General, wurde durch ein Gewitter erzeugt, das fast neun Stunden lang über der Stadt verharrte und dabei annähernd einundzwanzig Zentimeter Regen fallen ließ."

Der General hob die Handflächen, als wolle er fragen: „Na und?" Forest ließ sich frustriert in seinen Stuhl sinken. Der Mann wollte die Dinge nicht mit seinen Augen sehen. Forest erhob sich wieder und schob dem General die Ordner hin. Dann griff er über den Tisch und breitete die Papiere aus. Als er die gesuchte Übersichtskarte gefunden hatte, tippte er mit dem Finger auf einen kleinen schwarzen Punkt mit einer daran gezeichneten Flagge. Die Flagge wies zwei lange und einen kurzen Streifen auf. Die langen Streifen markierten jeweils eine Windgeschwindigkeit von zehn Knoten und der kürzere Streifen eine Windgeschwindigkeit von fünf Knoten.

„Die Flaggen zeigen Richtung Südsüdwest mit einer Geschwindigkeit von fünfundzwanzig Knoten für die höheren Winde an", sagte er langsam und legte dem General eine Reihe von NOAA-Satellitenfotos vor. „Das Unwetter aber steht still. Und das, Sir", betonte er und ahmte das letzte Achselzucken des Generals nach, „ist physikalisch unmöglich!"

Der General blieb unbeeindruckt. „Ich wiederhole . . ."

„Ich weiß, ich weiß: Es ist nun mal passiert." Forest ließ sich seinen Ärger anmerken, doch er wollte erst zu diskutieren beginnen, wenn er alle Beweise auf den Tisch gelegt hatte. Er öffnete den nächsten Ordner.

„Sehen wir uns ein anderes Ereignis an, General. In der Woche nach dem 20. Juni sind in Arizona und New Mexico acht große Brände aufgetreten. Das größte Feuer brach fünfzig Meilen südwestlich von Los Alamos aus. Es breitete sich auf eine Fläche von elftausend Morgen aus und richtete Schäden in Höhe von zehn Millionen Dollar an."

„Ich glaube, es waren eher dreizehn Millionen, Mr. Hill." Der General schien Gefallen daran zu finden, Forest zu sticheln.

„Ein großer Teil des Wissenschaftlichen Labors von Los Alamos wurde vernichtet. Dabei handelt es sich doch um eine Ihrer wichtigsten Nuklearforschungseinrichtungen, nicht wahr, General?" Forest erhielt ein neutrales Nicken zur Antwort. „Nun, theoretisch wurden diese Brände durch Blitze aus dichten Gewitterwolken ausgelöst, die mit etwa zwölf Knoten Geschwindigkeit von Westen nach Osten wanderten."

Der General raffte sich auf und beugte sich über seinen Tisch. „Die Brände gehen eindeutig auf Blitze zurück. Wir haben darüber Aussagen von Augenzeugen. Und kein Wunder – es war eine der schlimmsten Trockenperioden, die der Westen jemals erlebt hat. Die Bodenfeuchtigkeit war so tief abgesunken wie seit fünfzig Jahren nicht mehr. Wo steckt nun Ihre... Ihre Unregelmäßigkeit?"

„Sie begreifen nicht, was ich sagen will, General", sagte Forest heftig. „Die Blitze über Los Alamos kamen aus Gewitterwolken von einer Größe und Dichte, wie sie nur am Äquator anzutreffen sind. Zum Teufel, was hatte ein tropisches Gewitter über New Mexico zu suchen?" Forest wartete die Antwort, die bestimmt unbefriedigend ausfallen würde, gar nicht erst ab.

„Zum Abschluß möchte ich Ihnen von einer Katastrophe berichten, die sich erst letzten Freitag ereignete, unter" – eigentlich wollte er *unmöglich* sagen – „unwahrscheinlichen Begleitumständen. Die kleine Stadt Garnett in Kansas wurde von einem System aus drei Tornados ausgelöscht, das anscheinend aus dem Nichts kam."

„Das ist doch immer so", brummte der General beinahe unhörbar. Forest ging um den breiten Tisch herum und widerstand dem Impuls, den begriffsstutzigen und nervtötenden General zu erwürgen.

„Die Tornados bewegten sich mit etwa vierzig Meilen in der Stunde in östlicher Richtung. Die drei Wirbel, jeweils etwa hundert Meter dick, vernichteten alles, was ihnen in den Weg kam.“ Forest legte eine Gruppe von sechs Telefotos auf den Tisch. „Sechshundertachtzig Menschen kamen ums Leben, die höchste Zahl von Opfern, die jemals einem Tornado zugeschrieben wurde.“

„Es sind schon früher dreifache Wirbel aufgetreten“, sagte der General mürrisch.

„Das stimmt, aber nicht mit solcher Geschwindigkeit und Vernichtungskraft. Kansas hat ein ausgefeiltes Tornadowarnsystem, das den Leuten normalerweise Zeit läßt, den Keller aufzusuchen. Die beiden zusätzlichen Trichter erschienen beinahe gleichzeitig, und die Stadt wurde dem Erdboden gleichgemacht, ehe sich die Hälfte der Bevölkerung in Sicherheit bringen konnte. Und weiter: Normalerweise hätte sich der Schaden auf Holzhäuser beschränkt, doch diesmal wurden auch zwei Fabriken aus Stein vernichtet. Das läßt darauf schließen, daß die Windstärke in der Außenwand der Tornados mindestens sechshundert Meilen in der Stunde betragen haben muß.“ Forest blickte auf den General hinab. „Zweimal soviel wie bei einem normalen Tornado!“

Der dicke Mann blickte zu Forest auf; es schien ihm nichts auszumachen, daß der andere sich über ihn beugte. „Na und?“

„Es ist im Grunde unmöglich, daß sich diese Tornados überhaupt bilden konnten. Nicht zu dem Zeitpunkt. Nicht an der Stelle.“ Forest zog die entsprechenden Satellitenfotos und Übersichtskarten aus der Akte. Er deutete auf einige Ziffern über Garnett, Kansas. „Für einen Tornado braucht man viel Hitze, und die hatten wir. In den beiden Tagen stiegen die Temperaturen ständig. Aber sehen Sie sich das an!“ Forest legte dem General die Satellitenaufnahmen vor. „Drei Tage lang lag das Gebiet unter einer Wolkendecke. Die Sonne hatte keine Möglichkeit, eine Erhitzung zu bewirken. Was, zum Teufel, hat die Temperatur hochgehen lassen?“

General Wells sah sich die Wetterkarte einen Augenblick lang eingehend an, tippte mit dem Finger darauf, zuckte die Achseln und schwieg. Forest kehrte auf die andere Seite des Tisches zurück und setzte sich. Urplötzlich war er müde. Er hatte das Gefühl, auf verlorenem Posten gekämpft zu haben – dabei war das Härteste noch nicht einmal überstanden.

Es gibt in der Armee den Spruch, daß niemand zufällig General wird. Auf Harlan Wells traf diese Regel durchaus zu. Hinter der Fassade des einfachen Mannes, der ständig abgelenkt zu sein schien, wirkten ein kluger Verstand und eine machtvolle Persönlichkeit. Forest beobachtete fasziniert und mit einem Hauch von Schrecken, wie diese verborgenen Qualitäten gleich einer sich aufrichtenden Schlange hervortraten.

Der General schob die erkaltete Zigarre im Mund herum und legte beide Hände flach auf den Tisch. Sein Gesicht war völlig ausdruckslos. „Sie müssen mir das nachsehen, Mr. Hill, wenn ich ein wenig begriffsstutzig bin wegen des Rätselhaften, das Sie so aufregt. Ich habe mir Ihre Geschichte angehört und kann mir denken, warum Sie so verwirrt sind. Himmel, ich bin es auch! Sie haben mir da ein paar verdammt interessante Fälle präsentiert, aber worüber regen Sie sich eigentlich so auf? Sie erwarten doch nicht etwa, daß das Wetter logisch ist, oder?“

Forest seufzte ergeben. „Nein, General, doch ich gehe davon aus, daß die Naturgesetze bis zu einem gewissen Maß konstant bleiben. Wenn sie das nicht tun, wenn sie das immer wieder nicht tun, muß ich vermuten, daß etwas nicht stimmt. Und das macht mir Kummer.“ Forest blickte den General an und erkannte, daß ihm nichts anderes übrigblieb, als unverblümt damit herauszuplatzen. „Ich glaube, das ganze System ist in Gefahr, und meine Fälle sind nur Symptome für Dinge, die Dinge, die uns noch blühen.“ Er blickte dem General offen in die Augen. „Außerdem glaube ich, daß die militärischen Wetterversuche die Ursache dafür sind.“

Der General blinzelte nicht. Er hob den Kopf und schien ehrlich amüsiert zu sein; er begann zu lachen. Sein Lachen ging Forest um so mehr auf die Nerven, als es nicht gezwungen klang. Der dicke Mann stand auf und kam um den Tisch herum. Er setzte sich in den Besucherstuhl neben Forest und tätschelte ihm das Knie.

„Hören Sie zu, mein Sohn, ich glaube, Sie erregen sich da wegen einer Nichtigkeit. Dem Militär kann man vieles vorwerfen, aber diese Sache nicht. Bei vielen Dingen im Leben muß man sagen können: ‚Na, das ist eben so eine verrückte Sache‘ und es dabei bewenden lassen.“ Wieder schlug der General dem anderen auf das Knie, und Forest zuckte zurück. Erneut stieg Zorn in ihm empor.

„Das genügt mir aber nicht, General. Als Erklärung genügt es absolut nicht. So viel Tod und Vernichtung, so viele seltsame Ereignisse lassen sich damit nicht begründen. Man kann sie nicht einfach ‚verrückte Zufälle‘ nennen und vergessen.“ Der General merkte, daß Forest dicht vor dem Explodieren war, und versuchte ihn zu beruhigen.

„Nun mal halblang, mein Sohn. Wenn man etwas eine verrückte Sache nennt, heißt das doch nicht, daß man sie vergessen soll. Sie können versichert sein, daß wir diese Dinge im Auge behalten. Und es heißt auch nicht, daß es keine Erklärung gibt. Es bedeutet nur, daß die Erklärung am Ende einer langen Kette von Ereignissen liegen mag, die zurückführt bis zu einem Punkt außerhalb unserer Wahrnehmung. Daß wir uns jetzt keine Antwort zusammenreimen können, heißt nicht, daß es keine gibt oder daß wir sie nicht eines Tages erhalten werden.“

Forest schüttelte energisch den Kopf. „‚Eines Tages‘ – das reicht nicht, General. Um das Problem muß man sich jetzt kümmern. Ich glaube, daß diese Katastrophen nur die Spitze des Eisbergs sind und daß der ganze Planet bedroht ist, wenn das Militär nicht mit den Wetterversuchen aufhört. Ich habe diese Dinge sorgfältig studiert und sehe keine andere Ursache oder Lösung für das Problem.“

Der General lachte vor sich hin und warf seine Zigarre in Richtung Papierkorb. „Ich möchte Sie nicht kränken, Mr. Hill. Ich weiß, Sie sind Meteorologe und haben das alles studiert, aber vielleicht haben Sie doch einige grundlegende Tatsachen vergessen. Verzeihen Sie mir also, wenn ich Ihrem Gedächtnis ein wenig auf die Sprünge helfe. Wenn es um das Wetter geht, kann man niemals ‚niemals‘ sagen. Kein Zweifel – die Wetterabläufe der Welt verändern sich, aber darüber gibt es viele Theorien.

Die beliebteste läuft darauf hinaus, daß wir uns in einer ausgedehnten Auskühlungsperiode befinden, die in letzter Konsequenz mit einer neuen Eiszeit endet. Natürlich nicht zu unseren Lebzeiten, was die Vorstellung ein wenig erträglicher macht. Dagegen steht eine ganz andere Theorie, die davon ausgeht, daß wir eine Erwärmung erleben. Beide Seiten bringen Logik und Beweistatsachen in die Diskussion." Der General zuckte die Achseln und stand auf, um im Büro hin und her zu gehen. Forest neigte den Kopf und biß die Zähne zusammen.

„Dann gibt es da die Sonnenfleckentheorie", fuhr der General fort. „Danach verändert sich der Wetterzyklus alle sieben Jahre. Oder die Ansicht, daß sich die Schwankung der Erdachse entsprechend auswirkt, dann die Theorie, die auf eine Zunahme von Staub in der oberen Atmosphäre abhebt, dann den Treibhauseffekt." Der General sprach, als mache er sich über diese Dinge lustig, doch Forest sah keinen Grund zum Lachen.

„Begreifen Sie, was ich meine?" fuhr der General fort. „Niemand weiß es genau. Und wenn Sie meinen, daß Sie da ein paar verrückte Ereignisse zu präsentieren haben, was sagen Sie dann zu der Tatsache, daß wir in ungeraden Jahren solches Wetter und in geraden Jahren ganz anderes Wetter haben? Oder daß die Stratosphärenwinde über dem Äquator ein Jahr nach Westen und im nächsten nach Osten gehen? Es schwirren etwa sechzig Theorien herum, von denen jede zumindest theoretisch die Unlogik des Wetters erklärt. Wenn Sie also eine neue haben, Mr. Hill, so können Sie sie gern auf der Liste eintragen. Nur geben Sie dem Militär keine Schuld daran. Mein Job ist schon mühsam genug."

Der General war zu seinem Tisch zurückgekehrt und setzte sich nun, wobei er Forest gleichmütig ansah und mit den Fingern seiner dicken Hand auf der Schreibunterlage herumtrommelte. Die beiden Männer musterten sich schweigend. Forest wußte, daß das Gespräch beendet war, doch zugleich war ihm bewußt, daß etwas Größeres für ihn vorbei war. Das ausdruckslose und selbstgefällige Gesicht ragte wie eine Steinmauer vor ihm auf. Er hatte es versucht, er hatte sich wirklich größte Mühe gegeben. Er hatte sich gründlich vorbereitet und hatte sich Sorgen gemacht. Und zuletzt hatte er seinen Ruf aufs Spiel gesetzt, weil es ihm wichtig war und weil er Angst hatte. Aber das war nun vorbei. Wenn ihm niemand zuhören wollte, wenn ihm niemand glaubte, warum sich überhaupt Gedanken darüber machen?

Vielleicht lag er ja völlig falsch. Vielleicht war es egal, was er tat. Wenigstens zu seinen Lebzeiten. Es war das Problem der anderen, sollten die sich darum kümmern! Forest stand auf und begann seine Papiere einzusammeln. Er blickte den General an und setzte sein bestes Fernsehlächeln auf. „Tut mir leid, General, daß ich Ihnen die Zeit gestohlen habe“, sagte er und schob die Unterlagen in seine Tasche, „und mir selbst wohl auch.“ Beide spürten die Veränderung in der Atmosphäre. Der General bedachte Forest mit einem freundlichen Lächeln.

„Machen Sie sich deswegen keine Sorgen, mein Sohn. Und nehmen Sie es nicht so schwer.“ Er legte die Hände auf den Tisch und stemmte sich hoch. „Sie haben Ihr Bestes gegeben, und ich kann zumindest sagen, daß Sie das Herz auf dem rechten Fleck haben. Ich wünschte, es gäbe mehr Leute wie Sie. Leider sind wir eben alle nur Menschen“, fügte er hinzu und blinzelte Forest an.

Als Forest seinen Aktenkoffer zuschnappen ließ, öffnete sich die Außentür. Forest drehte sich um und erblickte das Babygesicht. Der General mußte seinen Assistenten irgendwie gerufen haben. Forest wandte sich zum General um und streckte die Hand über den Tisch.

„Trotzdem vielen Dank, Sir, daß Sie sich die Zeit genommen haben.“ Der Händedruck des dicken Mannes war überraschend kraftvoll.

„Keine Ursache. Und grüßen Sie Ihren Bruder von mir, ja?“

Wenige Minuten später – Forest hatte das Labyrinth des Pentagons hinter sich gebracht – stand er wieder in der warmen Washingtoner Sonne. Er winkte ein Taxi herbei, das ihn zum Flughafen zurückbringen sollte. Er war zornig und deprimiert und kam sich wie ein dummer Junge vor. Gleichzeitig hatte er das Gefühl, von einer ungeheuren Last befreit zu sein.

Am Flughafen ging Forest einem Impuls folgend zum Telefon, um Arthur anzurufen. Während es in Arthurs Büro klingelte, faßte Forest den Entschluß, den Streit mit seinem Bruder auf der Stelle beizulegen.

Doch als sich Arthurs Sekretärin meldete, erfuhr Forest, daß es dazu nicht kommen sollte, wenigstens nicht gleich. Arthur war unterwegs, sie wußte nicht, wo.

Forest bestieg die Maschine, in der er nur noch einen Gangsitz bekam. Er schnallte sich an, nahm die Ellbogen an den Leib und versuchte sich zurückzulehnen. Heute war wirklich kein angenehmer Tag.

Siebentes Kapitel

Auf dem Weg in sein Büro eilte Forest um Viertel vor sechs durch den Kontrollraum. Er fluchte auf den Berufsverkehr, die Taxifahrer, seine eigene Dummheit, die Armee, General Harlan Wells und die Welt im allgemeinen. Ein Monitor zeigte Roger Moss bereits an Ort und Stelle; er übte sein ernstes Gesicht, während er die Eröffnungsmeldung studierte. Auf einem anderen Schirm war seine Wetterkarte zu sehen – sendebereit. Die erste Sache, die heute klappte – gelobt sei Mick!

Als Forest durch den Korridor hastete und sich bereits mit Krawatte und Kragenknopf abmühte, fiel ihm ein, daß er sich ja für die Sendung noch gar keinen Gag überlegt hatte. Er flehte die himmlischen Mächte an, daß Micky auch daran gedacht hatte. Er öffnete die Tür zu seinem Büro und erkannte an ihrem strahlenden Lächeln, daß alles in Ordnung war. Micky jedoch warf einen Blick auf ihn und schluckte ihre Freude mitsamt dem Lächeln wieder hinunter.

„War wohl kein guter Tag?" fragte sie mitfühlend. Forest warf seine Aktentasche auf den Tisch und begann sich von Jacke, Hemd und Krawatte zu befreien, wobei auch einige Knöpfe durch die Gegend flogen.

„Fragen Sie mich lieber nicht, Mick! Sie sind besser dran, wenn Sie es nicht wissen. Sagen Sie mir nur, wer ich heute abend bin und was ich mache." Er warf Hemd und Unterhemd zu Boden, drehte sich mit nacktem Oberkörper um und blickte sie an. „Ihr triumphierendes

Lächeln verrät, daß Sie sich etwas ganz Originelles überlegt haben, ja?" Mickys Grinsen kehrte zurück.

„Jawohl, Sir. Und ob! Sie werden heute abend die erste stumme Wettervorhersage machen." Forest runzelte verständnislos die Stirn. „Sie werden die Sache als Pantomime vorführen, Sie wissen schon – wie Marcel Marceau. Sie machen alles mit dem Körper. Keine Worte. Eine Premiere beim Fernsehen!" Forest starrte sie ungläubig an, doch Micky ließ sich nicht beirren. „Und wenn Sie keine bessere Idee haben, die sich" – sie blickte auf die Uhr – „in siebzehn Minuten realisieren läßt, sollten Sie lieber die Hose ausziehen, dieses Trikot anlegen und sich hinsetzen, damit ich Ihnen ein weißes Gesicht verpassen kann. Und während Sie sitzen, gehe ich die Sache mit Ihnen durch."

Micky starrte ihn herausfordernd an und hielt ein kleines zusammengeknülltes Stück Stoff hoch, von dem Forest vermutete, daß es sich um das Trikot handelte. Ihm ging auf, daß sie Spaß hatte an der Situation, an dem Umstand, daß er von ihr abhängig war. Zugleich erkannte er, daß ihm keine andere Wahl blieb. Er hatte keine bessere Idee, weil er überhaupt keine Idee bieten konnte. Und genaugenommen war ihr Vorschlag nicht übel: der erste stumme Wetterbericht im Fernsehen. Forest beehrte sie mit einer spöttischen Verbeugung und öffnete den Hosengurt.

„Wie es aussieht", sagte er, „habe ich keine andere Wahl, als mich Ihnen total auszuliefern."

„So weit brauchen Sie nicht zu gehen, Boß. Die Unterhose können Sie anbehalten." Sie warf Forest das Kostüm zu und beobachtete ihn einen Augenblick dabei, wie er sich mit dem fremden Kleidungsstück abmühte. Dann wandte sie sich ab und ging zu seinem Schminktisch. Es bekümmerte sie, daß er sich vor ihr an- und auszog, als wäre sie gar nicht vorhanden, als wäre sie gar keine Frau. Sie breitete die vorbereiteten Bogen mit den Wetterdaten auf dem Tisch aus und öffnete einen Krug mit weißer Fettcreme. Als sie wieder in den Spiegel blickte, war er bereits angezogen. Forest blickte ebenfalls in den Spiegel, doch auf sich. Auf Micky wirkte er wie ein Zirkusakrobat und ungemein anziehend, während sein Gesicht erkennen ließ, daß er nicht recht wußte, was er denken sollte.

„Hinsetzen, hinsetzen!“ sagte sie. „Es sieht prima aus. Außerdem haben Sie nur noch zwölf Minuten.“ Forest nahm Platz. Micky begann das Make-up auf seinem Gesicht zu verteilen, während sie ihm Regieanweisungen gab. „Das Wetter war heute genauso wie das Wetter gestern, Boß. Und zwar *genauso*. Zu zehn verschiedenen Zeiten hatten wir in zehn verschiedenen Städten dieselben Temperaturen. Und aus keiner Richtung ist etwas im Anzug, das etwas verändern könnte, also dachte ich mir, Sie machen einen auf: ‚Was kann ich sagen?‘ Ich habe die Karte mit den gestrigen Werten stehen lassen und die heutige daneben aufgestellt. Was die Vorhersage betrifft, so brauchen Sie nur von einer Zahl zur nächsten zu wechseln und darauf zu deuten.“ Micky hielt inne, um ihr Schminkwerk zu bewundern, und begann dann seine Lippen und Wangen mit Farbe zu verschönen. „Und im Schauteil müssen Sie sehen, wie Sie zurechtkommen. Aber darüber brauchen wir uns ja keine Gedanken zu machen, oder?“

„*Wir* nicht, da haben Sie recht“, antwortete er. Seine Gedanken überstürzten sich; er versuchte sich an die Pantomimengesten zu erinnern, die er gesehen hatte, versuchte sich vorzustellen, wie sie in einen Wetterbericht einzubauen waren. Nervös war Forest nicht; er war ein Meister der Improvisation. Trotzdem brauchte er einige ruhige Minuten zur Konzentration. Und Micky war noch nicht fertig.

„Die Post liegt auf dem Tisch. Nichts Besonderes. Der einzige wichtige Anruf kam von Ihrem Bruder.“ Forest erstarrte. „Er sagte, er würde heute abend mit Delta-Flug 913 kommen, Landung in LaGuardia um 18.17 Uhr. Er will Sie sofort sprechen, heute abend noch, und ruft Sie nach der Landung vom Flughafen aus an.“

Forest schob Mickys Hände von seinem Gesicht fort und blickte zu ihr auf. „Verdammt, Micky, warum haben Sie mir das nicht gleich gesagt?“

Da Forest sich nicht übermäßig aufzuregen schien, zuckte sie nonchalant die Achseln. „Ich weiß nicht, Boß. Ich wollte nur die Prioritäten setzen, wie Sie es immer tun: zuerst das Geschäftliche, dann alles andere, einschließlich der Familie. Habe ich recht?“

Forest reagierte nicht auf den Seitenhieb. „Verdammt. Ich wollte ihn heute nachmittag in Washington sprechen, aber er war nicht da.“

Er stand auf und legte Micky einen Arm um die Schulter. „Ich hätte ihm den Flug ersparen können, wenn ich mich hier gemeldet hätte, um nach Anrufen zu fragen. Kindchen, Sie scheinen heute die einzige zu sein, die wirklich einwandfrei arbeitet." Forest lächelte auf sie hinab und drückte sie kurz an sich. Der Klumpen in seinem Magen war verschwunden, ein Klumpen, von dem er erst jetzt merkte, daß er ihn seit Freitag abend mit sich herumgetragen hatte.

Arthur hatte sich seit jeher auf Gesten verstanden, dieser Flug aber war etwas Besonderes. Forest spürte Wärme in sich aufsteigen, eine Freude, die er nicht etwa vor Micky verheimlichen, sondern mit ihr teilen wollte.

Forest senkte den Arm und faßte sie an beiden Schultern. Es war deutlich zu sehen, daß sie keine Ahnung hatte, was hier vorging oder warum ihr plötzlich so viel Herzlichkeit zuteil wurde. „Dabei fällt mir ein, Miß Leary", sagte er langsam, „daß Sie sich hinsichtlich meiner Prioritäten geirrt haben, aber nur, weil *ich* demselben Irrtum erlegen war. Das Geschäftliche kommt nicht vor allem anderen." Er beugte sich vor und gab ihr einen schmatzend-feuchten Kuß auf die Stirn, wobei er sie mit roter und weißer Schminke beschmierte. „Besonders nicht, wenn es um die Familie geht!" Forest tätschelte ihr sanft das Hinterteil; im nächsten Augenblick war er verschwunden und ließ Micky Leary mit ihrer Verwirrung und ihren Gefühlen allein.

Forest betrat das Fernsehstudio, schloß die große Tür lautlos hinter sich und näherte sich vorsichtig der Wetterecke. Sal Brenner war mit dem Sport fast durch, und Forest hatte eben noch Zeit, einen kurzen Blick auf die von Micky vorbereiteten Wetterkarten zu werfen. Sie hatte recht. Die Situation hatte sich seit gestern nicht verändert. Während Sal die auswärtigen Baseballergebnisse ansagte, begab sich Forest in Position und wartete seinen Einsatz ab.

Ihn durchströmte eine Woge der Energie und Zuversicht, und er machte sich nicht dic Mühe, in die Zukunft zu denken. Er wußte, daß er heute abend besonders gut sein würde und daß er sich nur nach seinem Instinkt zu richten brauchte. Denken war dabei überflüssig. Forest blickte zu Roger hinüber und sah den Blick des anderen auf sich gerichtet. Der Nachrichtensprecher hatte die Augenbrauen hochgezogen; anscheinend wunderte er sich über das Kostüm des anderen. Forest zog eine Grimasse und formte lautlos die Worte: „Alter Scheißer!" Während Roger zu einer ähnlich saftigen Antwort ansetzte, kam ein Techniker aus dem Kontrollraum, schob Roger einen Bogen Papier zu und verschwand wieder.

Roger senkte hastig den Blick, begann zu lesen und blickte dann wieder auf Forest.

Er deutete auf das Papier, dann auf Forest, dann hob er beide Hände und preßte sie zusammen. Das Zeichen bedeutete: „Eine letzte Nachricht. Faß dich kurz!" Und ehe Roger ein zweites Zeichen geben und andeuten konnte, wie lang die Meldung sein würde, war der Sportbericht vorbei, und Roger ging wieder auf Sendung.

„Eben hat man mir diese Meldung hereingereicht. Vor wenigen Sekunden haben wir erfahren, daß unmittelbar vor der Landebahn des LaGuardia-Flughafens eine Maschine in die Flushing-Bucht gestürzt ist." Roger hob den Kopf und blickte in die Kamera. „Wie gesagt – das Unglück ist erst vor wenigen Minuten passiert, so daß wir Ihnen nicht sagen können ..." Roger hielt inne und blickte auf das neue Blatt, das ihm vorgelegt wurde.

„Eben kommt eine weitere Nachricht. Die Unglücksmaschine ist identifiziert worden. Es handelt sich um Delta-Flug 913 von Miami über Washington nach New York. Im Augenblick können wir noch nichts über die Ursache des Absturzes sagen oder Ihnen die Zahl der Opfer mitteilen, doch wir wissen zumindest, daß es Überlebende gegeben hat."

In diesem Augenblick hakte es bei Forest aus. Seine Augen waren offen, doch er wußte nicht mehr, worauf er blickte. Seine Ohren hörten Rogers Worte, doch er begriff nichts mehr, denn sein Verstand hatte zu schreien begonnen: „Das war Arthurs Flugzeug!"

„Wir geben Ihnen im Laufe des Abends weitere Meldungen durch, sobald wir sie selbst erhalten", fuhr Roger mit ernstem Gesicht fort, „und hoffen, Ihnen in den 23-Uhr-Nachrichten einen vollständigen Bericht geben zu können. Und jetzt noch schnell zum Wetter mit Forest Hill."

Bis zu diesem Augenblick war Forest ganz woanders gewesen –

außerhalb seines Körpers, irgendwo über Queens, über der Flushing-Bucht, über LaGuardia. Doch als Roger die Worte sprach: „. . . zum Wetter mit Forest Hill“, schnappte er wie ein Jo-Jo ruckartig zu sich selbst zurück. Zusammenfahrend stellte er fest, daß er in ein rotes Licht und in eine Kamera blickte, die seinen starren Blick erwiderten. Instinktiv schaute er zum Studioregisseur hinüber, der einen Finger hob. Er hatte eine Minute Zeit.

Forest stand zwischen zwei großen Karten der östlichen Vereinigten Staaten. Die Karten wiesen keine Wolkensymbole auf, auch keine Regen- oder Windzeichen. Kalt- oder Warmfronten waren ebenfalls nicht angezeigt, nur Ziffern und Städtenamen. Forest öffnete den Mund, beugte sich vor und schien etwas sagen zu wollen. Er neigte sich leicht nach hinten und hob die Arme seitwärts an, wobei er die Hände mit hochgeneigten Handflächen herabhängen ließ – das klassische Achselzucken.

Innerlich hatte Forest völlig abgeschaltet; in einem Winkel seines Gehirns fragte er sich, woher sein Körper die Impulse erhielt. Plötzlich schoß der linke Arm mit erhobener Hand und erhobenem spitzem Finger vor. Forests Kopf drehte sich langsam, um zu sehen, worauf er deutete. Es war eine Karte; er wies auf das Wort *Gestern*. Im nächsten Augenblick schoß der rechte Arm mit einer identischen Geste heraus, doch Forest blickte nicht auf das Schild. Vielmehr starrte er direkt in die Linse der Kamera, und sein Gesicht erschlaffte wie Ton, der in der Sonne schmolz, bis es zu einer Maske der Traurigkeit über die Leiden des Lebens geworden war. Dann drehte sich der Kopf langsam und fand den Finger, der auf eine andere Karte und das Wort *Heute* wies.

Einen Augenblick lang stand er erstarrt da, mit ausgestreckten Armen auf die beiden Karten deutend. Dann sah ein Teil seines Geistes einen Mann mit Klemmbrett und Stoppuhr dreißig Sekunden andeuten, gefolgt von einer rollenden Geste unter dem Kinn mit der Botschaft: „Zum Schluß kommen.“ Forest ließ die Hände langsam über die beiden Karten wandern. Seine ausgestreckten Finger streiften „Boston 31° – Boston 31°“, „New York 33° – New York 33°“, „Washington 34° – Washington 34°“. Über Washington begannen sich die Finger zu öffnen, und Forests Körper beugte sich vor, bis er eine tiefe Verbeugung beschrieben hatte, als seine Hände „Miami 37° – Miami 37°" erreichten. Die Kamera holte Forest mit der Gummilinse heran, als er sich aufrichtete, und zeigte sein Gesicht fünf Sekunden vor Schluß in Großaufnahme. In diesem Augenblick erschien in Forests linkem Augenwinkel eine Träne und rollte ihm langsam über die Wange. Der Regisseur im Kontrollraum drückte auf einen Knopf und wechselte zu Roger, der die Absage sprechen mußte.

Als das rote Licht erloschen war, spurtete Forest los. Es sah im ersten Moment so aus, als würde er sich an der Kamera aufspießen oder das Gerät umwerfen, doch sein Körper drehte sich und wich dem Hindernis aus, und seine Füße bewegten sich mit eigener Sicherheit zwischen den Kabeln, bis er durch die Tür war und durch die Korridore hastete – doppelt so schnell, wie er gekommen war: Ein ganzes Leben schien das her zu sein. Er hechtete durch die Drehtür und sprang die zwölf Stufen zur Straße hinab. Er erblickte ein Taxi mit brennendem Dachlicht und eine Frau, die gerade die Tür öffnete. Forest lief darauf zu, bereit, sie fortzudrängen, aber da drehte sie sich um. Er erstarrte, und sie erstarrte ebenfalls. Es war Mickys Gesicht, das seinen Körper zum Anhalten brachte, und er starrte sie an, bis Kopf und Herz ebenfalls mit dem Laufen aufgehört hatten.

Micky stand am Straßenrand und hielt die Tür des Taxis offen, ohne Forest anzublicken; sie war einfach nur da. Dem Taxifahrer, der gelassen in der Abgeschiedenheit seiner geschützten Vorkabine gesessen hatte, fiel plötzlich sein Taxameter ein. Er drehte sich um und erblickte Forest in einem schwarzen Trikot mit Clowngesicht. In New York heißt es zwar, daß ein Taxifahrer jede Frau stehenläßt, um einen Mann im Gorillakostüm zu fahren, aber das muß nicht in jedem Fall richtig sein. Der Fahrer öffnete den Geldschlitz in der Plastiktrennwand und rief: „Was ist? Wollt ihr nicht lieber einen anderen Wagen nehmen?"

Micky ignorierte den Fahrer. Sie ergriff Forest und drängte ihn an sich vorbei in den Wagen. „Aktentasche und Kleidung liegen auf dem Sitz. Es ist Geld in der Tasche, und im Aktenkoffer sind Papiertücher und Abschminkcreme." Sie wollte Forests Gesicht sehen und beugte sich ein wenig in den Wagen. „Wenn Sie wollen, fahre ich mit."

Forests Antwort war ein Flüstern. „Nein, nein. Vielen Dank." Er schwieg einen Augenblick lang, und dann hörte sie: „Jedenfalls vielen Dank." Er hob die Hand und zog die Tür zu, und ehe sie es wollte, raste das Taxi bereits davon und verschwand in der Anonymität des Verkehrs. Micky stand vor dem riesigen Gebäude des Fernsehsenders, inmitten von kommenden und gehenden Angestellten, und ließ endlich ihren Tränen freien Lauf. Sie weinte lautlos. Schluchzen mußte sie nicht; von solcher Art war ihr Schmerz nicht. Sie fand nur, daß man einen Menschen, der einem etwas bedeutete, nicht mit „Jedenfalls vielen Dank" abspeiste.

Im Sender häuften sich unterdessen die Anrufe. Doch seltsamerweise wollten die Zuschauer nichts über das Flugzeugunglück wissen. Ihnen ging es vielmehr um Forest, um Forest Hill und seinen Wetterbericht. Im siebenundzwanzigsten Stockwerk hatte sich ein Vizepräsident Forests Gehalt und die Dauer seines Vertrages angesehen und lud einige andere Vizepräsidenten ein, eine Aufzeichnung der Sendung zu besichtigen. Bei Drinks kamen sie überein, daß es ein Verbrechen wäre, das Band nicht aufzuheben. Kein Zweifel – der Wetterbericht war bereits ein Klassiker.

Achtes Kapitel

Während der Fahrt zum Flughafen machte sich Forest mechanisch daran, sein Gesicht mit Creme einzureiben und sein Make-up abzuwischen. Ein Stapel Papiertaschentücher bildete sich zu seinen Füßen, doch Forest achtete nicht darauf. Er bemerkte nicht, daß der Verkehr stadtauswärts noch dichter war als vorhin bei seiner Ankunft. Ihn erfüllte ein einziger Gedanke: Es war seine Schuld, daß Arthur in dem Flugzeug gesessen hatte.

Wenn sie sich doch bloß nicht gestritten hätten . . . wenn er doch aus Washington im Sender angerufen hätte, um sich informieren zu lassen . . . so viele *Wenn.* Und noch eines: Wenn Arthur nur den Absturz überlebt hatte!

Ein Blitz und ein Donnerschlag rissen Forest aus seinen Gedanken. Verblüfft starrte er aus dem Fenster und stellte fest, daß es heftig regnete. Sie waren in ein Unwetter geraten. Regen verlangsamte das Fortkommen auf dem Grand Central Parkway normalerweise sehr, doch Nässe *und* der Unfall am Flughafen brachten den Verkehr fast völlig zum Erliegen. Nachdem sich Forest gründlich das Gesicht gereinigt und die Sachen angezogen hatte, die Micky ihm beschafft hatte, starrte er nervös aus dem Fenster und hoffte, daß es weiterging und er den Flughafen bald sehen konnte. Der Regen trommelte an die geschlossenen Fenster des Taxis, und die Hitze drinnen ließ die Scheiben beschlagen. Der Fahrer knurrte etwas auf taxichinesisch und versuchte die Windschutzscheibe mit einem Stück der *Daily News* zu reinigen. Forest machte sich ein Guckloch mit der Hand.

Er hatte es aufgegeben, sich über die Situation Gedanken zu machen, er hatte es überhaupt aufgegeben, sich Sorgen zu machen. Sein einziger Gedanke kreiste um den Flughafen, den er erreichen mußte. Wie ein Kind redete er sich ein, daß alles in Ordnung kommen würde, wenn er nur rechtzeitig dort war. Plötzlich ging es wieder etwas voran: Offenbar hatten etliche Neugierige vorn am Flughafen erkannt, daß es eigentlich gar nichts zu sehen gab, und fuhren nun weiter. Aber der Spurt währte nicht lange. Kaum hatten sie Tempo aufgenommen und bogen um die Kurve, die zur Einfahrt von LaGuardia führte, trat der Taxifahrer auf die Bremse, um nicht auf die Schlange von Wagen aufzufahren, und schon ging es im Kriechtempo weiter. Doch wenigstens sah Forest nun die Lichter des Flughafens.

Nach kurzer Zeit kam er zu dem Schluß, daß er es nicht länger aushalten konnte. Er beugte sich vor, linste durch die Plastikwand und versuchte die Zahlen auf der Uhr zu erkennen. Was normalerweise 7,50 Dollar hätten sein sollen, wurde nun mit 11,75 Dollar angezeigt. Forest war das gleichgültig. Er nahm fünfzehn Dollar aus der Tasche und klopfte an die Trennwand. „Hören Sie!“ brüllte er. „Ich steige hier aus. Halten Sie mal einen Augenblick an.“ Er schob die Scheine in die Geldöffnung. Der Fahrer zuckte die Achseln und trat auf die Bremse. Er war ohnehin überzeugt, daß Forest ein gefährlicher Verrückter war, und freute sich, ihn loszuwerden, auch wenn er dabei im

Verkehr hängenblieb. Für einen New Yorker Taxifahrer, überlegte er, gehörte das zum Geschäft. Jeder Tag, an dem man nicht umgebracht wurde, zählte zu den guten Tagen.

Der Wagen hielt, Forest packte seinen Aktenkoffer und sprang in den Regen hinaus. Sein Regenschirm war in der Tasche, doch er kümmerte sich nicht darum. Er lief los, zuerst zwischen den Wagenreihen über die Schnellstraße, dann vor den Autos vorbei zum Straßenrand. Er hörte nicht die quietschenden Bremsen der Wagen, die ihm ausweichen mußten, auch nicht das zornige Gellen der Hupen. Die fluchenden Männer, die ihre Frauen wegen des Idioten anbrüllten, der sie alle in den Tod befördern konnte, waren ihm gleichgültig. Forest lief wie eine Maschine, der Regen strömte ihm über das Gesicht, ließ die Umgebung verschwimmen, durchnäßte ihn. Seine Schuhe waren voller Wasser, und der Regen in seiner Kleidung gab ihm das Gefühl, zwanzig Pfund schwerer zu sein.

Nachdem er einen Grashügel erklommen hatte, sah er endlich das gekrümmte Gebäude vor sich, in dem die meisten großen Fluggesellschaften untergebracht waren. Er verharrte einen Augenblick lang keuchend und erkannte, daß er zwar nur noch zwei- oder dreihundert Meter vor seinem Ziel war, daß er aber noch einen Parkplatz und einen zweieinhalb Meter hohen Zaun überwinden mußte. Er hieb mit der Faust gegen den Zaun und versuchte einen Weg durch oder um das rasselnde Metall zu finden, doch in der Dunkelheit war kaum etwas zu erkennen.

Schließlich warf Forest seinen Aktenkoffer über den Zaun und hörte ihn mit sattem Geräusch auf die Motorhaube eines brandneuen Chevrolet-Impala fallen. Dann steckte er die Schuhspitzen in die dreieckigen Drahtmaschen und erstieg den Zaun. Oben hielt er inne und sprang dann selbstzufrieden auf dieselbe Motorhaube. Das Metall war jedoch naß, und die Sohlen seiner Lederschuhe waren glitschig. Forest verlor den Halt, rutschte vom Wagen und landete schmerzhaft auf dem Steißbein. Im Schlamm sitzend, fragte sich Forest, was er hier eigentlich machte. Warum ließ er seinen Zorn an dem neuen Wagen eines Unbekannten aus? Forest fuhr sich über das Gesicht und versuchte seine Augen sauberzuwischen, tastete im Dreck nach seiner

Aktentasche und richtete sich schmerzerfüllt auf. Er starrte und suchte nach dem Delta-Schild, aber der Regen war zu stark. Forest vermochte nur die vagen Umrisse und Lichter des Gebäudes auszumachen.

Egal. Wieder lief er los, zwischen den leeren Wagen hindurch. Alle Muskeln taten ihm weh, und er lief bereits langsamer. Außerdem mußte er nun auf den Boden und auf die anderen Fahrzeuge achten, und nach kurzer Zeit lief er nicht mehr, sondern trottete nur noch lahm dahin. Als er endlich die Ausfahrt erreichte, die sich gegenüber dem Terminal befand, hatte er sich zu einer noch ruhigeren Gangart gezwungen.

Der Flughafen LaGuardia ist auf zwei Ebenen angelegt: Oben werden die Abflüge abgefertigt, unten die Ankünfte. Im Erdgeschoß dürfen Wagen nur ganz kurz halten, mit Ausnahme der langen Taxischlange, die den Straßenrand säumt. Als Forest vor wenigen Stunden hier durchgekommen war, hatte das übliche geordnete Gewirr aus Reisenden und Fahrzeugen geherrscht. Jetzt war das Chaos da. Forest war noch fünf Fluglinien von Delta entfernt, doch er sah bereits, daß der dortige Eingang überlaufen war. Kreisende Blaulichter von Streifenwagen, schrille Hupen, durcheinanderlaufende Menschen und eine lange Schlange von Besucherwagen bildeten eine Barrikade um die Tür. Der Rückstau ging in beide Richtungen und endete erst kurz vor Forest.

Auf dieser Ebene kam er nicht weiter. Er mußte nach oben zum Flugsteig oder wo immer man eine Zentrale eingerichtet hatte, die das Unglück abwickeln sollte. Forest überquerte die Straße, drängte sich zwischen Wagen und herumeilenden Menschen hindurch und benutzte dann den Eingang der American Airlines. Der lange Saal mit den Karussellen der Gepäckausgabe war überfüllt, und Forest spürte den Unterton der Hysterie in der Luft. Panik hatte den Flughafen ergriffen. Forest schloß sich einer Masse dahineilender Gestalten an und wurde auf der Rolltreppe sogleich von beiden Seiten eingekeilt. Er mußte stillstehen und sich bis ganz nach oben tragen lassen, ehe er selbst weitergehen konnte.

Forest wurde von einer Flut mitgerissen, die auf eine bestimmte

Stelle zuzuströmen schien. Er ließ sich mitziehen und registrierte dabei die Zusammensetzung der Menge. Es war ein wirklich demographischer Querschnitt: Angehörige aller Altersstufen, Rassen und gesellschaftlichen Schichten waren hier anzutreffen. Eltern, Ehemänner, Hausfrauen, Geliebte und Kinder waren in Angst und Schmerz vereint, und es war diese Einheit der Emotion, welche die Woge von Menschenleibern mittrug. Es war ein seltsames und nicht untröstliches Empfinden. Forest gab sich ihm hin.

„Das Flugzeug ist kurz vor der Landebahn abgestürzt."

„Ins Wasser ..."

„Keine Überlebenden ..."

„Ich bin sicher, daß sie nicht an Bord war ..."

Ein Gewirr bruchstückhafter Informationen, Fragen und Verwünschungen, doch offensichtlich wußte niemand genau Bescheid.

Der menschliche Organismus, zu dem Forest nun gehörte, drängte sich erbarmungslos durch einen kreisförmigen Zuführungskorridor, und er blickte auf die Schilder und Pfeile an der Decke und versuchte festzustellen, ob die Masse sich wenigstens in die richtige Richtung wälzte. Als Forest endlich in der Ferne das Delta-Zeichen ausmachte, hatten es auch alle anderen gesehen, und der Organismus wurde zum wilden Tier: Forest roch es förmlich.

Nachdem die Menge nun ihr Ziel gefunden hatte, schwappte sie vorwärts, gefolgt von einem überraschenden Rückstoß. Es war, als seien die Menschen gegen eine Mauer gelaufen und prallten nun davon zurück. Da niemand das Hindernis sehen konnte, löste jeder physische Kontakt Aggressionen aus. Solange es vorwärts gegangen war, war der Druck gegen die Leute weiter vorn und der selbst empfangene Druck von hinten nicht als feindselig empfunden worden. Doch als sich die Bewegung umkehrte, achtete plötzlich jeder auf seinen persönlichen Bereich. Ellenbogen wurden ausgestreckt, Hände fuhren hoch, um ein weiteres Zurück zu verhindern, und was zuvor ein einheitlicher Strom gewesen war, verwandelte sich nun in Individuen, die um Raum kämpften.

Abgesehen von den vereinzelten Gefühlsausbrüchen herrschte jedoch eine seltsame Stille. Anscheinend war jeder Anwesende auf

Informationen aus und bemühte sich, etwas aufzuschnappen. Forest stellte sich auf die Zehenspitzen, blickte über die Köpfe der Menge und erkannte, daß es am Eingang zur Abflughalle eine Barriere gab, bemannt von Polizeibeamten und Angestellten der Fluggesellschaft. Offensichtlich war man nicht gewillt, die emotionsgeladene Masse auch nur in die Nähe des Flugsteigs oder an einen Ausgang zum Flugfeld heranzulassen.

Während die Uniformierten der Luftgesellschaft die Herandrängenden zu beruhigen und abzuschieben versuchten, ging es an der Barriere ansonsten ziemlich hektisch zu. Feuerwehrmänner schleppten Sauerstoffflaschen, Ärzte brachten Tragen, und Männer in Arbeitsanzügen der Fluglinie erschienen wie aus dem Nichts, drängten sich an der Barriere vorbei und tauchten in dem leeren Tunnelloch unter. Forest hörte ihre Schritte in der Ferne leiser werden, dann ihr Echo. Und ab und zu kamen Gestalten aus dem Tunnel, betäubt und erschöpft, ohne die Umgebung richtig wahrzunehmen; sie starrten blinzelnd in die angespannten Gesichter der Menge und wandten sich dann ab, bemüht, nicht loszurennen.

Forest fand es unerträglich, in der wartenden Masse gefangen zu sein, in dem Bewußtsein, daß er doch nur fortgeschickt werden würde. Plötzlich war es heiß, als striche ein Fieber durch die Menge; wo immer Schweiß auf die Haut trat, war der säuerliche Geruch der Angst nicht fern, ohne Hoffnung auf lindernden Wind. Forest stellte fest, wie viele Menschen sich noch zwischen ihm und der Barriere befanden, und beschloß, einen anderen Weg ans Ziel zu suchen.

Es gab kein Vor oder Zurück, doch seitwärts schien es den anderen nichts auszumachen; so arbeitete sich Forest allein mit Höflichkeit zur Innenwand des Korridors vor. Hier gab es noch genügend Bewegungsraum, allerdings nur nach hinten. Aber für Forest war jede Bewegung, auch rückwärts, besser, als in der Enge auszuharren. In der Wand gähnte eine quälende Anzahl von Türen, einige ohne Aufschrift, andere mit den Worten PRIVAT oder NUR FÜR PERSONAL. Forest drehte alle Türknöpfe und fand sie ausnahmslos verschlossen, aber dann gab eine Tür plötzlich nach, und er glitt durch die Öffnung und schloß die Tür hinter sich.

Er befand sich in einem Innenflur, der der Wand der Halle im Bogen folgte. Forest hörte Schreibmaschinen und Fernschreiber, das Klingeln von Telefonen und laute Stimmen. Er wandte sich nach rechts und begann zu laufen. Die Leute, an denen er vorbeikam, ignorierten ihn; sie waren in Gedanken außerhalb des Gebäudes, an der Absturzstelle, und wenn sie überhaupt ein Ziel gehabt hätten, wären sie jetzt vermutlich ebenfalls losgespurtet. Forest versuchte die Entfernung zur Barrikade draußen abzuschätzen, ging aber weiter, auch als er sie bereits hinter sich wähnte. Er bewegte sich in die Richtung, in die man die Leute geschickt hatte, und wenn er im Innenflur blieb, konnte er vielleicht einigen Boden gutmachen.

Seine Ohren gaben ihm den ersten Hinweis, daß er sich dem Ziel näherte: Er hörte Lärm, das zu dichte, unverständliche Lautgewirr, das sich ergibt, wenn zu viele Töne gleichzeitig erzeugt werden. Und mit jedem Schritt war der Flur belebter, bis Forest langsamer gehen und den anderen ausweichen mußte, und als er schließlich nur noch gehen konnte, war er am Ziel.

Alle Türen zwischen dem inneren und dem äußeren Flur waren offen und beseitigten die Grenze zwischen der Hysterie draußen und dem verzweifelten Versuch der Leute drinnen, die Übersicht zu behalten. Die Menschen im inneren Korridor versuchten, mit den organisatorischen Aspekten der Katastrophe fertig zu werden, die Leute draußen mit den daraus entstehenden Gefühlen. Beide Gruppen waren gleichermaßen konzentriert in ihrem Empfinden. Forest hatte den Eindruck, das Auge eines Hurrikans erreicht zu haben. Die Energie ringsum war so vibrierend-greifbar und gewalttätig, daß sie sogar seine eigene pulsierende Kraft überstieg. Seltsamerweise isolierte ihn diese Beobachtung von seinen Gefühlen und gab ihm die Möglichkeit zu beobachten und zu reagieren.

Neuntes Kapitel

In dem Bewußtsein, daß er hinter die Bühne geschlüpft war, drückte sich Forest an die Wand und beobachtete und lauschte. Er versuchte den Lärm zu entwirren, versuchte einen Verantwortlichen zu finden, der ihm die besten Informationen liefern konnte. Er konzentrierte sich auf Leute an den Telefonen und wollte ihnen die Worte von den Lippen ablesen. Wenn ein Ruf aufklang, suchte er nach der Ursache, um herauszufinden, ob jemand diesen Wahnsinn lenkte. Und während er die Ohren spitzte, traten die Stimmen hervor, Worte, Fragen und Antworten, die ihn in zusammenhanglosen Brocken erreichten.

„Das Chirurgische Krankenhaus und das Allgemeine Hospital Elmhurst sind alarmiert und bereit . . ."

„Nein, wissen wir noch nicht. Mag ein Blitz gewesen sein. Es hat eine Explosion gegeben . . ."

„Verdammt, wo ist die Passagierliste aus Washington, zum Teufel? Wir haben hier Leute . . ."

„Jawohl, Sir, Überlebende werden hereingebracht, aber die Besatzung haben wir noch nicht gefunden."

Forest spürte eine Hand an seinem Arm, einen energischen Griff. Er war so gebannt gewesen, daß die Berührung ihn zusammenfahren ließ. Die Hand gehörte einem großen Mann in Uniform. Der Mann redete auf ihn ein: „. . . hier zu sein. Wenn Sie ein Verwandter sind, gibt es . . ." Forest hatte den Fehler gemacht, stillzustehen in einer Welt, da alle anderen sich bewegten: Selbst die Sitzenden zuckten und zappelten hin und her. Er gehörte offensichtlich nicht hierher und mußte fortgeschafft werden. Forest sah das ein. Doch erst als er auf die Hand des Mannes an seinem Ellbogen hinabblickte, ging ihm auf, wie er wirklich aussah. Als er in die Augen des Mannes starrte, begriff er, was für eine durchnäßte, zerzauste, schlammbespritzte, verrückte Gestalt er sein mußte. Hieraus erklärte sich die Besorgnis des Uniformierten.

Doch ehe Forest Worte finden konnte, um sein Aussehen zu erklären, lief eine heftige Erregung durch den Saal, von der jeder ergriffen wurde. Der Wächter, ein alter Mann, wandte verwirrt den Kopf ab und ließ Forests Arm los, als der Lärm zunahm. Forest sah, daß er nach etwas griff, um sich festzuhalten, einzugreifen, um an dem Drama um Leben und Tod teilzuhaben, das hier ablief. Er schien nach einer letzten Möglichkeit zu suchen, eine Geste zu machen, ein Opfer zu bringen. Doch während sie noch hinschauten, schwoll die Erregung ab, und das Treiben fand zu einem beinahe schon normal wirkenden Maß der Hysterie zurück. Die Nachricht hatte sich herumgesprochen, war absorbiert und verarbeitet worden, und Forest staunte über die Toleranzschwelle des Leidens, die einen Schmerz und Mitleid vergessen ließ, so daß man seine ganze Energie auf die Arbeit konzentrierte. Die beiden Männer waren in dieses Erleben mit hineingezogen worden, aber nachdem es nun vorbei war, fanden sie sich am Ausgangspunkt wieder. Sie hatten an etwas teilgenommen, ohne etwas daraus zu gewinnen. Forest griff nach dem Arm des Uniformierten.

„Mein Bruder war in der Maschine", sagte er langsam und deutlich wie zu einem Kind. „Er ist Major im Armeegeheimdienst, und ich bin vom Fernsehen. Wo kann ich erfahren, was mit ihm ist?" Der Kopf des Wächters schwankte auf seinem Hals wie eine Antenne, wie ein Tentakel, der nach Berührung strebte; trotzdem schien er Forests Worte zu verstehen. Nach einigen Sekunden begann er wie eine Puppe mit einem durch Reißleine aktivierten Tonband zu sprechen, während sein Gesicht noch anderswo nach einer Aufgabe suchte.

„Die Fluggesellschaft tut alles, was in ihren Kräften steht, um mit der Katastrophe fertig zu werden. Sobald die Informationen eintreffen, werden sie weitergegeben. Wenn Sie mit einem betroffenen Passagier befreundet oder verwandt sind, können Sie uns am meisten helfen, indem Sie den Cosmosphere-Raum aufsuchen, wohin alle Passagierinformationen geleitet werden. Hier zu bleiben wäre sinnlos. Sie bekommen die Informationen nicht schneller und stehen nur im Weg. Wenn wir Ihnen irgendwie helfen können, lassen Sie es uns wissen. Doch jetzt möchte ich Sie zu den anderen führen." Der alte Mann hob den rechten Arm ein Stück, bewegte die Hand am Ende hin und her und kennzeichnete damit die Richtung, die Forest einschlagen sollte. Forest setzte sich gehorsam in Bewegung; ihm war klar, daß er in dieser Situation ein einfacher Zivilist war.

Der Cosmosphere-Raum war ein VIP-Wartesalon, der hastig zu einem Zentrum für Freunde und Verwandte der Passagiere umfunktioniert worden war. Wenn hinter den Linien eine hektische Stimmung geherrscht hatte, so war sie unter diesen Menschen hysterisch. Als Forest eintraf, wiederholte ein Angestellter der Fluglinie gerade eine Ankündigung, die er offenbar schon oft durchgegeben hatte.

„Es tut uns schrecklich leid, Ihnen mitteilen zu müssen, daß der Delta-Flug 913 von Miami über Washington kurz vor dem Flughafen zur Landung gezwungen war. Wir kennen die Ursachen noch immer nicht, doch es gibt Überlebende. Sie werden in diesen Minuten von den Rettungsmannschaften geborgen. Feuer hat es nicht gegeben, was die Chancen für alle Betroffenen verbessert.

Ich möchte Ihnen versichern, wenn Sie Freunde oder Verwandte von Passagieren sind, befinden Sie sich hier am richtigen Ort. Informationen werden sofort bekanntgegeben. Sobald wir wissen, daß ein Passagier in einem Krankenhaus eingetroffen ist, geben wir das bekannt und sorgen dafür, daß Sie schleunigst dorthin gebracht werden. Ich wiederhole, bitte bleiben Sie in diesem Saal, wir tun das Menschenmögliche, um Ihnen zu helfen. Vielen Dank."

Die Ansage trug nicht gerade zur Beruhigung bei. Der Raum war gefüllt mit schluchzenden und schreienden Menschen, und immer neue verstörte Gestalten tauchten auf; nicht nur Verwandte, sondern auch Freunde von Verwandten, von denen einige noch die Spätausgabe der Abendzeitung mit der Balkenüberschrift „Absturz" an sich drückten. Alte Leute, junge Leute, Eltern mit Kindern, die aus anderen Gründen weinten, sie alle füllten den Salon mit den unerträglichen Lauten des Schmerzes.

Forest wurde von einer neu eintreffenden Gruppe zur Seite gedrängt und kämpfte sich zu einer Wand vor, wo er sich neu orientieren wollte. Die Fluggesellschaft hatte drei Tische eingerichtet, daran saßen Angestellte, die mit den Krankenhäusern in Verbindung standen. Sobald sie erfuhren, daß ein Passagier ins Krankenhaus eingeliefert und identifiziert worden war, wurden der Name und eine Zahl ausgerufen: „O'Brian, zwei Personen", und schon stürmte eine Gruppe zum Tisch, als wolle sie ihn verschlingen. Probleme schien es zu geben, weil offensichtlich mehrere Familien mit demselben Namen, die aber ansonsten nichts miteinander zu tun hatten, von der Fluggesellschaft informiert oder von allein gekommen waren. In solchen Momenten herrschte höchste Aufregung, doch sobald sich alles geklärt hatte, gab es in beiden Gruppen Freude und Erleichterung. Den falschen Familien blieb die Tragödie erspart; sie konnten beruhigt nach Hause fahren. Die richtige Familie freute sich über einen oder mehrere Überlebende. Noch wurden nur die Überlebenden angesagt.

Forest blickte sich um und überlegte, was er tun sollte. Die Fluggesellschaft ließ Kaffee ausschenken und installierte überall neue Telefone; der Kaffee wurde kaum verlangt, während die Apparate stets überbelegt waren. Mehrere Ärzte wanderten durch den Raum, und Forest sah zu, wie ein Weißbekittelter einer Frau eine Spritze gab. Sie war erstarrt und hatte den Mund zu einem stummen Schrei verkrampft und zitterte am ganzen Leibe. Offensichtlich stand sie unter dem Eindruck eines Schocks. Forest hatte das Gefühl, daß viele Leute hier ein Beruhigungsmittel brauchten oder danach verlangten.

Eine Gruppe Puertoricaner war in einer Ecke zu einer Enklave von gut fünfundzwanzig Personen angewachsen; die Leute umringten eine Gestalt in der Mitte und jammerten lautstark. Forest stand mit dem Rücken an der Wand und verglich die ganze Szene im Geiste mit einem Gemälde von Hieronymus Bosch, das die Verdammten in der Hölle zeigte – nur befand er sich mitten darin.

Allmählich ließ der Lärm doch etwas nach. Die Passagierliste war aus Washington eingetroffen und wurde laut verlesen. Die Namen wurden mit anderen Listen verglichen, die bereits vorlagen; war die Person in einem Krankenhaus, wurde dies mitgeteilt.

„Jones, Helen, Chirurgisches Krankenhaus."

„Jones, Arnold, Allgemeines Hospital Elmhurst."

„Katz, Morris, vermißt."

„Klieger, Herbert, Booth-Memorial-Krankenhaus."

Alle gingen davon aus, daß die Vermißten als tot anzusehen waren. Forest hörte Arthurs Namen. Dann das Wort *vermißt.*
Das Verlesen der Liste veranlaßte etliche Leute, aus dem Raum zu stürzen, vorbei an jenen, die bleiben mußten, die in ihrem Schmerz erstarrt waren. Wieder andere eilten zu den Tischen, wo sie offenbar ihren Zorn und ihre Frustration am Personal der Fluggesellschaft ausließen. Es war unerträglich. Forest mußte hier fort, sonst würde er nicht nur seine Fähigkeit zu handeln verlieren, sondern auch den Verstand.

Zehntes Kapitel

Forest verließ den Aufenthaltsraum, ohne zu wissen, wohin er wollte. Im Korridor war es vergleichsweise still. Er blickte den Gang entlang zur Barrikade an der Schalterhalle. Die Menge, die sich dort vorhin gedrängt hatte, war bis auf einige Reporter mit tragbaren Kameras verschwunden.

Forest fühlte sich von dem anderen Tunnel unwiderstehlich angezogen. Noch immer betraten Leute die Halle, doch sie rannten nicht mehr. Ein unerträglicher Schmerz überkam Forest mit der Erkenntnis, daß die Eile vorbei war, daß das Saubermachen begonnen hatte. Die wenigen Leute, die noch aus dem Tunnel kamen, schienen unter Schockeinwirkung zu stehen und drängten sich an den Reportern vorbei; offensichtlich konnten sie nicht reden, auch wenn sie gewollt hätten.

Forest starrte an der Barrikade vorbei in den langen Saal. Er war automatisch stehengeblieben. Noch immer wollte er nicht einsehen, daß Arthur tot sein mußte, wenn er als vermißt geführt wurde. Er fühlte sich seltsam taub. Er schien nicht mehr denken zu können. Es war, als gebe es kein Ziel mehr, nichts anderes zu tun, als hier zu stehen und ins Leere zu starren, ohne die Helfer in der Not wirklich wahrzunehmen. So dauerte es auch eine Weile, bis Forest erkannte, daß ihm ein Gesicht, das plötzlich in seinem Blickfeld auftauchte, nicht fremd war. Drei Soldaten kamen den Tunnel entlang, und einer war Babygesicht, der Mann aus dem Vorzimmer von General Wells. Diese Feststellung ergab keinen Sinn, und Forest nahm im ersten Augenblick an, daß er sich irren müsse, aber die gummikauenden Kiefer waren nicht zu übersehen.

Forest glaubte, daß die drei aus dem Tunnel kamen, und wollte auf sie warten, aber als er sie dann abbiegen und auf eine Treppe zugehen sah, lief er auf die Barrikade zu. „He Soldat, warten Sie mal einen Augenblick!“ rief er. Seine Stimme hallte von den leeren Wänden wider, und die drei Köpfe wandten sich in seine Richtung. Forest erreichte die Barriere und blieb stehen. Zwei Polizisten waren näher getreten, um dafür zu sorgen, daß er nicht hinübersprang, doch Forest plante nichts dergleichen.

„Sie arbeiten für General Wells!“ rief er. „Ich habe Sie heute nachmittag in seinem Büro gesehen. Erinnern Sie sich an mich?“ Die Soldaten waren stehengeblieben. Babygesicht blickte Forest stirnrunzelnd an. „Ich heiße Forest Hill!“ rief er und wartete darauf, daß das Echo verhallte. Der Soldat machte einige Schritte auf Forest zu, und seine Stirn glättete sich. Er setzte seine Kaubewegung fort, das Zeichen, daß Forest erkannt worden war. „Ich muß Sie mal einen Augenblick sprechen. Bitte ...“ Er wartete, während sich der Soldat entschloß, den Rest des Saals heraufzukommen. Hinter Forest gab es Unruhe, als die Reporter Namen und Gesicht miteinander in Verbindung brachten, doch Forest beachtete sie nicht, sondern konzentrierte sich auf den Soldaten, forderte ihn in Gedanken auf, zu ihm zu kommen.

Daß Babygesicht nur widerstrebend näher kam, verwirrte Forest, bis er erkannte, daß er ja von Reportern und Kameras umgeben war. Der Soldat mußte annehmen, daß Forest ihn irgendwie dazu mißbrauchen wollte, vor den anderen eine Exklusivgeschichte zu ergattern. Forest lächelte in das näher kommende Gesicht und streckte die Hand aus, lange bevor der Soldat in Reichweite war. Der Trick klappte. Instinktiv hob Babygesicht ebenfalls die Hand, und Forest ergriff sie und umfaßte mit der Linken sogleich den rechten Ellenbogen des Soldaten und zog ihn zu sich heran.

„Hören Sie", sagte er und versuchte näher an das Ohr des Mannes heranzukommen. „Ich weiß nicht, warum Sie hier sind oder was Sie da draußen machen, aber ich muß Ihnen sagen, daß mein Bruder in der Maschine gesessen hat. Er heißt Arthur Anspacher und ist Major im militärischen Geheimdienst. Niemand kann mir sagen, was mit ihm ist – ob er tot ist oder noch lebt." Forest spürte, wie sich der andere entspannte. Babygesicht lehnte sich auf die Hacken zurück und blickte Forest offen an. Dabei weiteten sich kurz seine Augen, aber das war seine einzige Reaktion. Dann wandte sich der Uniformierte an einen der Polizisten.

„Lassen Sie den Mann durch", sagte er. „Er gehört zu mir." Ehe der Beamte reagieren konnte, hatte sich Forest unter der Barriere hindurchgeduckt. Er hörte die Proteste der Reporter auf der anderen Seite und setzte sich sofort in Bewegung, ehe es sich der Soldat oder der Polizist anders überlegen konnte. Babygesicht reagierte nicht minder schnell als Forest und blieb auf gleicher Höhe. Als sie den Weg zu den beiden wartenden Soldaten zur Hälfte zurückgelegt hatten, spürte Forest die Hand des anderen am Arm. Der Soldat forderte ihn zum Stehenbleiben auf.

„Ich wußte nicht, wer Sie waren", sagte er leise. „Ich meine, Sie haben ja andere Namen. Tut mir leid."

„Schon in Ordnung. Kommt sehr oft vor, aber normalerweise anders herum." Forest machte Konversation, wartete darauf, daß der Soldat sich äußerte. Babygesicht hatte losgelassen, sagte aber nichts. „Ich weiß es zu schätzen, daß Sie mir geholfen haben", fuhr Forest fort.

Der Uniformierte hustete und räusperte sich. „Oh, keine Ursache, Sir . . . nur, na ja, ich glaube, ich kann Ihnen keine große Hilfe sein." Forest wandte sich um und wollte dem Mann ins Gesicht blicken, aber der Mann hatte den Kopf gesenkt. „Ich . . . ich habe eine schlechte Nachricht für Sie, Sir", sagte er leise. „Ihr Bruder ist leider tot."

Forest hatte das Gefühl, als sei in seinem Inneren ein Brunnen angezapft worden, dessen Wasser ihm unter hohem Druck aus den Augen schießen wollte. Er begann sich abzuwenden, doch der andere packte Forest am Arm und schob ihn weiter.

Forest ließ sich von der fremden Hand dirigieren, während er die Situation zu begreifen suchte. Zu seiner Überraschung spürte er keinen Schock. Anscheinend hatte sein Verstand die Wirklichkeit schon längst verarbeitet. Er begann hastig zu blinzeln, und allmählich klarte sein Blick auf. Dann drang er in die äußeren Bereiche seines Körpers vor und begann sich zu fassen, er übernahm wieder die Kontrolle über Füße und Hände und schließlich die Atmung. Zuletzt waren nur noch die ohrenbetäubenden Stimmen zum Schweigen zu bringen, die ihm durch den Kopf dröhnten.

Ehe sie die beiden Soldaten an der Treppe erreichten, bemerkte Forest aus dem Augenwinkel eine Bewegung. Die Soldaten machten kehrt und gingen vor ihnen die Treppe hinab: Babygesicht hatte sie mit einer Handbewegung losgeschickt. Stumm gingen sie weiter, und nur das Klicken der Schuhe betonte ihren Marsch. Schließlich hielt es Forest nicht länger aus. Ihn verlangte nach einem Geräusch, das die schrille Dissonanz in seinem Inneren ausgleichen sollte.

„Wissen Sie . . . äh . . .“ Forest versuchte seine Stimme in den Griff zu bekommen. „Kennen Sie schon die Ursache des Absturzes?“ Der Soldat begann ihm mit leiser, emotionsloser Stimme zu antworten, die Forest besonders beruhigend fand, weil sie so neutral klang. Er konnte zuhören oder nicht; im Grunde war es wohl gleichgültig. Forest konzentrierte sich auf seine Schritte und ließ sich von den Worten berieseln.

„Der Unfall scheint auf ein plötzliches Gewitter zurückzugehen. Kein vernünftiger Pilot fliegt in ein solches Unwetter hinein, dieser aber hat es getan oder wurde davon überrascht. Vielleicht wurde die Maschine auch von einem Blitz getroffen. Wenn es nur das Unwetter war, kann ein plötzlicher Sog die Maschine nach unten gedrückt haben, ehe der Antrieb reagieren konnte. Mit Propellern wäre alles glattgegangen, aber ein Düsentriebwerk braucht fünf oder sechs Sekunden, ehe es auf den Piloten reagieren kann, und so dicht über dem Boden hätte das nicht ausgereicht. Wenn es ein Blitz war, so mag es zu einer Explosion gekommen sein, auch wenn ich das höchst unwahrscheinlich finde. Vielleicht lag es aber auch an einer Bombe. Das erfahren wir erst, wenn alles wieder zusammengesetzt ist.“

Sie gingen ungewöhnlich langsam, als mäßen sie den Gang aus, und Forest ließ sich von der Hand und der Stimme des anderen lenken. Der Soldat redete unentwegt weiter. „Die Maschine war nur etwa halb voll, die Passagiere befanden sich überall in der Kabine. Als das Flugzeug auf das Wasser prallte, rutschte es wie ein Stein darüber, prallte ans Ufer und zerbrach. Die Trümmer liegen im Wasser weit verstreut, einzelne Teile sind fast hundertundfünfzig Meter weit landeinwärts geschleudert worden." Sie näherten sich einer Tür, die auf das Flugfeld führte. Durch die obere Hälfte sah Forest in der Ferne Lichter und Bewegung.

„Sind Sie sicher", fragte Forest, ohne den Soldaten anzublicken, „daß Sie meinen Bruder gefunden haben?"

„Ziemlich sicher, Mr. Hill. Aber wir möchten, daß Sie ihn eindeutig identifizieren. Die Szene da draußen ist ziemlich unangenehm. Sie müssen sich auf Schlimmes gefaßt machen." Eine Hand auf den Metallriegel gelegt, der die Tür öffnete, hielt Babygesicht inne und blickte Forest an, um zu sehen, ob er sich der schweren Prüfung unterziehen wollte.

Forest war bereit. In diesem Augenblick hätte er durch Feuer schreiten können, ohne etwas zu bemerken. Aber noch etwas machte ihm zu schaffen. Bei seiner letzten Begegnung mit Babygesicht hatte der Soldat im Vorzimmer von General Wells gesessen. Jetzt forderte er Forest auf, die Leiche seines Bruders zu identifizieren. Warum? Forest blickte starr durch das Türfenster und stellte leise seine Frage.

„Warum wollen Sie, daß ich Arthur identifiziere? Ich meine, warum sind Sie überhaupt hier?"

Der Soldat antwortete ohne Zögern und ohne Schärfe: „Wir sind hier, weil es zu unserem Job gehört. Wir ermitteln immer dann, wenn Militärangehörige in einen Unfall verwickelt sind, besonders wenn sie einen hohen Rang bekleiden oder im Geheimdienst arbeiten."

Er zögerte. „Okay?"

Forest stieß die Tür auf, und sie traten in die Kakophonie der Katastrophe hinaus. Jedes Rettungsfahrzeug von New York hatte eine eigene Sirene, einen eigenen pulsierenden Jammerton. Im Chor bildeten die Wagen von Polizei, Feuerwehr, Ambulanz und anderen amtlichen Stellen einen Akkord, der das Blut in den Adern gefrieren ließ. Die Szene erinnerte Forest an ein Gemälde über die Stunden nach einer historischen Schlacht, wo die Lebenden die Toten plündern.

Forest folgte dem Soldaten über das Vorfeld in die Nacht hinaus. Dabei hatte er bald den Eindruck, einen Hindernislauf in einer Geisterbahn zu absolvieren: Die meisten Hindernisse, denen er ausweichen mußte, waren Menschen. Obwohl ihn nicht interessierte, was die Männer da taten, und obwohl er es vermied, den Helfern auf die Hände zu schauen, bekam er doch allmählich mit, was da geschah. Notscheinwerfer waren auf die Landebahn und das Wasser gerichtet, wo noch stärkere Lichter den Tauchern bei ihrer Suche nach Leichen halfen. Zahlreiche Gruppen von Männern waren unterwegs, um Tote zu sichern; jedes Team hatte ein genau umrissenes Gebiet. Alle trugen Overalls, einige hatten Kameras bei sich, einige orangerote Flaggen, Kleberollen, Anhänger, Aufkleber und dicke Plastiksäcke.

Ein aufzuckendes Blitzlicht blendete Forest. Als sich seine Augen wieder an die Dunkelheit gewöhnt hatten, starrte er auf eine Gruppe, die sich über eine Leiche – oder das Stück einer Leiche – beugte.

Plötzlich verstand er, wozu die Ausrüstung gut war. Einer der Männer befestigte einen Anhänger an dem Toten. Dann wurde die Leiche zusammen mit ihren Besitztümern in den Beutel gehoben, der mit dem Reißverschluß geschlossen wurde, ehe er ebenfalls einen Anhänger bekam. Ein anderer Mann malte eine Nummer auf eine Flagge und steckte sie am Kopfende des Beutels in den Boden. Dann erhoben sich alle langsam und gingen auf das nächste Bündel zu, drei Meter entfernt.

Es schien kein System darin zu liegen, wer überlebt hatte und wer gestorben war oder wo die Toten gefunden wurden. Sitznachbarn waren in unterschiedliche Richtungen auseinandergeflogen: Der eine brach sich nur eine Rippe, während dem anderen der Kopf abgerissen wurde. Forest bewegte sich auf Zehenspitzen durch das Chaos und bemerkte plötzlich ein hübsches junges Mädchen, das nur Tennisschuhe trug. Sie lag ausgestreckt in einer Stellung, die normalerweise sehr aufreizend gewesen wäre, nur war sie eben tot. Viele Opfer waren mit einer solchen Gewalt aus dem Flugzeug gedrückt oder gesaugt worden, daß ihnen Kleidung, Unterzeug und sogar Schmuck vom Leib gerissen wurden und sie jetzt nicht nur nackt und tot dalagen, sondern auch äußerst schwer zu identifizieren waren.

Blindlings folgte Forest den Soldaten; es war ihm unmöglich, die Realität der Situation zu begreifen. Sie hatten einen weiten Weg zurückgelegt, und jetzt lag Brandgeruch in der Luft, obwohl es kein Feuer gegeben hatte. Weiter vorn blieben die beiden Soldaten stehen, und Forest spürte, wie Babygesicht wieder nach seinem Arm griff und ihn anhielt. Ein Stück entfernt leuchteten Lampen; in ihrem Schein machte er eine Flagge und daneben einen geschlossenen schwarzen Plastikbeutel aus.

„Hier haben wir Ihren Bruder gefunden“, sagte ihm eine Stimme ins Ohr. „Hier muß er noch ein wenig bleiben. Aber wenn Sie ihn gleich identifizieren könnten, ließe sich Ihrer Familie viel Ärger und Kummer ersparen beim . . . später.“

Außerhalb des Lichtkreises sah Forest eine Gruppe von Männern in weißen Overalls und mit Baseballmützen, die systematisch den Boden absuchten. Auf den Mützen standen die Buchstaben FBI.

Was bisher qualvoll langsam abgelaufen war, beschleunigte sich plötzlich ins Unerträgliche. Ehe er sich's versah, bewegten sich die Soldaten, und er bewegte sich ebenfalls und starrte in das tote Gesicht seines Bruders Arthur. Er hörte fragende Stimmen, er fühlte Hände an seinem Körper, doch er konnte nichts anderes tun, als sich den langen Tunnel seines Blickfelds hinabzulehnen, um dem Gesicht näher zu kommen, das seinem Freund gehört hatte.

Es war Arthur. Es ist Arthur. Wie war noch daran zu zweifeln? Ich meine, sieh ihn doch an. Sieh in sein Gesicht. Dort die Bißnarbe, die ich ihm einmal bei einem Streit beigebracht habe . . . Zu schnell ging der Reißverschluß wieder zu und ließ Forest auf schwarzes Plastik starren, dann drehte sich die Welt, und Forest war wieder in Bewegung. Anscheinend hatte er seinen Bruder identifiziert.

Elftes Kapitel

Forest blinzelte in das unpersönliche Neonlicht des Flughafengebäudes und versuchte zu begreifen, was da eben geschehen war. Er wußte nicht, wie lange er sich auf dem Flugfeld aufgehalten, wie viele Dokumente er unterzeichnen mußte oder wie er hierher zurückgekommen war. Aber es war kein Traum, und Forest wußte, daß etwas unwiderruflich vorbei war.

Wenn eine Empfindung unerträglich wird, suchen die Menschen oft nach einer Aufgabe. Forest klammerte sich an die Verantwortung, die er jetzt trug, und beschloß, Valerie anzurufen. Das einfachste Ziel, das er sich setzen konnte, war, nach einem Telefon zu suchen, doch als sein Blick durch den Korridor wanderte und den Aufenthaltsraum der Verdammten traf, wurde ihm klar, daß er einen anderen Ort finden mußte.

Die Atmosphäre hier war vergiftet; Forest hatte schon zuviel davon eingeatmet.

Der Korridor führte zu einem Quergang, dann zu einer Rolltreppe und schließlich in einen Teil des Flughafens, der von dem Todeshauch unberührt geblieben war.

Hier stieß er nun endlich auf ein normales Chaos, auf sich drängende Gestalten, festsitzende Passagiere, ganz normale Menschen, deren Leben durch ein Ereignis an anderer Stelle gestört wurde und die darauf sehr egoistisch reagierten. Es war die andere Seite der dünnen Membrane, die das Chaos von der Wirklichkeit trennt, doch Forest klammerte sich mit jeder Faser daran, atmete sie ein und betäubte damit seine Sinne, ließ sich davon einlullen.

Die Münzfernsprecher auf Flughäfen stehen einfach in der Gegend herum und bieten noch weniger Abgeschiedenheit als die berühmten Pissoirs, die früher überall in Paris zu finden waren. Man versucht dem unwillkommenen Lauscher den Rücken zuzudrehen, muß aber brüllen; der Zwang zur Lautstärke widerspricht der Vorstellung von einem Zwiegespräch. Vielleicht heißt es deshalb auch „öffentlicher" Fernsprecher.

Forest wählte Valeries Nummer in Washington – nicht mehr Arthurs und Valeries Nummer – und wartete darauf, daß die Vermittlung sich einschaltete und die Grundgebühr festsetzte. Neben sich hörte er einen Mann seiner Frau erklären, warum er spät nach Pittsburgh zurückkehren würde. Auf der anderen Seite teilte ein Mann mit einer jungen Blondine im Arm seiner Frau mit, warum er überhaupt nicht nach Hause kommen würde. „Faszinierend", dachte Forest, „wie unterschiedlich die Menschen eine Tragödie ausnutzen." Der Anschluß war besetzt.

Forest legte auf und versuchte es mehrmals hintereinander, wobei er jedesmal mit der Vermittlung wegen der Gebühr sprechen mußte. Links und rechts setzte sich das menschliche Drama an den Telefonen mit neuen Episoden fort, doch Forest hatte das Interesse verloren. Er versuchte sich Worte zurechtzulegen, mit denen er Valerie das Geschehen erklären konnte, doch ein Teil in ihm hoffte, daß sie bereits Bescheid wisse.

Als die Verbindung zustande kam, meldete sich Valerie, ehe das erste Klingeln verhallt war, und die Spannung und Hoffnung in ihrem „Hallo" verrieten Forest, daß er ihr die schlimme Nachricht beibringen mußte.

„Hier ist Forest, Val. Ich bin am Flughafen in New York." Ehe er weitersprechen konnte, reagierte sie mit ungezügelter Erleichterung.

„Oh, Gott sei Dank! Gott sei Dank, daß du anrufst! Ich habe überall herumtelefoniert, seit das Unglück gemeldet wurde, konnte aber nichts erfahren. Ich habe beide Flughäfen angerufen, dann die Fluggesellschaften, dann dein Büro und bei dir zu Hause. Ich weiß noch immer nicht, was mit Arthur ist. Sag es mir, Forest. Sag mir, daß Arthur lebt!" In ihrer Stimme lag keine Hysterie, doch Forest spürte, wie sehr sie sich bezwingen mußte. Ein kurzes Schweigen trat ein, während Forest nach den richtigen Worten suchte, irgendwelchen Worten, die das Unaussprechliche verdeutlichten.

„Bist du noch da, Forest?" fragte sie.

„Ja, Val", antwortete er, und Schmerz und Kummer lagen in seiner Stimme. Und damit war alles gesagt. Sie wußte Bescheid.

„Ach du mein Gott, ach du heilige Mutter Gottes!" Er hörte, wie die Kraft aus ihr strömte. „Er ist tot, nicht wahr, Forest? Mein Arthur ist tot?“ Forest hätte alles gegeben, um in diesem Augenblick bei ihr zu sein, um die Hände ausstrecken und sie berühren zu können, anstatt auf Worte angewiesen zu sein. Er seufzte und lehnte den Kopf gegen das kalte Metall des Telefongestells.

„Ja, Val. Er ist tot.“ Sie begann zu schluchzen, doch sehr leise, als könne sie zwar ihren Schmerz nicht zügeln, sei aber entschlossen, ihre Tränen im Zaum zu halten.

„Alles in Ordnung?“ fragte er schließlich. „Soll ich gleich kommen?“ Er hörte, wie sich Valerie die Nase schnaubte, dann verstummten die Geräusche des Weinens. „Es geht mir gut, Forest. Ich habe Freunde hier. Viele gute, nette Freunde. Alle unsere Freunde. Wir könnten eine Party feiern, wenn nur Arthur . . .“

„Hier sind Leute vom Militär eingeschaltet, Val, ich glaube, die lassen ihn nach Washington fliegen.“ Er mußte das Thema wechseln.

„Ach ja, das Militär. Das kümmert sich um alles. Tut es ja immer, nicht wahr?“ Forest ignorierte den Sarkasmus in ihrer Stimme, doch er konnte sie verstehen.

„Ja, sieht so aus, nicht wahr? Hör zu, ich will sehen, daß ich die Sache hier so schnell wie möglich regele, und dann besuche ich dich. Ist wirklich alles in Ordnung?“

„Es geht mir gut, Forest“, antwortete sie gefaßt. „So gut, wie das nach den Umständen möglich ist.“

„Valerie . . .“ Forest zögerte. „Ich wünschte, ich wüßte, was ich sagen könnte. Ich wünschte, ich könnte irgend etwas . . .“ Valerie unterbrach ihn.

„Laß nur, Forest! Es gibt nichts zu sagen, nichts zu tun, außerdem war er ja dein Bruder. Ironie des Schicksals, nicht wahr? Er wollte dich sprechen.“ Forest horchte auf Bitterkeit in ihrer Stimme, doch sie traf nur eine Feststellung. Trotzdem wurde er den Gedanken nicht los, daß sie ihn irgendwie verantwortlich machte. Gott war sein Zeuge, daß er sich tatsächlich Vorwürfe machte!

„Ich weiß, daß er mich besuchen wollte. Er hat es durch das Büro ausrichten lassen. Aber er sagte nichts von dem Grund.“ Forest zögerte. „Hat er dir etwas erzählt?“

„Nein. Vielleicht wollte er sich nur mit dir versöhnen. Was kommt es darauf noch an?" Forest spürte, daß sie am Ende ihrer Kräfte war. „Ich muß jetzt Schluß machen, Forest. Es gibt zu tun, ich muß telefonieren, und ..." Ihre Stimme verstummte. „Wiedersehen, Forest. Achte auf dich. Bis bald."

„Wiedersehen, Val", sagte er und hörte sie auflegen. Forest hielt den stummen Hörer noch einen Augenblick lang in der Hand und hängte ihn dann vorsichtig ein. Dabei stellte er fest, daß seine Hand zitterte, und er fühlte sich durch und durch erschöpft. Er blieb am Telefon stehen in dem Bewußtsein, daß er irgendwohin mußte, daß er irgend etwas tun mußte, doch so sehr er sich auch bemühte, es wollte ihm nicht einfallen, was.

Ein kalter Schauder lief Forest über den Rücken, und er hatte das Gefühl, beobachtet zu werden. Er drehte sich um und erblickte Jenny Wells. Tränen liefen ihr über das Gesicht. Beide verharrten einen Augenblick lang aus Rücksicht auf den Kummer des anderen, dann trat Jenny vor.

„Ich weiß nicht, ob Sie sich an mich erinnern, Mr. Hill. Wir sind uns neulich abend bei der Party begegnet." Sie fuhr sich mit dem Handrücken über die Augen, um ihre Tränen fortzuwischen.

„Natürlich, Jenny. Sie waren mit meinem Bruder und Valerie da." Diese Worte ließen neue Tränen strömen, und sie neigte den Kopf. Forest stand hilflos vor ihr; er beneidete sie um die Fähigkeit zu weinen. Plötzlich hob sie hastig blinzelnd den Kopf und reichte ihm die Hand. Forest griff zu. Die Hand war klein und weich und zog ihn vorwärts.

„Ich glaube, wir brauchen beide etwas zu trinken, Mr. Hill. Machen Sie mit?"

„Ich heiße Forest – und finde, Sie haben recht." Er ließ sich von ihr durch einen Gang führen, der noch weiter von der Unfallzone fortführte. Dabei ging ihm auf, daß er es angenehm fand, ihre Hand zu halten.

In der Cocktailbar herrschte lautes Treiben, doch nach einiger Zeit bekamen sie einen Tisch und konnten bestellen. Jenny saß auf der anderen Seite und beobachtete ihn, und Forest war ihr für das Schweigen dankbar. Als die Kellnerin die Drinks brachte, bestellte Forest sofort die zweite Runde und stürzte sich förmlich auf sein Glas. Er hatte es halb geleert, ehe Jenny sich die Lippen feucht gemacht hatte.

„Ich wollte gerade nach Washington zurückfliegen, als ich die Meldung hörte." Sie sprach leise, als versuche sie zu erklären, warum sie ihn hier in seinem Schmerz störte. „Ich ging in den schrecklichen Raum, und dort verlas man..." Forest hob den Blick, und sie verstummte.

„Er hat Ihnen sicher viel bedeutet", sagte er mechanisch. Dann starrte er wieder in sein Glas. Ehe Jenny antworten konnte, kam die Kellnerin mit frischen Drinks. Forest gab ihr das leere Glas und bestellte gleich eine dritte Runde. Jenny hatte nun zwei Gläser vor sich stehen. Die Kellnerin ging nicht sofort wieder. Sie starrte Forest an.

„Sagen Sie mal", meinte sie mit einer Stimme, als sei ihr eben eine Erleuchtung gekommen, „sind Sie nicht Forest Hill, der Wetterknabe? Ich sehe Sie immer. Würden Sie mir ein Autogramm für meine Tochter geben?" Sie schob Forest eine Serviette und einen Kugelschreiber hin. „Für Sally, bitte." Forest nahm den Stift, schrieb: „Für Sally. Sonnige Tage, Forest Hill" und gab das Papier zurück. Er handelte völlig automatisch. Die Kellnerin strahlte. „Vielen Dank, Forest. Ich bringe Ihnen die Drinks sofort." Sie eilte davon, und Forest machte sich über sein Glas her.

„Ihr Bruder stand mir näher, als Sie wissen können, Forest. Er und Valerie waren für mich wie Eltern. Ich habe das Gefühl, als wären sie meine einzigen Verwandten. Arthur hat sich wirklich sehr um mich gekümmert." Jenny sah, daß Forest den Halt zu verlieren drohte, und versuchte ihn zum Sprechen zu bringen. Forest hatte dazu aber keine Lust.

„Ja, er hat sich um alle gekümmert", murmelte er. „Besonders um mich." Geistesabwesend starrte er ins Glas und ließ das Eis kreisen.

„Sie beide haben sich doch aber neulich gestritten. Was war denn los?" Jenny schien entschlossen, ihn nicht einfach grübeln zu lassen.

„Nichts, Jenny. Eine dumme Sache, die schon damals unwichtig war – und jetzt erst recht." Er blickte in ihr besorgtes Gesicht. Und plötzlich überstürzten sich seine Worte. „Wir hatten nicht mal Gelegenheit, uns zu versöhnen. Ich habe danach nicht mehr mit ihm gesprochen . . . jetzt war er unterwegs, um mich zu besuchen, und . . ." Er hob das Glas und versuchte, seiner Gefühle Herr zu werden.

„He, Forest! Sonnige Tage sind das nun wirklich nicht! Wie wär's mit etwas Sonne?" Am übernächsten Tisch hatte ein Betrunkener Forest erkannt und erhob winkend die Stimme. Wie im Reflex blickte Forest zu dem Mann hinüber, lächelte und erwiderte das Winken. Jenny beugte sich zu Forest hinüber.

„Hören Sie, das ist verrückt. Warum verschwinden wir nicht von hier und suchen uns ein ruhiges Plätzchen? Ich möchte mich wirklich mal mit Ihnen aussprechen." Er wußte, daß sie ihm nur helfen wollte, war aber überzeugt, daß ihm in diesem Augenblick nichts helfen konnte, nichts, außer allein zu sein.

„Ich möchte lieber nach Hause fahren, Jenny. Und viel darüber zu reden gibt es auch nicht mehr, oder?"

„Haben Sie schon gegessen?"

„Nein, aber . . ."

„Ich weiß, Sie haben keinen Hunger. Aber essen müssen Sie. Und wenn es bei Ihnen zu Hause niemanden gibt . . ." Forest ließ die Frage einen Augenblick lang im Raum stehen.

„Nein."

Sie lächelte. „Dann mache ich Ihnen etwas zum Abendessen. Kommen Sie." Sie stand auf, und Forest erinnerte sich an die Halsstarrigkeit, die er schon bei der Party an ihr beobachtet hatte. Miß Jenny Wells, Tochter des Generals mit dem gleichen Namen. Zum Teufel, vielleicht war es wirklich besser, wenn er nicht allein war. Forest seufzte, trank aus und warf Geld auf den Tisch. Dann verließ er hinter ihr die Bar. Wieder hielt sie seine Hand.

Zwölftes Kapitel

Jenny hatte Forest durch das Terminal zu den Taxis geführt, hatte ihn in einen Wagen geschoben und ließ ihn erst wieder los, als er dem Fahrer die Adresse genannt hatte und sie unterwegs waren. Sie schien sich über das Ausmaß seines Schocks und Kummers Gedanken gemacht zu haben, offenbar mit dem Ergebnis, daß sie in diesem Augenblick die Stärkere war. Sie saßen schweigend da und waren zur Abwechslung einmal dankbar für den Wortschwall des New Yorker Taxifahrers.

„Schon von dem Absturz gehört? Angeblich hat das Gewitter den Kasten runtergeholt. Große Tragödie! Aber wenn Gott gewollt hätte, daß wir fliegen . . . was? Toller Regen! Völlig unvermutet. Aus dem Wetter wird man eben nicht schlau. Es war ein schöner Tag, ich fuhr durch die Gegend, und *peng!* kommt da die Flut vom Himmel. Aus blauem Himmel. Hören Sie mal, der Grand Central Parkway ist jetzt überflutet, da ist heute abend kein Durchkommen mehr. Möchten Sie, daß ich zum Queen's Boulevard rüberwechsele? Ist länger, aber wahrscheinlich schneller. Dieses verdammte Wetter kostet mich ein Vermögen!"

Allmählich brachte der Fahrer seine Platte zu Ende und konzentrierte sich auf die Tücken des lebhaften Verkehrs in Queens. Als sie sich der Stadt näherten, schien das Unwetter nachzulassen. Schließlich wandte sich Jenny an Forest und stellte ihm die unvermeidliche Frage.

„Warum wollte der Pilot die Maschine bei solchem Wetter landen? Warum ist er nicht ausgewichen, darum herumgeflogen? Ich meine, ist das nicht Wahnsinn?" Forest starrte lange Zeit geradeaus und antwortete dann, ohne sich Jenny zuzuwenden, als müßte er sich jedes einzelne Wort abringen.

„Um sechs Uhr heute abend war auf dem Radarschirm kein Unwetter zu erkennen. Ich glaube, der Pilot wußte gar nicht, was da plötzlich passierte." Sie schwiegen, bis sie Forests Appartementhaus am Riverside Drive erreicht hatten. Es hatte zu regnen aufgehört. Die Straßen waren sogar völlig trocken. In Manhattan hatte es überhaupt nicht geregnet.

Dreizehntes Kapitel

Als Forest seine Wohnung betrat, kam er sich wie ein Fremder vor. Er hatte das Gefühl, ein ganzes Jahr fort gewesen zu sein. Die Einrichtung wirkte irgendwie fremd, was aber nur daran lag, daß er sich seit seinem Aufbruch heute früh total verändert hatte. Er sah die Welt mit neuen Augen.

Er ließ Jenny im Wohnzimmer sitzen, während er herumwanderte, Lampen einschaltete, aus der Küche Eis holte und Drinks mixte. Jenny nahm ihm das Glas wortlos ab; sie konnte mithalten, da sie sozusagen noch beim ersten Drink war. „Ich hoffe, Sie finden mich nicht aufdringlich", sagte sie nach dem ersten Schluck lächelnd, „aber Ihre Sachen sehen völlig durchnäßt aus. Sie sollten etwas anziehen, das trockener ist als ein Martini."

Gegen seinen Willen mußte Forest lächeln. Dann betrachtete er sich im Spiegel und runzelte die Stirn. Er sah völlig verregnet aus, wie ein heimatloser Hund.

„Bei Gott, Sie haben recht! Bin gleich zurück!" Forest ging ins Badezimmer, zog sich aus und warf seine Sachen auf den Boden. Er stellte seinen Drink auf den Rand des Waschbeckens und trat unter die Dusche. Das prickelnd heiße Wasser begann die Kälte aus seinen Knochen zu vertreiben, so daß er nun zu spüren begann, wie müde er in Wirklichkeit war und wo ihm die Muskeln weh taten.

Als die Dusche zu rauschen begann, lehnte sich Jenny lächelnd zurück. Sie wußte nicht, wann es begonnen hatte, doch Forest Hill war ihr unter die Haut gegangen. Sein Schmerz war ihr nicht entgangen, und sie fühlte mit ihm. Der Mann hatte etwas Wehrloses, etwas Verletzliches, obwohl er doppelt so alt war wie sie. Und noch etwas, etwas, das sie auf ganz andere Weise anzog.

Jenny blickte sich im Wohnzimmer um und sah sofort, daß es in seinem Leben keine Frau gab, jedenfalls keine ständige. Die Möbel waren teils nach Gesichtspunkten der Nützlichkeit ausgesucht, teils handelte es sich auch um ziemlich alte Stücke. So stand ein moderner Kaffeetisch aus Stahl und Glas vor einem antiken Sofa, das dringend einmal aufgearbeitet werden mußte. Faszinierend fand sie jedoch die

Wetterinstrumente, von denen sie umgeben war. Forests Frau mochte nach der Scheidung die Einrichtung mitgenommen haben, doch seine Spielzeuge hatte er behalten dürfen. Am Ende des Zimmers befand sich neben dem Schreibtisch eine eindrucksvolle Konsole mit kompliziert aussehenden Geräten. Ein Instrumentenbrett war von mehreren seltsam aussehenden Maschinen umgeben, an der Wand hing eine Uhr, die die verschiedenen Zeitzonen berücksichtigte. Zugleich war im Raum eine wundervolle Sammlung alter Stücke verstreut. Thermometer aus poliertem dunklem Holz mit Messingbeschlägen, dazu etliche schöne, aber bizarre Instrumente, deren Zweck sich Jenny nicht vorstellen konnte.

Die Wände waren mit Karten und Tabellen bedeckt, mit Weltallaufnahmen der Erde, mit alten Weltkarten und Bildern, die das Wetter darstellten. Jenny stand auf und sah sich diese Motive genauer an. Es handelte sich um Drucke, Lithographien und ein paar Ölgemälde, die die Auswirkungen von Unwettern auf Meer, auf Land und Menschen verdeutlichten. Jenny fand diese Sammlung der Zerstörung einigermaßen bedrückend.

Über Forests Tisch fand sie die einzigen Bilder im Zimmer, die nicht mit dem Wetter zu tun hatten. Es waren Aufnahmen von zwei Erwachsenen, in denen sie Forests Eltern vermutete, von Forest als kleiner Junge, dann später als Mitglied seines College-Schwimmteams und schließlich ein Foto von Forest und Arthur. Jenny betrachtete gerade die beiden Brüder, als Forest zurückkehrte. Er trug einen knöchellangen blauen Frotteebademantel und wirkte mit hochgeschlagener Kapuze wie ein Mönch. Jenny entfernte sich hastig von dem Bild und seinen Assoziationen.

„Ich habe Ihnen ein Abendessen versprochen“, sagte sie. „Das sollen Sie auch bekommen. Zeigen Sie mir die Küche.“ Sie bemerkte, daß sein Blick zu dem Bild und zu ihr zurückzuckte. Dann deutete er über die Schulter und begann auf den Tisch zuzugehen. Er starrte auf das Bild, als er Jennys Ruf hörte.

„Forest, wie unmöglich! Sie haben ja gar nichts im Eisschrank! Wie halten Sie sich eigentlich am Leben?“

„Wie jeder andere Junggeselle auf der Welt. Indem ich auswärts esse. Aber im Tiefkühlfach liegt ein Steak. Lassen Sie das auftauen. Wenn Sie es mit dem Essen nicht eilig haben – mir ist das egal.“ Als Jenny ins Wohnzimmer zurückkehrte, saß Forest mit heruntergeschlagener Kapuze an einem Ende des langen Sofas und nippte an seinem Drink. Jenny rückte ans andere Ende und blickte ihn an. Eine leichte Verlegenheit kam auf, eine neue Spannung lag in der Luft.

„Ich weiß nicht, ob ich mich bei einem halbangekleideten Fremden sicher fühlen darf, Mr. Hill“, sagte Jenny unterwürfig.

„Wenn Sie wollen, setze ich die Kapuze wieder auf, Miß Wells“, antwortete er ernsthaft. Dann lachten beide laut los. Jenny lächelte ihn an. Er gefiel ihr mit seinem zerwuschelten Haar, das er nach dem Duschen noch nicht wieder gekämmt hatte, und sie erkannte an seinem Blick, daß auch sie ihm gefiel. Plötzlich war die Atmosphäre völlig entspannt.

„Ich habe mir eben Ihre Sammlung angesehen, Forest. Sie haben wirklich schöne Sachen. Aber irgendwie scheint alles mit dem Wetter zusammenzuhängen.“

Forest lehnte sich zurück und legte die Arme auf die Rückenlehne des Sofas. Dann blickte er sich im Zimmer um. Sie hatte recht.

„Zunächst möchte ich zu meiner Verteidigung vorbringen, daß ich Meteorologe bin und daß ich einen Teil der Geräte beruflich brauche. Die Kontrollen dort drüben sind mit Instrumenten auf dem Dach verbunden und lassen mich Temperatur, Feuchtigkeit, Windgeschwindigkeit und -richtung, barometrischen Druck und Regenmenge messen. Die beiden anderen Geräte sind Thermofaxapparate, die Wetterkarten empfangen. Der kleine liefert mir alle zwanzig Minuten Satellitenaufnahmen aus einer Höhe von rund fünfunddreißigtausend Metern. Der Apparat da drüben ist ein Fernschreiber. Und was das übrige angeht, so muß ich gestehen, daß das Wetter zugleich mein Steckenpferd ist. Seit jeher. Und wenn das Hobby eines Mannes zugleich sein Beruf ist und umgekehrt, ja, dann muß man wohl von Besessenheit sprechen.“ Er setzte ein schiefes Lächeln auf, denn er war sich dieser Einseitigkeit vollauf bewußt.

„Hatten Sie nie Lust auf Puzzlespiele? Oder Flugzeugmodelle?“ Jenny begann ihn zu necken.

„Nein."

„Und Sport? Golf? Bowling? Ich habe ein Bild von Ihnen als Schwimmer gesehen."

„Mit Schwimmen halte ich mich fit, drei- bis viermal die Woche. Leider ist damit keine geistige Abwechslung verbunden, außer daß das Gehirn ein bißchen gewässert wird." Forest schüttelte den Kopf und versprühte etliche Tropfen aus seinem nassen Haar.

„Und Frauen, Forest? Kommt Sex für Sie als Hobby in Frage?" Jenny blieb erbarmungslos auf der Spur, dabei stellte sie ihre persönlichen Fragen mit einer Offenheit und einem Humor, die Forest entwaffnend fand. So antwortete er automatisch und ohne Umschweife.

„Frauen scheinen ein Gebiet zu sein, auf dem ich nicht sonderlich erfolgreich bin – nach meiner Ehe zu urteilen. Und Sex – na ja, ich habe nichts dagegen, aber ein Hobby könnte daraus nicht werden. Ich habe einen Freund, der den Sex so sieht, und ich glaube, er findet das sehr unbefriedigend."

Jenny lächelte offen. „Nun, es freut mich zu wissen, daß Sie zumindest nichts dagegen haben. Warum aber das Wetter? Was finden Sie daran so faszinierend? Warum liegt Ihnen daran zu wissen, ob es regnet oder nicht?" Im Gegensatz zu ihren ersten Fragen sprach sie nun völlig im Ernst. Forest spürte, daß sie an der Antwort ehrlich interessiert war, und mußte sich mit seiner Antwort Mühe geben – denn er wollte, daß sie ihn verstand.

„Jenny, ich bin auf einem Hof in Iowa aufgewachsen. Er war nicht groß, und meine Eltern hatten stets Mühe, uns über Wasser zu halten. Dabei kam dem Wetter eine entscheidende Bedeutung zu ... wie groß die Ernte sein würde ... oder ob es überhaupt eine geben würde. Ein überraschender Frost konnte uns vernichten, ehe wir überhaupt in Gang kamen. Ein Hagelsturm konnte uns vor der Ernte total auslöschen. Glauben Sie mir, wir nahmen das Wetter verdammt ernst.

Als ich dann größer wurde und in der Schule Geschichtsunterricht bekam, erkannte ich, daß die Regeln, die für unseren Hof galten, auf die ganze Welt, auf die ganze Menschheit zutrafen. Mir ging auf, warum unsere fernen Vorfahren Wettergötter verehrten ... Regengötter, Blitzgötter, Donnergötter."

Jenny schien das sehr gut zu verstehen. Mit wachsender Begeisterung fuhr er fort: „Das Wetter ist der Teich, in dem wir leben. Und was mit dem Teich geschieht, verändert uns oder führt dazu, daß wir uns ändern. Natürlich wird Geschichte nicht in solchen Begriffen gelehrt, aber so sah ich das Bild, ein Bild, das großen Eindruck auf mich machte." Forest stand auf und drehte sich zu Jenny um. Er wollte sehen, ob er sie etwa langweilte. „Soll ich weitererzählen? Das Thema bringt mich immer in Fahrt, und dann rede ich zuviel."

Jennys Blick war gebannt auf ihn gerichtet. Sie hatte die Schuhe ausgezogen und die Füße untergeschlagen.

„Bitte, ich möchte das wirklich hören", sagte sie.

Ein Lächeln ging über Forests Gesicht. Darin zeigte sich nicht der Meteorologe im Fernsehen, sondern der wirkliche Forest; die aufgeregte, lebendige, aufgeschlossene Kombination von Junge und Mann, die Jenny seit ihrem Kennenlernen immer wieder bruchstückhaft zu sehen bekommen hatte. Forest setzte sich auf die Lehne eines großen Lederstuhls, zupfte seinen Bademantel zurecht und versuchte, die Gedanken und Informationen zu ordnen, die ihm durch den Kopf schossen.

„Grundsätzlich", begann er, „kann man sich die Geschichte und das Wetter in zwei Kategorien vorstellen. Da sind einmal die großen Veränderungen, etwa die Eiszeiten, die das Äußere des Planeten verändern. Diese sind leicht zu erkennen. Aber auch kleine Veränderungen wirken auf die Geschichte ein." Jenny nickte verständnisvoll; mit blitzenden Augen sah sie ihn an, und Forest fiel ein, daß sie ja in Harvard studierte. Vielleicht hatte sie den Schlüssel, ihn wirklich zu verstehen.

„Nehmen Sie Ludwig den Sechzehnten und Marie-Antoinette. Jeder spricht von der sozialen Unruhe, die sich aufgestaut hatte und zur Revolution führte. Aber niemand fügt hinzu, daß die Ernten durch eine Dürre beeinträchtigt worden waren und daß dieser Mangel die Brotaufstände in Paris auslöste. Das Wetter veränderte also die Lage in Frankreich. Und das ist nur ein Beispiel."

Er lachte leise. „Sehen Sie sich die amerikanische Revolution an. Man könnte sagen, daß das Wetter auch hier mitwirkte. In den siebziger Jahren des achtzehnten Jahrhunderts erlebte Großbritannien eine schlimme Kälteperiode. Dies schadete der Ernte, so daß man Nahrungsmittel einführen mußte. Als der alte George nun mehr Geld brauchte, um die Importe zu bezahlen, stiegen die Steuern in den Kolonien immer mehr – bis sie schließlich rebellierten." Forest sah stolz aus, als habe er eben die Unabhängigkeitserklärung verfaßt – und Jenny hatte nicht die Absicht, ihm hier zu widersprechen.

Forest stand auf und begann beim Reden hin und her zu gehen; er deutete auf Bilder an der Wand, um seine Argumente zu unterstreichen, und mit der Zeit erkannte Jenny, daß er seine Sammlung nicht willkürlich zusammengestellt, sondern sich damit eine visuelle Geschichte der Wetterwirkungen zusammengestellt hatte. Er blieb vor der Daguerreotypie eines alten Kampfschiffes stehen und betrachtete sie einen Augenblick lang.

„Unser Bürgerkrieg", sagte er und drehte sich um, „wäre ohne das Wetter vielleicht ganz anders abgelaufen. Eine ähnliche Kälteperiode, wie sie die Revolution in Gang brachte, suchte England heim, das nach wie vor von Importen abhängig war. Baumwolle bezog man von uns, genauer gesagt, aus dem Süden. Nun, etwa zehn Jahre vor dem Bürgerkrieg zeigte der Süden erste Anzeichen von Unruhe, woraufhin die Engländer nervös wurden. In der Folge begann man sich eine andere Baumwollquelle zu erschließen, in Ägypten. Hätte der Süden 1850 rebelliert, wozu es beinahe gekommen wäre, hätte er vielleicht gewonnen. England wäre nämlich eingeschritten, um seine Baumwollieferungen sicherzustellen, weil die Ägypter noch lange nicht so weit waren. Als der Süden schließlich 1860 seine Unabhängigkeit erklärte, war die Baumwollkrise vorbei. England konnte sich aus Ägypten versorgen – und das ist der Grund, warum ich heute nicht Beauregard heiße."

Jenny lachte und sagte:„Das ist schon das zweite große amerikanische Ereignis, das direkt vom europäischen Wetter beeinflußt wurde."

Forest lächelte sie anerkennend an. „Natürlich gibt es da noch mehr Beispiele", fuhr er fort. „Die Alliierten vermochten nur wegen eines positiven Wetterwechsels in der Normandie zu landen, während Hitlers Einfall in Rußland an Schnee und Kälte scheiterte."

„Dasselbe passierte ja auch Napoleon", fügte Jenny hinzu.

„Zweimal sogar", sagte Forest nickend. „Einmal erledigte ihn der Schnee in Rußland, dann der Regen bei Waterloo." Forest betrachtete eine Inschrift unter dem Ölgemälde eines regennassen französischen Soldaten. „Victor Hugo beschrieb das so: ‚Einige Tropfen Wasser... eine ungelegene Wolke am Himmel genügten, um eine ganze Welt aus den Angeln zu heben.'" Er wandte sich Jenny zu, und sie erwiderte sein Lächeln. Forest setzte sich neben ihr auf die Couch, nicht nahe, doch auch nicht mehr ans andere Ende.

„Schon genug?" fragte er.

„Ach was!" gab sie zurück. „Wenigstens sind Sie intelligent und wissen Ihre Sache begründet und detailliert zu vertreten. Außerdem haben Sie bestimmt noch etliche andere Theorien, von denen Sie mir noch gar nicht erzählt haben."

Plötzlich ernüchtert, blickte Forest sie an. „Theorien? Ja, das kann man wohl sagen. Jedenfalls bis vor kurzem. Aber im Augenblick ist das ja wohl nicht weiter wichtig, oder?" Er merkte, daß sein Glas leer war und daß auch Jenny endlich ausgetrunken hatte, und stand auf, um nachzugießen. Aber Jenny stoppte seine Hand, die nach ihrem Glas greifen wollte.

„Ich sage Ihnen was", sagte sie. „Sie trinken noch einen, und ich rauche einen Joint, um Schritt zu halten." Ihre Finger lagen leicht auf seinem Handrücken. „Ich muß Ihnen sagen, daß ich gewöhnlich nicht so viel trinke."

Forest drehte seine Hand um und schloß sie um ihre Finger.

„Ich will *Ihnen* mal was sagen", meinte er lächelnd. „Sie trinken jetzt noch einen mit, dann teile ich mit Ihnen den Joint, um Ihnen Gesellschaft zu leisten." Jenny nickte, und während Forest einschenkte, nahm sie ein Fläschchen Marihuana und ein Päckchen Zigarettenpapier aus der Tasche und rollte mit schnellen, sicheren Bewegungen eine dünne Zigarette.

Forest setzte sich wieder zu ihr und stellte die Gläser auf den

Couchtisch. Er zündete ihr den Joint mit einem Tischfeuerzeug an und sah zu, wie sie den Rauch einatmete. Sie reichte ihm die Zigarette, und er machte einen tiefen Zug. Während er den Rauch in der Lunge hielt, starrte er ihr ins Gesicht. Es machte ihm Spaß, sie aus der Nähe zu betrachten. Sie hatte eine reine, weiche Haut, die nach Berührung verlangte.

So rauchten sie langsam und reichten den Joint hin und her. Wenn ihnen der Mund trocken wurde, tranken sie einen kleinen Schluck. Als die Zigarette zu klein zum Halten wurde, ließ Jenny sie in den Aschenbecher fallen. Widersinnigerweise freute sich Forest über diese Geste; er hätte es widerlich gefunden, wenn sie jetzt wie ein Hippiemädchen eine Zigarettenzange aus der Tasche geholt hätte. Eine angenehm wärmende Sympathie zu ihr erfüllte ihn; er wußte, daß das Marihuana zu wirken begann.

Forest lehnte sich zurück, legte die Füße auf den Couchtisch und ließ sich von den Wellen des Wohlbefindens einhüllen. Vor den Fenstern strömte der Hudson vorbei, darauf die Lichter von Barken und Schleppern, die sich gemächlich bewegten. Auf der anderen Seite des Hudsons machte er die hellen Lichter von Jersey aus, die zu dieser späten Stunde die Häßlichkeit übertünchten und nur tröstende Helligkeit verbreiteten. Ein Anblick, der ihm stets Freude machte und ihn zuweilen sogar mit Frieden erfüllte.

Forest kam eine Melodie in den Sinn, und er begann sie lautlos zu pfeifen. Nach kurzem Schweigen begann Jenny zu kichern. Es war ein ansteckender Laut, doch in plötzlicher Besorgnis fuhr Forest auf, um zu sehen, ob sie ihn nicht etwa auslachte. Ihr Gesicht hatte sich fröhlich verzogen, und das Kichern wurde lauter, als könne sie gar nicht mehr aufhören. Anscheinend versuchte sie die Lippen zu schürzen, um seine Pfeiflaute zu erwidern.

„Tut mir leid“, sagte er. „Manchmal ist das so. Mir fällt eine Melodie ein, und ich muß lospfeifen.“

Jenny schüttelte den Kopf. „Ich lache nicht, weil Sie gepfiffen haben, Forest, ich lache über das Lied! Sagen Sie, können Sie mir den Titel nennen?“

Forest überlegte. „Natürlich.“ Im Sprechgesang trug er ihr den Text vor: „Ich weiß nicht, warum ... der Himmel ist ohne Sonne ... stürmisch ist es hier."

Wieder kicherte Jenny los. „Verstehen Sie, was ich meine, Forest? Es ist ein Lied über das Wetter!"

Forest begriff und erkannte, daß sie ihn nicht auslachte. Er fühlte sich ein wenig schwindlig und high und kam zu dem Schluß, daß sie recht hatte, daß das wirklich komisch war. Er beschloß, darauf einzugehen.

„Vielleicht wird es Sie überraschen", sagte er in gespieltem Ernst, „aber es gibt viele Lieder über das Wetter." Er streckte einen Arm aus, stellte sich in Positur und sang mit fröhlicher Stimme, die die Melodie nur vage erkennbar machte:

„I'm singing in the rain, just singing in the rain,
What a glorious feeling, I'm happy again."

Forest hörte auf und blickte Jenny an, dann fiel ihm ein neues Lied ein, und er legte los:

„Neblig war's in London Town,
Ich fühlt' mich mies, fühlte mich down ..."

Jenny konnte sich nicht länger beherrschen. „Völlig richtig!" sagte sie aufgekratzt. „Sie können zwar nicht singen und haben eine fürchterliche Stimme, aber Sie haben recht. Wie finden Sie das?" Und sie trug mit klarer, lieblicher Stimme vor:

„Regentage und Montage
Bedrücken mich stets sehr ..."

In Forest stieg ein seltsames Glücksgefühl auf. Wenn es schon Spaß machte, über das Wetter zu reden, so war ein Wettergesang geradezu himmlisch! Er stand auf, steppte ein wenig und sang:

„Nimm den Mantel, nimm den Hut,

Richte deine Schritte
Auf die Sonnenseite der Straße."

Jenny konnte kaum abwarten, bis er fertig war. Noch ehe das letzte Wort über seine Lippen war, machte sie weiter:

„Kleiner Liebling,
Der Winter war lang und kalt und einsam . . .
Hier kommt die Sonne.
Hier kommt die Sonne.
Alles ist in Ordnung."

Die Erregung hatte nun beide gepackt, und die Herausforderung des Spiels steigerte ihr Hochgefühl. Forest ließ sich auf ein Knie sinken, legte beide Hände vor das Herz und schmetterte in einer schrecklichen Imitation von Al Jolson:

„Die Sonne scheint im Osten,
Die Sonne scheint im Westen,
Doch wer kann wissen,
Wo sie scheint am besten?"

Beide begannen gleichzeitig zu lachen, und als sie sich wieder beruhigt hatten, wartete Forest darauf, daß Jenny das nächste Lied anstimmte. Er begriff, daß sie sich mit den Liedern etwas mitteilten. Jenny erkannte das auch, und mit ihr begann ein Wechsel im Ton. Die nächsten Zeilen sang sie leise und ohne Betonung:

„Sonne auf der Haut macht mich glücklich,
Die Sonne in den Augen kann mich zum Weinen bringen . . ."

Forest richtete sich auf und nahm neben Jenny auf dem Sofa Platz. Er blickte ihr tief in die Augen und flüsterte fast:

„Ich bin so unruhig wie eine Weide im Sturm . . ."

Und sie flüsterte zurück:

„Die Antwort, mein Freund, liegt allein im Wind,
Die Antwort liegt im Wind."

Sie blickten sich aus nächster Nähe an, dann senkte Forest die Augen.

„Immer jag' ich dem Regenbogen nach
Und verfolge das Spiel der Wolken . . ."

Dies war eine Frage, was beide durchaus wußten. Als Jennys Stimme ihm antwortete, überlief ihn ein Schauder der Erwartung, wie er ihn noch nie erlebt hatte.

„Laß mir die Sonne nicht untergehen.
Zwar suche ich mich selbst,
Doch sehe stets einen anderen . . ."

Während ihres Gesangs hob Forest den Kopf, bis er wieder direkt in ihre tiefblauen Augen schaute, die ihn einen Moment lang unverwandt anstarrten. Forest schlug das Herz bis in den Hals, doch noch überraschender fand er das Schwindelgefühl, das ihn erfaßte. Dieser schönen, zwanzigjährigen Mädchen-Frau war es gelungen, eine Brükke zu ihm zu schlagen, ihn zu berühren, ihm den Wunsch einzugeben, dieses Gefühl zu erwidern. Sie sah ihn und mochte ihn, so wie er war.

Forest spürte etwas in sich, von dem er nicht gewußt hatte, daß es noch existierte. Er streckte beide Hände aus, und Jenny legte die ihren hinein. Es gab keinen elektrischen Schlag, es fühlte sich eher an, als wären sie zwei alte Freunde, so gut paßten die Hände zueinander. Langsam und leise sagte Forest:

„Ich werde dich lieben,
Wie niemand zuvor,

Und Jenny antwortete, ebenfalls sanft und gemessen:

„Du bist der Sonnenschein meines Lebens,
Deshalb werde ich immer da sein.“

Sie beugten sich zueinander und küßten sich, zuerst nur leicht und zögernd, eine bloße Berührung der Lippen, während sie sich an den Händen hielten, dann fester und intensiver, als sie sich in den Armen lagen. Sie hatten keine Eile, nur ein exquisites Gefühl der Erfüllung, eine Vorfreude auf Kommendes, die beide voll auskosten wollten.

Widerstrebend trennten sich ihre Lippen, und Forest nahm Jennys Gesicht in die Hände, blickte sie verzehrend an, küßte ihre Augen und Ohren, atmete ihren Duft ein, rieb sein Gesicht über ihre weiche Haut.

Jennys Hand glitt unter Forests Morgenmantel und rieb seine Brust, streichelte seine Brustwarzen, die sofort hart wurden. Dann verschwand auch die andere Hand unter dem Stoff und erkundete das warme Fleisch. Sie öffnete das Oberteil des Mantels, barg das Gesicht an seiner Brust und zog ihn an sich, indem sie die Arme um ihn legte. Forest atmete die Sonne Indianas in ihrem Haar und legte einen Arm um sie. Es war Zeit, und sie hatten Zeit, und die Welt drehte sich sanft in einem langsamen, vollkommenen Tanz.

Forest ließ den Arm unter Jennys Beine gleiten und hob sie hoch; gleichzeitig stand er auf. Sie war winzig. Schnurrend küßte sie seinen Hals, während er sie in das Schlafzimmer trug. Dort legte er sie auf das Bett, vorsichtig, als fürchte er den Kontakt zu unterbrechen, doch Jenny begehrte ihn jetzt ebensosehr wie er sie.

Sie knöpfte ihre Bluse auf und bemerkte entzückt, wie er ihr zusah. Der Glanz der Flußlichter offenbarte ihm, daß sie keinen Büstenhalter trug. Ihre großen Brüste schmiegten sich in seine Hände. Unter seinen Fingern erhärteten sich die Brustwarzen, und Jenny hielt den Atem an.

Mit hastigen Bewegungen legte sie Rock und Strumpfhose ab, und Forest warf seinen Bademantel zu Boden, und dann lagen sie nebeneinander, küßten und berührten sich, streichelten sich zärtlich, wärmten sich aneinander, erkundeten sich und neckten sich, bis sie es nicht länger aushielten.

Langsam und mühelos drang Forest in sie ein und verharrte, während die Ekstase dieses ersten Zusammenseins verklang. Dann begann ihr Tanz, als wären sie ein Wesen, als wäre ihnen das Tempo des anderen seit jeher bekannt; sie tanzten umschlungen, eins und doch im Gegenrhythmus, bis die Musik, das Pochen ihrer Herzen, das rauschende Blut sie und sich zur befreienden Explosion steigerte. Und als es für Forest längst vorbei war, spürte er noch, wie die Wogen des Empfindens durch sie schauderten, und er drückte sie an sich, während sie sich beruhigte.

Dann begann Jenny zu lachen, ein Laut, wie Forest ihn noch nie gehört hatte. In diesem Lachen schwangen Freude und Zufriedenheit, Hingabe und Befreiung und Jubel über die Vollkommenheit des Lebens mit. Und Forest konnte nicht anders, er mußte ebenfalls lachen, er fühlte sich einfach zu wohl. Und zu seiner Überraschung und Freude stellte er fest, daß er noch immer Verlangen nach ihr hatte, daß er noch immer in ihr war, daß auch sie ihn wollte, daß sie ihn mit winzigen Bewegungen aufmunterte und liebkoste. Und so begann der Zyklus erneut. Und ein drittes Mal.

Schließlich lagen sie reglos nebeneinander, und nur die kreisenden Fingerspitzen berührten sich. Forest hatte ein aufwühlendes Erlebnis hinter sich, war in ihm doch mehr als das Sexuelle angesprochen worden. Eine ganze emotionelle Seite seines Wesens war urplötzlich wieder zum Leben erwacht. Die Schmerzen, die Selina ihm bereitet hatte, waren nicht verschwunden, doch jetzt gab es in diesem positiven Gefühl ein Gegengewicht. Die Erkenntnis erschreckte ihn ein wenig, zugleich wußte Forest, daß er wieder ein ganzer Mensch geworden war.

Während er noch sinnierte, kam ihm ein weiteres Lied in den Sinn:

„Fort mit dem Wind,
Wie ein davongewehtes Blatt.
Fort mit dem Wind.“

Er versuchte sich die Worte aus dem Kopf zu schlagen, doch ohne Erfolg. Verdammter Arthur, dachte er, einfach so zu verunglücken!

Und dann brach der Damm, und Forest begann zu schluchzen. Jenny beobachtete ihn, während ihr selbst die Tränen über das Gesicht strömten.

Dienstag, 11. Juli
Port Clinton, Ohio

Eliot Giroux rannte mit seiner Frau Margaret und seinen Zwillingstöchtern Elise und Marielle zum Ende des Docks. Japsend erreichten sie ihr Ziel, begeistert von dem Augenblick, da sie zum erstenmal mit ihrem neuen, gut sechs Meter langen Kabinensegler ausfahren würden. Nachdem sich Eliot einen Frühling lang an der Küste des Eriesees mit gemieteten Booten hatte behelfen müssen, war er zu dem Schluß gekommen, daß sie etwas Eigenes brauchten.

Eliot machte den ersten Schritt an Bord. Ein kompaktes kleines Boot: Eßecke, Kombüse, Toilette, Klappruder, einziehbarer Kiel und Schlafplätze für vier Personen. Ein verdammt günstiger Kauf für 1630 Dollar!

Der frische, aber angenehme Wind rötete Margarets Wangen, während die beiden Vierzehnjährigen den Picknickkorb ins Boot reichten, darin vor allem Limonade und hartgekochte Eier.

Bald sah es auf dem Boot aus, als hätten die Vorbereitungen für eine Junior-Amerika-Regatta begonnen: Eliot löste Taue, deutete auf Dinge, die fortgeräumt werden mußten, und brüllte Befehle. Die Mädchen kicherten vor Aufregung, während sie den Klüver hochzogen. Eliot setzte das Hauptsegel, und Boot und Mannschaft erwachten zum Leben. Mit einer Begeisterung, wie sie nur eine vierköpfige Familie aufbringen kann, begann die Fahrt. Margaret, von Natur aus romantisch veranlagt, wünschte sich, daß sie immer glücklich waren. Immerhin hatten sie und Eliot doch ihre Probleme stets offen besprochen!

Die vier waren viel zu sehr mit ihren eigenen Gedanken und der Faszination der Fahrt beschäftigt, um das bewegte Wolkenband dicht über dem Horizont bei Toledo zu bemerken. Ebensowenig fiel ihnen das allmähliche Zunehmen der Grundwogen und der Gischt von den Kämmen emporsteigender Wellen auf.

Die Böen verrieten ihnen nicht, daß sich das Wetter verändert hatte, doch plötzlich wurde Eliot das Hauptsegel mit einer solchen Kraft aus der Hand gerissen, daß er das Gefühl hatte, eine Riesenfaust wäre am Werk gewesen. Alle vier duckten sich rechtzeitig, als das Boot sich in den Wind drehte und die Segelspiere herumfuhr und die Familie bedrohte. Zwar brachte Eliot das Hauptsegel wieder in seine Gewalt, doch plötzlich herrschte Panik an Bord.

Der Wind, der mit unberechenbaren Querböen von achtzig Stundenkilometer auftrat, brachte keinen Regen, sondern katapultierte das Boot mit solcher Kraft über den See, daß es ein Kielwasser hinterließ wie ein Rennboot. Die vier neigten sich über die Luvreling, um ein Gegengewicht zu bilden. Die Wogenkämme leckten wie zornige Zungen empor und versuchten die Spiere in das schäumende Maul des Sees zu ziehen, der plötzlich zum Ozean geworden war.

Die wallenden und zuckenden und beinahe greifbar nahen grauschwarzen Wolken standen direkt über dem Boot. Sie kletterten auf eine dermaßen irreale Weise über- und ineinander, daß die Giroux-Familie vor Angst erstarrte, während sie lieber das Segel hätte streichen sollen. Plötzlich bäumte sich der Mast zu seiner vollen Höhe auf, das Boot stellte sich gerade. Eliot atmete erleichtert auf, als der Bug in die Senke zwischen zwei Wogen stürzte. Der Familie Giroux kam es wie Zeitlupe vor, doch in Wirklichkeit verging nur eine halbe Sekunde, während sich der 6-Meter-Segler unter eine Woge grub, während die Kraft des nachfolgenden Windes das Heck aus dem Wasser hob. Der Mast und natürlich das ganze Boot stellten sich senkrecht, kippten nach vorn, landeten kieloben.

Zum Glück trugen alle Schwimmwesten, so daß die Leichen nach einiger Zeit bei Ashtabula an Land gespült wurden und von den nächsten Verwandten identifiziert werden konnten.

Am nächsten Tag stand in den Zeitungen, der Sturm aus Nordnordosten habe die Wasserfläche des Eriesees so stark geneigt, daß der Unterschied im Wasserstand zwischen Toledo am Westufer und Buffalo am Ostufer fünf Meter betrug.

Vierzehntes Kapitel

Forest war wach, wagte aber nicht die Augen zu öffnen. Er fürchtete, daß alles ein Traum gewesen war, eine Halluzination, die auf den Alkohol, das Marihuana und seinen Kummer zurückging. Er wollte nicht die Augen öffnen und Jenny nicht neben sich finden.

Aber sie war da. Ihr Gesicht lag dicht neben dem seinen auf dem Kissen, und ihre blauen Augen starrten ihn an. Sie lächelte, und Forest hatte das Gefühl, als sei die Sonne aufgegangen.

„Hallo“, sagte sie. „Ich habe dich beim Schlafen beobachtet. Du brauchst lange zum Aufwachen.“

Forest beschloß, ihr die Wahrheit zu sagen. „Ich hatte Angst, daß du nicht mehr hier sein würdest“, sagte er.

Jenny rümpfte die Nase. „Den Gefallen tue ich dir nicht. Mit dir bin ich noch lange nicht fertig!“ Sie kuschelte sich an ihn und küßte ihn sanft. Forest schloß die Augen und versuchte sie zu greifen, doch sie war bereits unter der Bettdecke verschwunden.

„He, wo steckst du? Was machst du?“ fragte er und hob die Decke. Sie war noch nicht am Ziel.

„Sehe mich nur mal um“, antwortete sie gedämpft. „Ich hab' gestern abend was verloren. Es muß hier irgendwo sein.“ Und dann war es soweit. Forest spürte ihren warmen Atem, dann ihre Finger, die ihn sanft zu streicheln begannen, obwohl es dieser Ermunterung nicht bedurft hätte, dann fühlte er ihre feuchten Lippen und ihre bewegliche Zunge. Er wollte sich aufsetzen, wollte sie greifen, doch sie schob ihn zurück. Forest entspannte sich und schloß die Augen. Er gab sich den Wonnen hin, die sie ihm schenkte – es war großartig! Er hoffte, daß es niemals enden würde, daß es zumindest noch lange dauern würde.

Und Jenny hatte es nicht eilig. Sie bewegte sich langsam, liebkoste ihn bedächtig und genoß es, ihn stöhnen zu hören.

In diesem Augenblick klingelte es an der Tür. Jenny hörte nicht auf. Wieder wurde geläutet.

„Ach verdammt!“ Forest stieß einen Laut aus, der zwischen einem Aufschrei und einem Stöhnen lag. Jenny unterbrach ihr Tun.

„Wenn es das Telefon ist, kümmer dich nicht drum“, sagte sie und machte weiter.

„Wenn es nur das Telefon wäre, Jenny! Es läutet an der Tür!“ Zum drittenmal klingelte es, und Jennys Kopf schob sich unter der Decke hervor. Ihr Haar war zerstrubbelt, ihre Augen blitzten, ihre Brüste sahen verlockend aus, und Forest war in höchster Erregung.

„Na, dann geh zur Tür und mach schnell. Ich warte hier.“ Forest stand auf und wickelte sich in seinen Bademantel, wobei er seine Erektion zu verbergen suchte. Das war gar nicht so einfach, und Jenny lachte beim Anblick des ausgebeulten Frotteestoffes.

„Beeil dich, ja?“ sagte sie spöttisch. Forest beeilte sich. Es klingelte schon wieder, als er die Tür aufmachte und sich einem gereizten Briefträger gegenübersah.

„Der Pförtner sagt, Sie sind da, also müssen Sie auch da sein. Was ist los, schlafen Sie den ganzen Tag? Es gibt Leute, die müssen arbeiten!“ Forest hatte keine Lust, seine Schlafgewohnheiten zu erklären, und wollte sich auch nicht herumstreiten. Er antwortete höflich.

„Tut mir leid, habe die Tür nicht gehört. Was kann ich für Sie tun?“

„Ich habe hier einen Einschreibbrief für Sie“, antwortete der Mann und hob einen Brief und ein Formular. „Unterschreiben Sie hier, auf der Linie.“ Forest ergriff den Stift, unterschrieb, nahm den Brief und schloß die Tür. Er blickte auf den Absender und hatte das Gefühl, daß der Umschlag in seiner Hand plötzlich in Flammen aufging.

Forest wußte nicht, was er tun sollte. Er blickte starr auf den Umschlag, während er ihn ins Schlafzimmer trug. Einerseits hatte er Angst davor, den Brief zu lesen, andererseits fürchtete er sich vor dem Gegenteil. Jenny hatte sich nicht von der Stelle gerührt, wußte aber sofort, daß etwas nicht stimmte. Nicht nur, daß Forests Erregung sichtlich nachgelassen hatte, er schien sich darüber hinaus in einer Art

Trance zu befinden. Er setzte sich neben ihr auf das Bett, ohne ihre Brüste wahrzunehmen oder sich zu erinnern, was eben noch im Gange gewesen war. Er war dankbar, daß sie bei ihm war, daß er nicht allein war.

Vorsichtig legte er den Brief auf das Bett. „Von Arthur", sagte er langsam. „Gestern abgeschickt." Jenny begriff, und ihr Mund rundete sich zu einem lautlosen „Oh", doch sie blieb stumm. Schweigend starrten sie auf den Brief.

„Na?" fragte Jenny schließlich.

„Na, ich weiß nicht, ob ich das Ding überhaupt aufmachen möchte."

„Soll ich es tun?" Forest blickte sie überrascht an und mußte erkennen, daß sie ihm wirklich nur helfen wollte. Er schüttelte den Kopf.

„Nein, das ist mein Problem. Eigentlich müßte ich damit fertig werden." Er nahm den Brief und hielt ihn einen Augenblick reglos in der Hand. Jenny legte ihm eine Hand in den Nacken und begann ihm langsam die verkrampften Muskeln zu massieren. Forest wehrte sich nicht; ihre Finger fühlten sich großartig an.

Forest riß ein Ende des Umschlags auf und zog den zusammengefalteten Bogen heraus. Jenny war näher gerutscht, um ihm über die Schulter zu blicken, und die Wärme ihres Körpers auf seiner Gänsehaut führte dazu, daß es ihm gleichzeitig heiß und kalt war. Vorsichtig glättete er den Bogen, und beide starrten verblüfft auf den Inhalt.

Es war die Fotokopie einer Konstruktionszeichnung, daran war ein Zettel befestigt:

„Lieber Heißsporn!

Nach meinem Cocktailerlebnis mit Dir habe ich mich mal umgeschaut und glaube, daß ich auf etwas gestoßen bin. Es gibt da ein Wetterprogramm mit dem Kodenamen ‚Donnerstag-Gruppe', mit einem Budget von rund 120 Millionen Dollar. Bizarrerweise habe ich nie davon gehört – und auch niemand von den Leuten, mit denen ich bisher sprechen konnte. Bei der Größenordnung müßte es eine Erklärung geben, also gehe ich der Sache nach. Ich melde

mich, wenn ich noch etwas finde. Unterdessen kannst Du vielleicht diese Zeichnung entziffern – mehr war nicht in der Akte.
Beste Grüße,
Arthur

PS.: Du bist vielleicht gar nicht so dumm, wie Du aussiehst."

Es waren die aufregendsten Worte, die Forest jemals gelesen hatte. Typisch Arthur, ihm noch zu helfen, wenn er schon tot war! Forest faltete den Zettel zusammen, dann starrten sie auf die Kopie.

„Was ist das?" flüsterte Jenny.

„Keine Ahnung! Sieht aus wie eine Wetterkammer, vielleicht eine Wolkenkammer – aber anders als alle Geräte dieser Art, die ich bisher gesehen habe."

„Wenn ich mich nicht irre", fügte Jenny hinzu, „sieht die Handschrift nach Russisch aus." Forest nickte, ohne den Blick von dem Papier zu nehmen. Schließlich unterbrach Jenny seine Gedanken. „Forest, wieso hat Arthur dir das mit der Post geschickt, wenn er dich noch am gleichen Tag besuchen wollte?"

Eine gute Frage. Forest griff nach dem Umschlag und sah sich den Stempel an. Als Zeit war darauf 9.27 Uhr festgehalten. „Er muß dies früh am Morgen abgeschickt haben. Zu seinem Flug nach New York entschloß er sich wohl erst im Laufe des Tages. Bei Micky hat er etwa gegen drei Uhr angerufen. Vielleicht hatte er noch etwas gefunden!" Forest klangen vor Erregung die Ohren, während Jenny ihn nur verwirrt ansah.

„Was bedeutet das alles, Forest?"

„Es heißt", sagte er nachdrücklich, „daß ich nicht verrückt bin." Er stand auf, schwenkte das Papier in der Hand und blickte auf Jenny hinab. „Es heißt, daß mein Bruder mir zuletzt doch geglaubt hat. Es heißt, daß meine Theorie nicht so verrückt ist, wie man mir immer einreden wollte. Und es heißt, daß ich mit der Sache noch nicht fertig bin, ganz im Gegenteil!" Forests Augen hatten wieder zu blitzen begonnen, frische Energie schien ihn zu durchströmen. Unwillkürlich wurde Jenny davon angesteckt.

„Na, willst du mich in dein Geheimnis einweihen? Verrätst du mir endlich deine große Theorie?“ Forest blickte nachdenklich auf die nackte Gestalt hinab, in das intelligente Gesicht, und faßte einen Entschluß.

„Aber ja. Warum nicht? Vielleicht kann ich wenigstens einen Wells für mein Team gewinnen. Hast du einen Lippenstift?“

„Natürlich. In meiner Tasche im Wohnzimmer.“ Forest packte ihre Hand und zog sie hoch. Dann führte er sie, nackt wie sie war, ins Wohnzimmer. Während Jenny in ihrer Tasche wühlte, ging er zur Stereoanlage und legte eine Platte auf. Sie war ratlos, aber gewillt, auf sein Spiel einzugehen.

„Ich möchte dir jetzt etwas demonstrieren“, sagte er, nahm ihr den Lippenstift ab und öffnete die Hülse, „und zwar eines der Grundprinzipien des Wetters auf unserem Planeten. Ich meine die sogenannte Coriolis-Beschleunigung, in der die durch die Erdrotation bewirkte Windablenkung begründet ist.“

Forest wies auf das Loch in der Mitte der Schallplatte. „Das ist der Nordpol und dies“ – er nahm sich den Rand der Platte vor – „der Äquator.“ Er begann die Platte langsam im Gegenuhrzeigersinn zu drehen. „Und das ist die Richtung, in die sich die Erde auf der Nordhalbkugel dreht.“ Er legte den Lippenstift an das Loch. „Wenn nun ein Wind von hier genau nach Süden weht, ergibt sich folgendes Bild. Paß auf.“ Forest zog eine gerade Linie vom Nordpol zum Äquator, doch als der Lippenstift den Rand der Platte erreicht hatte, lag nicht etwa eine gerade Linie hinter ihm, sondern eine Krümmung. „Dieser Abtrieb liegt in der südlichen Hemisphäre natürlich genau umgekehrt, aber das Prinzip ist dasselbe. Die Erddrehung verursacht eine Veränderung der Windrichtung.“ Forest gab den Lippenstift zurück, den Jenny traurig betrachtete: Die rote Spitze war nicht mehr zu gebrauchen. „Soweit begriffen?“

„Der Grundgedanke ist mir klar“, sagte sie und kehrte zur Couch zurück. „Aber deine Theorie verstehe ich noch nicht.“ Forest lächelte über ihre Ungeduld.

„Der erste Teil meiner Theorie ist gar keine Theorie, sondern Tatsache. Ich habe Daten über eine große Anzahl von Ereignissen gesammelt, bei denen Winde und Wolken den Gesetzen der Coriolis-

Beschleunigung nicht gefolgt sind. Sie bewegten sich in gerader Linie, in der falschen Richtung oder überhaupt nicht!“

Überrascht stellte Forest fest, daß Jenny auf diese Äußerung nicht erstaunt reagierte. „Und worauf führst du das zurück?“ fragte sie. Sie saß mit hochgezogenen Beinen auf dem Sofa, zusammengerollt wie ein Kätzchen, und die Sonne ließ ihre Haut rosa schimmern. Forest setzte sich neben sie.

„Ich führe diese Dinge auf Wetterexperimente des Militärs zurück, die das ganze Wettersystem aus der Bahn geworfen haben. Eine andere vernünftige Erklärung gibt es nicht. Ich habe Arthur diese Theorie Freitag abend vorgetragen, mit dem Ergebnis, daß wir uns in die Haare gerieten. Und gestern nachmittag bin ich nach Washington geflogen und habe deinen Vater besucht, mit all meinen Tabellen und Daten.“

„Du hast mit meinem Vater gesprochen?“ fragte Jenny entsetzt. „Warum hast du mir das nicht gesagt? Was hat er gemeint?“

„Dein Vater hat mir zugeredet, alles dem Zufall zuzuschreiben und mich nicht weiter darum zu kümmern. Er sagte, er liebt dich und ich solle Arthur Grüße ausrichten. Und ich habe dir nichts davon erzählt, weil ich bis jetzt nicht daran gedacht habe. Aber verstehst du, deshalb ist dieser Brief von Arthur so wichtig! Er bestätigt, daß hier etwas vorgeht von einer Bedeutung, die über meine bisherigen Vorstellungen weit hinausgeht. Und wenn er der Meinung war, eine nähere Erkundung lohne sich, dann stimmt das auch.“ Forest überlegte kurz. „Weißt du, ich war drauf und dran, die Sache hinzuschmeißen.“

Jenny ergriff seine Hand. „Ja, den Eindruck hatte ich gestern auch. Aber was willst du jetzt tun? Wenn Paps sagt, da wäre nichts ... er ist immerhin Wetterfachmann im Pentagon.“ Forest war so in Gedanken versunken, daß er gar nicht zuhörte. Dann faßte er einen Entschluß.

„Ich hab’s. Ich weiß, was ich tue. Es gibt da einen Fachmann, einen gewissen Professor Karapow, ein alter Freund von Arthur und mir. Er hat mich während meines Studiums beraten. Die Universität liegt nur eine Stunde von Washington entfernt. Nach der Beerdigung suche ich den Mann auf und lasse mir das Diagramm von ihm übersetzen.“ Er wandte sich zu Jenny um. „Wenigstens ist das ein Anfang.“

„Ja“, sagte sie. „Wenigstens ist das ein Anfang.“ Sie grinste ihn verschmitzt an. „Aber du willst doch nicht sofort losfahren, oder?“

„Nein“, antwortete Forest unsicher.

„Gut. Es ist weich und warm hier auf der Couch, und ich finde, du bist zu warm angezogen.“ Jenny beugte sich vor und griff nach dem Gürtel von Forests Bademantel. „Mal sehen“, meinte sie ernst, „wobei waren wir denn vorhin?“

Mittwoch, 12. Juli
Pine Bluffs, Nebraska

Helles Wasser saß mit untergeschlagenen Beinen auf einem Felsvorsprung, von dem man das ganze Tal überschauen konnte. Schlohweißes Haar fiel ihm in glatten Wellen über die Schultern und rahmte das stolze und zerfurchte Profil eines Pawneehäuptlings. Sein sechsjähriger Enkel, nach moderner Art William genannt, hockte neben ihm, und beide genossen den roten Schein der Sonne, die vor dem Untergehen die Spitzen der Landschaft bemalte.

Sie saßen nun schon fast eine halbe Stunde hier: der alte Mann auf die Natur konzentriert, während der kleine Junge zu verstehen suchte.

„Können wir morgen fischen gehen, Großvater?“

Der alte Indianer senkte den Blick nicht, schien aber die Frage zu bedenken, denn er antwortete nach einiger Zeit: „Morgen wird es regnen.“

Der Junge blickte zu dem einsamen Stern empor, der am dunkler werdenden blauen Himmel sichtbar geworden war, und wandte sich dann seinem Großvater zu. Naserümpfend sagte er: „Der Wetterbericht im Radio hat aber nichts von Regen gesagt.“

Der weißhaarige Kopf wandte sich zur Seite, und noch ehe sich die Blicke begegneten, war dem Jungen klar, daß er wieder einmal die Grenze zwischen den Generationen überschritten hatte. Er wappnete sich für den Tadel, indem er ihm zuvorzukommen versuchte: „Woher weißt du, daß es morgen regnet, Großvater?“

„Weil ich es eben weiß.“ Doch während er die Worte sprach, wußte der alte Mann, daß sie nicht genügen würden. „Habe ich dir nicht von dem Großen Geist erzählt, der über dem Dach des Himmels wohnt?“

„Ja, Großvater. Seine Stimme ist der Donner, den wir in den Wolken hören.“

Helles Wasser wußte, daß sein Enkel die alten Geschichten liebte, und war stolz, daß William sie nicht vergessen hatte. „Und dem großen Donnervogel folgt stets ein Schwarm aus vielen kleinen Vögeln.“

William lächelte und sagte hastig: „Ihr Flügelschlag bringt das Grollen, das wir nach jedem Donnerschlag hören.“

Helles Wasser freute sich, ohne es sich anmerken zu lassen. „Habe ich dir nicht von den Kräften erzählt, die der Große Häuptling Tirawa all seinen anderen Göttern verlieh? Daß er Shakuru, die Sonne, in den Osten schickte, damit sie Licht und Wärme spende?“

Wieder meldete sich William zu Wort: „Und Pah, den Mond, nach Westen, um die Nacht zu erhellen!“ O ja, der Großvater hatte es ihm oft erzählt. Doch jedesmal stand hinter den Geschichten ein anderes Ziel. William mochte dieses Ziel noch nicht verstehen, doch er spürte, daß es vorhanden war.

Die Dämmerung des Sommerabends machte schnelle Fortschritte, und die Sterne knipsten in schneller Folge ihre Lichter an. Helles Wasser deutete auf den Abendstern im Westen und blickte seinen Enkel an, der den Wink verstand.

„Der Helle Stern!“ sagte William strahlend. „Mutter und Schöpferin aller Wesen.“

„Und der Große Stern am Morgen?“ fragte Helles Wasser.

„Er ist der Krieger, der im Osten bleibt und sein Volk bewacht, damit auf der Reise in den Westen niemand zurückbleibt.“

„Gut, und der erste Stern des Abends steht im Norden, der Polstern.“

William hob den Blick und nickte.

„Und im Süden“, fuhr der alte Mann fort und deutete über seine Schulter, ohne sich umzudrehen, „steht der Stern der Geister. Zuletzt setzte Tirawa einen Stern zwischen jeden der vier Hellen Sterne, und sie mußten den Himmel stützen. Als all dies getan war, sprach Tirawa zum Abendstern." Helles Wasser schloß die Augen und fuhr in verändertem Tonfall fort: „Ich schicke dir Winde und Wolken und Blitze und Donner, und du wirst sie im himmlischen Garten anpflanzen, wo sie zu Menschen werden, und ich werde sie in Büffelhäute kleiden, und sie sollen an den Füßen Mokassins tragen." Wie eh und je war William von dem hohlen, wissenden Ton in der Stimme seines Großvaters fasziniert. „Du siehst also" –, Helles Wasser öffnete die Augen und blickte William offen an – „der Große Geist ist in uns allen. Wir sind der Wind und die Felsen und die Fische. Wir sehen zwar anders aus, doch wir sind alle Tirawas Familie, und wenn du gut, sehr gut hinhörst, verstehst du auch ihre Sprache." Helles Wasser wandte sich wieder dem mondhellen Tal zu. „Du hörst, wie der Wind den Bäumen zuflüstert und die Bäume mit den Felsen sprechen. Die Felsen unterhalten sich dann mit den Bächen, und die Bäche plaudern mit dem Gras, das die Nachricht an die Vögel weitergibt, die emporfliegen und den Wolken die Geschichte vorsingen."

„Aber was sagen sie, Großvater?"

Das faltige Gesicht des alten Mannes verzog sich zum ersten Lächeln des Tages; langsam stand er auf. „Sie sagen, daß es morgen regnet."

Und das tat es.

Fünfzehntes Kapitel

Eine große Menge hatte sich am Mittwoch nachmittag auf dem Nationalfriedhof Arlington eingefunden, um Arthur bei brütender Hitze das letzte Geleit zu geben – ein Symbol für seine Beliebtheit. Forest stand zwischen Valerie und Jenny und hörte die Gemeinplätze des Geistlichen über den großen Verlust und Staub zu Staub – und fühlte seltsamerweise gar nichts. Für ihn lag Arthur nicht in dem flaggengeschmückten Sarg. Für ihn war sein Bruder vor langer Zeit untergegangen und war nun überall. Und mit einem Teil sicher auch in Forest und in der Aufgabe, der er sich widmete.

Die Trauergemeinde hatte sich, einem unausgesprochenen Protokoll folgend, in zwei Gruppen links und rechts vom Grab aufgestellt – das Militär auf der einen, die Zivilisten auf der anderen Seite. Ab und zu spürte Forest General Wells' Blick auf sich ruhen und war überrascht von der Feindseligkeit, die der Mann ausstrahlte. Hatte der Mann etwas dagegen, daß Forest mit Jenny gekommen war? Ebenso überrascht war Forest darüber, daß Babygesicht mitgekommen war, doch im Gegensatz zu seinem Chef wich der Soldat seinen Blicken aus. Die größte Überraschung jedoch war Professor Karapows Erscheinen. Forest hatte ihn vorhin einige Reihen zurück bemerkt und war schockiert gewesen über sein Aussehen. Er war nur noch ein Schatten der lebensfrohen Person, die Forest von früher kannte, und wirkte abgemagert und nervös.

Zum wiederholten Male blickte Forest aus den Augenwinkeln zu Valerie hinüber, um zu sehen, wie sie mit der Situation fertig wurde, doch sie legte eine erstaunliche Zurückhaltung an den Tag. Sie stand hoch aufgerichtet und mit starrem Gesicht da und schien wie Forest darauf zu warten, daß das Ritual endlich zu Ende ging und das Leben weitergehen konnte – wie immer dieses Leben für sie aussehen mochte. Er zumindest hatte ein Ziel, eine Aufgabe, die seinen Schmerz dämpfte – und darin sah er sich als Partner seines Bruders. Zugleich fragte sich Forest, welches emotionelle Erbe Arthur seiner Frau hinterlassen hatte, welche Kraft, von der sie nun zehren konnte. Die beiden hatten keine Kinder, Valeries Leben hatte sich um Arthurs Karriere gedreht. Was würde sie jetzt tun? Und was ließ sie in diesem Augenblick so gefaßt erscheinen, wenn nicht die Erinnerung an Arthur?

Endlich war es vorbei; der Geistliche hatte zu Ende gesprochen und schloß sein schwarzes Buch, die Gewehre waren abgefeuert, der Sarg war im Loch verschwunden, die Erde war darauf geworfen worden. Wie schnell war doch das lange Leben eines Mannes abgetan! Jetzt setzte der Exodus ein, ordentlich und höflich, doch auch so schnell wie möglich; ein Grab war kein Ort zum Verweilen oder Plaudern. Forest ließ Valerie zu ihrem Wagen führen und machte sich zusammen mit Jenny auf die Suche nach Professor Karapow.

Der alte Mann – zum erstenmal dachte Forest in diesen Begriffen an Karapow – wirkte im ersten Moment ein wenig abweisend. Seine Begrüßung war gespreizt und förmlich, und er umarmte Forest nicht, wie er es bei ihrer letzten Begegnung getan hatte. Forest schrieb dies der Beerdigung zu und stellte Jenny vor.

„Dr. Karapow, dies ist Jenny Wells." Karapow lächelte Jenny an; offenbar war sein Blick für hübsche Mädchen trotz seiner anderweitigen Sorgen ungetrübt.

„Es freut mich natürlich, Sie kennenzulernen, meine Liebe, trotz der . . . Umstände. Bekannte von Forest – noch dazu so attraktive – sind mir stets willkommen." Er deutete eine Verbeugung an, küßte ihr aber nicht die Hand. Langsam näherte sich die Menge der langen Reihe der Autos, und sie ließen sich mittreiben. Ringsum sah Forest Freunde von Arthur und Valerie, Menschen, die ihn ebenfalls erkannten und ihm mitfühlend zunickten, von denen ihm aber keiner sein Beileid aussprach. Es war, als wäre Arthurs Tod allein Valeries Verlust, als spiele er hier nur eine Nebenrolle. Seltsam, dachte er, bedeutet ein Bruder weniger als die Frau?

In der Nähe der Autos lösten sich die Gruppen auf, und Forest sah General Wells und Babygesicht zielstrebig näher kommen. In diesem Augenblick wirkte der General wie ein besorgter Vater, der seine kleine Tochter retten wollte. Tut mir leid, alter Knabe, dachte Forest boshaft, der Schaden ist angerichtet, ich habe die Front längst aufgeweicht und die Truppe unterwandert.

„Mr. Hill." Der General war etwas außer Atem. „Bitte gestatten Sie mir, Ihnen mein tiefes Bedauern auszusprechen." Forest nickte. „Wie ich sehe, haben Sie meine Tochter wiedergetroffen", fuhr der General fort. „Anscheinend waren Sie ihr nicht annähernd so widerlich, wie Sie annahmen." Jenny warf ihm einen zornigen Blick zu, doch Forest ignorierte den kleinen Stich.

„General, ich möchte Ihnen gern Professor Karapow vorstellen, einen alten Freund der Familie."

„Wir sind miteinander bekannt", knurrte der General. „Wie geht es Ihnen, Karapow?" Die beiden Männer gaben sich förmlich die Hand.

„Gut, General", antwortete Karapow ein wenig nervös. „Aber was für ein trauriger Anlaß!"

Der General musterte ihn aus zusammengekniffenen Augen. „Traurig? Es ist eine verdammte Tragödie, das kann ich Ihnen sagen! Entschuldige, Jenny." Der General hob den Arm und legte ihn Jenny um die Schulter. „Ich bringe dich in die Stadt zurück, okay?" Forest hatte den Eindruck, daß die Intensität seines Griffes ihr keine andere Wahl ließ. Sie blickte zu Forest auf. In ihren Augen loderte der Zorn, und sie schien die Zähne zusammenzubeißen. Er blinzelte ihr zu.

„Gute Idee. Warum begleitest du deinen Vater nicht? Ich wollte sowieso mit Professor Karapow sprechen. Ich rufe dich später an." Jenny blinzelte zurück, und das Einverständnis zwischen den beiden brachte den General spürbar auf die Barrikaden. Er nickte Karapow und Forest kurz zu und wandte sich ab, wobei er Jenny geradezu mitschleppte. Babygesicht machte ebenfalls kehrt und folgte. Er hatte Forest nicht angeblickt.

Forest sah der Gruppe einen Augenblick lang nach und nahm dann Karapow am Arm. „Ich bringe Sie zu Ihrem Wagen, Professor. Wir haben uns verflixt lange nicht gesehen." Forest gedachte den anderen nicht aus den Klauen zu lassen und gab ihm auch keine Gelegenheit zu einer Antwort. Er wußte genau, was er wollte. „Wie sieht es in der Universität aus? Dürfte sich vieles verändert haben, seit ich dort war."

„In der Tat, Forest", antwortete Karapow erschöpft. „Es hat sich so viel getan, daß Sie das College wohl nicht wiedererkennen würden. Sie müssen mich mal besuchen, dann zeige ich Ihnen alles. Wir können uns dann richtig aussprechen." Sie hatten das alte Auto des Professors erreicht. In dem Bewußtsein, ziemlich unhöflich aufzutreten, wagte Forest seinen Vorstoß.

„Wissen Sie, Professor, das würde ich gern tun. Ich bin selbst ohne Wagen hier und habe eigentlich auch nichts zu tun – wie wär's also gleich?"

„Gleich?" Karapow schien sprachlos zu sein.

„Aber ja", antwortete Forest leichthin. „Ein hübscher Nachmittag. Ich fahre mit und nehme für die Rückreise den Bus. Sie haben doch nichts dagegen, oder?"

„Natürlich nicht, lieber Forest!“ Der Ton des Professors wurde jovial. „Ich freue mich über Ihre Gesellschaft, und Irena wird ganz begeistert sein. Sie wissen, wie sehr sie Sie in ihr Herz geschlossen hatte – wie eines von ihren Kindern.“

Forest half Karapow auf den Beifahrersitz. „Ich fahre, Professor. Einen Augenblick noch, ich will Valerie nur sagen, was ich vorhabe, dann geht es los.“ Karapow blinzelte zustimmend, obgleich ihn Forests Tempo ein wenig mitzunehmen schien. In der Ferne war ein leises Donnergrollen zu hören. Die beiden Männer blickten zum wolkenlosen Himmel empor.

„Seltsames Wetter haben wir in letzter Zeit“, sagte Forest leichthin. „Meinen Sie nicht auch, Professor?“

Sechzehntes Kapitel

Sie waren schon fast eine Stunde unterwegs, und obwohl seit Forests letztem Besuch in der Universität zehn Jahre vergangen waren, fuhr er noch instinktiv die richtige Strecke. Das Donnergrollen, das sie nach der Beerdigung gehört hatten, war zu einer Symphonie aus Trommelschlägen geworden, und scheinbar aus dem Nichts hatten sich Gewitterwolken gebildet. Sie fuhren direkt darauf zu.

Das Gespräch war zunächst sehr stockend verlaufen, aber Forest hatte sich große Mühe gegeben, so daß der alte Mann nach einiger Zeit aufzutauen begann: Er plauderte nostalgisch über die alten Zeiten, beklagte sich über die Veränderungen in der Universität und freute sich auf das Entzücken seiner Frau über Forests Besuch. Trotzdem war Karapows Verhalten von einer seltsamen Nervosität bestimmt. Er konnte die Hände nicht stillhalten, immer wieder fuchtelte er damit herum, berührte den Aufschlag seines Anzugs, umfaßte die andere Hand und zuckte wieder los. Forest beobachtete den anderen aus dem Augenwinkel und fragte sich, weshalb der Mann so kalt wirkte, welche Sorgen ihn so abgemagert und gehetzt erscheinen ließen.

Als sie den hohen Hamiltonstaudamm erreicht hatten und die

schnell gewachsene Universitätsstadt vor sich sahen, hatte es heftig zu regnen begonnen. Regen, Regen, höre auf, dachte Forest, verschwinde ein Weilchen aus meinem Leben.

„Forest, bitte halten Sie doch mal kurz vor Calder Hall." Forest schreckte aus seinen Gedanken. „Dort drüben, bei dem großen Gebäude. Ich muß schnell etwas erledigen. Dauert nur eine Minute." Forest stoppte den Wagen an der Vortreppe und blickte dem Professor nach, der leicht humpelnd durch den Regen eilte. Dann fiel sein Blick auf ein Wachhäuschen vor dem Gebäude und auf zwei bewaffnete Soldaten, die den Eingang bewachten. Seltsam, dachte Forest. Er trommelte mit den Fingern am Steuerrad herum und fragte sich, was sich in dem Gebäude befinden mochte, das bewaffnete Wächter erforderte.

Doch Forest blieb nicht viel Zeit, über das Rätsel nachzugrübeln, schon hastete der Professor wieder aus dem Gebäude. Wie versprochen, hatte er sich beeilt. Forest bemerkte, daß er nun einen altmodischen schwarzen Regenmantel trug. Karapow öffnete die Tür, ließ sich in den Wagen gleiten und merkte anscheinend nicht, daß das von seinem Kopf herabströmende Wasser sein dünnes graues Haar zu einer verfilzten Masse werden ließ.

„Eine Kleinigkeit, Forest!" rief er munter. „Mir ist eingefallen, daß ich den Regenmantel im Büro gelassen hatte." Er blinzelte Forest verschwörerisch zu. „Sie wissen ja, wie Frauen so sind. Irena hätte sich so viele Sorgen um meine Gesundheit gemacht, daß Sie sich dabei zu Tode langweilen würden." Forest verzichtete auf die Bemerkung, daß der Professor sich ja unnötig hatte einregnen lassen, um den Mantel zu holen, und daß sein Haar nun triefend naß war. Mit herzlichem Blick musterte er einen der wenigen wahrhaft exzentrischen Wissenschaftler, die er kannte, ein Mann, der sich Freundlichkeit und fürsorgliches Denken für seine Freunde bewahrt hatte.

„Jetzt nach Hause, Professor?" Forest drehte den Zündschlüssel.

„Ja, mein Junge", sagte Karapow seufzend. „Nach Hause."

Siebzehntes Kapitel

Die Karapows lebten an einer ruhigen, baumgesäumten Straße in einem wunderschönen restaurierten Haus aus dem achtzehnten Jahrhundert. Als Forest in die Auffahrt einbog, überkam ihn eine Woge der Nostalgie. Wie oft war er hier als Student zu Besuch gewesen, hatte Studienprobleme mit dem Professor besprochen und war dabei von Irena getröstet und bemuttert worden! Das Haus strahlte eine Wärme aus, die in die Nacht hinauswirkte; auch der dichte Regen änderte daran nichts.

Von einer Art sechstem Sinn gerufen, wie immer, begrüßte Irena die Ankommenden an der Tür. Sie war eine rundliche Frau mit rosig schimmernden Wangen und wirkte wie die Karikatur einer russischen Bäuerin. Doch ihren flinken Augen entging nichts; sie kannte ihren Mann und schützte ihn seit vielen Jahren vor den Unbilden der Welt. Natürlich trug sie eine frische weiße Schürze, und Forest fragte sich absurderweise, ob sie auch darin schlief.

Irenas Gesicht verzog sich entzückt, als sie Forest erblickte, und sie nahm sein Gesicht zärtlich in beide Hände, ehe sie ihn auf die Wangen küßte. Sie drückte ihn einen Augenblick lang an sich und brachte ihm dabei ihr Mitgefühl zum Ausdruck. Dann fiel ihr Blick auf den Professor, und sie stürzte sich sofort wie eine Henne auf ihn. Hastig nahm sie ihm den Regenmantel ab und hängte ihn an einen Holzhaken hinter der Tür. Karapow ließ ihre Fürsorge klaglos über sich ergehen, doch er hatte kaum Zeit, seine Schlüssel auf die Philadelphia-Flurkommode zu legen, ehe sie ihn ins Schlafzimmer scheuchte, wo er sich die Haare trocknen mußte.

Der Zeit nach zu urteilen, die er dafür aufwandte, tat er es sehr ausgiebig. Forest starrte auf den Schlüsselring des Professors und lächelte, als er den alten Talisman erblickte, den elfenbeinernen weißen Schachspringer. Dann atmete Forest den vertrauten Geruch des Hauses und spürte, daß er sich unwillkürlich entspannte.

Als er das Wohnzimmer betrat, hörte er Irenas Stimme von oben; sie schalt den Professor wegen seines nassen Haars, und er mußte lächeln. Forest blickte sich um und stellte fest, daß sich nichts verändert hatte. Als die Karapows in den fünfziger Jahren aus Rußland emigrierten, hatten sie sich der amerikanischen Lebensweise voller Energie zugewandt. Vielleicht lag es an ihrer Freude über die schönen und andersartigen Möbel, vielleicht wollten sie aber auch nur gegen das McCarthy-Denken angehen, das damals das Land beherrschte – jedenfalls hatten sie eine wunderbare Antiquitätensammlung zusammengetragen. Und weil sie mit dem Sammeln begonnen hatten, ehe so etwas Mode wurde, waren ihre Stücke jetzt vermutlich ein Vermögen wert. Forest freute sich über den Gedanken, daß sein alter Professor niemals Not leiden würde. Langsam ging er über die Häkelteppiche, die den weiten Dielenboden bedeckten, und fuhr mit den Fingern über die Verschnörkelung an einer Chippendalekommode.

„Verzeihen Sie, daß ich Sie allein gelassen habe, Junge, aber Irena..." Karapow eilte ins Zimmer und bedachte Forest mit einem hilflosen Achselzucken. „Was möchten Sie trinken? Wodka, wie?" Der Professor rieb sich die Hände und lachte leise, als teilten sie ein kleines Geheimnis.

„Wenig Wodka, Professor, und viel Eis", antwortete Forest und blieb damit dem alten Ritual treu. Karapow verschwand in der Küche, und Forest stellte sich vor ein Ölgemälde von Albert Bierstadt. Es trug den Titel „Strandszene", zeigte aber vorwiegend Wolken. Es war unheimlich – sie schienen sich sogar zu bewegen.

„Sie sind und bleiben Meteorologe, Forest. Es läßt einen nicht los." Karapow trug ein Tablett mit Eis, zwei Gläsern und einer Flasche Stolntschya, die noch frostkalt angehaucht war. Er stellte das Tablett auf einen niedrigen Tisch zwischen zwei Sesseln, setzte sich in einen und bedeutete Forest, den anderen mit Beschlag zu belegen. Dann begann er die Drinks zu bereiten, wobei er so konzentriert vorging wie bei einem Laborversuch. Forest lehnte sich zurück und beobachtete ihn voller Zuneigung. Er ließ seine Gedanken in die Vergangenheit schweifen und machte sich klar, daß sie, wenn sie sich nicht in acht nahmen, die Flasche vor dem Essen leeren würden. Irena war wie üblich in der Küche verschwunden und würde sich erst wieder melden, wenn sie eine köstliche Mahlzeit fertig hatte.

Karapow reichte Forest ein Kristallglas und stieß das seine dagegen.

Die beiden Männer tranken, dann fuhr sich der Professor mit der Hand über das Gesicht, als müsse er einer traurigen Anwandlung Herr werden. „Auf Arthur", sagte er. Wieder stießen sie an und tranken, und eine seltsame Stille lag im Zimmer. Forest erkannte, daß es an ihm lag, die traurige Stimmung zu vertreiben. Er wollte dem Professor Fragen stellen und ihm die Zeichnung zeigen, ohne gleich mit der Tür ins Haus zu fallen. Er beschloß, sich dem Thema Wetter allmählich zu nähern, in dem Bewußtsein, daß Karapows Begeisterung für das Gebiet den richtigen Augenblick schon herbeiführen würde.

„Sie nehmen sicher an, daß ich als Fernsehmensch den Kontakt zu meinem Gebiet völlig verloren habe, Professor, da ich mich nicht mehr um die Forschung kümmere, aber ich bin ziemlich auf dem laufenden. Ich lese alle Veröffentlichungen. Vor kurzem erst einen faszinierenden Artikel von Bryson und Kutzback über die Abkühlungstheorie."

„Ach ja", sagte Karapow, den es zu freuen schien, daß er über sein Lieblingsthema sprechen konnte. „Aus Wisconsin. Die beiden haben eine sechzehnhundert Jahre umfassende Wetteranalyse erstellt, die meiner Meinung nach leider sehr präzise ist. Die genannten vierzehn Abkühlungsfälle weisen bemerkenswerte ähnliche Züge auf: ein maximaler Temperatursturz innerhalb von vierzig Jahren ab Beginn, während die Bandbreite der Wiederaufwärmung bei siebzig bis hundertachtzig Jahren liegt." Karapow ließ das Eis in seinem Glas kreisen und starrte auf die Würfel. „Es scheint unzweifelhaft, daß wir am Beginn einer kleinen Eiszeit stehen." Er blickte Forest herausfordernd an.

„Forest, wenn Sie immer noch an Geschichte interessiert sind wie damals, als Sie mein bester Student waren, erinnern Sie sich an die letzte kleine Eiszeit und ihre katastrophalen Auswirkungen?"

Der Text erschien vor Forests innerem Auge. „1600 bis 1850." Er lächelte bei dem Gedanken, wie er Jenny die kleine Eiszeit hatte erklären wollen und wohin die Diskussion geführt hatte. „In Nordeuropa herrschte fast das ganze Jahr hindurch Winterwetter. Die russischen Steppen lagen durchgehend unter Schnee. Überall Mißernten. Und die Pest. Das Ausbleiben des Monsunregens vernichtete beinahe China, Indien und die Philippinen."

Karapow nickte bestätigend, hob sein Glas und nahm einen großen

Schluck Wodka zu sich. Er blickte Forest ernst an, neigte den Kopf und hob den Finger. „Aber vergessen Sie nicht, daß 1850 die Weltbevölkerung nur insgesamt eine Milliarde betrug. Heute sind es vier Milliarden." Karapow hielt inne und schenkte eine neue Runde aus. „Die moderne Landwirtschaft kann unter den eben geschilderten Bedingungen diese Zahl von Menschen nicht ernähren. Also stecken wir in der Klemme, ja? Oder besser: Wir sitzen im Eis fest." Er stimmte ein Lachen an, das gespenstisch geklungen hätte, wäre Forest nicht bekannt gewesen, wie leidenschaftlich sich Karapow mit dem Problem herumschlug.

„Was ist mit den Fortschritten, die wir in der Nahrungsmittelwissenschaft gemacht haben?" fragte Forest ehrlich interessiert. „Wir arbeiten an Hybridtieren, Fischaufzucht und neuen Getreidesorten, die wunderbare Eigenschaften haben sollen. Und wir legen uns für Notfälle einen Vorrat an. Ich habe irgendwo gelesen, daß unsere Getreidereserven bereits sechshundert Millionen Tonnen betragen."

Karapow hatte Spaß an der Diskussion. Er lehnte sich im Sessel zurück und schnaubte durch die Nase. Dann trank er einen Schluck und blickte Forest eulenhaft blinzelnd an. „Erstens ist es annähernd nicht so viel. Aber selbst wenn die Zahl stimmen würde, was meinen Sie, wie lange wir im Notfall damit reichen?"

Forest nannte eine Zahl, die er für untertrieben hielt. „Sechs Monate?"

„Dreißig Tage!" antwortete Karapow. Beide Männer hoben gemeinsam die Augenbrauen, Forest vor Überraschung, der Professor zur Bestätigung. „Aber das ist noch nicht mal das schlimmste. Bei weitem nicht." Karapow lehnte sich vor; er freute sich auf die Bombe, die er gleich zünden würde. „Nehmen wir einmal an, die Abkühlungstheorie stimmt – haben Sie eine Vorstellung, was mit diesem Planeten geschieht, wenn die Durchschnittstemperatur nur um einen Grad sinkt?" Forest konnte es sich vorstellen, aber der Professor war bereits dabei, seine Frage selbst zu beantworten: „Indien würde alle vier Jahre eine große Trockenheit erleben und könnte nur noch drei Viertel der Bevölkerung ernähren. Rußland würde ganz Kasachstan an den ewigen Winter verlieren. Nordeuropa verlöre etwa dreißig Prozent der Ackerfläche und Kanada die Hälfte."

Forest versuchte auszurechnen, welche Folgen diese Werte haben würden, aber der Professor war nicht mehr aufzuhalten. Er füllte sein Glas nach – Forest lehnte dankend ab –, stand auf und begann zu dozieren, wie er es vor gefüllten Hörsälen zu tun pflegte.

„Das Problem ist leichter zu erfassen, wenn man es sich aus dem menschlichen Blickwinkel vorstellt. Je dreieinhalb Morgen Ackerland ernähren in Europa drei Menschen. Ein Temperaturabfall von einem Prozent hätte zur Folge, daß nur noch zwei Menschen davon leben könnten. Zwanzig Prozent der Bevölkerung müßten aus den Getreidereserven ernährt werden.

Indien braucht dreißig bis fünfzig Millionen Tonnen, um hundertundfünfzig Millionen Menschen vor dem Tod zu bewahren. China, ob Sie es glauben oder nicht, hätte die schlimmsten Probleme. Das Land, das im Augenblick sieben Menschen ernährt, erbrächte nur noch Reis für vier. Und wenn alle Getreidereserven verteilt sind" – er zögerte vielsagend –, „verlieren wir immer noch zehn Prozent der Weltbevölkerung." Karapow ging zum Fenster und starrte in den Regen hinaus.

„Zehn Prozent sind ein dermaßen abstrakter mathematischer Begriff, daß man sich das Ausmaß der Katastrophe kaum vorstellen kann." Forest spürte, daß der Professor nicht mehr dozierte, sondern mit dem Schreckensbild der Vernichtung kämpfte, das sich vor seinem inneren Auge abzeichnete. „Zehn Prozent von vier Milliarden Menschen", murmelte er in sein Glas, „sind vierhundert Millionen. Vierhundert Millionen Menschen! Mehr als wir in allen Kriegen zusammen bisher umbringen konnten. Und das", fuhr er fort und wandte sich zu Forest um, „wäre nur das erste Jahr."

Forest stellte sich neben Karapow ans Fenster und starrte in die Nässe hinaus. Der Regen schien nicht nachlassen zu wollen. „Aber", sagte Forest und versuchte sich eine solche Vernichtung von Leben vorzustellen, „die vierhundert Millionen fallen doch nicht einfach um und verhungern."

Karapow seufzte. „Nein, natürlich nicht. Genaugenommen ist es nur einer von zehn, der wegen seines leeren Magens ‚umfällt'. Damit haben Sie recht. Die anderen sterben an Epidemien. Die Ursache für diese Todesfälle ist jedoch die chronische Unterernährung. Ein vom Hunger geschwächter Körper ist besonders anfällig für Cholera oder Pocken." Karapow kehrte zu dem kleinen Tisch zurück und tat Eis und Wodka in sein Glas. Diesmal sagte Forest nicht nein, als der andere ihm einen neuen Drink anbot.

„Chronische Unterernährung!" fuhr der Professor fort. „Hört sich neben dem Krebs wie eine Kleinigkeit an. Eine passive Krankheit. Ein semantischer Gemeinplatz für eine unglaubliche Scheußlichkeit. Jon Tinker, der britische Autor, hat es mal sehr präzise beschrieben. Er sagte, die chronische Unterernährung läßt den Menschen aus Mangel an Vitamin A erblinden oder macht ihn anfällig für Krankheiten wie Aussatz, Skorbut, Beriberi oder Rachitis. Sie läßt Menschen an Malaria, Cholera oder an einer bloßen Erkältung sterben. Kinder bleiben physisch und geistig zurück. Es ist das Ende der Hoffnung. Die Menschen kämpfen wie Tiere um einen Bissen zu essen, zum Tode verurteilt durch ein nicht endenwollendes Schicksal aus Geburt und Tod."

Karapow schwieg, damit dem anderen das Ausmaß der drohenden Katastrophe noch eindringlicher bewußt wurde. Forest wollte gerade antworten, als Irena, begleitet von unglaublich angenehmen Küchendüften, ins Zimmer eilte. „Kommt, kommt", sagte sie, „genug getrunken und geredet. Zeit fürs Essen und Reden." Sie nahm das Tablett, und die beiden Männer folgten ihr ins Eßzimmer.

Der Tisch war gedeckt: weißes Leinentuch, das gute Silberbesteck, in silbernen Haltern brannten Kerzen. Die Szene wirkte freundlich und gemütlich, doch nicht so verlockend wie das Essen, das Irena bereitet hatte. Es gab Borschtschsuppe mit Brocken saurer Sahne, die darauf schwammen; Blinis, Crêpes, gefüllt mit Kaviar und saurer Sahne; Pilawreis, und, als wäre das noch nicht genug, Rindfleisch Stroganoff. Irena war eine ausgezeichnete Köchin, und Forest hatte seit langem nichts Hausgemachtes mehr gegessen, so daß längere Zeit Stille am Tisch herrschte. Nach dem ersten freudigen Genuß setzte Forest das Gespräch mit dem Professor fort. Er wollte nicht, daß sie vom Thema abkamen.

„Aber gewiß haben Sie mir nur eine Seite der Dinge geschildert, Professor. Schafft unsere landwirtschaftliche Technologie nicht besonders widerstandsfähige Getreidesorten, die eben solchen Veränderungen trotzen? Und wirft die chemische Industrie nicht täglich neue Wunderdünger auf den Markt?“

Karapow kaute aus und musterte Forest erstaunt. „Natürlich, Junge! Sie muß beinahe jeden Tag einen neuen Dünger herausbringen, weil die Wirkung so schnell nachläßt. Einige Jahre lang gedeiht alles ganz prächtig, aber dann ist die Lage schlimmer als vorher. Die Ernteerträge lassen rapide nach, und man kann dem Land nicht mehr Dünger zumuten, weil man sonst alles vergiften würde.“

Karapow schwenkte Irena aus einer Karaffe Wein ein und versorgte anschließend sich und Forest. „Was die neuen Getreidesorten angeht“, fuhr er fort, „so muß man von einer einzigen Kette von Fehlschlägen sprechen! Die drei letzten angepflanzten Sorten Superreis wurden von Krankheiten befallen, von Insekten gefressen und vom Wind fortgeweht. Offenbar gelingt es uns noch nicht, über Nacht im Labor etwas herzustellen, was in der Natur in Millionen von Jahren herangereift ist. Und selbst wenn wir es könnten, würden die sich daraus ergebenden Kosten alles zunichte machen.“

Im weiteren Verlauf der Mahlzeit brachte Forest eine mögliche Lösung nach der anderen zur Sprache, doch jede wies der Professor zurück. Bei Babka und Kaffee diskutierten sie Versuche genetischer Manipulation zur Herstellung von hochgradigen Proteinen. Wieder äußerte sich Karapow verächtlich.

„Ach ja, die Hydroponik oder Fischfarmen. Es ist zwar richtig, daß Fische aus Korn und Mehl mehr Protein machen als richtige Tiere, doch sind wir von der ersten Fischranch noch weit entfernt. Die Klon-Fachleute behaupten, sie arbeiten an einem Huhn, das nie ein Ei zu sehen bekommt, sondern in einer völlig künstlichen Umgebung aufwächst, ein blubbernder Chemikalienembryo. Wie möchten Sie Ihrs, als Weizen- oder Roggenhuhn?“

Karapow stand auf und küßte zärtlich seine Frau. „Vielen Dank, Schutschkaleh, für das wunderbare Essen“, sagte er strahlend. Das Lob freute sie sichtlich. Sie eilte in die Küche. Der Professor legte

Forest den Arm um die Schultern. „Kommen Sie, wir trinken im Wohnzimmer einen Brandy." Im Gehen setzte Karapow seinen Vortrag fort.

„Wissen Sie, Forest, die kurzsichtigen Wissenschaftler übersehen, daß das Hungerproblem nicht damit abgetan ist, Hungernde mit Nahrungsmitteln zu versorgen. Man muß sich der Ursache annehmen, nicht nur der Symptome. Und die Ursache . . ." Er beugte sich dicht an Forest heran, als wolle er ihm ein Geheimnis anvertrauen. Forest roch den Wein und erkannte, daß der Professor ein wenig betrunken war. „Die Ursache", flüsterte er, „ist natürlich das Wetter! Wir müssen einen Weg finden, das Wetter zu verändern, ehe es uns verändert." Karapow lachte humorlos. „Aber das käme dem Versuch gleich, sich Gotteskräfte zuzulegen."

Während Forest lächelnd dabei zusah, wie der alte Mann Brandy und Gläser holte, überstürzten sich seine Gedanken. Jetzt war der Augenblick gekommen, auf den er den ganzen Abend gewartet hatte. Der Professor hatte endlich die entscheidende Tür aufgestoßen.

„Aber es gibt doch Vorschläge in Richtung Wetterbeeinflussung, oder nicht, Professor?" fragte er unschuldig.

„Vorschläge? Reinster Idiotenkram! Man will das Mittelmeer und die Beringstraße durch Dämme verschließen! Und den Kongofluß umleiten. Man will tatsächlich über der Arktis Asche ausstreuen, will die Sahara mit Asphalt zudecken und über dem Nordpol H-Bomben zur Explosion bringen. Und die Araber versuchen Eisberge heranzuschleppen, um Trinkwasser zu gewinnen." Karapow lachte, und Forest fiel in das Lachen ein. Er bemerkte, daß Karapow bereits ein wenig undeutlich sprach. „Die Antwort", fuhr der alte Mann nachdenklich fort, „muß, wenn es sie überhaupt gibt, viel grundlegender ausfallen."

Forest hakte nach. „Aber es gibt doch Leute, die an anderen Aspekten der Wetterbeeinflussung arbeiten, nicht wahr? Etwa die Meteorologische Weltorganisation und das Militär und wahrscheinlich auch andere. Hurrikankontrolle, Wolkenabregnen, solche Dinge – habe ich recht?" Forest sah, wie es in Karapows Augen interessiert aufblitzte. Der Professor beugte sich in seinem Sessel vor.

„Warum fragen Sie, Forest? Darüber müßten Sie doch genausoviel wissen wie ich."

„Nein, Professor, das glaube ich nicht, und das ist einer der Gründe, warum ich hier bin. Ich brauche Ihren Rat in einer Sache, die ich nicht verstehe." Forest sprach wie ein Student zu seinem Professor, eine Rolle, auf die Karapow ganz automatisch reagierte.

„Natürlich helfe ich Ihnen gern, wenn ich kann. Das wissen Sie. Was bekümmert Sie?" Forest war bereits entschlossen, den Professor ins Vertrauen zu ziehen, und so holte er tief Atem und begann seinen Vortrag. Karapow trank langsam seinen Brandy und hörte genau zu.

„Ich mache mir in letzter Zeit Sorgen um die Folgen der Wetterveränderungsversuche. Ich sprach mit Arthur darüber, der aber abwinkte. Ich wandte mich an General Wells, der genauso darauf reagierte, und ich war schon drauf und dran, die Sache zu begraben. Aber dann erhielt ich von Arthur eine Nachricht, die er kurz vor seinem Tode aufgegeben hatte. Er hatte sich ein wenig umgesehen und war auf einen Namen gestoßen – Projekt Donnerstag – und das hier." Forest zog die Konstruktionszeichnung aus der Tasche. „Er hat diese Zeichnung nicht verstanden, und ich bin auch nicht viel weiter." Er reichte Karapow das Stück Papier. „Die Notizen darauf scheinen in Russisch geschrieben zu sein. Ich habe gehofft, daß Sie sie mir übersetzen können."

Karapows Hände schienen zu zittern, als er langsam den Bogen entfaltete; aber vielleicht hatten sie schon den ganzen Tag gebebt. Er hielt das Dokument in den Schein der Lampe neben sich und untersuchte es. „Und was", fragte er schließlich mit einer guten Portion Ironie, „vermuten Sie dahinter?"

Forest begann auf seinem Stuhl hin und her zu rutschen. Er griff nach seinem Brandyglas und stellte es wieder fort, ohne davon getrunken zu haben. „Sieht wie eine komplizierte Wolkenkammer aus, auf jeden Fall komplexer und fortgeschrittener als die Wettermaschinen, die ich bisher gesehen oder erklärt bekommen habe. Und da die Sowjetunion an der Wetterveränderung sicher ebenso interessiert ist wie wir . . . da dachte ich, hier könne der Schlüssel für das seltsame Wetter der letzten Zeit liegen." Forest beobachtete Karapows Gesicht und sah eine Folge von Emotionen darüber hinstreichen: Überraschung, Unglaube und schließlich Belustigung. Der Professor begann laut zu lachen und hielt Forest den Bogen hin.

„Diese Zeichnung ist ein Schlüssel zu gar nichts, Forest. Tut mir leid, daß ich Ihr Geheimnis und Ihren Nervenkitzel zerstören muß, aber der Text auf diesem Bogen stammt von mir. Ich weiß nicht, wie Arthur daran gekommen ist – wir werden es wohl nie erfahren –, jedenfalls ist dies ein Plan für eine Kammer, die nie gebaut wurde. Eine dumme Idee, die mich mal vor Jahren beschäftigt hat und die sich als völlig unpraktisch erwies." Karapow faltete die Fotokopie zusammen und warf sie auf den kleinen Tisch. „So viel zu Ihren Geheimdokumenten." Er hob sein Brandyglas und trank einen großen Schluck. Schweißperlen schimmerten auf seiner Stirn, doch Forest war ebenfalls heiß.

Karapow stellte das Glas fort und rieb sich die Hände. Seine Rolle als Mysterienzerstörer schien ihm zu gefallen. „Weil die Schrift russisch war, dachten Sie ..." Er lachte leise. Aber Forest fiel in sein Lachen nicht ein; er brachte nicht einmal ein Lächeln zustande. Er musterte den Professor eingehend. „Was die Wetterversuche angeht, so habe ich Ihnen schon gesagt, daß sie meistens mißlungen sind, einschließlich der meinen. Das Wetter ist ungewöhnlich, weil wir eine Periode extremer klimatischer Instabilität erreicht haben, wie schon besprochen. Dabei kann durchaus das scheinbar Unerklärliche passieren, wofür wir die Ursache zu finden versuchen, weil wir eben Wissenschaftler sind. Aber weil wir Wissenschaftler sind, müssen wir uns auch mit der Realität befassen. Und die Mutter Natur ist eben noch weitaus stärker als wir armen Sterblichen."

Karapow bemerkte Forests Gesichtsausdruck und lächelte ihn an, als wäre er ein kleiner Junge. „Sie wollten Ihrem alten Professor ein paar Fragen stellen, und jetzt schmollen Sie, weil Ihnen die Antworten nicht gefallen? Ich bitte Sie, das Leben bringt uns viele Enttäuschungen, und die Wissenschaft so manche Frustration. Wir werden sie überleben, nicht wahr?" Der Professor sah das Gespräch als beendet an; er wirkte müde und ein wenig betrunken. Er erwartete offensichtlich, daß sich Forest nun verabschiedete. Aber Forest war noch nicht soweit. Eine Frage lag ihm noch auf der Zunge. Er kippte den letzten Tropfen Brandy hinunter und versuchte die Frage zu formulieren, dann entschied er sich plötzlich dagegen. Er kannte die Antwort bereits!

Forest stellte das Glas fort und stand auf. „Ich muß gehen, Professor. Ich muß heute abend noch nach New York zurück. Aber ich möchte mich gern von Irena verabschieden und ihr für das großartige Abendessen danken."

Karapow stemmte sich hoch. „Irena!" brüllte er. „Komm her! Forest geht!"

„Fährt der Bus nach Washington immer noch jede Stunde?" fragte Forest, während sie auf die gehorsame Irena warteten.

„Natürlich", antwortete Karapow und lachte leise. Er wirkte nicht mehr ganz so nervös. „Es gibt Dinge, die sich eben nicht verändern, wie?" Er versetzte Forest einen leichten Rippenstoß. „Wir haben uns viel zu lange nicht gesehen, alter Freund. Aber wenn Sie uns versprechen, bald wiederzukommen, fahre ich Sie zum Busbahnhof."

Forest blickte aus dem Fenster. Es war dunkel, und der Regen schien etwas nachgelassen zu haben. „Ich gehe lieber zu Fuß, Professor. Die Haltestelle ist nur fünf Minuten von hier. Ich überquere den Campus."

In diesem Augenblick eilte Irena in das Zimmer; sie trocknete sich die Hände an der Schürze ab. „Forest!" rief sie bekümmert. „Sie wollen so schnell fort? Wir haben uns noch gar nicht unterhalten! Den ganzen Abend haben Sie beide diskutiert, da hatten wir noch gar keine Gelegenheit." Voller Sympathie betrachtete Forest die fürsorgliche Frau, die mit vollem Herzen bei der Sache war. Er nahm sie in die Arme und drückte sie herzlich an sich.

„Bald", murmelte er und fühlte einen seltsamen Beschützerinstinkt. „Bald komme ich wieder. Und beim nächstenmal für länger." Er hielt sie von sich ab und blickte ihr in die Augen. Dann küßte er sie auf die Wange. Karapow wartete, daß der Abschied zu Ende ging. Plötzlich fiel ihm etwas ein, und er eilte zur Tür.

„Moment noch, Forest!" rief er über die Schulter. „Ich hole Ihnen meinen zweiten Regenmantel." Auf der Schwelle blieb er stehen.

„Und dann muß ich nach New York kommen, um ihn abzuholen, und dann sehen wir uns bald wieder." Er verschwand nach oben. Forest und Irena sahen sich an: Lange Jahre der gegenseitigen Zuneigung wirkten unverändert fort. Sie brauchten nicht zu sprechen.

„Irena!" rief Karapow von oben. „Ich kann den blauen Regenmantel nicht finden!"

„Ach!" sagte sie lächelnd. „Manchmal ist es hoffnungslos mit ihm!" Sie löste sich aus Forests Armen. „Ich komme ja schon!" rief sie und hastete die Treppen hinauf.

Forest sah sich noch einmal im Zimmer um und warf einen letzten Blick auf die zusammengefaltete Fotokopie. Dann machte er kehrt, schüttelte den Kopf und verließ das Wohnzimmer. Er ging den Flur hinab und fand seinen Aktenkoffer neben der Philadelphiakommode. Der Professor und Irena kamen die Treppe herab und schafften es mit vereinter Kraft, ihren Gast in den zu kleinen Mantel zu zwängen. Forest hatte seinen Aktenkoffer geöffnet und den Schirm herausgenommen, um gegen die Elemente gewappnet zu sein.

Noch einmal küßte er Irena, umarmte Karapow und öffnete die Tür. Die Tropfen waren groß und schwer. Forest ließ seinen Karbonstahlschirm aufgehen und trat in den Regen hinaus. Als er die Auffahrt hinabgeschritten war und die Straße erreicht hatte, schloß sich die Tür zum Haus hinter ihm, und er war in der dunklen, nassen Nacht allein.

Achtzehntes Kapitel

Die alten Eichen und Ahornbäume, die die Straße säumten, und sein verläßlicher Schirm schützten Forest einigermaßen vor der wahren Gewalt des Regens, doch heute abend wurde das Gerät wirklich auf die Probe gestellt. Sein Blick suchte in der Dunkelheit den Staudamm, der vom Campus stets sichtbar gewesen war, aber Regen und Wolken hatten das Bauwerk verschluckt. Forest war überrascht. Er ging schneller und bewältigte den leichten Anstieg des Mittelweges, der an den Hauptgebäuden der Universität vorbeiführte.

Die Universität und die dazugehörige Stadt lagen mitten in einem symmetrischen kleinen Tal, das sich unterhalb des Hamiltondamms erstreckte. Auf der Südseite der Senke erhoben sich zahlreiche Originalhäuser aus dem achtzehnten Jahrhundert. Die Universität war am Nordhang gebaut worden, nachdem man 1934 den Damm errichtet hatte, doch der Gründer des Colleges war so sehr in die alte Stadt verliebt, daß er sämtliche Institute im gleichen alten Stil anlegte. Das verlieh der Universität eine warme, freundliche Atmosphäre, überlegte Forest, wenn man nicht gerade von Wasser überschüttet wurde.

Das Regenwasser, das von den Hängen herablief, strömte in kleinen Bächen an Forest vorbei, und die Schwärze der Nacht und die vom Regen gepeitschten Baumäste ließen die Szene unheimlich erscheinen. Von Zeit zu Zeit tauchte ein Wagen aus der Dunkelheit auf und erhellte die zuckenden Bäume. Unwillkürlich bremsten die Wagen ab, offenbar wunderten sich die Fahrer, warum ein Mensch bei solchem Wetter draußen herumlief, dann beschleunigten sie wieder und ließen das Wasser aufspritzen, erleichtert, daß sie Forest nicht angefahren hatten.

Als er das Caldergebäude erreichte, war er bis zu den Knöcheln naß. Kein anderer Fußgänger war ihm begegnet – kein Wunder! Forest blieb gegenüber dem erleuchteten Gebäude unter Bäumen stehen und lauschte auf den kleinen Mississippi, der vor ihm vorbeigluckerte. Er wußte, er stand so tief im Schatten, daß niemand ihn sehen konnte – umgekehrt vermochte Forest auf diese Entfernung kaum die Soldaten auszumachen, die sich in ihr Wachhäuschen duckten.

Forest griff in die Jackentasche und zog einen Schlüsselbund hervor. Er verkrampfte die Hand um die Schlüssel, wobei ihm der Talisman, der weiße Springer, in die Handfläche drückte. „Verzeihen Sie mir, Professor“, sagte er lautlos vor sich hin. „Verzeihen Sie mir, daß ich Ihnen nicht blind vertraue wie früher. Aber Sie haben mich belogen. So einfach können Sie Projekt Donnerstag nicht abtun, nicht wenn hundertundzwanzig Millionen Dollar dahinterstehen. Und Sie haben zugegeben, daß die Kammer von Ihnen entworfen wurde. Verzeihen Sie mir also, denn Sie sind nicht mehr der alte – und ich ebenfalls nicht. Ich muß sehen, was Sie in dem Haus da drüben haben, bewacht von

Soldaten. Ich muß es wissen, ehe ich dem Geist meines Bruders wirklich Ruhe geben kann."

Forest spürte eine Art Ruck durch seinen Körper gehen. Die Zeit des Grübelns war vorbei, seine Pläne richteten sich endlich auf ein konkretes Ziel. Er hatte Zweifel und Ängste zurückgedrängt, hatte alle Wenn und Aber über Bord geworfen. Er stand allein im Regen und nahm sich vor, in das verdammte Gebäude einzudringen, und an mehr wollte er im Augenblick nicht denken. Er starrte durch den Regen auf die erleuchteten Stufen und die Soldaten.

Eine leise Stimme meldete sich in ihm. „Großartig, Forest. Ein toller Plan! Nun wollen wir mal sehen, ob du ihn auch in die Tat umsetzt. Wie, zum Teufel, willst du in das Gebäude eindringen?"

Neunzehntes Kapitel

Forest starrte über die Straße; allmählich schälte sich eine Idee heraus. Das Caldergebäude war ein großes Rechteck, ringsum von Säulen umgeben. Das eigentliche Gebäude begann zurückgesetzt, und zwischen Säulen und Außenmauer erstreckte sich eine Veranda oder Promenade. Forest starrte mit zusammengekniffenen Augen durch den herabpeitschenden Regen und konnte erkennen, daß auf allen Seiten Dachrinnen verliefen. Vielleicht konnte er das Wetter zu seinem Vorteil ausnutzen; immerhin war er Meteorologe, es wurde Zeit, daß er das einmal praktisch nutzte.

Forest folgte der Straße, bis er den Lichtkreis des Caldergebäudes verlassen hatte, und überquerte die Fahrbahn. Dann wanderte er zurück und suchte nach einer Lücke in der Hecke, die die Straße säumte. Hundert Meter vor der Helligkeit fand er einen Durchgang und schloß widerstrebend seinen Mantel; nun war er doch froh, daß er Karapows Regenmantel anhatte. Er drängte sich zur anderen Seite durch, dann durch das Unterholz, bis er das Gebäude erreicht hatte. Er schritt langsam hinten um das Institut herum und auf der anderen Seite wieder nach vorn, bis er die gewünschte Information hatte. Es gab keine Türen außer dem Haupteingang, und es gab nicht nur ein Abflußrohr, sondern sogar zwei. Und das brachte ein Problem. Der Eingang, der ihn interessierte, lag vorn und im Blickfeld der Soldaten in ihrem Wachhaus.

Forest überdachte das Problem. Wenn man vor dem Gebäude stand, befanden sich die Wächter rechts von dem Weg, der zur großen Doppeltür führte, das Wachhäuschen unmittelbar neben der Treppe. Ein Abflußrohr befand sich an der hinteren rechten Ecke des Gebäudes, das zweite an der Ecke vorne links. Forest begab sich zum Rohr hinten rechts. Er mußte die Wächter ablenken. Er zog Karapows Regenmantel aus und riß das Kleidungsstück mitten durch, wobei er sich mit dem widerspenstigen Kragen abmühte, während ihn der Regen bis auf die Haut durchnäßte. Dann knüllte er den halben Mantel zu einem Ball zusammen und stopfte ihn in die Röhre, ohne sich um das Wasser zu kümmern, das ihm dabei über den Arm plätscherte. Mit der Spitze des Regenschirms trieb Forest den Stoff höher, in die Röhre hinauf, bis sich ein festes Hindernis gebildet hatte. Dann lief er um das Gebäude herum und schlich an der linken Wand so weit nach vorn, wie es ihm möglich war, ohne gesehen zu werden. Dann hieß es warten.

Wie erwartet füllten sich die Dachrinnen schon nach wenigen Minuten; trotzdem war er nicht auf das laute Krachen gefaßt, mit dem das Wasser dann direkt vom Dach herabströmte. Forest zwang sich zu warten, bis die Wächter etwas unternahmen, und betete: Beide mußten nachschauen, sonst war alles vergeblich. Forest ließ die Sekunden verstreichen, faßte sich dann ein Herz und blickte geduckt um die Ecke. Das Wachhäuschen war leer.

Forest stürzte sich auf das Abflußrohr, schob den Rest des Regenmantels mit hektischen Bewegungen hinein, begann dann mit dem Schirm nachzustoßen. Er hatte nicht viel Zeit, ehe die beiden Soldaten zurückkamen. Der verflixte Mantel wollte nicht oben bleiben. Immer wieder stocherte Forest und hatte dabei das Gefühl, ein gewaltiges Tier zu erlegen. Schließlich saß der Mantel fest, und Forest brachte sich um die Ecke in Sicherheit. Keuchend vor Anstrengung und Aufregung saß er geduckt im Regen und wartete darauf, daß der Wasserfall begann.

Eine Ewigkeit schien zu vergehen, doch nichts geschah. Forest suchte den Boden rings um das Abflußrohr ab, vielleicht war der Mantel ja wieder hinausgedrückt worden. Doch es war nichts zu sehen. Im nächsten Augenblick stürzte eine Wasserwand auf ihn herab. Es hatte geklappt! Forest richtete sich auf und verschwand hinter dem flüssigen Vorhang. Er war unsichtbar geworden!

Da das Gebäude von der anderen Straßenseite angestrahlt wurde, herrschte im Säulengang hinter dem Wasser ein vages Licht. Das Rauschen würde hoffentlich seine Schritte übertönen. Forest hatte das Gefühl, unter einem Wasserfall zu stehen, sicher und geschützt, obwohl die Soldaten nur wenige Meter entfernt waren. Dann hörte er sie miteinander streiten und fühlte sich plötzlich ganz und gar nicht mehr unsichtbar.

An der Tür machte Forest halt. Das Schloß war groß, und es war klar, welcher Schlüssel an Karapows Bund dafür gedacht war; doch jetzt machte sich Forest Gedanken über den Lärm. Würden die Soldaten das Klicken hören? Oder gab es ein Alarmsystem? Und wenn nicht, würden sie die Tür zufallen hören? Er verstand sie deutlich: Sie stritten sich, wer die linke Seite des Gebäudes überprüfen sollte und wer den trockenen Teil innerhalb der Wassermauer übernehmen durfte. Forest hatte keine Zeit mehr. Er steckte den Schlüssel ins Schloß und drehte ihn. Die Tür schwang auf. Forest glitt durch die Öffnung, schob die Tür zu und hörte das Schloß klicken.

Forest lehnte sich mit dem Rücken gegen die dicke Tür und wartete, daß sein Herzschlag sich beruhigte. Er war drin! Wie er wieder ins Freie kam, konnte er sich später noch überlegen. Draußen hörte er den Wächter leise vor sich hinfluchen und hielt den Atem an, als der Mann die Klinke bewegte. Die Tür blieb geschlossen, und Forest atmete auf.

Schwaches Licht fiel aus einem Korridor zu seiner Linken und half ihm, sich zu orientieren. Er stand in einem Vorflur, der bis zum Dach des Gebäudes hinaufreichte. Etwa acht Meter vor ihm erhob sich eine feste Wand, ebenso zu seiner Rechten, davor zwei Tische. Forest nahm an, daß hier während des Tages der Zugang zum Gebäude kontrolliert wurde. Links führte ein Eingang in den

Korridor. Etwas anderes war nicht in Sicht: keine Fenster, keine Türen, keine Verzierungen.

Mit jedem Schritt hallten seine nassen Schuhe auf dem Marmorboden, und er blieb hastig stehen, um sich zu überzeugen, daß er allein war. Aber die Echos hatten ihn getäuscht, außer ihm war niemand hier, jedenfalls nicht hinter ihm. Forest bog um die Ecke in den Korridor, der längs durch das Gebäude führte. Die Außenwand zeigte sich fensterlos, während die rechte, innere Wand von einer Reihe numerierter Türen durchbrochen war.

Er versuchte die erste zu öffnen, in der Hoffnung, daß sie unverschlossen war. Forest fluchte: „Abgeschlossen!" Doch der dritte Schlüssel schaffte Abhilfe. Das Licht aus dem Flur offenbarte ihm ein ganz normales Büro, etwa dreißig Quadratmeter groß, mit zwei Schreibtischen, Stühlen und einigen Aktenschränken. Hier gab es nichts zu finden.

Derselbe Schlüssel öffnete auch die zweite Tür, was die Dinge doch sehr vereinfachte. Offenbar hatte er den Hauptschlüssel gefunden. Aber das zweite Zimmer war nur ein Abklatsch des ersten. Die dritte Tür jedoch führte in ein voll ausgestattetes Labor, das sieben Meter tief und fünf Meter breit war. Lautlos wanderte Forest durch den Raum und bemerkte dabei die üblichen Reihen Reagenzgläser auf einem Mitteltisch, Tonbandgeräte und Oszilloskope an der Wand und Lagerregale und Abflußbecken für Chemikalien. Ehe er weitersuchte, blieb Forest noch einen Augenblick lang an der Tür stehen, blickte durch das Labor und versuchte festzustellen, ob etwas anders war, ob sich hier etwas Ungewöhnliches zeigte. Doch er bemerkte nichts. Andererseits hätte er zu gern gewußt, wonach er eigentlich suchte.

Die vierte Tür führte in eine Männertoilette, und obwohl er plötzlich Wasser lassen mußte, gab es doch wichtigere Dinge. An der fünften Tür befand sich das Schild „Material", und die sechste führte in ein kleines Konferenzzimmer. Darin standen ein drei Meter langer ovaler Tisch und sechs Sessel. Kleine Konferenzen, überlegte er. Ein Ansteckbrett aus Kork nahm eine Innenwand ein, und am Ende entdeckte er ein Video-Aufzeichnungsgerät. Unter der Maschine befand sich ein Ständer für Videobänder, der allerdings leer war. Nichts.

Forest schloß die Tür und blickte den Flur entlang. Die Zeit wurde knapp, und viele Türen hatte er nicht mehr – nur noch zwei. Er eilte zum siebenten Eingang und schloß ihn auf. Es war ein zweites Labor, doppelt so breit wie das erste, aber nicht tiefer. Hier endlich fand er Geräte, die ihm bekannt waren: Radarschirme, eine kleine Computerkonsole und Reihen von Bändern für den Computer. Da die Bänder nicht verschlossen waren, konnten sie nicht sonderlich wichtig sein; er kümmerte sich nicht weiter darum. Und das war schon alles. Kahl. Steril. Nichts Ungewöhnliches.

Gleich darauf stand Forest vor der letzten Tür und machte sich klar, daß seine Handflächen schwitzten. Ich muß etwas finden, sagte er sich, sonst bekomme ich wirklichen Ärger mit dem Professor. Er betrachtete die Schlüssel in seiner Hand und versuchte sich eine Erklärung zurechtzulegen, warum er sie mitgenommen hatte. Er schob den Schlüssel ins Schloß und drehte ihn. Forest öffnete langsam die Tür und wagte kaum hineinzublicken. Vor ihm befand sich eine kleine Bibliothek. Scheiße! Er widerstand dem Impuls, die Tür zuzuknallen; vielmehr machte er sie leise zu und schloß wieder ab.

Verwirrt und frustriert stand Forest am Ende des Korridors. Irgend etwas stimmte hier nicht. Es gab nichts zu bewachen, es gab keinen erklärlichen Grund, die Dinge, die er gesehen hatte, durch Soldaten sichern zu lassen, und schon gar nicht vierundzwanzig Stunden am Tag – ein paar Büros und Laboratorien, eine Reihe langer, schmaler Räume.

Aber etwas anderes stimmte auch nicht. Er lehnte sich an die Wand und versuchte festzustellen, was ihn störte. Im Geiste verfolgte er seinen Weg zurück, bis er auf der anderen Straßenseite im Regen stand und auf das Caldergebäude starrte. Und plötzlich ging ihm das große Licht auf! Das Gebäude war etwa fünfundzwanzig Meter breit. Der Korridor aber nahm nur drei Meter in Anspruch und die Räume, die er gesehen hatte, nur etwa sieben Meter. Damit blieben fast fünfzehn Meter. Was war damit? Er hatte bei seinem Rundgang keine zweite Tür bemerkt, auch hatte es in den Räumen keine Durchgänge gegeben. Bis auf eine Ausnahme!

Forest sprang auf und lief zum Lagerraum. Daß hier das Schild

„Material“ hing, mußte ja nichts bedeuten. Der Hauptschlüssel paßte nicht, und Forests Zuversicht wuchs. Ein gutes Zeichen! Er probierte Karapows Schlüssel durch, bis endlich der drittletzte paßte. Die Tür ging nach außen auf, und Forest sah sich einer enttäuschenden Szene aus Schrubbern, Eimern, einem Besen und Toilettenpapierrollen gegenüber.

Na, das war also das Ende. Seine letzte Hoffnung. Vielleicht bewachten die beiden einen Riesengenerator oder dergleichen, überlegte Forest erbittert, während er die Tür abschloß. Jedenfalls befand sich in diesem Gebäude nichts, das ihn interessierte. Er hatte einfach ins Blaue hinein gesucht und stand nach wie vor am Anfang. Die Enttäuschung brachte Forest seine große Müdigkeit zu Bewußtsein, doch als er die Schlüssel in die Tasche steckte, wurde ihm bewußt, daß er Schuldgefühle hegte, die ihm noch mehr zu schaffen machten als die physische Erschöpfung. Er hatte seinem alten Freund und Professor mißtraut und konnte ihm nun nichts als lahme Entschuldigungen bieten. Ein langer Tag lag hinter ihm.

Forest blickte auf die Uhr. Es war beinahe Mitternacht, und seine Blase quälte ihn noch immer. Er stieß die Tür zur Männertoilette auf und schaltete die Neonbeleuchtung ein. Wenigstens war hier nicht abgeschlossen, überlegte er verbittert. Am Urinbecken stehend, konzentrierte er sich zuerst auf seine Erleichterung, dann ließ er den Blick durch den Raum wandern: zwei Urinbecken, zwei Waschbecken, zwei Toilettenkabinen rechts von ihm und eine Kabine auf der anderen Seite. Dazu Kacheln und ein Spiegel, schon war der durchschnittliche Institutslokus fertig. Aufregend. Forest zog den Spülhebel und wünschte im nächsten Augenblick, daß er darauf verzichtet hätte. Es schallte wie ein Wasserfall durch den leeren Raum. Andererseits bestand keine Gefahr, daß das Rauschen über dem Lärm des Unwetters draußen gehört wurde. Er wusch sich die Hände und betrachtete sein Gesicht im Spiegel. Er wirkte erschöpft und ernst, und das Haarekämmen ließ ihn nur ordentlicher aussehen, nicht besser.

„Na denn“, sagte er laut. „Zur Sache!“ Auf dem Weg nach draußen stieß er die Türen der beiden Toilettenkabinen auf und blickte hinein. Ein letzter Strohhalm? Wollte er ganz sichergehen? Warum nicht?

Forest hatte den Ausgang erreicht und wollte schon das Licht ausschalten, als sein Blick auf die dritte Kabine an der Wand fiel, die ihn herausfordernd anstarrte. Die einzige Tür, die er nicht geöffnet hatte. Seine Hand griff nach dem Lichtschalter und hielt inne. Er kam sich einigermaßen blöd vor, als er durch den Raum ging und die Kabine öffnete.

Sie war leer. Forests Herzschlag beschleunigte sich. Ein Toilettenbecken war nicht zu sehen. In der Wand befand sich statt dessen eine Tür! Endlich eine Tür! Ein Geräusch ertönte, und Forest drehte sich hastig um, doch es war nur ein Gurgeln in der Wasserleitung. Er hob die Hand, drehte langsam den Griff und hoffte inbrünstig, daß abgeschlossen war. Er lächelte befriedigt, als sich die Tür seinem Griff widersetzte. Dann griff er nach Karapows Schlüsselbund. Das Schloß war seltsam geformt, und Karapow besaß einen seltsamen Schlüssel: Beide paßten zueinander.

Mit klopfendem Herzen stieß Forest die Tür auf. Das Licht aus dem Toilettenraum zeigte ihm einen Lichtschalter zu seiner Linken. Er versuchte seine Erregung zu zügeln, als er eintrat, den Schalter bediente und sich in einer Art Kontrollraum wiederfand. Zwei große Drehstühle standen vor einer breit angelegten Konsole vor einer Glaswand, die eine Art Kabine bildete. Hinter dem Glas war es pechschwarz.

„Endlich!“ sagte er und fühlte einen Schauder seinen Rücken hinablaufen. „Endlich!“ Er näherte sich der Konsole und überflog die unzähligen Schalter, Knöpfe, Anzeigen und Hebel. Und dann erblickte er ein grünes Rechteck mit dem Wort AN und drückte ohne nachzudenken darauf.

Auf der anderen Seite des Glases erschien eine riesige Kammer. Forest konnte nicht anders – er riß Mund und Augen auf. Arthurs Konstruktionszeichnung, die Zeichnung, die er auf Professor Karapows kleinem Tisch zurückgelassen hatte, war hier urplötzlich zum Leben erwacht.

Zwanzigstes Kapitel

Forest ließ sich in einen der Stühle sinken und starrte in die Kammer. Er begriff diese Anlage ebensowenig wie zuvor die Konstruktionszeichnung, doch zumindest wußte er nun, daß die Maschine existierte. Ihm war, als habe sich urplötzlich ein dichter Nebel gelüftet, so daß er nun endlich sehen konnte, wo er sich befand.

Forest wußte nicht, wie lange er schon staunend auf die komplizierte Maschine gestarrt hatte, doch plötzlich hörte er, wie die Tür zur Männertoilette hinter ihm aufging. Das pneumatische Zischen kam ihm wie ein Gewehrschuß vor, doch er beherrschte sich. Als er die schlurfenden und hinkenden Schritte vernahm, wußte er, daß Karapow ihn gefunden hatte.

Er drehte langsam den Stuhl herum, um sich mit seinem früheren Freund und Lehrer auseinanderzusetzen, und war entsetzt über den Anblick des anderen.

Schweratmend stand Karapow in der Tür, eine Hand auf das Herz gelegt, die andere um einen Revolver verkrampft. Er war völlig durchnäßt; das Wasser strömte ihm am Körper herab und bildete zu seinen Füßen eine Pfütze.

Karapow bebte am ganzen Leib, und die Waffe in seiner Hand ruckte unsicher hin und her. Aber am meisten erschrak Forest über die Augen des Professors: Das eine wirkte glasig, das andere stierte ihn wild an; eins war nach innen gerichtet, das andere auf die Umwelt. Karapow stand dicht an einem gefährlichen Abgrund, und Forest sah ihn schwanken. Gleichzeitig wußte er, daß ihm zunächst nichts anderes übrigblieb, als stillzusitzen und abzuwarten.

Es kostete Karapow viel Zeit, wieder zu Atem zu kommen. Keuchend lehnte er an der Türfüllung, sein lautes Atmen füllte den kleinen Raum. Gleichzeitig zuckte das stiere Auge hin und her, suchte alle Winkel des Kontrollraums ab, blickte in die Kammer hinaus und dann wieder auf Forest. Forest bezwang sich, indem er die Hände um die Armlehnen des Stuhls krampfte, und versuchte sein Gesicht ruhig zu halten.

„Woher haben Sie's gewußt?" Das leise Knurren kroch im Zeitlupentempo durch den Raum. Der Professor hatte den Kopf abgewandt, so daß nur das starre Auge auf ihn gerichtet war. Forest überlegte sich seine Antwort genau.

„Arthur hat es mir verraten. In einem Brief, der bei der Zeichnung lag. Offenbar hat Projekt Donnerstag ein Budget von hundertundzwanzig Millionen Dollar." Karapow schüttelte vage den Kopf, als wolle er die Information zurückweisen. Forest sah eine Reihe von Empfindungen über das Gesicht des alten Mannes huschen, während er sich überlegte, was er tun sollte.

„Geben Sie mir die Schlüssel zurück."

Diese Forderung war so pathetisch und kam so überraschend, daß Forest im ersten Moment nicht wußte, wie er reagieren sollte. Aber das wachsame Auge des Professors war in fiebriger Intensität auf ihn gerichtet. Forest griff langsam in die Tasche und zog vorsichtig den Schlüsselbund heraus. Er hielt ihn in die Höhe. Das winzige Pferd baumelte am Ring, und Forest bewegte die Hand, um es hin und her schwingen zu lassen.

„Ach ja", sagte er leichthin, „der weiße Springer. Der Retter. Ein interessantes Symbol, Professor." Forest wollte Zeit gewinnen, Zeit, in der sich Karapow beruhigen konnte, in der ihm vielleicht ein Weg einfiel, dem anderen die Waffe abzunehmen. „Aber Symbole können ja so irreführend sein, nicht wahr?"

Karapow unterbrach den Augenkontakt und wandte den Kopf. Forest spielte mit dem Gedanken, die Schlüssel nach dem alten Mann zu werfen und sich auf ihn zu stürzen, solange er abgelenkt war, doch Karapow schien dermaßen nervös-angespannt zu sein, daß die Waffe losgehen mochte, sobald er nur eine abrupte Bewegung machte.

„Hier sind Ihre Schlüssel, Professor." Forest sprach den Titel mit Verachtung aus. „Und da ist auch Ihr weißes Pferd . . . auf dem Boden, wohin es gehört!"

Forest beugte sich langsam vor und legte die Schlüssel auf den Boden. Dann schob er sie mit dem Fuß in Karapows Richtung.

Der alte Mann bückte sich langsam, um die Schüssel an sich zu nehmen, dabei ließ er Forest nicht aus dem Auge. Doch als er wieder aufrecht stand, die Schlüssel in der Hand, schien ihn ein Teil seiner

Kräfte zu verlassen. Er starrte auf das kleine Pferd in seiner Hand und warf Forest einen traurigen Blick zu. Schließlich seufzte Karapow schwer und steckte die Schlüssel in die Tasche.

„Ach, Forest“, sagte er; sein Ärger schien verraucht zu sein. „Warum mußten Sie das tun? Ich wollte Sie in dieses Durcheinander nicht hineinziehen. Deshalb habe ich Sie wegen der Zeichnung belogen.“ Sein Blick suchte Forests Augen, um diese Aussage zu unterstreichen. „Deshalb habe ich gelogen. Sie haben ja keine Ahnung, was hier vorgeht . . . und wie die Folgen aussehen.“ Er schwenkte unbestimmt die Waffe, doch es war Forest klar, daß er sie nicht gebrauchen wollte, jedenfalls nicht sofort.

Forest drehte langsam den Stuhl herum, bis er wieder in die riesige Kammer blickte. Nachdenklich betrachtete er die Szene. „Ich hatte recht, nicht wahr, Professor?“ Es kam keine Antwort. Forest sprach weiter, ohne Karapow anzublicken. „Aber warum die Geheimniskrämerei? Warum die Lügen, besonders mir gegenüber?“ Er fuhr wieder herum und konfrontierte den anderen mit seinem Ernst und seiner Überzeugung. „Und wovor haben Sie so große Angst, verdammt? Ihre Hände zittern. Sie sehen krank aus. Und urplötzlich fuchteln Sie mit einer Waffe herum.“ Der alte Mann senkte den Blick und wischte sich mit müder Hand über das Gesicht.

Forest fuhr unbarmherzig fort: „Los Alamos, Garnett, Johnstown – all die Katastrophen, von denen ich Ihnen erzählt habe . . . Ich hatte recht, nicht wahr? Sie haben tiefgreifende Wetterversuche durchgeführt und dabei das ganze System durcheinandergebracht.“ Karapow wich Forests Blick aus. „Antworten Sie!“

Der Professor schien eingeschrumpft zu sein, seit er den Raum betreten hatte. Er stand mit gesenktem Kopf an der Tür und schüttelte immer wieder den Kopf. „Nein, Forest, Sie irren.“ Er murmelte die Worte so leise vor sich hin, daß Forest sich anstrengen mußte, um ihn zu verstehen. „Sie verstehen das alles nicht. Die Sache ist noch viel umfassender. Viel umfassender . . .“ Seine Stimme erstarb mit einem Jammerlaut.

Forest packte die Armlehnen des Stuhls, damit er sich nicht auf den Professor stürzte und die Antwort aus ihm herausschüttelte. „Sagen

Sie es mir, verdammt!“ brüllte er. „Sagen Sie mir, was hier los ist!“ Der Professor blickte nicht auf. Er reagierte nicht im geringsten auf Forests Heftigkeit. Sein Kopf bewegte sich rhythmisch, als wäre er eine Puppe, und er schien sich irgendwo tief in seinem Inneren zu verkriechen.

„Ich kann es Ihnen nicht sagen“, flüsterte er endlich.

„Was?“ fauchte Forest.

„Ich kann es Ihnen nicht sagen!“ Karapows Stimme war lauter geworden. Er hob langsam den Kopf. „Sie wissen bereits zuviel. Es ist gefährlich. Tut mir leid, Forest, es geht nicht. Bitte lassen Sie es dabei bewenden.“ In seinem Blick lag ein Flehen.

Forest erhob sich langsam und trat vor Karapow hin. Wenige Zentimeter vor ihm blieb er stehen, sah auf den alten Mann hinab und wartete, bis er seine Stimme wieder in der Gewalt hatte. „Sie haben eine Waffe, Professor“, sagte Forest und flüsterte beinahe. „Nun gebrauchen Sie sie auch! Ich kann die Sache nicht mehr auf sich beruhen lassen. Ich bin hier, ich habe die Kammer gesehen und werde erst wieder gehen, wenn ich weiß, was hier vorgeht. Also müssen Sie mich schon erschießen.“ Forests Stimme klang schneidend. „Ich war Ihr Student. Ich war Gast in Ihrem Haus. Wir haben zusammen gegessen und getrunken. Heute waren Sie auf der Beerdigung meines Bruders, morgen können Sie zu meiner kommen. Eine andere Möglichkeit gibt es nicht.“

Forest ließ seine Worte auf den Professor einwirken. Die Energie, mit der er gesprochen hatte, machte deutlich, daß es keine Alternative gab. Er starrte Karapow an und sah einen Schauder durch den schlaffen Körper gehen. Dann begann der alte Mann abrupt zu zittern. Zuerst fürchtete Forest, Karapow erlitte einen Anfall oder einen Nervenzusammenbruch, aber dann hörte er ihn schluchzen und erkannte, daß Karapow weinte.

Forest zog dem Professor die Waffe aus den schlaffen Fingern. Dann legte er ihm den Arm um die Schultern und drückte ihn an sich. Tränen stiegen Forest in die Augen von den Lauten des Schmerzes, die sich endlich Bahn brachen, und er blickte auf die grauen, wirren Locken hinab und fragte sich, wie es überhaupt so weit hatte kommen können. Allmählich ließ das Schluchzen nach, und Forest führte den Professor zu einem der Sessel und ließ ihn Platz nehmen.

Dann setzte er sich auf den anderen Stuhl und wartete. Am liebsten hätte er die private Qual des Mannes nicht so aus der Nähe erlebt, doch er wußte nicht wohin. Endlich raffte sich Karapow auf und hob das tränenfeuchte Gesicht.

„Ach, Forest“, sagte er endlich. „Was für eine schreckliche Verschwendung!“ Seine Worte kamen stockend und unsicher, als hoffe er auf Forests Verständnis. „Es begann vor vielen Jahren, als meine Arbeit noch im theoretischen Stadium war. Irgendwie bekam das Militär davon Wind, und als ich zur Besinnung kam, arbeitete ich an einem Geheimprojekt. Geld für Versuche und Geräte strömte nur so herbei, und ich begann Fortschritte zu machen.“ Forest schmerzte es, mit ansehen zu müssen, wie sich Karapow jedes Wort förmlich abringen mußte.

„Ich war zufrieden, und meine Geldgeber waren zufrieden, und die Jahre vergingen. Damals machte ich mir keine Gedanken über die möglichen Folgen, ich dachte nur an meine Arbeit und an das Gute, das ich für die Menschheit tun konnte. Erst als wir von der Theorie in die Praxis überwechselten, ging mir auf, wie geheim mein Projekt in Wirklichkeit war.“

„Wie geheim denn, Professor?“ fragte Forest ruhig; er wollte den Professor nicht beunruhigen, indem er ihm zeigte, wie wichtig er die Frage fand.

Der Professor beugte sich vor und begann zu flüstern, als fürchte er, belauscht zu werden. „Äußerst geheim, Forest. Praktisch niemand wußte davon, bis dann Arthur auf die Akte stieß und die Konstruktionszeichnung fand.“

„Projekt Donnerstag?“

Karapow nickte und drehte sich zur Konsole herum. Er drückte auf eine Reihe schimmernder Knöpfe, und sofort begann der ganze Raum zu summen. Die Kammer erwachte zum Leben. Fasziniert blickte Forest in die Runde. Es war ein großer ovaler Raum, etwa fünfzehn Meter breit und fünfundzwanzig Meter lang. Die Wände waren mit einem schwarzen Stoff bedeckt, der den Weltraum vortäuschte. An der gerundeten Decke hing eine große Kugel, die nun zu leuchten begann. Forest vermutete, daß es sich dabei um die Sonne handelte.

Karapow deutete auf den Boden und legte einen Hebel um. Nun wurde eine etwa neun Meter durchmessende Kugel freigegeben, die so tief im Boden versenkt gewesen war, daß man nur ein Drittel sehen konnte. Die Oberfläche der Kugel war mit einem Gitter bedeckt und mit Flüssig- und Feststoffen, die ein perfektes topographisches Modell der Erdoberfläche bildeten. Die Kugel war auf allen Seiten von Röhren umgeben, die in vier Schichten angeordnet waren und deren offene Enden zum Globus wiesen.

„Professor, wie weit sind Sie mit Ihren Wetterveränderungs-Experimenten?“

Karapow bewegte einen Schieber um zwei Teilstriche weiter, und das Summen wurde lauter. Er blickte Forest von der Seite an. Ein seltsames Leuchten stand in seinen Augen.

„Sie begreifen noch gar nichts, nicht wahr, mein Freund?“ Die Kugel begann langsam zu kreisen. Die Erde bewegte sich um ihre Achse. „Wir sind über das Versuchsstadium längst hinaus! Wir beherrschen das Wetter längst!“

Einundzwanzigstes Kapitel

Forest versuchte mit dieser Vorstellung fertig zu werden. Man hatte ihm gerade gesagt, daß der Mensch das Wetter beherrschte, daß der uralte Traum der Menschheit Wirklichkeit geworden war. Es gelang ihm nicht. Er starrte den Professor an und wandte sich der Kammer zu. Das Blut rauschte ihm durch die Adern, er fühlte sich schwindlig.

„Sie dürfen nicht vergessen“, fuhr Karapow fort, „daß das nur ein Modell ist. Allerdings ein vollkommenes Modell, zutreffend im Maßstab und durchaus in der Lage, die natürlichen Wetterbedingungen der Erde nachzuvollziehen.“ Er zögerte einen Augenblick lang und starrte düster auf die Konsole. Er drückte Tasten, drehte Knöpfe, nahm winzige Korrekturen vor und begann dabei den Mechanismus zu erklären.

„Die vier Ringe, die den Globus umkreisen, bestehen jeweils aus 360 Röhren. Damit steuern wir das geostrophische Gleichgewicht der Erde. Jeder Ring stellt eine Zone der Atmosphäre dar: Troposphäre, Tropopause, Stratosphäre und Stratopause. Jede Röhre hat ihre eigene Temperatur und ihren eigenen Druck, und durch sie kann ich das Gleichgewicht zwischen den Windkräften und der Erdrotation und den Austausch von potentieller und kinetischer Energie zwischen der Atmosphäre und den Ozeanen nachvollziehen."

Forest ergriff das Wort; seine Stimme klang trocken und brüchig: „Ein weiter Weg von Wilsons erster Wolkenkammer – Methylalkohol, mit Trockeneis gekühlt!"

Karapow lachte, als beginne er die Szene allmählich zu genießen. „Wir sind zwanzig Jahre und viele Millionen Dollar weiter, mein Junge. Wir wissen nun, daß alle Erscheinungen in der Atmosphäre – Temperaturen, Niederschläge, Windgeschwindigkeiten – direkt mit einer ständigen Zunahme und Abnahme von Energie zusammenhängen und alle aus elektrischen Impulsen bestehen. Ich habe nun entdeckt, wie man diese elektrischen Impulse aktivieren kann. Die Atmosphäre läßt sich elektronisch steuern."

Forest wandte sich mit staunendem Gesichtsausdruck an Karapow. „Aber das ist ja unglaublich! Wunderbar! Was stimmt denn aber nicht? Warum haben Sie von einer schrecklichen Verschwendung gesprochen? Mit diesem Wissen könnte man in Brooklyn Bananen anbauen. Habe ich recht?"

Karapow schüttelte traurig den Kopf. „Nein, mein Freund. Ich war naiv, ein Ahnungsloser unter Aasvögeln. Wissen Sie, wir leben in einer Welt der Raubtiere. Und das Wetter, Herr Meteorologe, bedeutet Macht. Wer das Wetter beherrscht, beherrscht die Ernteerträge. Und wer die Ernteerträge kontrolliert, herrscht über die Welt. Ganz einfach. Und so ergibt sich, daß es nicht unbedingt gut ist, in Brooklyn Bananen anzubauen oder der Welt genug zu essen zu verschaffen."

„Was soll das heißen, nicht gut?" fragte Forest verblüfft. „Sind Sie verrückt geworden? Warum nicht, zum Teufel?"

„Sehen Sie!" sagte Karapow verständnisvoll und nickte lebhaft. „Sie sind genauso naiv wie ich. Ich will Ihnen die Tatsachen des Lebens nahebringen, Forest, wie sie in der wirklichen Welt entscheidend sind. Und wie sie mir dargelegt wurden. Nahrungsmittel sind seit jeher ein Druckmittel für wirtschaftliche und politische Ziele, besonders für dieses Land, das stets hohe Überschüsse erzeugt. Die Vereinigten Staaten haben Nahrungsmittel gegen Militärbasen eingetauscht, und wenn ein fremdes Land sich unseren ideologischen Forderungen widersetzte, verkauften wir ihm keinen Weizen mehr und halfen beim Sturz der Regierung. Wie bei Allende in Chile." Karapow schnaubte verächtlich durch die Nase.

„Aber das ist doch eine Erpressung, die die Menschen niemals dulden werden. Erst recht nicht in einer Demokratie."

„Davon mögen Sie ja überzeugt sein, Junge, aber Sie wären überrascht, wie wenig es die Leute interessiert, welche Regierung ihnen zu essen gibt, solange sie nur nicht verhungern müssen. Dieser Augenblick nähert sich für den größten Teil der Welt, für den Rest ist er längst da." Karapow fuchtelte Forest mit dem Finger vor dem Gesicht herum. „Und wenn Sie mir zu Hause gut zugehört hätten", tadelte er leise, „wüßten Sie bereits, wie schwierig das Problem in Wirklichkeit ist. Das Problem des Hungers läßt sich nicht einfach dadurch lösen, daß man die Hungrigen füttert. Alle Hungernden der Welt zu füttern würde das Problem nur verschlimmern, denn dann stürben weniger Menschen, und es würden mehr Kinder geboren. Nach kurzer Zeit liefe die Bevölkerungszunahme unserer Nahrungsmittelkapazität dermaßen davon, daß die ganze Welt von Hunger bedroht wäre."

Forest blickte den anderen ungläubig an. „Mein Gott, ich kann das nicht glauben! Es ist ja, als hätte man ein Heilmittel gegen den Krebs und dürfte es nicht anwenden. Diese Grundeinstellung kann ich nicht akzeptieren, möchte aber doch hören, wohin Sie dieser Gedankengang führt. Okay, Sie können es sich also nicht leisten, die Menschen zu ernähren. Was tun Sie statt dessen?"

„Sie weigern sich, Nahrungsmittel zu liefern, solange sie sich nicht einer strikten Geburtenkontrolle unterziehen."

„Zum Beispiel Zwangssterilisation?" fragte Forest hitzig.

„Ja“, antwortete der Professor.

„Großartig! Was für eine hübsche Lösung!“ Verachtung lag in Forests Stimme.

„Es ist eine hübschere Antwort, als die Massen verhungern zu lassen, Forest. Aber leider ist es eine Lösung, die nicht klappt. Eine solche Politik läßt sich nicht durchsetzen. Frau Ghandis Sohn probierte es in Indien und fiel so schlimm damit durch, daß die Regierung deswegen gestürzt wurde.“

Karapow ließ Forest mit dem Problem allein und wandte sich wieder seiner Maschine zu. Wie zuvor bewegten sich seine Finger über die Konsole, und Forest verfolgte interessiert, wie zwei große Silberschienen aus dem Boden emporstiegen und sich um den Globus krümmten; sie reichten von einem Ende des Raums zum anderen. Der eine Bogen führte von Norden nach Süden, der andere, etwas kleinere, von Osten nach Westen; er folgte der Erdkrümmung ein wenig getreulicher. Der Professor wartete, bis sich die Bögen an Ort und Stelle arretierten, griff nach links und drückte drei weitere Knöpfe. Sie begannen grünpulsierend zu blinken.

Karapows Hand verharrte über dem nächsten Hebel. Dann drehte er sich zu Forest um; seine Augen hatten zu blitzen begonnen. „Na, mein vorzüglicher Student, haben Sie schon erraten, wie es funktioniert?“ Er wartete, während Forest in die Kammer starrte. Die beiden Bögen schwangen dicht vor ihm herum. Es schien so einfach zu sein. So logisch. So angsteinflößend.

„Satelliten?“ Forest wandte sich bestätigungheischend an den Professor und sah ihn lächeln. Karapow drückte begeistert den Knopf.

„Natürlich, Forest! Satelliten! Wenn es an die Manipulation des Wetters geht, so hilft es, wenn man wie die Götter eine gute Perspektive hat. Man muß die Sache von außen steuern.“ Die schimmernde Nachbildung eines Satelliten erschien in dem Loch an der Basis der Schiene. Sie stieg langsam empor, wie von Cape Kennedy gestartet, und glitt über den rotierenden Globus in die vorgezeichnete Kreisbahn.

Wenig später erschien im selben Loch ein zweiter Satellit und stieg sechs Meter hinter dem ersten auf. Gleichzeitig schwang sich auf der anderen Schiene ein dritter Satellit in den Himmel über der Erde.

Schließlich kamen sie zur Ruhe, als Leuchtpunkte vor der schwarzen Leere der Kammer.

„Die beiden Satelliten auf der höheren Schiene“, erklärte Karapow, „sind geosynchrone ThorStar-Satelliten. Daß heißt, sie simulieren eine Kreisbahn von 35600 Kilometern und bewegen sich mit der genauen Geschwindigkeit der Erdrotation. Der andere ist ein ThorStar II. Er folgt einer elliptischen Bahn, sechsundsechzig und dreiundachtzig hundertstel Grad unter den anderen. Von allen dreien lassen sich Vektoren auf jeden Punkt der Erde koordinieren.“

Forest war fasziniert.

„Die Maschine ist aktionsbereit“, erklärte Karapow.

„Aber was tun Sie? Wozu benutzen Sie sie, wenn nicht dazu, Ernten zu fördern? Was steht in Ihrem Szenario?“ fragte der jüngere Mann gespannt.

„Die Maschine wird folgendermaßen benutzt“, erklärte Karapow ernst. „Man entwickelt eine explosive Weltsituation mit einer großen Anzahl unterentwickelter Länder, die sozusagen mit dem Rücken an der Wand stehen. Ihnen drohen Überbevölkerung und Hunger, und sie wissen nicht mehr, was sie tun sollen. Wie jedes Tier, das in die Enge getrieben wird, kämpfen sie. Sie greifen an. Sie müssen aus ihrer Ecke heraus, wenn sie zu essen haben und überleben wollen.

Heute gibt es erst zwanzig Länder, die in der Lage sind, Atombomben zu liefern. Aber wie das junge Genie in Princeton kürzlich demonstriert hat, ist es bei Zugang zu den entsprechenden Grundstoffen ohne weiteres möglich, für weniger als zweitausend Dollar eine Atombombe zu bauen. Die Technologie steht jedem zur Verfügung – in unseren öffentlichen Bibliotheken. Morgen können es also schon vierzig Länder sein und übermorgen sechzig. Wir sitzen gewissermaßen auf dem Pulverfaß, und die Lunte brennt schneller, als man sich im allgemeinen vorstellt.“

Forest pfiff lautlos vor sich hin. Die kalte Logik des Professors war beängstigend, und er begann zu ahnen, worauf Karapow hinauswollte. Er warf einen verstohlenen Blick auf die Satelliten in der Kammer – er hatte beinahe Angst, die nächste Frage zu stellen, aber noch mehr Angst, sie nicht auszusprechen.

„Was tun wir also, Professor?“

Karapow musterte Forest einen Augenblick lang unter buschigen grauen Augenbrauen hervor. „Wissen Sie, was Triage ist, Forest?“ fragte er seltsam ruhig.

„Eine Art Militärbegriff, nicht wahr?“

„Ja.“ Karapow lachte humorlos. „Ein Militärbegriff – so könnte man ihn nennen. Das Wort stammt aus frontnahen Lazaretten, in die mehr Patienten eingeliefert werden, als sie verkraften können. Daraufhin werden die Verwundeten in drei Kategorien eingeteilt. Zunächst jene, die auf jeden Fall sterben, auch wenn sie behandelt werden. Dann jene, die am Leben bleiben, auch wenn sie keine Behandlung erhalten. Und drittens die Männer, die nur eine Chance haben, wenn sich ein Arzt um sie kümmert. Wenn die Triage angewendet wird, wird nur die letzte Gruppe behandelt.“ Karapow schwieg, damit Forest seine Worte verdauen konnte. „Sie verstehen, wie sich dies auf die Weltsituation anwenden läßt?“

Forest starrte ihn ungläubig an. „Wollen Sie damit sagen, daß so etwas in diesem Augenblick im Gange ist? Daß jemand die Welt in Länder aufgeteilt hat, die überleben werden, und andere, die es nicht schaffen? In meinem ganzen Leben habe ich so etwas Barbarisches noch nicht gehört!“ Er war ehrlich entsetzt.

„Die Welt ist schon immer sehr barbarisch gewesen“, stellte Karapow leise fest.

Zweiundzwanzigstes Kapitel

Karapow hatte sich wieder seiner Maschine zugewandt, als wolle er nicht weiter über das Thema sprechen, und Forest wollte ihn auch nicht drängen. Er starrte auf den gesenkten Kopf des Professors.

„Würden Sie mir zeigen, wie es funktioniert, Professor?“ fragte er leise.

Karapow blickte auf. „Ja natürlich, wie es funktioniert.“ Seine Finger streckten sich wie aus eigenem Antrieb über das Instrumentenbrett. „Um das Wetter beeinflussen zu können, muß man etwas finden, das ich eine ‚weiche Stelle‘ nenne, unstabile Zonen, in denen ein kleiner Input von Energie große Reaktionen hervorruft. Passen Sie auf!“ Im ersten Augenblick schien nichts zu passieren, aber dann bemerkte Forest, daß sich über dem Mittelmeer Kumuluswolken bildeten. Er glaubte seinen Augen nicht zu trauen. Es handelte sich nicht um Nebel oder Dunst, sondern um echte Kumulonimbuswolken in Miniaturausgabe. Mit aufgerissenem Mund verfolgte Forest, wie die kleinen Gebilde sich zusammenballten.

„Wir haben jetzt eine kleine Wolkenbank, ja?“ Karapow war mit ganzem Herzen bei seiner Zauberei. „Durch Anheizen der Erdoberfläche darunter kann ich Konvektion anregen und sie wachsen lassen.“ Seine Hände tanzten über die Konsole. „James Espy, der amerikanische Meteorologe, entdeckte 1880 dieses Prinzip. Jetzt passen Sie auf, wenn sie den richtigen Grad von Feuchtigkeit und Temperatur erreichen . . . *voila!*“ Echter Regen fiel aus den Wolken und wurde von dem Gitter über dem Globus aufgenommen.

Forest hatte die Wolken wachsen und den Regen fallen sehen, doch er hatte keinen auslösenden Impuls von den Satelliten bemerkt. Er konnte sich noch nicht vorstellen, wie der Professor seine Manipulationen auslöste. Doch ehe er weitere Fragen stellen konnte, begannen die Wolken schon wieder zu wachsen, diesmal vertikal.

„Eine Separation elektrischer Ladungen läuft dort nun mit großer Geschwindigkeit ab“, hörte er Karapow sagen. „Die positiven Ladungen sammeln sich am oberen Rand der Wolken, die negativen Ladungen unten.“ Wieder fuhren die Hände des Professors über die Kontrollen. „Sie werden im Augenblick noch durch die Luft isoliert, aber diese Barriere kann ich niederbrechen, indem ich die negativen Elektronen unten überlade, so daß die Spannung zwischen unterer Wolkendecke und Boden so groß wird, daß sich ein Riesenblitz bildet, der den Stromkreis schließt.“

Karapow bewegte einen Hebel, und Forest fuhr zusammen. Aus der Wolke fuhren Blitze senkrecht in die Tiefe und trafen Israel mit einer knisternden Intensität, die das Summen der Maschinen übertönte. Forest konnte sich nicht mehr beherrschen.

Er brüllte über den Lärm: „Arbeiten Sie mit Laserstrahlen?"

Karapow berührte einen anderen Kontrollknopf, und das Unwetter ließ nach. „Nein, nein, mein Junge!" gab er zurück, während sich in der Zelle ein gleichmäßiges Summen aufbaute. „Die Satelliten werden durch Atomreaktoren betrieben, die Energie in elektromagnetische Wellen umwandeln und auf Frequenzen abstrahlen, die so gut wie unaufspürbar sind. Laserstrahlen lassen sich viel zu leicht anpeilen und bieten nicht die Variationsbreite, die ich für alle denkbaren Wettermodifikationen brauche. Die Wellen, die ich einsetze, sind kürzer als Mikrowellen, kürzer als ein Zentimeter und unglaublich präzise."

Forest war erstaunt, doch allmählich gewöhnte er sich an diesen Zustand. „Wie präzise?" fragte er.

„So präzise, daß man aus 35 000 Kilometern Entfernung einen Tennisball treffen könnte. Ist das präzise genug?" Forest war zufrieden, doch lagen ihm noch viele andere Fragen auf der Zunge. Karapow schien entschlossen, sie zu beantworten, ohne daß Forest sie stellen mußte. „Das Problem bestand zuerst darin, daß ein Strahl nicht stark genug war. Doch sobald alle drei zusammentreffen, kommt dabei genug Energie heraus, um ganz New York eine Woche lang zu versorgen."

Forest starrte einen Augenblick lang grübelnd in die Wetterkammer. In dieser Zeit schwieg auch Karapow. Dann raffte sich Forest zu seiner großen Frage auf.

„Soll ich aus Ihren Worten schließen, Professor, daß die Vereinigten Staaten das Wetter beherrschen . . . und beschlossen haben, ein Drittel der Welt verhungern zu lassen, indem sie diesen Bereichen die Nahrungsmittel vorenthalten – wie auch das Wetter, um entsprechende Ernten heranreifen zu lassen?"

Forest war überrascht von dem Tempo, mit dem Karapow zu ihm herumfuhr. „Sie begreifen es immer noch nicht, wie?" fragte er und schüttelte traurig den Kopf. „Verhungern . . . pah! Das gehört nicht zur Politik. Das wäre viel zu langsam, und wir Amerikaner sind seit jeher als Aktivisten bekannt. Folglich beschleunigen wir den Prozeß."

„Und wie, Professor?"

„Damit." Karapow deutete auf die Maschine und neigte beschämt den Kopf. „Mit dem Wetter! Es ist der Fluch des Erfinders, Forest. Die Alpträume des Wissenschaftlers. Alfred Nobel erfand das Dynamit für friedliche Zwecke. Und als er sah, was der Mensch damit machte, war er so verstört, daß er das gesamte Einkommen daraus für die Nobelpreise stiftete, zum Wohl und Fortschritt der ganzen Menschheit. Doch irgendwie hat das nichts genützt, oder?"

Forest hörte Zorn und Frustration in Karapows Stimme. „Glauben Sie etwa", fuhr der alte Mann fort, „Männer wie Einstein und andere, die in der reinen Wissenschaft arbeiten, um das Atom zu bändigen, hatten die Atombombe vor Augen? Natürlich nicht! Aber das Militär hat so eine Art, alles an sich zu reißen und in eine Waffe umzumünzen. Und so ist es mir mit meiner Entdeckung gegangen. Aus dem segensreichsten Geschenk für die Menschheit hat man die gefährlichste Waffe aller Zeiten gemacht." Karapow brachte es nicht fertig, Forest anzusehen.

„Aber wie, Professor?" fragte Forest noch einmal. Er konnte die Worte des anderen einfach nicht akzeptieren.

„So!" Karapow beugte sich wieder über die Konsole. Die beiden ThorStar-I-Satelliten schwebten über Indien, und ThorStar II, der aus dem Boden der Kammer aufstieg, begann schräg über die Nordsee zu gleiten. Karapows Finger rasten über die Tastatur, drückten Knöpfe, legten Hebel um. Plötzlich erhellte sich über der Konsole eine Reihe von Fernsehmonitoren.

Das Unwetter, das sich ausgetobt und über dem Indischen Ozean ausgebreitet hatte, ballte sich plötzlich wie von Zauberhänden geknetet wieder zusammen. Die Wolken verdichteten sich, bildeten fast eine gerade Linie und gewannen an Höhe, während sie die chinesische Küste überflogen.

Karapows Blick wanderte zwischen Anzeigegeräten hin und her und wandte sich dann den Fernsehschirmen zu, die das winzige Unwetter aus niedrigerem Blickwinkel verfolgten. Forest beobachtete fasziniert und entsetzt das Anwachsen der Störung. Die Energie der Turbulenzen war unvorstellbar.

Karapow war aufgestanden. Seine geöffnete Hand schwebte über einem großen Knopf, der bernsteinbraun pulsierte. Plötzlich zuckte die Hand energisch herab, als wolle sie eine Fliege totschlagen. Forest sah einen Kegel kreiselnder Luft aus den Wolken herniederrasen und gegen die Erde prallen. Immer wieder drückte Karapow mit hektischen Bewegungen den Knopf und ließ immer neue wirbelnde Derwische der Vernichtung aus den Wolken hervorbrechen.

„Genug, genug! Ich hab's begriffen!" Forest war aufgesprungen und starrte den Professor entsetzt an. „Sie töten ja Millionen von Menschen!"

Karapow machte eine kleine Handbewegung, und Forest zwang sich zu einem weiteren Blick in die Wetterkammer. Es war, als verwelke eine Blume im Zeitraffertempo. Der Sturm verlor Form und Substanz und verflüchtigte sich allmählich. Die Satelliten glitten bedächtig in ihre Löcher, und Forest verfolgte, wie die Silberbögen ebenfalls eingezogen wurden. Langsam wurde es dunkler in der Kammer, die sich schließlich leer und leblos vor ihm erstreckte, als wäre dort nichts geschehen.

Forest warf sich in seinen Stuhl und schloß die Augen.

Dreiundzwanzigstes Kapitel

Die Stille im Raum war unheimlich. Forest hörte Karapows keuchenden Atem und in seinem Inneren ein leises Seufzen, das sich nach zehntausend klagenden Engeln anhörte oder einer Million weinender Kinder. Hinter geschlossenen Lidern kämpfte er gegen die Bilder von Tod und Vernichtung, die wie ein stummer Wochenschaubericht aufzuckten, und versuchte, sich in die Gewalt zu bekommen. Die Zeit war knapp.

Er war dieser Sache so unschuldig auf die Spur gekommen, so naiv – wie lange war das doch her! Es kam ihm vor, als wären Jahre vergangen. Und jetzt stand er vor einer Entdeckung, die er am liebsten nicht gemacht hätte, vor einem Geheimnis, das zu groß für ihn war. Forest war durch die Tür einer Herrentoilette geschritten und hatte sich in einer anderen Welt, einer anderen Wirklichkeit, wiedergefunden. Jetzt wußte er, warum Karapow den Revolver mitgebracht hatte.

Was sollte er jetzt tun? Was *konnte* er tun? Irgendwo besaß jemand die Fähigkeit, das Wetter zu beherrschen. Das Wetter beherrschen! Die Folgen waren unvorstellbar. Mit dieser Maschine konnte man alles tun. Man kontrollierte die Ernten, die Wirtschaft, die emotionelle Stabilität jedes einzelnen Landes in der Welt. Man konnte es am Wahltag oder am Wochenende regnen lassen, man konnte diesem Regen eine tödliche Wirkung geben.

Karapow hatte recht. Es war die gefährlichste Waffe aller Zeiten. Sie wirkte unsichtbar. Man konnte sie niemandem nachweisen – es war eben nur das Wetter. Solange die Waffe geheim blieb.

Forest öffnete die Augen. Karapow saß zusammengekauert in seinem Sessel; er schien am Ende seiner Kräfte zu sein. „Professor?" fragte er leise. Karapow brummte vor sich hin, er war ganz in seinen Kummer versunken. „Professor", fuhr Forest fort, „Sie haben vorhin gesagt, Ihre Maschine wäre vom Militär übernommen worden, das Projekt sei aber so geheim gewesen, daß praktisch niemand davon wisse." Forest versuchte seine Stimme frei zu halten von der Erregung, die in ihm aufstieg. „Soll das heißen, daß die Art und Weise, wie diese Waffe eingesetzt wird, nicht unbedingt der offiziellen Politik unserer Regierung entspricht?"

Karapow hob langsam den Kopf. Seine Augen blickten matt. „Ich weiß es nicht . . . Ich weiß es nicht. Und was macht es schon aus? Es ist sowieso zu spät. Niemand kann etwas dagegen tun. Die Kammer wird bereits eingesetzt."

Forest richtete sich halb auf. „Da bin ich nicht so sicher", sagte er beiläufig. Karapow strahlte Verzweiflung aus, die er bekämpfen mußte, ohne den Mann zu verschrecken. „Vielleicht macht es sogar sehr viel aus. Wer weiß denn zum Beispiel bei uns davon?"

Karapow schüttelte den Kopf. „Ich weiß es nicht", sagte er niedergeschlagen. „Ich weiß überhaupt nichts, Forest. Die einzigen, die davon wissen, sind die Mitglieder der Gruppe, die hinter allem steht, die das Projekt finanziert und entwickelt hat." Furchtsam blickte Karapow über die Schulter, doch sie waren noch allein.

„Kennen Sie die Mitglieder der Gruppe, Professor?" Forest sprach beruhigend auf den alten Mann ein.

Karapow lachte hohl. Es hörte sich an wie ein Todesröcheln. „Was für eine dumme Frage! Natürlich nicht." Sein Kopf drehte sich in Forests Richtung, und seine Augen blickten gehetzt. „Glauben Sie, ich wäre noch am Leben, wenn ich es wüßte?" Seine Hände, die er im Schoß hielt, begannen zu zucken. „Wie die Dinge stehen, brauchen sie mich nicht mehr ..., wenigstens im Augenblick nicht ..., folglich bin sogar ich eine Gefahr für sie. Sie haben die Maschine und wissen sie zu bedienen." Er hob hilflos die Hände.

„Aber es ist Ihnen bekannt, daß eine Gruppe besteht? Das wäre ja schon etwas."

„Es ist nichts. Eine solche Gruppe ist unsichtbar. Sie wird nur durch eine Idee zusammengehalten. Eine Philosophie." Karapow erwiderte Forests Blick nur einen Sekundenbruchteil lang. „Ich muß dazu sagen, daß die Philosophie dieser Leute ein wenig rechtsgerichtet ist, wenn Ihnen das weiterhilft." Er blickte zur Seite. „Aber es hilft Ihnen nicht weiter. Die Männer sitzen nicht nur im Militär, sondern auch in der Regierung und der Wirtschaft. Anders hätte das Projekt gar nicht erfolgreich sein können."

Diese Informationen genügten Forest nicht. Die Auflösung des Professors war bereits ziemlich weit fortgeschritten; trotzdem brauchte Forest weitere Einzelheiten. Er sah den ersten Lichtschimmer am Ende seines Alptraums; dieses Licht war zwar noch sehr schwach, doch er hatte nichts Besseres.

„Sie wissen bestimmt mehr, Professor", sagte Forest aufmunternd. „In den vielen Jahren müssen Sie doch etwas erfahren haben. Irgend etwas." Karapow hatte sichtlich Angst zu sprechen, als müßte er mit einer sofortigen Bestrafung rechnen, wenn er nur einen Namen nannte. „Bitte, Professor, bitte!" Forest gab seiner Stimme einen drängenden Klang. „Sagen Sie mir, was Sie wissen!"

Karapow verschränkte die zuckenden Hände. „Die Gruppe heißt Donnerstag, wie Arthur Ihnen schon gesagt hat", antwortete er mit matter Stimme. „Und man hat meine Entdeckung Donnerstagmaschine genannt. Sehr ironisch", setzte er verbittert hinzu. „Jupiter war ja der römische Gott für alle Himmelserscheinungen: Wind, Regen, Donner, Blitze, sogar Stürme. Die Römer widmeten ihm einen Wochentag – ‚Jovis Deis'. Jeudi auf französisch und im Deutschen Donnerstag, nach Donar, dem dortigen Gott für Donner und Krieg. Der skandinavische Gott hieß Thor, was dann zum englischen Thursday führte."

„Projekt Donnerstag und die Donnerstagmaschine", murmelte Forest vor sich hin. „Die Leute lassen niemanden im Zweifel über ihre Absichten, wie?" Er umfaßte Karapows Arm, versuchte dem anderen Kraft zu schenken. „Wer war Ihr Kontaktmann, Professor?" fragte Forest nachdrücklich. „Können Sie mir nicht wenigstens einen Namen nennen?"

Karapow saß mit geschürzten Lippen vor ihm, als brächte er es nicht fertig, die Worte auszusprechen. Doch Forest sah, daß der Zorn in dem Professor die Oberhand zu gewinnen begann, bis sein Gesicht vor Haß tiefrot angelaufen war. „Der einzige, den ich Ihnen in diesem Zusammenhang nennen kann", sagte Karapow aufgebracht, „ist General Harlan Wells."

Vierundzwanzigstes Kapitel

Forest hätte eigentlich entsetzt sein müssen, doch er war ganz ruhig. General Wells. Natürlich! Ganz logisch! Nachdem sich nun alles zusammenzufügen begann, ging ihm auf, welches gefährliche Spiel er in seiner Ahnungslosigkeit gespielt hatte. Von allen Menschen auf der Welt hatte er sich den ungeeignetsten ausgesucht, um seine Theorie vorzutragen. Kein Wunder, daß der General alles von sich gewiesen hatte.

Und er hatte ihm offenbart, daß er Arthur eingeweiht hatte! Bedrückt starrte Forest in die leere Wetterkammer. Plötzlich ging ihm auf, warum sich an jenem Abend auf dem Radar kein Unwetter abgezeichnet hatte. Forest kam sich vor, als habe er seinem Bruder eine Waffe an die Schläfe gesetzt und abgedrückt. Und dann Babygesicht, der passenderweise am Flughafen auftauchte. Und Jenny! Was für eine tolle Geliebte hatte er sich da ausgesucht! Aber wer hatte eigentlich wen ausgesucht? Und wer hatte wessen Truppen unterwandert?

„Überrascht, Forest?“ Karapow schien an der Wirkung seiner Enthüllung ein makabres Vergnügen zu haben.

„Ich bin weniger überrascht als entsetzt, Professor“, antwortete Forest wahrheitsgemäß. Ihm ging auf, daß sein Leben so gut wie verwirkt war, sobald er diesen Raum verließ. Der General hatte ihn zusammen mit Karapow gesehen. Forest hatte sein eigenes Todesurteil unterschrieben.

„Sie verstehen jetzt hoffentlich, warum ich Sie aus der Sache heraushalten wollte“, sagte Karapow traurig. „Sie ist ausgesprochen scheußlich, und die Beteiligten nehmen keine Rücksichten.“ Forests Gedanken huschten hin und her wie eine verzweifelte Ratte, die einen Ausweg aus einem Labyrinth suchte. Es mußte eine Möglichkeit geben, doch er brauchte Zeit zum Nachdenken, und Zeit wurde knapp. Eins war klar – er brauchte die Hilfe des Professors. Er brauchte alle Informationen, die Karapow ihm geben konnte – und mehr.

Er mußte die Spannung abbauen, die zwischen ihnen herrschte, ehe ihm der Professor wirklich weiterhelfen konnte. Der alte Mann war so verängstigt, daß Forest keine Alternative blieb. Er suchte nach einer Lösung und wählte schließlich den Ausweg, der ihm am leichtesten fiel, den Wechsel in seine Fernsehpersönlichkeit. Sein Gesicht verzog sich zu einem breiten Grinsen, auf das Karapow mit großer Überraschung reagierte. Forest zeigte eine totale physische und psychologische Veränderung. Er begann eine perfekte Imitation von Laurel und Hardy, wobei er beide Rollen übernahm.

„Ich bitte dich, Stanley! Du hast uns da wieder mal in einen schrecklichen Schlamassel gebracht“, sagte er mit der Stimme des Dicken. Dann duckte er sich, kratzte sich verwirrt die Haare und wimmerte: „’tschuldigung, Ollie . . ., ich wollte dir doch nur helfen!“

Gegen seinen Willen mußte Karapow lachen, und Forest fiel in das Lachen ein. Die Angst, die beide Männer in ihren Bann geschlagen hatte, wurde von lautem Gelächter abgelöst. Sie lachten, bis es weh tat, bis sie sich die Seiten hielten und sich die Tränen aus den Augen wischen mußten.

Allmählich verebbte die Heiterkeit. Karapows Mundwinkel zuckten amüsiert, als er Forest voller Sympathie anblickte. „Wie talentiert Sie doch sind, mein Junge! Sie konnten uns schon früher zum Lachen bringen. . ., wie oft haben Sie meine Vorlesung gestört! Aber was sollte ich machen? Ich mußte ja immer am meisten lachen!"

„Gleichzeitig gehörte ich aber zu Ihren besten Studenten, Professor. Vergessen Sie das nicht! Sie wußten schon damals, daß ich leidenschaftlich bei der Sache war." Karapow ließ seine Gedanken in die Vergangenheit wandern und nickte. „Nun, das bin ich noch immer, Professor. Und ich bin noch immer Ihr größter Bewunderer. Was Sie hier geschaffen haben, ist der Wunschtraum jedes Meteorologen. Sie, mein Lehrer, haben sich zu den Unsterblichen gesellt – Newton, Edison, Einstein und jetzt eben . . . Karapow." Forest wandte sich der Maschine zu und fuhr mit den Händen über die Metallabdeckung der Konsole. „Sie ist sehr schön, Ihre Maschine. Und ehrfurchtgebietend. Sie müßten eigentlich stolz darauf sein."

Erschöpft schüttelte Karapow den Kopf. „Nein, Forest. Ich schäme mich eher. Ich habe hier ein Frankensteinwesen geboren."

„Das stimmt nicht. Die Maschine ist neutral. Sie hat keinen eigenen Willen. In Ihren Händen könnte sie der Menschheit neues Leben schenken. Sie könnten Wüsten zu Gärten machen und die Erde mit Nahrungsmitteln versorgen. In den Händen der Donnerstag-Gruppe jedoch ist sie eine Vernichtungswaffe."

„Leider befindet sie sich aber in ihren Händen", sagte Karapow resigniert.

Forest schlug mit der Hand auf die Konsole und stand auf. „Dann müssen wir sie den Kerlen eben wegnehmen!" Voller Erregung reagierte er auf den Ausweg, der sich endlich vor ihm abzeichnete. Es gab eine Möglichkeit, die Gruppe zu bekämpfen und ihr die Kontrolle über die Maschine zu entreißen – eine Möglichkeit, gegen die seine Gegner machtlos waren. Egal wie mächtig sie waren.

Karapow wollte protestieren, doch Forest unterbrach ihn. „Hören Sie, Professor, ich möchte Ihnen eine Frage stellen. Sie glauben doch hoffentlich nicht an die Geschichte, die Sie mir da vorhin erzählt haben! Das war doch das Dogma der Donnerstag-Gruppe und nicht das Ihre, oder? Sagen Sie mir die Wahrheit, Professor, etwas anderes darf es zwischen uns nicht mehr geben!“

Karapow blickte in Forests Augen und starrte dann auf seine Hände. Wieder bewegte er unruhig die Finger. Endlich raffte er sich zu einer Antwort auf. „Nein, Forest, Sie haben recht. Ich glaube nicht daran. Es gibt selten nur eine Lösung. Und es ist immer ein Fehler, mit Gewalt und weitreichenden Maßnahmen zu reagieren, ehe alle Möglichkeiten durchgespielt worden sind. Das ist nicht wissenschaftlich gedacht. Und“ – er lächelte freudlos – „es läßt keinen Raum für Menschlichkeit . . . oder Gott.“

Forests erleichtertes Lächeln war ansteckend. „Vielen Dank, Professor. Ich dachte schon, ich würde den Verstand verlieren . . . Ich dachte schon, ich hätte Sie trotz der vielen Jahre gar nicht richtig gekannt.“

„Ein Mensch verändert sich. Er wird müde. Er bekommt Angst.“

„Aber nicht im Grundsätzlichen, o nein. Dabei ist mir egal, ob das ganze verdammte Militär der USA hinter der Donnerstag-Gruppe steht oder nur der Zigarre rauchende Dicke im Pentagon. Niemand darf sich Gottgewalt anmaßen. Die Menschen der Welt haben das Recht, über ihr Geschick selbst zu bestimmen, und dieses Recht wird ihnen vorenthalten, was hier vorgeht, ist Völkermord. Von Attila bis Hitler haben Herrscher immer wieder versucht, eine akzeptable Begründung für Massenmorde zu formulieren, aber die gibt es nicht. Die Welt wird sich immer zur Wehr setzen. Und wir müssen diese Leute bekämpfen, sonst sind wir so schuldig wie sie.“

Karapow setzte ein schiefes Lächeln auf. „Sie sind sehr jung und engagiert, mein Freund. Und natürlich haben Sie recht. Im Prinzip. Doch fürchte ich, daß es aus dieser Klemme keinen Ausweg gibt.“ Forest umfaßte den Arm des alten Mannes und drückte ihn beruhigend.

„Hören Sie zu, Arkady.“ Karapow hob den Kopf. Forest hatte ihn zum erstenmal mit seinem Vornamen angesprochen. „Was hatten Sie mit der Waffe vor? Wollten Sie mich erschießen?“

Karapow nickte bedrückt. „Und anschließend mich selbst."

„Aber warum?" fragte Forest ungläubig.

„Wegen Irena. Man hat sie bedroht. Ich bin für die Gruppe nutzlos geworden, und Sie wissen zuviel. Aber sie weiß nichts. Sie hat eine Chance zu überleben." Forest griff nach dem anderen Arm des Professors und schüttelte ihn sanft.

„Wir beide sind so gut wie tot. Wir sind sozusagen Gespenster. Was haben wir also zu verlieren? Bitte, Arkady, geben Sie uns und den Millionen Menschen eine Chance! Hören Sie sich meinen Plan an!" Forest hielt fest, bis Karapow zu nicken begann. Forest erkannte aber, daß sich der andere noch nicht festlegte. Immerhin, ein Schritt nach dem anderen ...

„Arkady, versuchen Sie bitte eins zu verstehen. Die Macht der Donnerstag-Gruppe besteht nicht darin, daß sie Ihre Maschine hat. Und auch nicht darin, das Wetter zu steuern. Die wirkliche Macht ergibt sich vielmehr daraus, daß die Maschine geheim geblieben ist. Wenn wir dieses Geheimnis aufdecken, ist es mit der Macht vorbei. Und keiner von uns wäre mehr in Gefahr."

Karapow hatte endlich zuzuhören begonnen, doch noch immer malten sich Zweifel auf seinem Gesicht.

„Hören Sie. Ich arbeite für das Fernsehen. In zwei Minuten kann ich dreißig Millionen Menschen ansprechen. Im Handumdrehen kann ich die Donnerstag-Gruppe an den Pranger stellen und ihre Wirkung zerstören, ehe sie Sie oder Irena oder mich umbringen kann. Aber nur, wenn Sie mir helfen, Arkady."

Karapow war noch immer nicht überzeugt. „Die Leute würden alles abstreiten, es als lächerliche Science-fiction abtun! Man würde uns als verrückt bezeichnen. Außerdem – lieber Forest, verzeihen Sie mir meine Offenheit – ist Ihr Image nicht gerade ..., na ja, Sie sind doch mehr als Entertainer und Komiker bekannt und nicht so sehr als Wissenschaftler."

Gegen seinen Willen war Forest von Karapows Feststellung getroffen. Wie lange würde ihm der Clown noch nachhängen? „Ich kann mein Image in zehn Sekunden verändern, Arkady, wenn ich Tatsachen zu bieten habe. Wenn ich Beweise in der Hand halte."

„Aber es gibt keine Beweise!" rief Karapow frustriert. „Das sage ich ja andauernd. Deshalb ist die Waffe ja so heimtückisch. Es gibt keine Beweise."

„Das ist unmöglich!" brüllte Forest zurück. „Es muß sich etwas finden lassen. Sagen Sie mir, für welche Katastrophen Donnerstag verantwortlich ist."

„Das kann ich nicht, Forest."

„Warum nicht, Arkady? Weil Sie noch immer Angst haben?"

„Verdammt, nein! Weil ich es nicht weiß!" Karapow wandte den Blick ab. „Sobald das Programm funktionierte, wurde ich davon ausgeschlossen. Ich sitze also im selben Boot wie Sie. Ich bin auf Mutmaßungen angewiesen!" Er sah Forest hilflos an. „O ja, ich weiß, daß Nixon einmal eine Demonstration hat verregnen lassen. Aber was bringt uns das? Und was Ihre dokumentierten Katastrophen angeht – Garnett, Johnstown und die anderen –, wer weiß? Ich wüßte nicht, mit welcher Absicht die eingeleitet sein sollten, also bezweifle ich, daß Donnerstag der Urheber ist."

Karapow setzte sich niedergeschlagen. „Begreifen Sie nicht, daß die neuen unberechenbaren Kapriolen des Wetters der Gruppe genau entgegenkommen? Es ist faktisch unmöglich, zwischen einer künstlichen und einer natürlichen Wetterkatastrophe zu unterscheiden. Deshalb ist meine Maschine die vollkommene Waffe! Sie ist unsichtbar, und ein Gegenschlag kommt nicht in Frage, weil man niemanden beschuldigen kann."

Forest hieb mit der Faust auf die Konsole. Es mußte doch einen Ansatzpunkt geben! Auf der verzweifelten Suche nach einer Antwort hüpften die Gedanken in seinem Kopf herum wie Tischtennisbälle. Es mußte eine Möglichkeit geben, aus den Katastrophen einen Beweis herzuleiten. Okay. Vielleicht ließ sich da etwas deichseln . . .

„Was ist mit den Satelliten?" fragte er Karapow.

„Wie meinen Sie?"

„Ich weiß nicht!" Forest machte sich nicht die Mühe, seine Ungeduld zu verbergen. „Sagen Sie es mir! Sie haben die Dinger erfunden. Erzählen Sie mir mehr darüber!"

Karapow überlegte einen Augenblick lang. Plötzlich erschien ein

Leuchten in seinen Augen, das aber schnell wieder erstarb. „Na, da wäre ein Detail . . . keine große Sache, und ich bin nicht sicher, ob Sie es schaffen . . . aber . . .“

„Um Himmels willen, Arkady, heraus damit! Sagen Sie mir irgend etwas! Wir klammern uns an die letzten Strohhalme!“

„Wissen Sie . . .“ Karapow begann seine Worte mit den Händen zu unterstreichen. „Wenn die Satelliten funktionieren sollen, müssen sie in einer bestimmten Relation zueinander stehen. Sie müssen das von ihnen bestrichene Gebiet in präzisen Koordinaten triangulieren: dreiundachtzig Grad, achtundfünfzig Grad und neununddreißig Grad.“

Forest begriff sofort. „Und wenn wir miteinander in Verbindung bringen, an welchen Daten und Orten die Satelliten in Funktionspositionen waren, haben wir einen Anhaltspunkt. Kein schlechter Beweis, Arkady!“

„Aber nicht leicht zu beschaffen, Forest. Schon vor zwei Jahren gab es über dreitausendfünfhundert Satelliten im All. Und man müßte etliche Jahre zurückgehen. Die berühmte Nadel im Heuhaufen.“

Forest fuhr auf. „Immerhin wissen wir, wie die Nadel aussieht, Arkady. Wir haben eine Chance. Es gibt ein Institut, in dem alle Satellitenbahnen registriert werden – Goddard.“

„Ja, das Goddard-Weltraumzentrum. Richtig! Aber dort lagert die Information in Computern, Forest. Außerdem ist Goddard ein Regierungsinstitut!“

Forest beantwortete die Einwände des Professors mit einem Lächeln. „Darum will ich mich schon kümmern. Sie haben Ihren Teil bereits getan.“ Er sah Karapow an, und in seinen Augen standen Entschlossenheit und Begeisterung. „Einen Versuch ist es wert, oder nicht, Arkady? Für zwei tote Männer lohnt es sich bestimmt!“

Karapow gab das Lächeln zurück und nickte ebenfalls. „Ja, Forest, es lohnt sich.“ Die beiden Männer umarmten sich kurz. In diesem Augenblick gingen die Lichter aus.

Fünfundzwanzigstes Kapitel

Die Schwärze war so total, daß sich die beiden noch einen Augenblick lang aneinander klammerten, nur um einen Bezugspunkt zu haben. Dann trennten sie sich und standen allein in einem Meer der Dunkelheit.

Angst überkam sie.

„Die Soldaten . . .“

„Der General hat bestimmt . . .“

Sie standen und rührten sich nicht, horchten durch die zu laute Realität ihres Atems auf Geräusche der Verfolger. Dann hörte Forest, daß Karapow sich abklopfte – Kaninchenpfoten, die sich über einen feuchten Rasen bewegten.

„Ach, hier.“ Es klickte, dann hatte der Professor sein Feuerzeug in Betrieb genommen. Die beiden Männer wurden über der zuckenden Flamme zu Verschwörern. Forest nahm die Waffe von der Konsole.

„Abmarsch. Wir müssen hier raus!“

Karapow musterte Forest. In der schwachen Beleuchtung wirkte sein Gesicht ausgemergelt und erschöpft. Er hatte ein bitteres Lächeln aufgesetzt. „Sehen Sie, mein Junge, wie uns die anderen ihr Spiel aufzwingen? Jetzt haben Sie die Waffe genommen.“ Traurig schüttelte er den Kopf und ging zur Tür. Forest nahm Regenschirm und Aktenkoffer und folgte Karapow aus dem Kontrollraum, durch die Toilette in die leeren, widerhallenden Korridore. Sie tasteten sich durch die Dunkelheit, wobei sie ab und zu lauschend innehielten.

Nach einiger Zeit erreichten sie die große hölzerne Außentür, und der Professor ließ die Flamme verlöschen. Forest mußte daran denken, welche Sorgen er sich gemacht hatte, hier wieder herauszukommen, und hätte beinahe laut aufgelacht. Er packte zu, drehte den Türknopf und duckte sich zur Seite, damit er nicht von den Scheinwerfern getroffen wurde. Aber die Lampen leuchteten nicht mehr. Die draußen herrschende Dunkelheit traf ihn völlig unvorbereitet. Es sah aus, als wäre die ganze Stadt verschwunden. Der Wasserfall, den Forest erzeugt hatte, lief nicht mehr, und die Soldaten hatten ihren Posten verlassen. Es gab nichts außer dem herabpeitschenden Regen und einem seltsam sausenden Geräusch, das sich nach einem Sturm anhörte. Doch als Forest unter den Kolonnaden vor dem Haus halt machte, spürte er keinerlei Wind.

„Arkady, dieser Regen . . .“

„Ich weiß“, unterbrach ihn Karapow. „Sie brauchen es mir gar nicht zu sagen. Normal ist der nicht!“

Während sich die Männer an die Dunkelheit gewöhnten, erschienen Lichtpunkte in der Ferne. Kerzen oder Taschenlampen, überlegte Forest. Er tastete sich zur oberen Treppenstufe vor und erkannte plötzlich, was es mit dem sausenden Geräusch auf sich hatte. Wasser strömte in breiter Bahn am Gebäude vorbei. Forest starrte in die Dunkelheit und schätzte, daß das Wasser gut einen halben Meter tief war. Es hatte bereits die zweite Stufe bedeckt und versuchte das Gebäude zu erreichen.

Ein Wagen bog um die Ecke der Maple Street und erhellte einen Augenblick lang die Szene. Das ganze Universitätsgelände hatte sich in einen Fluß verwandelt, was bedeutete, daß die Stadt unter Wasser stand. Der Wagen fuhr etwa hundert Meter entfernt vorbei und schob eine große Wasserwelle vor sich her. Die Scheinwerfer ließen das Fahrzeug wie ein Unterwasserwesen von Jules Verne erscheinen. Forest erkannte, daß hier etwas nicht stimmte.

Karapow trat neben Forest an die Treppe. „Der Staudamm“, sagte der Wissenschaftler, in dessen Stimme ein Hauch von Hysterie lag. „Im Damm muß ein Loch sein! Ich muß zu Irena!“ Ehe Forest ihn aufhalten konnte, war Karapow die Stufen hinabgeeilt und in die Strömung getreten. Das Wasser bewegte sich so schnell, daß der Druck Karapows Knie einknicken ließ. Doch wie besessen kämpfte er sich hoch, fand sein Gleichgewicht wieder und blieb unten an der Treppe stehen, bis zu den Knien im tobenden Wasser.

„Arkady!“ Forest folgte dem anderen, bis er ihn deutlicher erkennen konnte. Das Wasser stieg ihm in diesen Sekunden bis über die Füße. „Halt, Arkady! Warten Sie!“ Forest sah, daß Karapow in die Dunkelheit starrte, um sich zu orientieren, um Kräfte zu sammeln für den anstrengenden Weg nach Hause. Aus der Dunkelheit hallte ein lautes, scharfes Knacken herbei, gefolgt von einem unheildrohenden Grollen. Es klang nach Blitz und Donner, aber Forest wußte es besser.

Bei dem Geräusch zuckte der Professor heftig zusammen. Sein Körper erstarrte und stürzte dann in die Nacht hinaus und verschwand, als hätte es ihn nie gegeben.

„Der Damm, Arkady!" rief Forest hinter ihm her. „Zu spät! Kommen Sie zurück!" Aber Forest erkannte schnell, daß Karapow bereits verschwunden war, daß er allein war. Das Geräusch, das vom Staudamm herüberdröhnte, klang entsetzlich, und Forest hatte nur die drei Zahlen dagegenzusetzen, die ihm unentwegt durch den Kopf gingen, die Koordinaten. Er mußte am Leben bleiben!

Wieder klang ein Dröhnen aus der Ferne herüber, und Forest machte sich klar, daß der Staudamm einstürzen würde. Er mußte eine Stelle finden, die möglichst hoch lag. Er watete in die Strömung hinaus und wurde prompt von den Füßen gerissen. Während er noch um das Gleichgewicht kämpfte, ging ihm auf, daß er den Regenschirm über sich hielt, als könne ihn der Stoff trocken halten! Sein Aktenkoffer war bereits von der Flut davongeschwemmt worden. Forest suchte die Dunkelheit vor sich mit den Blicken ab und schaute dann zur Masse des Caldergebäudes zurück. Ihm blieb keine andere Wahl. Seine einzige Überlebenschance lag auf dem Dach des Instituts.

Forest kämpfte sich um das Gebäude herum, wobei er sich durch die bereits halbüberfluteten Gebüsche zwängen mußte. Ihm war eingefallen, daß er irgendwo hinten eine Feuerleiter gesehen hatte. Er starrte in der Dunkelheit nach oben und versuchte, die Leiter zu finden; dabei traf ihn der Regen schmerzhaft in die Augen. Aber es war nichts zu sehen. Das Grollen wurde lauter, das Wasser stand ihm schon beinahe bis zur Hüfte. Er geriet langsam in Panik.

Dann sah er das Gesuchte – oder ahnte die Umrisse über sich. Er hob den Arm und griff ins Leere. Die unterste Sprosse der Leiter war zu hoch, und mit seiner nassen Kleidung konnte er nicht hoch genug springen. Instinktiv ließ er den Regenschirm zuschnappen, drehte ihn um, so daß der Griff nach oben zeigte, und angelte damit über seinem Kopf herum. Er stieß gegen Metall, im nächsten Moment verhakte sich der Griff in einer Sprosse, und Forest zog mit aller Kraft. Die

Leiter bewegte sich nicht, dafür aber Forests Hände, die von dem feuchten Stoff abglitten und ihn mit dem Gesicht nach unten ins Wasser fallen ließen. Hustend und fluchend ertastete er das Ende des Regenschirms und zog noch einmal kräftig daran. Die Leiter glitt herab und hätte ihm dabei fast den Kopf abgeschlagen.

Forest kletterte empor; es kam ihm wie eine Ewigkeit vor. Er tastete mit den Händen vor und versuchte auf den glatten Sprossen nicht den Halt zu verlieren. Je höher er kam, desto stärker wurde das Grollen, doch das Hämmern seines Herzens hielt damit Schritt. Das anhaltende Geräusch schien von überall gleichzeitig zu kommen, und als Forest das Dach erreichte, wußte er, daß ihm nicht mehr viel Zeit blieb, ehe die Welt explodierte.

Er zog hastig die Schuhe aus und begann sich von seiner Kleidung zu befreien. Er horchte angespannt auf die akustische Veränderung, die ihm anzeigte, daß der Damm gebrochen, daß die Flut unterwegs war. Er wußte, daß er die Woge gar nicht zu Gesicht bekommen würde.

Und dann war es soweit, von einem Lidschlag zum nächsten. Es hörte sich an, als würde aus zehntausend Luftballons gleichzeitig die Luft herausgelassen. Das Wasser fand kein Hindernis mehr, es stürmte heran, eine riesige Woge verschlang das Tal.

Forest warf sich flach auf das Dach, krallte sich mit Fingern und Zehen an den Schieferplatten fest und flehte darum, daß das Gebäude dem Ansturm standhalten würde. Er hörte die mächtige Wasserwand das Tal herabrasen – Häuser mitreißend, riesige Eichen wie Streichhölzer knickend, alles verschlingend auf ihrem unaufhaltsamen Marsch.

Die sechs Meter hohe Welle prallte gegen das Gebäude, und Forest wurde senkrecht in die Luft geschleudert, als sei unter ihm eine Dynamitladung hochgegangen. Forest landete unsanft auf Händen und Knien und spürte das Wasser um das Haus wogen, doch gleichzeitig wurden seine schlimmsten Befürchtungen Wirklichkeit. Das Gebäude begann zu schwanken, als bestünde es nur aus Holz.

Forest stand auf und huschte über das schwankende Dach zum Rand. Das Knirschen, Krachen und Reißen unter ihm war das sichere Zeichen, daß sich Calder Hall mit großer Geschwindigkeit auflöste.

Dann begann sich das Dach zu senken, und Forest stürzte in das brodelnde Wasser; er sprang so weit er konnte, um nicht von den einstürzenden Steinmauern begraben zu werden.

Das Wasser war wie ein öliges, sich windendes Lebewesen, beseelt von namenlosen Schrecken. Forest ging unter und fühlte sich plötzlich von der Strömung mitgerissen, mitten hinein in die Dunkelheit. Er kämpfte sich nach oben und kehrte in die Welt zurück, inmitten von Brechern, die wild durcheinanderliefen, inmitten von starken Strömungen, die mit unterschiedlicher Geschwindigkeit an ihm vorbeiglitten wie Züge auf einem anderen Gleis. Forest schwamm mit der Strömung und versuchte ausreichend Luft zu bekommen.

Durch das Rauschen des Wassers glaubte er die Schreie hilfloser Opfer zu hören, die aus ihren Betten in diesen Alptraum gerissen worden waren. Plötzlich explodierte die Nacht vor ihm zu einer Feuersbrunst. Autos, Bäume, Häuser und ein riesiger Trümmerberg, der einmal eine Stadt gewesen war, hatten sich zweihundert Meter weiter an einer Autobahnbrücke verhakt. Ein Tankwagen war in das Hindernis gerast und explodiert. Das Feuer erhellte auf viele hundert Meter die Umgebung und offenbarte Schrecknisse, wie sie sich keine Phantasie in der Dunkelheit hätte ausmalen können.

Forest sah sich von Trümmerstücken aller Art umgeben. Er wehrte ein vorbeirasendes Klavier ab, und plötzlich klatschte ihm eine Hand ins Gesicht. Es war eine Frau. Sie streckte wie eine Sirene die Arme nach Forest aus, darum flehend, mitgenommen zu werden. Und plötzlich lag sie wie nach einem Sprung über ihm und drückte ihn unter Wasser. Beide sanken, die zuckenden Arme der Frau hinderten Forest daran, ihr irgendwie zu helfen. Forest versuchte sie abzuwehren und brachte es schließlich fertig, unter ihr wegzutauchen. Er kam an die Oberfläche und warf ihr einen Arm um Schultern und Kopf. Dann erstarrte er, während das Wasser sie weiterschwemmte. Die Frau war längst tot. Ihre Bewegungen gingen allein auf die Strömung zurück.

Ein Telegrafenmast kam gefährlich nahe. Forest ließ die Frau los und griff nach dem vorbeirasenden Holz. Er machte mehrere tiefe Atemzüge und ruhte sich eine Zeitlang aus, doch schon bohrte sich der Mast durch das Fenster eines Autos. Das Gewicht ließ den Pfahl herumrucken und schleuderte Forest ins Wasser.

Ein achtjähriges Mädchen hatte sich an eine Tür geklammert. Beim Anblick Forests begann sie zu schreien, doch als er in ihre Richtung zu schwimmen begann, schlug die Tür herum und zurück. Das Mädchen war in der Schwärze verschwunden.

Forest war erschöpft. Ihm war kalt, und trotz seiner guten Kondition brachte er kaum noch die Arme aus dem Wasser. Jede Sekunde mußte er kämpfen, um nicht von den Trümmern erschlagen zu werden, die ihn unsichtbar umgaben – hüpfend, rollend, kreiselnd. Die meisten Stücke waren bloße Umrisse, doch wenn er sie berührte, spürte er das Metall eines Autos oder das Polster eines Sofas oder ein Bett. Am schlimmsten waren jedoch die Leichen. Dicht neben ihm tauchte ein haariger Kopf auf. Ein Hund. Die zornigen Wellen machten keinen Unterschied.

Die Schreie wurden seltener. Plötzlich wurde Forest von einer neuen lautlosen Strömung unter Wasser gezogen. Er hatte nicht mehr die Kraft, sich an die Oberfläche zurückzukämpfen, und glaubte schon zu ertrinken.

Plötzlich berührte ihn etwas Hölzernes von unten, drängte ihn aufwärts. Forest klammerte sich fest und schoß mit dem Riesengebilde aus dem Wasser. Hastig füllte er seine Lungen mit kostbarer Luft, ehe die Hauswand auf das Wasser prallte und inmitten der aufgewühlten Wirbel ihr eigenes Kielwasser erzeugte. Er hielt sich an der Hauswand fest, die keine Fenster mehr enthielt, und fragte sich, wie lange dieses primitive Floß an der Oberfläche bleiben würde. Es bewegte sich nicht in gerader Linie, sondern wich langsamer schwimmenden Objekten aus, wobei es zuweilen beinahe rechtwinklig abbog. Widersinnigerweise hatte Forest plötzlich das Gefühl, sich auf einer Karussellfahrt zu befinden.

Forest ergriff die Gelegenheit, sich das Wasser aus den Augen zu wischen, und sah sofort zuckende Lichter links vor sich. Sie befanden sich oberhalb des Wassers. Dorthin mußte er! Forest hatte keine Ahnung, wie weit die Lichter entfernt waren; jedenfalls bewegten sie sich nicht, so daß sie auf trockenem Boden stehen mußten.

Forest schätzte, daß sich sein Floß mit beinahe fünfzig Kilometern in der Stunde bewegte. Die zuckenden, blitzenden Lichter kamen schnell näher. Er konnte bereits die Umrisse mehrerer Wagen ausmachen. Es mußten Streifenwagen sein, die nach ihrer Größe zu urteilen nur noch fünfzehn bis zwanzig Meter entfernt waren.

In diesem Augenblick prallte das Floß gegen etwas Festes, zertrümmerte das Hindernis und schleuderte Forest nach vorn in das schwarze Wasser. Holzsplitter prasselten ringsum ins Wasser, ohne ihn zu treffen. Er fühlte sich schwindlig vor Erschöpfung, brauchte aber noch Kräfte, um die Lichter zu erreichen. Vielleicht war er am Ende.

Im nächsten Augenblick hatte Forest das Gefühl, daß von unten Tentakel nach ihm griffen. Er konnte die Beine nicht mehr bewegen und hatte eine Vision von riesigen Kraken. Als er aber seine Angst überwand und nach unten tastete, fand er sich in einer spaghettiähnlichen Masse aus Telefonleitungen gefangen. Die Strömung raste noch immer an ihm vorbei, während er sich nicht mehr bewegte. Daraus schloß Forest, daß die Drähte irgendwo festsaßen. Er klammerte sich an. Es war zwar gefährlich, in dem ständigen Trümmerstrom festzusitzen, doch wenn er jetzt losließ, würde er ertrinken.

Die Drähte schienen etwa in die Richtung zu führen, in der er das feste Land und die Lichter gesehen hatte. Forest mobilisierte seine letzten Kraftreserven. Hand um Hand zog er sich an dem Draht entlang, kämpfte gegen die Gewalt der Strömung, die ihn wieder mitreißen wollte. Er arbeitete sich über die verrückten Objekte, die in dem primitiven Netz festsaßen – eine Nähmaschine, ein Fahrrad. Und dann erreichte er eine Szene, die er nie wieder vergessen würde. Ein Mann und eine Frau lagen sich tot in den Armen, von den Drähten umschlossen wie zwei Vögel in einem Käfig.

Mit morbider Faszination starrte Forest die beiden an und wurde erst aus seiner Trance gerissen, als ein Telefonmast durch die Fluten raste und ihn aufzuspießen drohte. Er duckte sich darunter hinweg. Dann kroch er weiter. Er sah nichts als die Lichter, die jetzt ebenfalls schwankend und verwischt wirkten.

Er durfte nicht die Besinnung verlieren. Noch nicht. Nicht in diesem Augenblick. Er zwängte sich durch die Drähte und versuchte, die Lichter nicht aus den Augen zu verlieren, die allmählich heller wurden, immer heller. Die Spiegelungen der Prismen auf den Wellen, die ihm über das Gesicht klatschten, zuckten wie Feuerwerksfunken. Endlich schloß er die Augen vor dieser Grelle. Und dann wurde es dunkel um ihn. Forest wußte, daß er im Sterben lag.

Donnerstag, 13. Juli
Aruba

Er hatte eigentlich nur Tennis spielen und sich ein bißchen an den Strand legen wollen.

Ihre Wünsche beschränkten sich ebenfalls auf den Strand und ein kleines Tennisspiel.

Seit über einem Jahr hatten sie auf den Urlaub gespart. Sechs Nächte, sieben Tage. 468 Dollar und fünfzig Cent pro Person, Doppelzimmer, unbeschränkter Zugang zu den Tennisplätzen und zum Wasser, außerdem Willkommenscocktail. Plus Hotelsteuern und Trinkgelder. Plus alle Extras. Es hatte geregnet seit dem Augenblick, da sie das Flugzeug verließen. Fünf Tage Regen, und Kenny Blatt schäumte vor Wut.

„Diese verdammten Schweinehunde!“ Mit dem Fuß trat er gegen die kaputte Klimaanlage. „In der Touristenbroschüre stand, die Sonne von Aruba wäre bei Karibikreisenden geradezu ein Klischee.“ Lucille beobachtete, wie sein Gesicht zornrot anlief, während er im Wohnraumabteil des winzigen Appartements auf und ab schritt. Wütend betonte er jedes Wort.

„Es regnet so selten, hieß es, daß ein Nachmittagsschauer tagelang Gesprächsstoff Nummer eins ist.“ Er brüllte zur Decke empor: „Schweinehunde!“

Lucille hob abwehrend die Hand. „Bitte, Ken, man wird dich hören!“

„Die sollen mich ruhig hören – diese Täuscher, diese verdammten Roßtäuscher."

Nach vierzehn Jahren Ehe kannte Lucille seine Sturheit. Sie redete sich ein, daß sie sowieso nichts machen könne, doch in Wirklichkeit hatte sie ein wenig Angst vor seinen Launen, war sie besorgt, daß sich sein Zorn gegen sie richten konnte. Allerdings verdrängte sie diese Wahrheit. Sie hatte bereits jede Zeitschrift auf der Insel gelesen und griff nun ziemlich lustlos nach einem alten Exemplar *Cosmopolitan.* Sie blätterte die Anzeigen durch und blickte zu Ken hinüber, der noch immer mit zusammengebissenen Zähnen grollend herummarschierte.

Wann war der Zauber aus ihrer Ehe verschwunden? fragte sie sich. Vor ihrem inneren Auge erschienen Badezimmertüren, die zu oft offen geblieben waren. Die Jahre hatten das Interesse verflachen und ihre Körper dicker werden lassen, und sexuelle Anregungen holte sich Lucille in diesen Tagen ausschließlich aus historischen Romanen wie *Wilde Liebe* und *Das Rächende Herz der Liebe.* Lucilles Blick fuhr über die Seiten mit dem Artikel: „Wie man den Mann einer anderen verführt." Bissige kleine Scherze über ihr nicht vorhandenes Geschlechtsleben kamen Lucille zwischen den einzelnen Absätzen des *Cosmopolitan*-Artikels in den Sinn, den sie zum zweitenmal las.

Plötzlich erkannte Lucille die Realität einer Zukunft ohne jede Liebe und legte mutlos die Zeitschrift aus der Hand. Sie ging zur Bar und schenkte sich einen doppelten – einen guten doppelten – Gin mit Tonic ein, trank einen großen Schluck davon und reichte Ken das Glas. Er hatte sich wieder etwas beruhigt und suchte sich mit einem Baseballspiel im Fernsehen abzulenken. Auf spanisch.

Lucille durchquerte zielstrebig den Raum, schloß die Zeitschrift und verschwand im Badezimmer. Dort drehte sie beide Hähne auf, daß das Wasser von der glatten weißen Porzellanfläche abprallte. Dann suchte sie nach einer unbenutzten Flasche Badezusatz, gab die doppelte Portion hinein und schloß die Tür.

Ken klopfte an. „Lucille?" Es kam keine Antwort. „Lucille, was machst du da?"

„Ich bade", antwortete sie sachlich.

„Am Nachmittag?"

„Hast du was Besseres vor?“ erwiderte sie durch die Tür.

Ihr Sarkasmus störte ihn, doch er ging nicht darauf ein, sondern kehrte zum Fernseher zurück und schaltete ruckhaft zwischen den drei Programmen hin und her in der Hoffnung, eine Sendung zu finden, die ihn von seiner Wut ablenken konnte. Er stürzte den Rest des Drinks hinunter, um nicht auf den Regen schauen zu müssen, den verdammten Regen.

Einige Zeit war vergangen, er wußte nicht, wieviel, als Lucilles Hand über seiner Schulter erschien, sein leeres Glas gegen ein volles austauschte und dabei einen schwachen Jasminduft hinterließ. Oder war es Lavendel? Er drehte sich um, doch sie war bereits verschwunden. Er wartete auf ihre Rückkehr, aber sie kam nicht.

„Lucille!“ rief er. Wieder antwortete sie nicht, und das ärgerte ihn. Er stand auf, wobei er die Wirkung des Gin und Tonic bereits spürte, und ging langsam durch das Zimmer, angelockt von dem herrlichen Duft aus der Schlafzimmertür.

Lautlos öffnete er den Mund, während er erstaunt den Geruch einatmete. Vor ihm lag Lucille, seit vierzehn Jahren mit ihm verheiratet, die Beine weit gespreizt, die Füße mit Seidenstrümpfen an die Bettpfosten gebunden, die Arme hoch ausgestreckt und auf ähnliche Weise am Kopfende festgemacht. Ken machte einen unsicheren Schritt ins Zimmer. Sein Verstand schwankte unsicher zwischen Ungläubigkeit und dem erotischen Phantasiebild vor sich. Seine Augen saugten jeden Zentimeter ihres Körpers ein. Langes braunes Haar, sonst stets sauber eingerollt, lag in wilder Woge ausgeschüttelt auf dem Kissen. Und ihre Augen – ihre Augen wirkten größer als normal, betont durch den Silberschatten auf den Lidern. Der weiche frische Glanz ihrer Lippen ließ ihn blinzeln. Lucille? Ein schwarzer Seidenunterrock, an den er sich nicht erinnerte, bewegte sich wie durch Zauberkraft über Kurven, die er ebenfalls vergessen hatte. Beinahe wie absichtlich endete der Unterrock oberhalb ihrer Schenkel und enthüllte ein Büschel Haare in der Dunkelheit darunter. Und ihre Knie wanderten hypnotisch von einer Seite zur anderen und winkten ihn näher heran.

Ehe er das letzte Wort des Satzes „Was machst du da?“ heraus hatte, war er sich einer gewaltigen Erektion bewußt, wie er sie nur bei Frauen bekam, die unerreichbar waren. Zögernd stellte er das Glas auf den Nachttisch und setzte sich langsam neben sie, ließ seiner Phantasie und der Lust freie Bahn, Empfindungen, die nichts mit Ken und Lucille der letzten vierzehn Jahre zu tun hatten.

Herrliche Minuten, vielleicht herrliche Stunden waren vergangen, als Lucille ihren Mann zum erstenmal sprechen hörte.

„Würden Sie bitte Champagner auf Zimmer eins-achtunddreißig bringen... Lassen Sie ihn vor der Tür stehen. Ich unterschreibe später." Leise legte er den Hörer auf und ließ sich wieder in ihre Arme rollen. Sie streichelte sein Gesicht, während sie die Wärme einer Liebe teilten, die beide verloren geglaubt hatten. Zärtlich küßte er das Lächeln auf ihren Lippen, dann ihr Kinn und ihren Hals und ihre Schultern. Sanft bewegte er seine Lippen über ihren Hals und ihre Brüste. Regen stürzte aus dem Himmel und aus Lucilles Augen, vor Freude.

Sechsundzwanzigstes Kapitel

In Washington hörte Jenny Wells mit einem Ohr auf die Morgennachrichten im Fernsehen, während sie sich fertig machte. Sie ging von Zimmer zu Zimmer, stellte den Kaffee an, machte das Bett, legte Make-up auf und zog sich an. Auf diese Weise bekam sie den Beginn der Meldungen über den Hamiltonstaudamm nicht mit. Der Name, der eingebettet war in die übrigen schlechten Nachrichten des Morgens, hätte ihr auch nichts bedeutet, und so hatte sie keinen Grund, besonders darauf zu achten.

Aber dann hörte sie Forests Stimme. Sie war überzeugt, daß es seine Stimme war, und lief zum Apparat. Auf dem Schirm ein Bild des Chaos: Scheinwerfer, Streifenwagen und Krankenwagen mit blitzenden Lichtern, Männer, die mit Bahren hin und her eilten, und in der Mitte eine in Decken gehüllte Gestalt auf einer Bahre und ein Reporter, der Fragen zu stellen versuchte. Im ersten Augenblick konnte sich

Jenny nicht auf die Worte konzentrieren, die da gesprochen wurden. Entsetzt starrte sie auf das Fernsehgerät, immer dichter herankriechend, die Augen auf das Opfer gerichtet. Das eingefettete Gesicht wies Prellungen auf, doch kein Zweifel, es war Forest!

Der Reporter versuchte ihn zu einer Äußerung zu bewegen. „Sie waren mitten im dicksten Schlamassel, Sir. Können Sie uns sagen, was passiert ist?"

Forest schüttelte benommen den Kopf. „Der Damm brach . . . mußte schwimmen . . . dachte schon, ich wäre ertrunken . . ." Die Erschöpfung in seiner Stimme war nicht zu überhören. Er schwieg einen Augenblick lang und schüttelte wieder den Kopf. „Ich dachte schon, ich wäre ertrunken . . ."

„Sie hatten zweifellos großes Glück, Sir. Sie gehören zu den wenigen Überlebenden der Katastrophe." Der Reporter hatte offenbar noch andere Fragen auf Lager, aber nun hoben Träger die Bahre an, so daß er sich anderen Dingen zuwenden mußte. Jenny sah zu, wie Forest in einen Krankenwagen geschoben und die Tür hinter ihm geschlossen wurde. Erstarrt saß sie vor dem Fernsehgerät.

Das Klingeln des Telefons ließ sie auffahren, weil sie nicht wußte, wie lange das Signal schon schrillte, ohne daß sie es gehört hatte. Verwirrt nahm sie den Hörer ab.

„Hallo, Jenny? Jenny, bist du das?"

„Forest?"

Forest lachte leise. „Natürlich! Wie geht es dir?"

„Ach, Forest!" hörte er sie jammern, und dann begann sie laut zu weinen. „Ich habe eben die Nachrichten gesehen, und man hat dich gezeigt . . . auf einer Bahre . . . beinahe ertrunken . . ."

„Jenny, es geht mir jetzt gut", unterbrach Forest sie mit einer Autorität, die Jenny in seiner Stimme noch nicht gehört hatte. „Die Aufnahmen stammen von gestern abend. Jetzt bin ich wieder obenauf. Nun hör mir mal zu." Forest wartete, bis sie nicht mehr schluchzte. „Ich muß dich besuchen. Geht das? Ich meine, bist du allein?"

„Ja . . . bitte!" Forest hörte, daß sie sich zu beherrschen versuchte.

„Gut. Ich bin in einer halben Stunde bei dir." Er blickte noch einmal ins Telefonbuch. „Ist das die richtige Anschrift? P-Street Nr. 3000?"

„Ja, ja."
„Kannst du draußen warten, mit Geld für das Taxi?"
„Ja, Forest."
„Gut, dann fahre ich jetzt los."
„Forest...?" fragte Jenny unsicher.
„Ja, Jenny?"
„Ich liebe dich", sagte sie schlicht.
„Später, Jenny", antwortete Forest und hängte ein. Einen Augenblick lang blieb er in der Telefonzelle stehen und trommelte mit den Fingern gegen das Glas. Er war verblüfft. Auf diese Reaktion war er nicht gefaßt gewesen. Ganz und gar nicht.

Siebenundzwanzigstes Kapitel

So weit, so gut. Forest blieb das Glück treu. Vielleicht lag es an den blauen Flecken im Gesicht, vielleicht auch an dem Durcheinander, jedenfalls hatte ihn bei der Einlieferung ins Krankenhaus gestern abend niemand erkannt. Er hatte Amnesie vorgetäuscht, mit Erfolg. Jetzt trug er eine schmutzige Pflegeruniform, die er in einem Wäschekorb gefunden hatte. Im Lärm der Einlieferung neuer Opfer und dem hysterischen Klagen von Verwandten hatte niemand auf ihn geachtet. So konnte er das Krankenhaus ruhigen Schrittes verlassen.

Er hielt ein Taxi an und nannte dem Fahrer Jennys Anschrift. Ohne auf die Pracht des frischen Washington-Vormittags zu achten, lehnte sich Forest zurück und versuchte nachzudenken. Er hatte Jenny angerufen, weil er aus dem Krankenhaus verschwinden mußte, ehe man ihn erkannte, denn sobald diese Meldung über den Sender ging, würde sich jemand an seine Fersen heften. Jenny mochte noch den sichersten Unterschlupf bieten; zumindest würde man ihn dort zuletzt vermuten. Außerdem brauchte er Jenny, um an das Goddard-Institut heranzukommen.

Allerdings war Forest nicht auf Jennys emotionelle Reaktion am Telefon gefaßt gewesen. Nachdem er wußte, daß General Wells zur

Donnerstag-Gruppe gehörte, kamen Forest Zweifel an der Rolle, die Jenny in der Sache spielte. Wenn sie für ihren Vater arbeitete, war sie die großartigste Schauspielerin aller Zeiten. Die Tränen und das „Ich liebe dich“ – Himmel, das war ein bißchen viel. Und doch konnte er sich nicht vorstellen, daß der General seine Tochter losschickte, um ihn zu verführen. Das war mehr, als ein Vater eigentlich zu tun bereit sein sollte; aber Harlan Wells war kein gewöhnlicher Vater und schien zu Dingen fähig zu sein, die den meisten anderen Menschen fern lagen.

Was hatte Jenny also vor? Und was wollte er selbst? Vielleicht lief er bereits in die Falle. Vielleicht hatte sie die Aufgabe herauszufinden, wieviel er wußte, ehe man gegen ihn vorging. Vielleicht liebte sie ihn wirklich. Und er sie. Es schwirrten viel zuviele Ungewißheiten in seinem Kopf herum. Forest schloß die Augen und rieb sich die Schläfen. Eins wußte er ganz genau – er hatte fürchterliche Kopfschmerzen.

Das Taxi fuhr ruckhaft um die Ecke und verlangsamte die Fahrt. Forest öffnete die Augen. Sie bewegten sich durch eine hübsche baumgesäumte Straße, und der Fahrer suchte nach Hausnummern. Forest entdeckte Jenny ein Stück weiter unten auf der Vortreppe eines Mietshauses. Mit dem Geld in der Hand wirkte sie wie ein kleines Mädchen.

„Halten Sie bei dem Mädchen“, sagte Forest. Der Fahrer brummte vor sich hin und bremste vor Nr. 3000. Als das Taxi näher kam, stand Jenny auf, ging dem Wagen entgegen und blickte hinein, um zu sehen, ob es Forest war. Als sie ihn erkannte, begann sie zu strahlen und öffnete die Tür. Doch anstatt darauf zu warten, daß er ausstieg, setzte sie sich neben ihn und warf ihm die Arme um den Hals. Forest ließ die Umarmung einen Augenblick lang über sich ergehen und spürte dann, wie sich seine Arme auch um sie legten. Stumm drückten sie sich aneinander.

„Wollen Sie noch weiterfahren, oder soll ich bloß die Uhr laufen lassen?“ Der Fahrer beobachtete sie im Rückspiegel. Ihm schien es gleichgültig zu sein, wie die Antwort ausfiel. Jenny löste sich von Forest und reichte ihm das Geld. Forest betrachtete die Noten, die von ihren verkrampften Fingern zerknittert worden waren und zusammenkleb-ten.

„Wir steigen hier aus“, sagte er und blickte auf den Taxameter. Er löste einen Zehndollarschein von dem Bündel und reichte ihn dem Fahrer. Den Rest gab er Jenny zurück und schob sie sanft aus dem Wagen. Er sah zu, wie sich das Taxi langsam entfernte, und drehte sich dann zum Gebäude um. Es handelte sich um ein vierstöckiges Regierungsgebäude, das offenbar modernisiert und in Wohnungen aufgeteilt worden war. Dann wandte er sich Jenny zu. Wie schön sie war! Sie stand reglos neben ihm, den Blick auf ihn gerichtet, das Geld noch immer in der Faust.

„Komm“, sagte sie und griff nach seiner Hand. „In den Sachen siehst du scheußlich aus. Meine Straße bekommt noch einen schlechten Ruf.“ Sie führte ihn durch den Eingang und zog ihn hinter sich die Treppe hoch. Forest ließ sich wieder einmal von ihr an der Hand führen und fragte sich, was ihm wohl bevorstand.

Jenny öffnete die Tür zu einer großen, hellen Wohnung, die mit Kiefernholzmöbeln eingerichtet war. Bambusjalousien hingen vor den Fenstern, ließen aber die Sonne herein, die die Einrichtung mit warmem Licht einhüllte. Jenny führte Forest wortlos durch das Wohnzimmer ins Badezimmer. Heißes Wasser dampfte in der Wanne, und Forest roch das Badesalz. Unwillkürlich trat er einen Schritt zurück.

„Jenny, du mußt mir glauben, ich habe so viel Wasser gesehen, es reicht mir für die nächste Zeit. Ich mußte gestern um mein Leben schwimmen.“

Jenny blickte ihn herausfordernd an. „Hast du schon mal den Spruch über den Sturz vom Pferd gehört, Forest? Nun, er stimmt. Zieh endlich die scheußliche Uniform aus und steig in die Wanne. Vertrau mir, du wirst dich gleich besser fühlen.“

Forest erkannte, daß sie es ernst meinte, außerdem war er zu müde, um sich auf einen Streit einzulassen. Im übrigen mochte das heiße Wasser seine Schmerzen tatsächlich lindern. Er zog Jacke und Hose aus und reichte sie Jenny.

„Himmel Herrgott!“ sagte sie entsetzt und starrte auf seinen Körper. „Womit bist du denn herumgeschwommen – mit Haien?“ Forest betrachtete sich im Spiegel und zuckte zusammen. Er war bedeckt mit Kratzern, Prellungen, Schnittstellen und Rissen und sah aus, als käme er direkt aus einer mittelalterlichen Folterkammer. Etliche Prellungen verfärbten sich bereits zu den verschiedensten Violettönen.

Forest suchte Jennys Blick im Spiegel und bemerkte das Mitgefühl auf ihrem Gesicht. „In die Wanne, Kumpel!“ sagte sie und versuchte, ihre Gefühle zu überspielen. „Ich bin gleich zurück.“

Sie eilte davon und hielt dabei die schmutzige weiße Uniform von sich ab, als wäre sie verseucht. Forest hob einen Fuß, um in die Wanne zu steigen, und hätte vor Schmerzen beinahe aufgeschrien. Allmählich ging ihm auf, was sein Körper mitgemacht hatte, wie groß seine Schmerzen wirklich waren. Vorsichtig ließ er sich in das heiße Wasser sinken und verzog schmerzhaft das Gesicht, wenn die heiße Flüssigkeit mit Schnitten und Kratzern in Berührung kam. Dann lehnte er sich zurück. Ein angenehmes Gefühl – endlich! Die Wärme ging ihm bis in die Knochen und machte ihn schläfrig. Forest betrachtete sich selbst. Das gefärbte Wasser und seine Prellungen ließen ihn wie ein Korallenriff aussehen, und der Penis, der in seinem Schamhaarnest schwamm und schwankte, wirkte wie ein exotisches Meereswesen. Lächelnd schloß er die Augen. Er hatte seit vierundzwanzig Stunden nicht mehr geschlafen. Allmählich ließen seine Kräfte nach.

Plötzlich roch er Kaffee, dann hörte er Jenny ins Zimmer kommen. Er öffnete die Augen und richtete sich auf. Sie stellte ihm einen Becher mit schwarzem Kaffee und ein Glas Brandy auf den Wannenrand. Dann klappte sie den Toilettendeckel herunter, setzte sich und betrachtete ihn eingehend.

„Ich weiß nicht, wer den Brandy dringender braucht, du oder ich, aber fang du damit an. Und auch mit dem Kaffee.“ Sie gab sich ernst und besorgt.

„Jenny, du tust, als hätte man mich eben erst aus dem Wasser gezogen. Dabei ist das Stunden her. Zwischendurch bin ich im Krankenhaus gewesen.“

„Egal. Ich habe dich eben ins Wasser zurückgeschickt und weiß genau, was du brauchst. Das hat man dir im Krankenhaus nicht geliefert, oder?“ Forest schüttelte den Kopf, womit er ihre Frage beantwortete und zugleich über die unglaublichen Kehrtwendungen weiblicher Logik staunte. „Dann trink endlich“, sagte sie. Er gehorchte, und die Mischung von Brandy und Kaffee verschmolz in seinem Magen zu einem aufflackernden Feuer. Bei Gott, dachte Forest, sie hat recht. Er spürte, wie die innere Wärme der äußeren entgegenstrahlte. Wieder trank er und wartete darauf, daß die beiden Empfindungen ins Gleichgewicht kamen.

Jenny beobachtete ihn wortlos, offenbar befriedigt, daß er ihre Anweisungen befolgte und daß sie ihm wirklich helfen konnte. Dann fragte sie leise: „War es schrecklich?"

Forest schwieg lange Zeit. Die Ereignisse der letzten Nacht liefen wie ein Filmstreifen vor seinem inneren Auge ab, nur war die Reihenfolge nicht richtig. Schließlich begann er zu reden, ohne sie anzusehen, zuerst langsam, dann mit zunehmender Intensität, bis er die Worte nicht mehr bremsen konnte.

„Egal, wie oft du die Zeitungsbilder gesehen hast ... oder Aufnahmen im Fernsehen ... oder nur daran gedacht hast ... du kannst dir nicht vorstellen, wie schrecklich Naturkräfte sind, wenn das Wasser in Bewegung gerät. Man kommt sich vor wie eine Fliege, wie ein winziger Kiesel ... wie ein Croûton in einer Riesenwelt, da alles herumgeworfen wird wie beim Anrichten eines Salats.

Mein Gott, Jenny, da flogen Autos durch die Luft, Häuser wurden von den Fundamenten gerissen, Telefonmasten wirbelten wie Zündhölzer in der Gosse. Mir war, als wäre ich in die Hölle versetzt worden und schwämme den Styx hinab. Und ringsum Tod und Vernichtung. Ich wurde über Professor Karapows Haus geschwemmt – über ihn und Irena. Und hätte ich keine so gute Kondition als Schwimmer, wäre ich ganz bestimmt ertrunken. Trotzdem bin ich zuletzt ertrunken. Ich konnte nicht mehr. Mein Körper versagte, und ich spürte, wie ich starb." Forest schloß die Augen, versuchte die Erinnerungen zu verdrängen. „Man muß mich rausgezogen haben."

Jenny stand auf und reichte ihm die Hand. „Warum läßt du dich nicht auch von mir rausziehen? Du hattest recht! Für heute hast du genug Wasser gesehen." Forest ergriff ihre Hand und ließ sich von ihr aus der Wanne helfen. Seine Beine schienen ihn kaum tragen zu können, seine Haut war schlaff und faltig. Er blieb reglos stehen, während sie ihn mit einem großen Badetuch abtrocknete, vorsichtig tupfend, damit sie ihm nicht weh tat. Dann wickelte sie ihn in ein frisches weiches Tuch und führte ihn ins Schlafzimmer.

Jenny deckte das Bett auf, und Forest ließ das Tuch fallen und glitt hinein. Obwohl Jenny erst vor kurzem aufgestanden war, war das Laken sauber und kühl. Ein himmlisches Gefühl. Jenny deckte ihn zu und legte sich dann neben ihn auf das Bett. Sie war wirklich zurückhaltend und fürsorglich, überlegte Forest. Aber zu mehr war er im Augenblick gar nicht fähig. Er mußte schlafen; mit der Welt konnte er sich später auseinandersetzen, wenn er dann noch lebte. Forest wandte den Kopf und stellte fest, daß Jenny ihn wieder eingehend musterte. Er forschte in ihrem Gesicht, sah aber nur Besorgnis darin.

„Was machst du da?“ fragte er.

„Ich bin nur ein bißchen aufdringlich“, antwortete Jenny lächelnd. „Dein Gesicht hat mir gefehlt. Und dann dachte ich, ich hätte dich verloren, und geriet in Panik. Jetzt tanke ich ein bißchen für die Zukunft. Für alle Fälle.“

Forest versuchte ihr einen Schubs zu geben, griff aber daneben. „Das finde ich gar nicht komisch.“

„Ich weiß“, antwortete sie, kuschelte sich näher an ihn heran und legte den Kopf auf das Kissen; so lag sie neben ihm, ohne ihn zu bedrängen oder seine empfindlichen Wunden zu berühren. Instinktiv hob er den Arm, legte ihn um sie und zog ihr goldenes Haar näher heran. Er mußte eine Entscheidung treffen, soviel war klar. Ihr zu vertrauen oder nicht. Er wünschte, er wäre mit seinen Gefühlen nicht so durcheinander. Es wäre schön, wieder ein Mädchen zu haben, eine Freundin, eine Verbündete. Aber kam die Tochter des Generals dafür in Frage? War es möglich, daß sie keine Ahnung hatte? Er saß in der Zwickmühle und wandte sich unruhig hin und her.

„Was ist?“ flüsterte sie ihm ins Ohr. „Hast du Schmerzen?“ Er horchte auf einen falschen Ton, auf etwas, das sich hinter ihrer unschuldigen Frage verbarg, fand aber nichts. Forest zog sie an sich.

„Nein, ich habe keine Schmerzen. Ich habe bloß ein Problem und weiß nicht, wie ich damit fertig werden soll.“

Einen Augenblick lang herrschte Schweigen.

„Dreht es sich um mich?“ Ihre Stimme war tonlos-ruhig und verriet Forest nichts. Er atmete so tief ein, daß sich beide Körper bewegten.

„Ja, Jenny, darum dreht es sich." Er hörte den scharfen Ton in seiner Stimme und war nicht überrascht, als sie neben ihm erstarrte. Sie versuchte fortzurollen, doch er hielt sie fest.

„Du traust mir nicht, ja?" Forest wollte schon antworten, doch sie sprach weiter: „Ich weiß, ich hätte es dir nicht sagen sollen, und schon gar nicht am Telefon. Ich bin nur eine dumme Kuh, die deinetwegen herumjammert und dir nach einem verdammten Rendezvous sagt, daß sie dich liebt – wenn man das überhaupt ein Rendezvous nennen kann." Sie versuchte sich aus seinem Griff zu befreien, und Forest mußte sich anstrengen, damit sie nicht von ihm fortsprang. „Ich weiß nicht, was *sie* dir angetan hat, Forest. Es ist mir auch egal. Aber ich bin nicht sie. Ich bin keine von den anderen. Ich bin ich. Und ich weiß nicht mal, ob du überhaupt etwas für mich empfindest." Jenny hörte auf, sich zu wehren; sie lag reglos in seinen Armen.

Forest spürte, daß sein Herz einen Sprung machte, und schloß die Augen. „Ach Jenny." Er näherte sich mit den Lippen ihrem Hals und hauchte sie zärtlich an, während er weitersprach: „Das ist ja das Problem. Ich empfinde sogar sehr viel. Wenn ich das nicht täte, wäre alles ganz einfach. Aber du bist mir wichtig." Forest erkannte, daß das wirklich stimmte. Ohne es wirklich zu wollen, hatte er es ausgesprochen, und beim Blick in sein verhülltes Innere sah er dort tatsächlich ein Gefühl schimmern. Diese Entdeckung erschreckte ihn, weil sie ihn auch verwundbar machte, doch zugleich fiel damit eine Entscheidung, denn nun hatte er nichts mehr zu verlieren, andererseits aber etwas zu gewinnen. Da Jenny sich nicht rührte, sprach Forest leise weiter. Plötzlich hatte er das Bedürfnis zu sprechen, denn er brauchte Hilfe, und – Gott befohlen – diese Hilfe mußte von ihr kommen.

„Mein Problem sieht folgendermaßen aus, liebste Jenny", sagte er und rückte noch ein Stück näher an sie heran. „Ich habe mich gestern abend mit Professor Karapow ausgesprochen und dabei einige unangenehme Wahrheiten erfahren. Wie sich herausstellte, stimmte meine Theorie über das Wetter zum Teil. Leider bin ich mit meinen Vermutungen nicht weit genug gegangen. Die Situation ist unvorstellbar.

Was in Wirklichkeit vorgeht, hatte ich mir in meinen kühnsten Träumen nicht ausgemalt. Eine ungeheure Schweinerei!" Forest überlegte, wie er Jenny die Geschichte nahebringen konnte, ohne ihren Vater zu erwähnen, während er gleichzeitig seinen Körper auf den ihren einstellte und sich bemühte, jedes Beben aufzufangen, das ihm anzeigte, daß sie schon Bescheid wußte. Aber sie erwiderte nur warm und fest seinen Druck, und er hatte keine andere Wahl als weiterzusprechen.

„Du erinnerst dich an die Konstruktionszeichnung, die Arthur mir schickte?"

„Natürlich."

„Nun, ich glaube, daß sie der Grund für Arthurs Tod ist." Jenny lag starr neben ihm. „Und für Karapows." Sie bewegte sich noch immer nicht. „Jetzt bin ich in Gefahr – und jeder, mit dem ich spreche. Begreifst du, was ich sage? Der Grund, warum ich dich nicht in die Sache verwickeln wollte, liegt in der enormen Gefahr. Es genügt schon, mit mir gesehen zu werden!"

Jenny schnaubte verächtlich durch die Nase. „Das ist doch Unsinn, mein Freund! Und du drückst mir die Luft ab." Forest ließ sie los. Sie richtete sich auf und schlug die Beine unter. Ihre Augen funkelten. „Wenn du willst, daß ich aussteige, brauchst du es bloß zu sagen. Ich jage dich schon nicht aus meinem Bett, ehe du ein bißchen geschlummert hast. Aber tisch mir keine fadenscheinigen Gefahren auf! Wenn du mich schützen wolltest, warum bist du dann überhaupt erst gekommen?" Sie wartete auf Antwort, doch Forest hatte ihr keine anzubieten. Verdammte weibliche Logik!

„Schön", sagte er und stemmte sich in eine sitzende Stellung hoch. „Ich sage dir, was ich weiß. Aber", fuhr er spöttisch fort und fuhr ihr mit dem Finger vor der Nase herum, „mach mir keine Vorwürfe, wenn du tot bist! Denk daran – ich habe dich gewarnt."

Jenny packte seinen Finger und biß zärtlich hinein.

„Jenny, ich meine es ernst!" Er zog die Hand zurück, und Jenny neigte den Kopf und faltete wie ein braves kleines Mädchen die Hände im Schoß. „Hör zu", sagte Forest, faßte sie unter das Kinn und drückte ihren Kopf hoch. „Was ich dir jetzt sage, ist kaum zu glauben. Aber es ist wahr. Dabei habe ich im Augenblick keine Beweise für dich. Du mußt mir also vertrauen."

„Probier es!" Der leichte Tonfall war verschwunden, in ihren Augen blitzte nüchterne Intelligenz.

„Die Konstruktionszeichnung betraf eine Wetterkammer. Diese Maschine existiert – oder existierte bis gestern abend, als der Staudamm zerstört wurde. Karapow hat sie gebaut, aber nun ist die Maschine vernichtet und er ebenfalls."

Jenny nickte. „Hast du herausgefunden, wozu die Maschine benutzt wurde?"

„Ja. Sie war das Modell für ein System der Wetterkontrolle." Jenny riß verblüfft die Augen auf.

„Es funktioniert! Der Mensch hat die Kontrolle über das Wetter auf unserem Planeten!"

„Aber wie?" fragte sie heftig. In ihrer Stimme lag kein Zweifel; sie wollte es ehrlich wissen.

„Mit Satelliten", erklärte Forest. „Leider setzen die Leute, die darüber verfügen, die Maschine als Waffe ein, um die Zukunft zu beeinflussen – das müssen wir verhindern."

„Wer sind diese Leute?" fragte Jenny, ohne zu blinzeln.

„Ich weiß es noch nicht genau." Das stimmte zwar nicht ganz, aber Forest hatte keine Lust, jetzt schon von der Rolle des Generals zu sprechen. „Aber das ist im Augenblick auch nicht weiter wichtig. Entscheidend ist, daß ich eine Möglichkeit finde zu beweisen, daß diese Einflußnahme jetzt schon erfolgt. Ich muß die Leute irgendwie bloßstellen – ehe sie mich umbringen." Forest blickte Jenny an. Sie hatte nichts gewußt. Er senkte einen Augenblick den Kopf. „Und ehe sie dich umbringen – denn nun weißt du auch davon."

Forest beobachtete, wie sie die Information verdaute, ohne mit der Wimper zu zucken. „Okay", sagte sie mit gepreßter Stimme. „Was machen wir jetzt?" Sie lächelte ihn gefaßt an. Forest dankte insgeheim ihrer Intelligenz oder Leichtgläubigkeit oder Liebe – oder was immer es zuließ, daß sie seine Worte akzeptierte, ohne ihn als Verrückten abzutun. Und es war angenehm zu wissen, daß man sich auf sie verlassen konnte. Er war in Versuchung, sie an sich zu drücken, ließ es dann aber sein. Vielmehr zog er das Laken glatt.

„Nur über die Satelliten kann ich beweisen, was da vorgeht. Karapow hat mir die Koordinaten genannt, aber das ist so gut wie alles. Ich brauche Zugang zu den Computerbändern mit den Kreisbahndaten im Goddard-Institut. Und zwar so schnell wie möglich. Mit den Koordinaten, den Kreisbahnbändern und den Wetterberichten kann ich diese... Sache anprangern." Forest blickte sie an. „Du arbeitest im Goddard-Institut."

Forest wandte den Blick nicht ab. Er hatte die Frage ausgesprochen und mußte nun sehen, wie sie darauf reagierte. Doch sie verzog lediglich schmerzlich das Gesicht, ehe sich ihre Muskeln verhärteten und ihm zeigten, wie sie mit vierzig aussehen würde, wenn sie sich nicht in acht nahm. Wenn sie in Verbitterung alt wurde. Forest war verwirrt, doch er schwieg, er wollte nichts sagen, was sie beeinflussen konnte. Ihre Gefühle sollten sich von ganz allein offenbaren.

Schließlich sackte sie in sich zusammen. Das Rückgrat, das sie aufrecht gehalten hatte, löste sich auf, und sie wurde zu einem Häufchen Unglück. Doch es gab keine Tränen, und als sie ihm antwortete, war ihre Stimme von Zynismus gedämpft.

„Ich hätte es gleich wissen sollen! Jeder benutzt jeden, aber wie tief kann man auf dieser Leiter überhaupt steigen? Du benutzt nicht meinen Körper. Dich interessiert nicht einmal mein Harvard-Verstand. Dir kommt es einzig und allein darauf an, wo ich arbeite. Deshalb bist du hier!"

„Jenny!" Sie blickte nicht auf. „Jenny, hör mich an!" Forests Stimme hatte wieder Leben und Kraft und durchfuhr Jenny wie ein Dolch. Sie hob bestätigend den Kopf, wich aber seinem Blick weiter aus. Forest verlor die Beherrschung.

„Vorhin noch hast du mich gebeten, dir zu vertrauen und dich mitmachen zu lassen. Ich kam zu dir, zog mich aus, stieg in dein verdammtes stinkendes Bad und trank Cognac und Kaffee. Und jetzt sitze ich nackt in deinem Bett und sage dir, daß ich in Lebensgefahr bin und daß du mir helfen kannst. Und du glaubst nicht, daß das schon eine Form des Vertrauens ist?"

Forest hätte am liebsten aufgehört, konnte es aber nicht. „Dabei geht es nicht mal um mich und dich, mein Kleines, sondern um etwas viel Größeres. Und du glaubst, ich benutze dich? Du sagst, du liebst mich. Na, was liebst du denn, zum Teufel? So bin ich nun mal, und diese Sache liegt mir am Herzen. Wo bleibt da dein Vertrauen, zum Teufel?“

Forest hielt inne und starrte auf ihren gesenkten Kopf, während sie seine Worte auf sich wirken ließ. Er wußte nicht, wie sie reagieren würde. Es war ihm auch egal. Gleichzeitig war es ihm schrecklich wichtig.

Zuerst behielt sie den Kopf unten, als wäre die Last zuviel für sie. Aber dann sah er, wie sie versuchsweise die Finger bewegte, dann die Zehen. Sie hatte eine Entscheidung getroffen, die die Energie in ihren Körper zurückbrachte. Sie straffte den Rücken wie eine Blume, die sich im Sonnenschein aufrichtet, und ihr Gesicht tauchte leuchtend aus dem Haar auf.

Elektrisiert fuhr Forest hoch. Er war erregt, sexuell erregt, zum erstenmal allein durch Einwirkung des Verstandes. Sie verstand ihn!

„Jenny . . .“, sagte er. Sie hatte zu lächeln begonnen. Ihre Hände hoben sich an die Bluse und begannen sie aufzuknöpfen.

„Du machst mich ganz feucht, Forest!“ Sie sah zu, wie ihre Hände die Brüste bloßlegten. „Ich weiß nicht, warum. Du sagst die seltsamsten Sachen, und ich . . .“ Jenny öffnete die Bluse und ließ sich gehen. Sie warf das Kleidungsstück zur Seite und blickte Forest verwirrt an. „Es liegt wohl weniger an dem, was du sagst . . .“, sie streichelte sich sanft über die Brustwarzen, ihre Hand war in diesem Augenblick die seine, „als daran, *warum* du es sagst.“ Sie stellte sich auf das Bett und hob den Rock. Forest blickte auf das helle Höschen darunter und spürte seine pulsierende Erregung.

„Zieh es mir aus, Forest!“ Sie trat einen Schritt näher und hielt den Rock von sich ab, damit er zugreifen konnte. Sie schwankte etwas, fast wie im Tanz. Forest bewegte die Hände an ihren Beinen hinauf, erst außen, dann mit dem Handrücken zwischen den Schenkeln, bis er ihre Mitte erreichte. Seine Finger griffen in den Schritt des dünnen Stoffes und begannen sanft hin und her zu reiben, während sie zu ächzen begann. Sie war bereit für ihn. Seine Hände senkten sich, den Stoff mitnehmend, und sie stand entblößt über ihm.

Forest warf die Decke zur Seite und lehnte sich zurück, unfähig, den Blick von dem herrlichen Panorama über sich zu nehmen. Jenny bemerkte seine Bereitschaft und ging über ihm in die Knie, ohne ihn zu berühren. Sie starrte in sein Gesicht und verharrte, sie sah das Zucken, das durch seinen Körper lief und das sie weiter erregte.

„Ich liebe dich, Forest", sagte sie, senkte sich einen Zentimeter tiefer und rieb ihre entblößte Empfindsamkeit an ihm, eine erste Berührung.

„Ich liebe dich, Jenny!" brüllte Forest und stieg ihr entgegen.

Achtundzwanzigstes Kapitel

Forest lag in Jennys Bett und döste in der warmen Nachmittagssonne, als er das Klicken der Wohnungstür hörte. Er öffnete die Augen und bemerkte, daß Jenny nicht mehr bei ihm war. Er fragte sich, wie lange er geschlafen hatte.

„Jenny?" fragte er schläfrig. Er wollte ihr noch etwas sagen, ehe sie ging. Sie sollte etwas für ihn erledigen. Es kam keine Antwort. „Jenny?" wiederholte er lauter. Noch immer nichts, obwohl Forest überzeugt war, daß er sie im Wohnzimmer herumgehen hörte. Was machte sie nur? Vielleicht war sie unterwegs gewesen und gerade zurückgekommen. Er wollte eben aus dem Bett steigen und sie holen, als die Schlafzimmertür aufschwang und Forest in den Schalldämpfer einer Waffe starrte, die von zwei Händen gehalten wurde. Der Schalldämpfer war auf seinen Kopf gerichtet, und mit der geschärften Wahrnehmung und der absurden Hinwendung zum Detail, die zuweilen kurz vor dem Tode eintreten, bemerkte Forest, daß die Knöchel der Hand weiß wurden, als sich der Finger um den Abzug krümmte.

Forest warf sich auf Jennys Bettseite, im gleichen Augenblick hörte er das *Pfft* des Geschosses, das sich in das Bett bohrte, wo er eben noch gelegen hatte. Er rollte weiter und prallte auf den Boden, während die zweite Kugel Jennys Kopfkissen ermordete. Verzweifelt sah sich Forest um. Er saß in der Falle. Nackt. Und gleich würde er tot sein.

Ihm blieb kein anderer Ausweg als eine Treppe im hinteren Teil des Schlafzimmers, die zum Dach führen mußte. Instinktiv griff Forest nach dem Aschenbecher auf dem Nachttisch und schleuderte ihn in verzweifelter Hast auf die Gestalt an der Tür. Dann ließ er sich erneut abrollen, fuhr auf und stürzte mit hektischen Schritten und im Zickzack zur Treppe, wobei ihm die Hoden gegen die Beine schlugen. Seine Verwundbarkeit war ihm nie so deutlich bewußt gewesen wie jetzt. Jeden Augenblick rechnete er damit, daß ihn eine Kugel ins Rückgrat traf. Doch als er die Treppe erreichte, hörte er die Schritte des Killers, der ihm ganz gemächlich folgte, als wäre er überzeugt, daß ihm Forest nicht mehr entwischen konnte, und nun kein Risiko mehr eingehen wollte. Forest nahm zwei oder drei Stufen auf einmal und bog gerade um die Ecke, als eine dritte Kugel sich hinter ihm ins Holz bohrte.

Forest wandte sich zur Seite, und noch einmal; dann begann er zu zittern. Sackgasse. Die Treppe führte auf einen Innenbalkon, den Jenny als eine Art Treibhaus benutzte. Es gab keinen Ausweg. Er saß in der Falle. Er hörte den Killer langsam die Treppe heraufkommen. Am erschreckendsten war der Mangel an Eile. Der Mann mußte den Grundriß der Wohnung kennen. Was für eine hübsche Falle! Forest war wütend – auf sich selbst, auf seine Dummheit. Der Mann war schon fast oben, seine Zeit schien dem Ende zuzugehen.

Als der Killer um die Ecke kam, blieb ihm kaum Zeit, Forest mit einem Gebilde angreifen zu sehen, das wie ein langer grüner Baseballschläger aussah. Schon ertönte ein fürchterlicher Schrei, ausgelöst von langen, scharfen Kaktusstacheln, die sich dem Mann in Gesicht und Augen bohrten. Dem Killer spritzte das Blut aus den Wunden, und er ließ die Waffe fallen und griff brüllend nach der Pflanze, um sie sich vom Gesicht zu zerren. Das Geschrei verdoppelte sich, als seine Hände die Stacheln auf der anderen Seite des Kaktus zu spüren bekamen.

Sein Körper verkrampfte sich zu einem Ball des Schmerzes, herumzuckend, hüpfend, tretend, verzweifelt bemüht, sich von den Schmerzen zu befreien. Forest verfolgte die Szene voller Entsetzen und mußte mit ansehen, wie der Mörder auf der obersten Stufe das Gleichgewicht verlor und rückwärts ins Leere stürzte. Schreiend polterte er die Stufen hinab und blieb stumm und reglos liegen.

Forest stellte den leeren Pflanzentopf ab, den er abwehrend umklammert hatte, und griff nach der Waffe. Er zitterte. Er wußte nicht, ob er fähig war, den Mann notfalls zu erschießen. Mit langsamen Schritten folgte er ihm die Treppe hinab. Der Eindringling lag starr auf der letzten Stufe. Vorsichtig und mit ausgestreckter Waffe trat Forest über ihn und betrachtete sein Werk.

Es war widerlich, aber Forest mußte feststellen, ob der Mann tot war. Er stieß ihm energisch den Fuß in die Seite und sprang zurück. Der andere bewegte sich nicht. Die Waffe auf den Mann gerichtet, kniete Forest neben ihm nieder und tastete nach dem Puls am Handgelenk. Nichts. Der Killer war tot. Mit dem Schalldämpfer löste Forest den Kaktus vom Gesicht des Mannes. Er mußte wissen, wen er getötet hatte. Die starrenden toten Augen verströmten Tränen aus Blut – so blickte ihn Babygesicht an, der Adjutant von General Wells.

Neunundzwanzigstes Kapitel

Forest stürzte zum Badezimmer und erreichte es gerade noch rechtzeitig, um sich in das Toilettenbecken zu erbrechen. Dann wusch er sich den Mund aus und kühlte sein Gesicht mit Wasser. Himmel, was für eine Zwickmühle!

Nach einiger Zeit drehte er das Wasser ab, trocknete sich das Gesicht und legte sich ein Handtuch um die Hüfte. Trotzdem kam er sich nackt vor, zu nackt. Er kehrte ins Schlafzimmer zurück, zog ein Laken vom Bett und legte es über den toten Adjutanten. Dann griff er wieder nach der Waffe und ging ins Wohnzimmer. Er mußte nachdenken.

Nur eine Schlußfolgerung war möglich. Es lag für Forest auf der Hand, daß man ihn hereingelegt hatte. Dazu paßte alles zu gut zusammen. Jenny packt ihn ins Bett und verschwindet. Sie verständigt ihren Vater, daß Forest mit Karapow gesprochen hat, daß er zuviel weiß, und sie sagt ihm auch, wo sich Forest befindet. Er schläft. General Wells schickt Babygesicht, womit dann alles geregelt sein müßte. Und Forest läßt sich wie ein grüner Junge von Jenny am Schwanz herumführen. Großartig!

Forest saß auf Jennys Sofa in Jennys Wohnzimmer und fühlte Zorn. Erst allmählich kam der Schmerz, und er stützte den Kopf in die Hände. Forest hatte das Gefühl, einen Stich ins Herz erhalten zu haben. Er hatte ihr geglaubt, ihr vertraut, er hatte ihr seine geheimsten Gedanken anvertraut – und jetzt war er wieder ohne Halt. Allein. Schmerzerfüllt.

Forest wußte, daß er sich von dem Gefühl lösen mußte. Er steckte viel zu sehr in der Klemme, um in Selbstmitleid unterzugehen. Und eins war klar: Er mußte hier schleunigst verschwinden. Wenn sich Babygesicht nicht bald meldete, machte sich der General garantiert Gedanken und schickte Verstärkung, und Forest hatte keine Lust, sich mit der ganzen US-Armee herumzuschießen. Andererseits brauchte er Kleidung und Geld und mußte nach New York. Es mußte andere Möglichkeiten geben, an die Satellitendaten heranzukommen. Er mußte einen Weg finden.

Forest wollte eben nach dem Telefon greifen, um Micky im Sender anzurufen, als Jenny zur Tür hereinkam. Sie war beladen mit Paketen und Tüten. Sie lächelte ihn strahlend an, ehe sie die Waffe erblickte, mit der Forest auf sie zielte.

„Überrascht, daß ich noch auf den Beinen bin?“ Forests Stimme war so kalt wie seine Augen. „Da muß ich dich leider enttäuschen. Jetzt laß die Pakete fallen.“ Jenny blickte Forest an, als habe er den Verstand verloren. Starr blieb sie auf der Schwelle stehen. „Ich scherze nicht, Jenny“, sagte er, stand auf und machte einen Schritt auf sie zu. „Komm rein und laß alles fallen!“ Jenny trat in die Wohnung und machte die Tür langsam hinter sich zu. Dann öffnete sie die Arme. Die Pakete und Tüten polterten zu Boden.

„Forest, was – was sagst du da? Was soll die Waffe?“ Jenny schien ehrlich verwirrt und gekränkt zu sein, aber Forest traute ihr nicht mehr. Sie konnte zu gut schauspielern. Verdammt, wenn sie sich beim Lieben so sehr verstellen konnte, war ihr *alles* möglich. Vielleicht war sie auch nur überrascht und beunruhigt, weil er noch hier war, anstatt kalt und tot im Bett zu liegen.

„Ich habe dir vertraut, Jenny. Dafür hast du mich verraten. Du hast mich meinem Mörder ausgeliefert. Du hast mich ins Bett gelockt und dich dann abgesetzt, damit mich der Killer abservieren konnte."

Jennys Augen funkelten wie harter blauer Stahl. „Das habe ich nicht getan, du alter Idiot! Wie kannst du es wagen, mir so etwas Scheußliches zuzutrauen? Wofür hältst du mich?"

„Ich halte dich für eine Wells. Blut ist eben dicker als Liebe oder Lust oder wie immer du unser Zusammensein nennen willst." Forest deutete mit der Waffe auf das Schlafzimmer. „Geh da mal rein. Los!" Langsam kam Jenny der Aufforderung nach, und Forest folgte ihr. „Da drüben, unter dem Laken. Sieh ihn dir an!"

Jenny flehte Forest mit den Augen an, ihr diese Szene zu ersparen, doch er schob sie mit der Mündung der Waffe zum blutbefleckten Tuch am Fuße der Treppe.

Jenny ging mit zögernden Schritten darauf zu, kniete nieder und wandte das Gesicht ab. Dann hob sie ein Ende des Lakens und schaute darunter. Sie sog keuchend den Atem ein und blickte noch einmal hin. Zuletzt riß sie das Laken vom Gesicht des Toten.

„Aber das ist ja . . ."

„Ganz recht. Du kennst ihn garantiert!"

„Der Adjutant meines Vaters! Eddie Robinson." Sie wandte sich um. „Was wollte der denn von dir?"

Forest lächelte sie freudlos an. „So heißt er also. Ich hatte ihm den privaten Namen Babygesicht gegeben. Keine sehr angenehme Person. Und was er hier wollte? Das weißt du doch besser als ich. Als ich eingeschlafen war, hast du deinen Vater angerufen und ihm erzählt, was ich herausgefunden hatte; dann bist du abgezogen, damit der gute Eddie mich umbringen konnte. Und das hätte er fast geschafft. Du hast ein paar hübsche Einschüsse in deinem Bett."

Jenny machte sich nicht die Mühe, zum Bett zu blicken. Sie bedeckte das Gesicht des Toten und stand auf. Dann drehte sie sich zu Forest um, stemmte die Hände in die Hüften und beugte sich zornig vor. „Du bist ein Riesenidiot, Forest Hill! Warum sollte ich meinen Vater anrufen, damit der einen Mann schickt, um dich zu töten?“

Als Forest nicht sofort antwortete, begannen sich Jennys Augen zu weiten – sie begann zu verstehen, begann voller Entsetzen zu begreifen, was Forest meinte. „Du willst doch nicht etwa behaupten, daß mein Vater . . . Nein! Das glaube ich nicht! Willst du mir einreden, daß mein Vater in die Wettersache verwickelt ist? Daß er einen Mann losgeschickt hat, um dich umzubringen?“ Die unmögliche Situation stellte Jennys wendigen Geist offenbar vor große Probleme.

„Ich habe dir schon einmal gesagt, daß ich ein Problem habe, Jenny. Ich wußte nicht, ob du von der Sache wußtest, ob du gar für ihn arbeitest. Ich habe mich geirrt, das ist alles.“ Forest sah sie bedrückt an.

„In mir hast du dich bestimmt nicht geirrt, mein Freund. Und das kann ich beweisen.“ Ohne auf den Revolver zu achten, schritt sie an Forest vorbei, dem nichts anderes übrigblieb, als mit ihr das Schlafzimmer zu verlassen; er hatte die Waffe achtlos gesenkt. Jenny ging zu dem Stapel Pakete an der Tür und begann sie zu öffnen. Aus einer Tragetasche zog sie einen Schuhkarton, öffnete ihn und nahm ein Paar Herrenschuhe heraus, die sie zu Boden fallen ließ. Gleich darauf begann sie wie ein Kind unter dem Weihnachtsbaum die anderen Pakete aufzureißen. Unterzeug, Anzug, Hemd, Krawatte, Socken – all diese Dinge wirbelten aus dem anwachsenden Papierhaufen hervor, bis zuletzt eine komplette Ausstattung auf dem Boden lag.

„Sieht das aus, als erwartete ich, einen Toten zu Hause zu finden, du Scheusal?“ fragte sie. Sie wühlte in dem Durcheinander, bis sie die Handtasche fand, und ergriff einen Umschlag. Sie riß ihn auf, zog einen Stapel Banknoten heraus und schleuderte sie in Forests Richtung. „Meine ganzen Ersparnisse! Ich sehe kein Blut daran – du etwa?“ Sie beruhigte sich wieder und setzte sich auf die Hacken. „Ich bin losgezogen, um dir etwas zum Anziehen zu kaufen und uns Geld zu besorgen, damit wir für alle Fälle freie Hand haben.“

Forest schwenkte hilflos die Pistole. „Wie hat dein Vater aber erfahren, daß ich hier war? Woher wußte er, daß er Babygesicht herschicken konnte, weil du gerade unterwegs und in Sicherheit warst?"

Jenny schüttelte den Kopf. „Woher soll ich das wissen? Man hat dich heute früh im Fernsehen interviewt, nicht wahr? Später warst du im Krankenhaus. Dann bist du mit einem Taxi hierhergefahren. Dein Gesicht ist bekannt. Vielleicht hat er dich aufgespürt. Und vielleicht" – sie senkte den Kopf – „vielleicht hätte es ihm nichts ausgemacht, wenn Eddie uns beide getötet hätte." Jenny blickte bedrückt zu ihm auf. „Ist dir diese Möglichkeit schon in den Sinn gekommen?"

Forest mußte das verneinen; er war darauf nicht vorbereitet gewesen. Langsam ließ er sich auf das Sofa sinken. „Du sagst, du hast nicht gewußt...:"

„Daß mein Vater ein Monstrum ist? Daß ihm die Menschen egal sind. O ja, das war mir bekannt. Aber *das* nicht. Das nicht." Jenny stand auf und näherte sich Forest. Sie nahm ihm die Waffe aus der Hand, legte sie auf den Couchtisch und setzte sich neben ihn.

„Bist du sicher? Bist du ganz sicher, daß mein Vater ihn geschickt hat... daß mein Vater mit dem Wetterprojekt zu tun hat?" In der Frage lagen ihre letzten Hoffnungen, doch ihre Augen verrieten, daß sie die Antwort bereits wußte.

„Es tut mir leid, Jenny. Karapow hat mir gestern abend gesagt, daß dein Vater der Kontaktmann war. Zum Lügen hatte er keine Veranlassung. Und jetzt..." Forest wußte nicht, was er tun sollte. „Hör mal, ich weiß, wie schwer das alles für dich sein muß. Wenn du..." Er stockte, suchte nach einer höflichen Formulierung. „Wenn du neutral bleiben möchtest, könnte ich das verstehen. Gib mir nur Zeit, nach New York zu gelangen."

Jennys Kopf fuhr zu Forest herum, ihre Nasenflügel bebten. „Was soll das heißen – neutral bleiben? Ich liebe dich! Wie kann ich da neutral bleiben? Außerdem wärst du beinahe in meinem Bett erschossen worden, und mir hätte dasselbe blühen können, und dann liegt da noch ein Toter in meinem Schlafzimmer, und mein Vater spielt mit dem Wetter herum... und du möchtest, daß ich neutral bleibe?"

Forest mußte zugeben, daß ihr Einwand etwas für sich hatte. „Na, aber was willst du tun?"

„Ich habe es bereits getan, Forest. Ich hatte mich für die eine Seite entschieden, noch ehe ich wußte, wer auf der anderen stand.“ Jenny sprang auf und wühlte in dem Durcheinander am Eingang herum, bis sie ihre Handtasche wiederfand. Sie tastete darin herum, bis sie das Gesuchte fand. Es war ein Stück Papier. „Hier“, sagte sie und gab ihm das Blatt.

Forest starrte darauf. Es war eine lange Zahlenreihe.

„Was ist das, Jenny?“

„Der heutige Kode, der es möglich macht, sich in die Computer des Goddard-Instituts einzuschalten. Das geht mit dem Telefon. Du schaltest deinen Computer in New York auf den Goddard-Computer und läßt dir alle gewünschten Daten übermitteln.“ Sie musterte ihn traurig. „Siehst du, was meinen Vater betrifft, so gehöre ich bereits zur gegnerischen Seite.“

Forest starrte auf die hastig hingekritzelten Ziffern, dann sah er Jenny an. Sie hatte wenig gemein mit den Frauen, die er bisher kennengelernt hatte, kein Zweifel. Sie hatte ihm eben den Schlüssel zum Kampf gegen die Donnerstag-Gruppe auf einem Silbertablett serviert. Sie hatte sich damit gegen ihren Vater gewandt. Und wieder einmal gab sie ihm Gelegenheit zu leben und seine Liebe wiederzufinden. Und trotz allem saß sie gelassen da, als wäre nichts geschehen.

„Weißt du, was das ist?“ fragte er und schwenkte das Papier. Sein Adrenalin versetzte ihn in höchste Erregung. „Weißt du, was das bedeutet?“

Jenny lächelte. „Natürlich weiß ich das. Ich bin losgegangen und hab’ dir den Kode besorgt.“

„Es heißt, daß wir eine Chance haben. Es heißt, daß wir die Gegenseite mit ein bißchen Glück schlagen können!“

Jenny akzeptierte seine Erregung, sah ihn aber fragend an.

„Was ist?“ fragte Forest. „Was bekümmert dich?“

Jenny gab sich sachlich. „Ach, ich habe nur überlegt. Du weißt schon, deine Worte heute früh . . . hast du im Ernst gesprochen?“ Sie wandte den Blick ab.

Forest zog sie an sich. „Jenny, ich habe noch nie etwas so ernst gemeint. So ernst, daß mir zum Sterben übel war, als ich dachte, du hättest ...“ Sie wandte ihm das Gesicht zu, und Forest beugte sich vor und küßte sie. „Großes Ehrenwort!“

„Gut. Das freut mich. Ich nämlich auch.“ Sie löste sich von ihm und griff nach dem Handtuch um seine Hüfte. „Jetzt solltest du dich aber anziehen, ehe man uns wieder im Bett erwischt!“

Dreißigstes Kapitel

Während Forest die Kleidungsstücke aus den Überresten der Verpakkung fischte und anlegte, rutschte Jenny auf Händen und Knien herum und sammelte das Geld ein, das sie verstreut hatte. Forest war erstaunt. Die Sachen paßten ausgezeichnet.

„Woher kennst du meine Größen? Die weiß ich ja nicht mal!“

Amüsiert blickte Jenny zu ihm auf. „Ich habe Maß genommen, weißt du nicht mehr?“ Forest nickte nachdenklich und machte die letzten Knöpfe zu. Jenny verschwand im Schlafzimmer; vermutlich wollte sie ein paar Sachen zusammenpacken. Ein angenehmes Gefühl, wieder richtig angezogen zu sein. Sie hatte gut gewählt, teure Sachen, die einen exquisiten Geschmack verrieten. Er selbst kleidete sich nicht ganz so gut. Sogar die Schuhe paßten. Forest bewunderte sich kurz im Spiegel und griff eben nach dem Telefon, um Micky anzurufen, als Jenny ins Zimmer zurückkehrte.

„Was machen wir mit ihm? – Du weißt schon. Wenn wir ihn liegen lassen, verpestet er mir die Bude.“

Forest legte den Hörer wieder hin. „Seinetwegen brauchen wir uns wohl keine Sorgen zu machen. Wenn dein Vater nicht mehr von ihm hört, schickt er die nächste Angriffswelle. Die macht dann bestimmt sauber. Die Leute sind sehr ordentlich.“

Jenny rümpfte die Nase. „Na, wenigstens hat er eine Tugend, mein werter Vater.“ Sie kehrte ins Schlafzimmer zurück. Forest blickte ihr nach und bewunderte die Schnelligkeit, mit der sie sich auf die neue Lage eingestellt hatte. Und ihre Willenskraft. Er mußte daran denken, daß er sich noch vor einer Stunde übergeben hatte.

Micky war fast sofort in der Leitung, und als sie die Stimme ihres Chefs hörte, geriet sie aus dem Häuschen – auf ihre herablassend-unnahbare Art.

„Wie man hört, haben Sie ein kleines Bad genommen – und dazu noch für den Konkurrenzsender." Ihre Stimme dröhnte herzlich aus dem Hörer. Im nächsten Moment fragte sie gedämpft: „Alles in Ordnung, Forest?"

Forest stieß ein boshaftes Lachen aus. „Mir ist es nie besser gegangen, meine Liebe. Jetzt hören Sie mal gut zu, Mick. Ich habe Arbeit für Sie. Gestern nacht hat es über dem Hamiltonstaudamm ein Unwetter gegeben, angeblich die Ursache der Überflutung. Gehen Sie dem Ding nach. Ich möchte alles sehen, was Sie kriegen können."

„Schon notiert, Boß." Micky war spürbar erleichtert, daß er wieder von Arbeit sprach. „Wollen Sie mir sagen, wo Sie sind oder ob Sie jemals wieder nach Hause kommen?"

Forest überlegte hastig. „Nein, Mick, das kann ich nicht. Es ist besser, wenn ich Ihnen nichts verrate. Für die Sendung heute abend sollten Sie allerdings einen Ersatzmann vorsehen. Aber erarbeiten Sie den Bericht. Tut mir leid, daß ich so geheimnisvoll tue, aber ich kann nicht anders."

„Klar, klar", antwortete sie sarkastisch. „Das läßt sich einfach sagen. Na schön, geht in Ordnung. Sonst noch etwas, Boß?"

„Nein, das wäre alles, Micky. Bis bald. Und vielen Dank."

Sie lachte leise. „Na, melden Sie sich mal wieder. Es gibt hier tatsächlich Leute, die sich wirklich dafür interessieren, was aus Ihnen wird."

Die Verbindung wurde unterbrochen.

„Frauen!" brummte Forest vor sich hin und legte auf.

„Was war das – ‚Frauen'?" In diesem Augenblick war Jenny ins Zimmer gekommen, in der Hand ein Köfferchen. „Sag bloß nicht, daß du uns noch immer zu verstehen versuchst!" Forest schüttelte den Kopf und gestand damit seine Niederlage ein. Er blickte auf die Uhr über dem Kamin und machte sich klar, daß seit der Ankunft von Babygesicht gut eine Stunde vergangen war und daß es gefährlich werden konnte, wenn sie noch länger blieben.

„Freut mich, daß du gepackt hast. Wir müssen hier verschwinden, ehe deinem . . . dem General auffällt, daß er von seinem – wie hieß er doch gleich? – nicht wieder gehört hat – Eddie!“ Jenny nickte, stellte aber den Koffer hin und setzte sich neben Forest auf die Couch. Offensichtlich beschäftigte sie etwas.

„Forest, ich möchte meinen Vater anrufen.“ Forest unterdrückte den Impuls, sie zu unterbrechen. „Ich sage ihm nicht, wo wir sind oder wohin wir wollen, aber ich muß die Wahrheit wissen. Das verstehst du doch, oder?“ Die Tatsache, daß sie ihn um Erlaubnis bat, verdeutlichte, daß sie auf seiner Seite stand; trotzdem fiel es ihr schwer, ihren Vater in der Rolle zu sehen, die Forest beschrieben hatte. Forest hatte keine andere Wahl. Wenn er ihr den Anruf verbot, würde sie in einem Winkel ihres Wesens unentschlossen bleiben – und somit eine Gefahr für ihn. Doch sprach sie mit ihrem Vater, ging die Jagd garantiert los. Dieses Risiko mußte er eingehen. Er wollte und brauchte Jenny auf seiner Seite.

„Ruf ihn an!“ sagte er mürrisch. „Mach es knapp und freundlich! Wir sind hier die reinsten Zielscheiben.“ Während Jenny wählte, stand Forest auf und begann im Zimmer hin und her zu gehen. Am liebsten hätte er beide Seiten des Gesprächs mitgehört. Er mußte sich zusammennehmen.

„Bitte General Harlan Wells.“ Sie wartete. Forest blieb nicht stehen. „Bitte General Wells. Hier spricht seine Tochter.“ Wieder eine Pause. „Paps, hier Jenny.“ Sie blickte zu Forest auf. „Was kommt es darauf an, wo ich bin?“ Sie hörte zu. Forest versuchte ihren Gesichtsausdruck zu deuten, aber es war nichts zu erkennen. Offensichtlich redete der General wie ein Wasserfall. Forest gab das nutzlose Hin und Her auf und ließ sich auf einen Stuhl sinken. Jenny beobachtete ihn dabei, begegnete kurz seinem Blick und wandte wieder den Kopf ab. Es war zu sehen, daß die Worte ihres Vaters sie bekümmerten. Endlich hielt sie es nicht mehr aus.

„Paps . . . Paps . . . bitte sei mal einen Augenblick still. Ich habe dich schon verstanden. Ich muß dir eine Frage stellen.“ Sie schwieg, als der General erneut zu reden begann, und Forest blickte auf die Uhr. Der Minutenzeiger rückte erbarmungslos weiter, und er begann sich zu fragen, ob der General etwa Zeit zu schinden versuchte, damit der Anruf zurückverfolgt werden konnte. Er wollte Jenny schon ein Zeichen geben, sich kurz zu fassen, als sie ihren Vater energisch unterbrach.

„Paps, wenn du dir meine Frage nicht anhörst, lege ich jetzt auf." Sie blickte Forest an, um ihm zu verdeutlichen, daß sie sich beeilte. „Vielen Dank, Paps. Bitte sag mir eins. Als ich heute nachmittag in meine Wohnung zurückkam, fand ich Eddie Robinson hier." Sie schüttelte den Kopf. „Nein, ich bin nicht mehr dort. Er war tot. In meinem Schlafzimmer." Forest verzog das Gesicht und sprang auf. „Außerdem fand ich zwei Einschüsse in meinem Bett. Hast du Eddie aufgetragen, mich gleich mit umzubringen?" Offenbar begann der General jetzt zu brüllen, denn Jenny hielt den Hörer ein Stück vom Ohr ab. Forest hörte die Stimme am anderen Ende, ohne die Worte im einzelnen zu verstehen. Er sah, wie sich Jennys Gesicht zu einem zynischen Lächeln verhärtete, dann nahm sie den Hörer wieder heran.

„Vielen Dank, Paps, mehr wollte ich nicht wissen." Sie stand auf, und Forest sah den Zorn in ihr emporwallen. „Du bist mir ein toller Vater und eine großartige Mutter gewesen. Leb wohl!" Sie knallte den Hörer auf die Gabel. Forest war nicht zum erstenmal Zeuge von Jennys Zorn, doch so etwas hatte er noch nicht erlebt. Sie war außer sich. Sie riß die Tasche an sich und fuhr zu ihm herum wie ein wütend brummender Dynamo.

„Gehen wir", sagte sie knapp und ging zur Tür. Forest wollte ihr folgen, als das Telefon zu klingeln begann. Jenny achtete nicht darauf. „Los, komm!"

Als Forest das Zimmer verließ, blieb sie noch einen Augenblick an der Tür stehen und sah sich in der Wohnung um, dann folgte sie ihm die Treppe hinab. Durch die offene Tür klagte schrill das Telefon hinter ihnen her.

Einunddreißigstes Kapitel

Forest kam sich nicht wie ein Paranoiker vor, als er seine Begleiterin am Hauseingang anhielt und vorsichtig in beide Richtungen blickte. Auf der Treppe hatte er ihr erklärt, daß sie nicht mit öffentlichen Verkehrsmitteln nach New York fahren konnten, daß sie vielmehr den Wagen nehmen mußten. Forest war davon überzeugt, daß der General alle Bus- und Bahnstationen wie auch die Flughäfen überwachen ließ. Jetzt wollte er sichergehen, daß sie nicht schon erwartet wurden, ehe sie überhaupt losgefahren waren.

Forest sah nichts Verdächtiges, wußte aber, daß das noch gar nichts besagte. Wenn jemand auf der Lauer lag, der sein Handwerk verstand, war er bestimmt unsichtbar.

Sie liefen die Treppe hinab und über die Straße zu Jennys orangerotem Triumph. Jenny schloß den Wagen auf, ohne einen Blick zum Haus zurückzuwerfen, und Forest hatte das Gefühl, daß sie der Wohnung für immer ade sagte.

Es gab keine Diskussionen darüber, wer fahren wollte. Jenny glitt hinter das Steuer und ließ den Motor aufbrüllen. Forest lehnte sich im Beifahrersitz zurück und überließ es ihr, sie aus Washington hinauszulotsen. Der Wagen fuhr ruckhaft an, und Forest wandte den Kopf. Jenny hatte die Zähne zusammengebissen, und an ihrer Wange zuckte ein Muskel. Ihr Zorn war noch nicht verraucht.

Der kleine Wagen wurde förmlich in eine Kurve gerissen, dann fuhr er die Schräge hinab, die als 30. Straße bekannt war. An den Kreuzungen N- und M-Street gab es zwar grüne Welle, doch Forest hatte den Eindruck, daß sich seine Begleiterin um rote Ampeln gar nicht geschert hätte. Mit der Bremse schien sie wenig im Sinn zu haben.

Sie rasten über die kleine Brücke, die den C-&-O-Kanal überspannte, und unterquerten mit quietschenden Reifen die Schnellstraße an der K-Street. Jenny drängte sich an einer Reihe Wagen vorbei, die sich vorsichtig auf den Rock Creek-Parkway einfädeln wollten, und schoß auf die südliche Auffahrt. Erst als sie mit gut hundert Stundenkilometern dahinrasten, wagte es Forest, tief durchzuatmen.

„Na?“ fragte er. „Was hat er gesagt?“

Jenny warf einen Blick in den Rückspiegel und wechselte den Fahrstreifen. „Er sagte, du wärst ein irregeleiteter Clown, du hättest dich in etwas eingemischt, das dich nichts anginge. Ich solle um Gottes willen nichts von dem glauben, was du mir auftischst, du seist äußerst gefährlich. Er forderte mich auf, in sein Büro zu kommen, wo er mir alles erklären wollte. Ich sollte mich aber so schnell wie möglich von dir trennen. Ich habe nicht den Eindruck, daß er dich mag, Forest."

„Da könntest du recht haben", antwortete Forest lächelnd. „Und dabei spricht wohl auch nicht für mich, daß ich seine geliebte Tochter verderbe. Was hatte er zum Thema Eddie zu sagen?"

„Ach, das war einfach großartig!" sagte Jenny verbittert. „Er behauptet, Eddie sollte dich gar nicht töten, sondern nur ins Pentagon bringen, damit ihr beide euch mal aussprechen konntet. Anscheinend bist du jetzt auch noch ein Mörder."

Forest war sprachlos. Über diesen Aspekt des Falles hatte er noch gar nicht nachgedacht, aber er kam nicht darum herum. In der Wohnung lag ein toter Mann, auf dem Couchtisch ein Revolver, übersät mit seinen Fingerabdrücken. Na, dagegen konnte er nichts mehr tun. Und irgendwie konnte sich Forest auch nicht vorstellen, daß der General Babygesicht dort liegen ließ, bis die reguläre Polizei ihn fand. Damit wäre Jenny in die Sache hineingezogen worden, und das war doch ein wenig brenzlig für den General.

„Und du? Was sagst du zu seinen Antworten?" Jenny warf ihm einen kurzen Blick zu und starrte wieder nach vorn. Forest erkannte, daß sie nicht nur zornig war, sondern auch zutiefst verletzt.

„Er sagte, ich sei seine geliebte Tochter, das einzige, was er noch auf der Welt besitze, er würde mir kein Haar krümmen, aber" – sie seufzte leise – „wenn ich mich weiter mit einem gefährlichen Verrückten und Clown herumtriebe . . ."

„Würdest du bitte aufhören, mich einen Clown zu nennen!" unterbrach sie Forest.

„*Ich* nenne dich nicht Clown. *Er* tut das!"

„Egal. Vergiß, was ich gesagt habe. Ich reagiere in letzter Zeit etwas gereizt. Na, jedenfalls, wenn du dich weiter mit mir herumtreibst, was dann?"

„Dann könne er keine Verantwortung für mein Wohlergehen übernehmen. Er sei um meine Sicherheit besorgt, und deshalb müsse ich mich unbedingt von dir trennen. Hübsche Worte vom eigenen Vater, wie?“

„Du mußt mir verzeihen, Jenny, aber ich finde, dein Vater ist kein netter Mensch“, stellte Forest fest.

Jenny antwortete nicht. Sie blickte starr in den Rückspiegel und wechselte plötzlich erneut die Fahrbahn, wobei sie sich zwischen zwei andere Wagen drängte. Überrascht blickte Forest sie an. „Was soll das, Jenny? Willst du uns in den Himmel bringen?“

„Nein, ich will nur feststellen, ob der ASPD-Wagen da hinten uns verfolgt. Ich fürchte fast, er hat es auf uns abgesehen.“

Forest mußte sich beherrschen, um nicht im Sitz herumzufahren. „Und was ist ein ASPD?“

„Armed Service Police Department. Eine Art Militärpolizei, nur besser. Alle Angehörigen haben eine Spezialausbildung. Nur gut, daß ich ein Armeekind bin, ich rieche die Kerle auf eine Meile.“ Wieder wechselte sie die Fahrspur. „Na, was schlägst du jetzt vor?“

Forest blickte aus dem Fenster. Sie kamen gerade am Kennedy-Center vorbei und näherten sich dem Watergate-Komplex. „Dein Vater reagiert wirklich schnell. Ich hätte wissen müssen, daß er eine Beschreibung deines Wagens durchgibt. Wir müssen die Kerle abschütteln. Gibt es in der Nähe eine Parkgarage oder einen großen Parkplatz? Vielleicht können wir uns dort dünnemachen.“

Jenny gab Gas, fuhr dicht vor zwei anderen Autos zur rechten Fahrspur hinüber und verließ die Schnellstraße unter der Memorial Bridge. Sie bog nach links auf den Ohio Drive ein und erreichte Potomac Park Ost. Links erhob sich das Washington-Monument und rechts am Ende des Gezeitenbeckens das Jefferson-Memorial. Der Triumph ruckte nach rechts, vorbei an einem Schild mit den Worten „Sackgasse Hains Point“, bog um eine Kurve und dann wieder nach rechts auf den Parkplatz am Jefferson-Memorial.

Forest drehte sich um, während Jenny zwischen den Reihen geparkter Fahrzeuge hin und her fuhr und sich zur Mitte des Parkplatzes vortastete. Der schwarze Armeewagen mit dem goldenen Polizeiabzeichen an den Türen hatte am Eingang gestoppt. Jenny fand eine Lücke und steuerte den Wagen hinein. Sie stellte den Motor ab.

„Ich habe das Gefühl, als hätten wir eben einen großen Fehler gemacht. Wir sitzen in der Falle."

Forest sah sich um. „Noch nicht", sagte er lächelnd. „Komm. Ich wollte schon immer mal eine Stadtrundfahrt machen und mir die Schönheiten Washingtons ansehen." Sie verließen den Wagen, und Jenny verriegelte die Türen. Dann hängte sie sich ihr Gepäck wie eine Handtasche über die Schulter und schlenderte mit Forest auf eine Gruppe zu, die einen Besichtigungsbus bestieg.

„Ach, wie geistvoll!" sagte Forest laut zu Jenny, während sie behutsam zur Mitte der Gruppe vordrangen. „Ich habe auf dem Altar Gottes jeder Form der Tyrannei über den menschlichen Geist ewige Feindschaft geschworen", fuhr er in Jeffersons Worten noch lauter fort. „Und das ist ganz meine Meinung!"

Jenny versuchte Forest mit einem Rippenstoß zum Schweigen zu bringen, doch ihre Augen funkelten boshaft. Sie folgten einem weißhaarigen Ehepaar in den Bus und nahmen in der Mitte Platz. Forest überließ Jenny das Fenster und räkelte sich in seinem Sitz. Nach wenigen Minuten wurde deutlich, daß sich der Bus nicht ganz füllen würde, und er schloß die Augen, um nachzudenken.

Wenn der Bus nicht angehalten und durchsucht wurde, war alles klar. Er wandte sich an Jenny. „Hast du eine Kreditkarte?" fragte er leise. Sie nickte. „Gut. Wir brauchen sie, um einen Wagen zu mieten, sobald wir hier raus sind."

In diesem Augenblick wurde die Tür zugeknallt, und der Fahrer ließ den Motor an. Der Bus fuhr an. In der Nähe des Tors rutschten Forest und Jenny noch tiefer, bis ihre Gesichter von außen nicht mehr auszumachen waren. Forest drehte den Kopf und lächelte die gegenübersitzenden alten Leute freundlich an. Dann griff er nach Jenny und gab ihr einen langen, leidenschaftlichen Kuß. Das alte Ehepaar nickte sich vielsagend zu und achtete nicht weiter auf sie.

Der Bus fuhr ohne Halt vom Parkplatz und nahm Fahrt auf. Forest ließ Jenny los, die einmal tief einatmete. „Pü! So etwas solltest du in der Öffentlichkeit nicht mit mir machen, Forest!"

„Tut mir leid. Ging nicht anders", antwortete er grinsend.

„Zu entschuldigen brauchst du dich nicht. Ich habe mich nicht beklagt, sondern dich nur gewarnt." Sie erwiderte sein Grinsen, dann blickten sich beide um. Die Soldaten schritten über den Parkplatz und suchten systematisch nach Jennys Wagen. Ihnen stand eine große Enttäuschung bevor. Der Bus bog auf die 195 nach Süden ab, und sie lehnten sich zurück.

Forest spürte eine Hand am Arm und wandte den Kopf. Der alte Herr beugte sich über den Gang. „Verzeihen Sie die Störung, junger Mann, aber würden Sie mir eine ... persönliche Frage erlauben?" Der alte Mann blinzelte Forest zu.

„Aber ja, Sir. Worum geht es?"

„Na, Mama und ich mußten eben mit ansehen ... nun, sie meint, Sie sind auf der Hochzeitsreise." Forest blickte auf die alte Dame, die ihn durch ihre goldgefaßte Brille anstarrte.

„Jawohl, Sir. Sie hat völlig recht", antwortete Forest und nahm Jenny bei der Hand.

Der alte Mann nickte weise. „Wir sind jetzt schon fast vierzig Jahre verheiratet, Mama und ich. Meinen Glückwunsch."

Forest lächelte und wollte den beiden alten Leuten antworten, als er Jennys Finger spürte, die sich um seinen Arm verkrampften und ihm beinahe das Blut abdrückten. Er sah sie an und schloß sich dann ihrem entsetzten Blick nach draußen an. Der Bus hatte eben die Brücke an der 14. Straße überquert, und Forest erhaschte einen letzten Blick auf das Schild mit den Worten: BOUNDRY CHANNEL DRIVE – PARKPLATZ NORD PENTAGON.

„Na", sagte Jenny sarkastisch, „du wolltest ja alle Sehenswürdigkeiten besichtigen. Der Wunsch geht in Erfüllung!"

„Das kann man wohl sagen!" knurrte er. Dann duckte er sich wieder in seinen Sitz. „Wenigstens werden uns die Kerle hier nicht suchen."

„Da hast du recht", antwortete sie. „Hier brauchen sie uns nicht zu suchen, hier stolpern sie über uns."

„Hast du ein Kopftuch?" Sie nickte. „Und eine Sonnenbrille?" Wieder bejahte sie. „Na, mach dich zurecht."

Jenny begann in ihrer Tasche herumzuwühlen und blickte schließlich Forest an.

„Und was willst du wegen deines Gesichts unternehmen, Kumpel? Dir eine Papiertüte überstülpen?“ Forest war nicht nach Lachen zumute. Jenny zog eine weiche Filzmütze aus der Tasche und setzte sie mitsamt der Sonnenbrille auf. Leider war die Brille sehr groß und eindeutig für eine Frau bestimmt, sonst hätte Forest sie genommen. Er betrachtete Jenny. Zumindest war ihr hellblondes Haar versteckt. Wie er sich verkleiden sollte, wußte er allerdings nicht.

Der Bus hielt vor dem breiten Eingang des Pentagons, und die Tür ging auf. Sie wurden direkt an der Vordertür abgesetzt. Alle Touristen standen auf und drängten sich durch den Gang nach vorn. Forest und Jenny reihten sich hinter dem älteren Paar ein und folgten ihm bis in die hohe Eingangshalle. Forest behielt den Kopf unten, doch aus den Augenwinkeln sah er Hunderte von Uniformierten.

Die Gruppe war in der Mitte der Haupthalle stehengeblieben, und der Führer begann die Wunder des Gebäudes zu erklären. „Das Pentagon umfaßt neunundzwanzig Morgen mit einem fünf Morgen großen Innenhof. Die Zugangsstraßen zum Pentagon sind fünfzig Kilometer lang, die Parkplätze bedecken siebenundsechzig Morgen, darauf haben zehntausend Autos Platz. Es gibt zweihundert Morgen Rasen, sechshundertfünfundachtzig Wasserspender, achtundzwanzig Kilometer Korridore, hundertundfünfzig Treppen, neunzehn Rolltreppen, zweihundertundachtzig Toiletten und dreißigtausend Mitarbeiter, die vierundzwanzigtausend Telefone benutzen. Das Gebäude kostete 1943 dreiundachtzig Millionen Dollar und verfügt über eine Nutzfläche, die dreimal so groß ist wie die des Empire State Building.“

Forest stand mit gesenktem Kopf zwischen den Touristen und rechnete jeden Augenblick damit, daß sich eine feste Hand auf seine Schulter legte. Schließlich hielt er es nicht mehr aus.

„Jenny“, flüsterte er, „wir müssen hier raus. Meine Nerven stehen das nicht durch. Wenn die Gruppe weitergeht, setzen wir uns ab. Du kennst bestimmt einen anderen Ausgang.“

Jenny drückte Forest die Hand. „Ich habe eine Idee“, flüsterte sie zurück. „Mir nach. Und hab Vertrauen.“

Forest gefiel die Vorstellung ganz und gar nicht, doch plötzlich kam Bewegung in die Besuchergruppe, und Jenny zerrte ihn zur Seite, so daß er keine Wahl mehr hatte. Sie ließen die Touristen vorbeigehen und bogen dann wie selbstverständlich in einen Korridor mit Läden ab; sie mußten sich beherrschen, um nicht loszurennen. Überall gab es Uniformierte, die allerdings ausnahmslos mit sich selbst beschäftigt waren. Ohne stehenzubleiben, neigte Forest den Kopf näher zu Jenny. „Was ist das für eine Idee?"

„Wir gehen zum Parkplatz Süd."

„Und was tun wir dort?" fragte er mit einem Hauch von Herablassung in der Stimme. Ihre Antwort ließ ihn verblüfft stehenbleiben.

„Wir klauen den Wagen meines Vaters, du Schlauberger!" Ihr Bewegungsmoment riß Forest mit, so daß er ins Stolpern geriet.

„Du bist ja verrückt! Das weißt du hoffentlich!" Jenny ging weiter, wobei sie Forest gewissermaßen mitschleifte. Sie blickte starr geradeaus, als sei sie auf der Hut vor lauernden Gefahren.

„Ich weiß", sagte sie. „Verrückt muß ich sein, wenn ich in all dem Wetterwirrwarr bei dir bleibe. Und ich bin verrückt nach dir. Also bist du jetzt auch verrückt und folgst mir." Am Ende des Korridors wandte sie sich nach rechts und stieß eine Tür auf, die auf den Parkplatz Süd führte. Forest kniff vor der grellen Sonne die Augen zusammen. Trotzdem machte er alle möglichen militärischen Transportfahrzeuge aus – von Bussen über Jeeps bis hin zu langen schwarzen Limousinen.

Jenny blickte sich kurz um und marschierte dann zielstrebig wie eine Brieftaube los, wobei sie scheinbar endlose Reihen von Autos passierte, bis sie neben einem Cadillac mit zwei Sternen über der Zulassungsnummer stehenblieb. Die Beifahrertür war verschlossen. Als sie ins Fenster starrte, um nachzusehen, ob auch auf der anderen Seite geschlossen war, spiegelte sich plötzlich eine Uniform im Glas. Sie fuhren herum und sahen sich einem fast einsneunzig großen Korporal gegenüber.

„Hallo, Miß Wells, suchen Sie mich?" Forest und Jenny erkannten an dem unschuldigen Lächeln des Korporals, daß der Mann die Situation nicht kannte.

„Hmm . . . ja, Sie haben recht, Johnny. Mein Wagen ist mal wieder in der Werkstatt, und Paps hat gemeint, Sie könnten uns eben in die Stadt fahren. Dies ist . . . Mr. Hill. Forest, ich möchte dir Korporal Kornak vorstellen. Er fährt manchmal meinen Vater." Jenny grinste und brachte Forest in Erinnerung, daß er ernst geblieben war.

„Freut mich, Sie kennenzulernen, Mr. Hill." Der Korporal nickte, und Forest atmete unmerklich auf. Er brachte sogar ein Lächeln zustande.

„Vielleicht sollte ich noch kurz beim General zurückfragen, wann er selbst . . ."

„Oh, er sagte, Sie sollen sich zu sechzehn Uhr bereithalten", sagte Jenny sofort, und Forest beglückwünschte sie innerlich zu ihrer Schlauheit. Der Soldat öffnete die Tür. Jenny stieg hinten ein, Forest folgte ihr. Johnny schloß die Tür und setzte sich hinter das Steuer.

„Wohin soll ich Sie bringen?" fragte er und blickte über die Schulter durch die Öffnung in der Trennwand.

„Zum Nationalflughafen Washington", antwortete Forest, ehe Jenny reagieren konnte. „Wir wollen uns im Süden ein langes Wochenende gönnen." Jenny blickte ihn überrascht an. Forest legte den Arm um sie und drückte sie beruhigend. Wenn sie sich auf das Spiel verstand, dann er erst recht. Der Fahrer schien von dem stummen Zwiegespräch nichts zu bemerken: Er ließ den Motor an. Kaum war der Wagen in Bewegung, drückte Jenny auf einen Knopf in ihrer Armlehne, und eine Klappe öffnete sich und offenbarte ein Telefon. Sie nahm den Hörer von der Gabel und schloß das Türchen wieder. Dann lehnten sich beide bequem zurück, um die Fahrt zu genießen.

Die Reise zum Flughafen verlief ereignislos, und Forest und Jenny nutzten die Zeit, um ihre Gedanken zu ordnen und Kräfte für das Kommende zu sammeln. Erst als der Verkehr in der Nähe der Flughafenabfahrt dichter wurde, ergriff der Fahrer zum erstenmal das Wort.

„Tut mir leid, Miß Wells, aber wir haben schon Berufsverkehr. Jeden Tag dasselbe. Mit welcher Fluggesellschaft fliegen Sie?"

Jenny blickte Forest an.

„Mit Delta nach Key West", antwortete er. Sie kamen nur noch im Schrittempo voran. Wenn der General seine Männer am Flughafen postiert hatte, bewachten sie bestimmt die Abflughalle – es war also nicht ratsam, mit einer Generalslimousine anzukommen. Noch hatten sie die Gabelung nicht erreicht, die den Verkehr zwischen Ankunft und Abflug trennte. Er mußte schnell reagieren.

Forest blickte auf sein Handgelenk, zog die Uhr zu Rate, die er gar nicht trug, und beugte sich vor. „Ich fürchte, so verpassen wir den Flug. Würden Sie bitte einen Augenblick lang halten? Wir wollen sehen, ob es zu Fuß nicht schneller geht." Der Fahrer blickte in den Rückspiegel und steuerte den Wagen dann langsam an den Straßenrand. Als der Cadillac hielt, hatte Jenny schon die Tür geöffnet.

„Vielen Dank für die Fahrt, Johnny. Und geben Sie meinen Dank auch an Paps weiter, ja?" Der Fahrer drehte sich um und winkte, als Forest die Tür schloß. Dann eilten sie auf das Flughafengebäude zu. Gefolgt von Jenny, lief Forest die Rampe zur Ankunftshalle hinab. Sobald sie von der Limousine nicht mehr gesehen werden konnten, gingen sie langsamer und versuchten wieder zu Atem zu kommen.

„Fliegen wir denn nach Süden, Forest?" fragte Jenny. „Weißt du, eine schlechte Idee wäre das nicht."

Forest blickte sie stirnrunzelnd an. „Es wäre eine schreckliche Idee. Tu mir einen Gefallen. Geh ins Gebäude und miete einen Wagen. Ich warte hier auf dich. Und beeil dich!"

Jenny zuckte die Achseln und wandte sich wortlos ab. Forest sah sie im Gebäude verschwinden und begann, auf und ab zu gehen.

Zweiunddreißigstes Kapitel

Forest und Jenny erreichten New York erst kurz vor Mitternacht. Die letzten Stunden der Fahrt hatte Jenny auf dem Beifahrersitz verschlafen. Forest war in den vergangenen beiden Tagen nur kurz zur Ruhe gekommen und hätte eigentlich erschöpft sein müssen, doch je näher sie New York kamen und der Chance, den Computer anzuzapfen, desto größer wurde seine Erregung. Es war sicher ein Problem, den

Männern des Generals aus dem Weg zu gehen, sollten sie auf der Lauer liegen, aber New York war immerhin Forests Heimatstadt, was ihm hoffentlich einen Heimvorteil verschaffte.

Er fuhr durch den Midtown-Tunnel nach Manhattan hinein und steuerte auf der Achten Avenue nach Norden. Deutlich spürte er die pulsierende Energie der Stadt, die niemals schläft. An der 42. Straße flammten die Lichter der Kinos, und die Mädchen und Zuhälter und Gaffer und Touristen wirbelten im Neonlicht durcheinander. Nach der stillen Weite Washingtons war dieser schrille Lärm die reinste Musik. Er blickte zu Jenny hinüber und sah, daß sie wach war.

„Wir sind da."

„Ich weiß. Man spürt es sofort." Sie hatte zusammengekrümmt gesessen; jetzt richtete sie sich auf und streckte die Muskeln. „Guten Morgen!" sagte sie munter.

Forest lächelte; wie angenehm, daß sie gutgelaunt erwachte! Er fuhr langsamer und hielt Ausschau nach einer Garage, die die ganze Nacht geöffnet hatte.

„Ich muß leider mal, Forest."

„Ich auch, mein Schatz. Einen Augenblick noch." Endlich machte Forest in der 56. Straße eine Kinney-Garage aus und bog ein. Er hielt Jenny, die aus dem Wagen springen wollte, am Arm zurück. „Wasch dir das Gesicht mit kaltem Wasser. Du mußt nachher hellwach sein." Jenny griff nach ihrer Handtasche und eilte davon.

Forest stellte den Motor ab, stieg aus und wartete ungeduldig auf den gelangweilten Parkhauswächter. Endlich bekam Forest seinen Parkschein und konnte nun ebenfalls zur Toilette eilen.

Er war als erster fertig und mußte auf Jenny warten, die sich Zeit ließ. Als sie wieder auftauchte, sah er, daß sie sich nicht nur das Gesicht gewaschen, sondern auch Make-up aufgelegt hatte. Oder zumindest Lippenstift. Sie hatte die Gabe, zu jeder Tages- und Nachtzeit großartig auszusehen.

„Himmel Herrgott, was für ein Schweinestall!" sagte sie so laut, daß es in der näheren Umgebung deutlich zu hören war. Als sie das Gebäude verließen, fragte sie gelassen: „Kannst du dir vorstellen, wie es ist, wenn man es im Stehen machen muß?"

„Klar. Mach ich doch immer. Komm.“ Sie gingen zur Achten Avenue, wo Forest ein Taxi anhielt. „Fahren Sie Central Park West zur 67sten, dann links“, sagte er zum Fahrer. „Ich gebe Bescheid.“ Kaum war der Wagen angefahren, fiel Jenny mit ihren Fragen über Forest her.

„Warum hast du den Wagen in eine Garage gestellt? Wir hätten ihn zurückgeben können.“

„Dein Vater weiß sicher schon, daß wir nicht geflogen sind, und hat bestimmt auch die Autovermietung überprüft. Der Wagen ist auf deinen Namen gemietet. Wo wir sind, weiß er aber erst in dem Augenblick, wenn wir den Wagen zurückgeben.“

Jenny überlegte einen Augenblick lang. „Du hast recht – gut überlegt. Wohin fahren wir denn nun? Warum muß ich hellwach sein?“

„Wir fahren langsam an meinem Sender vorbei. Du hast vorhin gesagt, du hättest einen sechsten Sinn für Militärpolizisten. Jetzt hast du Gelegenheit, mir diese Behauptung zu beweisen. Ich möchte wissen, ob dein Vater ABC beobachten läßt.“ Jenny wollte schon protestieren, doch Forest unterbrach sie. Sie waren nun an der 67. Straße, und der Fahrer bog ab. Forest beugte sich vor und gab weitere Anweisungen.

„Fahren Sie bitte langsam bis zum Broadway, dann weiter nach Norden. Okay!“

„Wie Sie wollen, Mister“, kam die Antwort von vorn. Forest ergriff Jennys Hand.

„Es ist eigentlich nicht weiter wichtig. Sag mir Bescheid, wenn du etwas siehst oder fühlst.“ Das Taxi fuhr über die Columbus Avenue und näherte sich dem Broadway. Jenny war auf dem Sitz nach vorn gerutscht und suchte beide Straßenseiten ab. Sie passierten den Haupteingang des ABC-Senders, und Forest bemerkte nichts Ungewöhnliches. Das Gebäude war hell erleuchtet, und draußen saß ein Wachmann. Ganz normal. Jenny schwieg. Die Ampel stand auf Grün, und das Taxi bog auf den Broadway ein.

Plötzlich griff Jenny nach Forests Arm und drückte kräftig. „Dort!“ Er blickte aus dem Fenster, konnte aber nichts erkennen.

„Was denn? Wo?“

Sie deutete auf einen unauffälligen schwarzen Wagen, an dem sie gerade vorbeikamen. „Das sind sie! Das ist der Wagen, den sie nehmen, wenn sie nicht in Uniform auftreten."

Forest konnte es kaum fassen. Er hatte nichts gesehen. „Bist du sicher?" fragte er. Es machte einen großen Unterschied, ob der Sender beobachtet wurde oder nicht.

Wieder griff sie nach seinem Arm. „Ich bin ganz sicher. Ich rieche es förmlich!"

Forest akzeptierte die Information, doch er war bekümmert. Jetzt trat der zweite Plan in Aktion. Wieder beugte er sich vor.

„Schön, Fahrer, jetzt den Riverside Drive hinauf und nach rechts in die 84. Straße. Hübsch langsam, wie eben." Der Fahrer antwortete nicht. Er hatte keine Ahnung, was für Spielchen da auf dem Rücksitz gespielt wurden, doch er fand keine Freude daran.

Das Taxi erreichte die 84. Straße unter Nachtmusik aus dem Riverside Park – Dschungeltrommeln, die durch die Dunkelheit dröhnten. Forest blickte sehnsüchtig auf das Apartmenthaus, in dem sich seine Wohnung befand. Jenny wandte wieder einmal ihren besonderen Sinn an. Diesmal jedoch war Forest nicht auf sie angewiesen. Er sah selbst, daß gegenüber dem Haus zwei Autos mit Soldaten parkten. Damit war ihm die Rückkehr nach Hause verbaut.

Als das Taxi die Ecke West End Avenue erreichte und dort vor der roten Ampel halten mußte, drehte sich der Fahrer um. „Machen Sie eine Stadtrundfahrt, Mister, oder was? Möchten Sie mir endlich sagen, wohin Sie eigentlich wollen?"

„Bringen sie uns zur 69sten Ecke Park Avenue. Wir steigen dort aus."

Der Fahrer brummte etwas, das Forest bewußt überhörte, und fuhr weiter.

„Wohin jetzt, Forest?" Ein klagender Ton lag in Jennys Stimme, als fühle sie sich in der großen Stadt seltsam allein.

„Wir besuchen meinen Freund Roger Moss. Ich glaube, wir brauchen ein bißchen Hilfe."

Dreiunddreißigstes Kapitel

Forest und Jenny standen schon ziemlich lange vor Rogers Tür. Zum wiederholten Male drückte Forest auf den Klingelknopf. Er wußte, daß Roger zu Hause war, weil der Pförtner es ihm versichert hatte, nachdem Forest behauptet hatte, daß er erwartet würde.

Endlich öffnete sich die Tür, und Jenny starrte in das Gesicht des berühmtesten und angesehensten Nachrichtenkommentators des Landes. Sein Haar war zerstrubbelt, und er war bis auf eine kurze Hose nackt.

„Himmel Herrgott, Forest! Weißt du, wie spät es ist?“ Forest drängte in die Wohnung und zog Jenny mit. Roger mußte zur Seite treten.

„Roger, ich möchte dir Jenny Wells vorstellen.“ Roger blickte das Mädchen ein wenig einfältig und vielleicht sogar verlegen an, brachte es aber fertig, sie kennerhaft von Kopf bis Fuß zu mustern.

„Roger, Liebling. . . . ich warte!“ meldete sich eine Frauenstimme aus dem Schlafzimmer. Roger hustete nervös, und Forest mußte an sich halten, um nicht loszulachen. Er nahm Roger die Tür aus der Hand, schloß sie und gab seinem Freund einen Klaps auf den Rücken.

„Warum machst du nicht da weiter, wo du eben aufgehört hast, alter Knabe? Kümmere dich nicht um uns. Ich muß sowieso mal telefonieren. Wir sind im Wohnzimmer.“ Roger rührte sich nicht von der Stelle und blickte seinen Besuchern erstaunt nach; er wußte offensichtlich nicht, was hier vorging. Dann verschwand er im Schlafzimmer und schloß die Tür.

Alle Lichter brannten im Wohnzimmer, und während sich Jenny mit Rogers Sammlung von Erinnerungsstücken und Preisen beschäftigte, wählte Forest Mickys Privatnummer. Als es läutete, ging ihm auf, daß ihre Nummer eine der wenigen war, die er aus dem Gedächtnis kannte. Sie meldete sich nach dem zweiten Klingeln; trotzdem ließ ihre Stimme erkennen, daß sie geschlafen hatte.

„Tut mir leid, wenn ich Sie wecke, Mick. Ich bin’s.“ Sie räusperte sich. „Das weiß ich schon, Sie rätselhafter Mensch. Wenn Sie mir nur gute Nacht wünschen wollen, ist es zu spät. Wo stecken Sie?“

„In New York. Und ich muß Sie dringend um einen Gefallen

bitten." Micky ächzte dramatisch. „Und fragen Sie bloß nicht, ob ich weiß, wie spät es ist", fügte er hastig hinzu. „Ich weiß es nämlich. Es ist ziemlich spät."

„Wo sind Sie in New York, Forest?"

„Das kann ich Ihnen nicht verraten, Micky. Sie müssen mir vertrauen."

Es dauerte eine Weile, ehe Micky antwortete: „Na, dann müssen Sie mir wohl Ihrerseits mal vertrauen, Boß, sonst mache ich nämlich nicht mit. Wo stecken Sie?"

Forest überlegte kurz. Sie hatte natürlich recht.

„Ich bin bei Roger zu Hause, aber behalten Sie es für sich. Haben Sie etwas zu schreiben da?"

„Aber klar!" gab sie zurück, zufriedengestellt und besser gelaunt als vorher. „Ich schlafe mit einem Stift hinter dem Ohr. Legen Sie los!"

Forest las ihr Rogers Telefonnummer vom Apparat vor. „Notiert? Gut, dann hören Sie zu. Ich möchte, daß Sie ins Studio fahren und feststellen, wo dort der Computer steht. Wenn Sie im Computerraum sind, rufen Sie mich hier an."

„Sofort? Sie machen Witze!"

„Es ist mir verdammt ernst, Micky. Und versuchen Sie bitte unauffällig in den Sender zu kommen."

Er hörte Micky leise durch die Zähne pfeifen. „Hat die Sache mit den Soldaten zu tun, die sich hier überall herumtreiben? Sie haben doch nicht etwa die Tochter des Generals entführt, oder?"

Forest lachte. „Ja, es hat damit zu tun. Aber die Tochter des Generals habe ich nicht entführt." Er wiederholte das Gespräch für Jenny und wurde mit einem Lächeln belohnt. „Micky, die Sache ist wirklich ernst, und die Zeit wird knapp. Wollen Sie mir helfen?"

„Ich bin schon fast angezogen, Euer Hochwohlgeboren. Ich melde mich in einer halben Stunde." Sie legte auf. Forest ging zu Jenny und nahm sie in die Arme.

„Sie ruft an, sobald sie dort ist. Wie wär's mit einem Drink? Ich kann jedenfalls einen brauchen."

„Denselben Vorschlag wollte ich auch gerade machen, alter Knabe." Forest und Jenny fuhren herum und sahen Roger in der Tür stehen, jetzt vollständig angekleidet und gekämmt, doch noch immer einigermaßen ratlos wirkend, eine Anwandlung, die er zu überspielen suchte. Er trat näher und gab Jenny die Hand. „Freut mich, Sie kennenzulernen, Miß Wells. Hoffentlich können Sie mir die Umstände verzeihen, aber ..." Er zuckte weltmännisch die Achseln. „Ich hatte eben keine Ahnung, daß Sie kommen würden."

Forest unterbrach ihn. „Nein, du mußt *uns* verzeihen, Roger. Es tut mir ehrlich leid, aber es ging nicht anders. Du wirst gleich alles verstehen. Zunächst sollten wir uns nicht so förmlich geben, sie heißt Jenny, und er heißt Roger. Und ich hätte gern einen Drink." Jenny lächelte Roger an, und er lächelte zurück. Dann ging er zur Bar.

„Ich glaube, sie schläft jetzt, so daß wir nicht gestört werden. Wodka, Forest?" Forest nickte. „Und was kann ich Ihnen machen, Jenny?"

„Dasselbe, bitte."

Forest und Jenny setzten sich auf die Couch und starrten auf Rogers Rücken, während er die Getränke zubereitete.

„Jemand, den ich kenne?" fragte Forest unschuldig.

Roger drehte sich um und brachte die Gläser.

„Nein. Genaugenommen kenne ich sie auch nicht sehr gut. Aber ich muß sagen, euer Timing war großartig. Prost!"

Sie lachten und tranken. Forest wartete, bis es sich Roger in seinem Sessel bequem gemacht und das gewohnte intelligente Gesicht aufgesetzt hatte, dann begann er seine Erklärung.

„Roger, ich bin da in eine Sache hineingeraten, die ziemlich kitzlig ist ... und auch gefährlich."

„Hat das irgendwie mit deinem einigermaßen ... fürchterlichen Aussehen zu tun?" fragte Roger vorsichtig, aber nicht ohne Sorge.

„Ja, auf eine Weise schon. Aber davon später. Ehe ich dir Einzelheiten auftische oder dich überhaupt in die Sache verwickle, möchte ich dir eine kleine Geschichte erzählen. Sie ist faszinierend, wahr und ziemlich kurz."

Roger lehnte sich in seinem Sessel zurück. „Ich habe genug zu trinken da und muß nirgendwohin, mein Junge. Also schieß los!"

„Es ist die Geschichte über den Ausbruch des Mount Pelée auf der Insel Martinique im Jahre 1902. Kennst du sie?"

Roger schüttelte den Kopf. „Kann ich nicht behaupten."

„Nun, es handelte sich um eine große Katastrophe, bei der über fünfundzwanzigtausend Menschen ums Leben kamen und die Stadt Saint-Pierre völlig zerstört wurde. Entscheidend ist, daß diese menschliche Katastrophe eigentlich abgewendet werden konnte. Weißt du, gut einen Monat vor dem großen Ausbruch begann der Vulkan anzuzeigen, daß er wieder aktiv war. Das Beben wurde registriert und überprüft, und man fand tatsächlich Lava unten im Krater. Diese lebenswichtige Information drang aber nie an die Öffentlichkeit.

Zufällig stand nämlich eine Wahl bevor, und es war für die amtierende weiße Regierung entscheidend, daß die weißen Stimmberechtigten nicht die Stadt verließen."

Forest hob den Kopf, um zu sehen, ob der andere noch interessiert war, aber Roger hörte interessiert zu. Jenny hatte die Schuhe ausgezogen und die Beine untergeschlagen.

„Die Presse, in diesem Falle das Ortsblatt, erhielt die Auflage, die Bedeutung der Situation herabzuspielen. Und das geschah auch. Aber der alte Mount Pelée wollte nicht mitspielen. Wenige Wochen später spuckte er Asche und Schwefelgase in die Luft. Vögel stürzten mitten im Fluge vom Himmel wie abgeschossen, nur waren sie eben an Schwefeldämpfen gestorben. Trotzdem rührte sich niemand aus der Stadt. Sieben Tage später wurden der Generator und die Telegrafenleitung der Stadt durch eine Schlammasse zerstört, die sich durch die Hauptstadt wälzte, wo zuvor ein ruhiger Bach verlaufen war. Ein gutes Stück den Berg hinauf tat sich ein Riß auf und vernichtete ein kleines Dorf mit über hundertfünfzig Menschen.

Am nächsten Tag meldete sich wieder der Dreck in Form einer Lawine, die den Hang Pelées herabdröhnte. Die Erscheinung war gut dreihundert Meter breit und über dreißig Meter hoch und tötete Hunderte von Feldarbeitern, ehe sie in den Ozean stürzte, wo sie eine umgekehrte Gezeitenwoge erzeugte, die bis in die Stadt zurückwirkte und weitere Todesopfer forderte und Schäden anrichtete. Die Hitze, die der Vulkan ausstrahlte, trieb Schlangen und giftige Insekten in Scharen den Berg hinab. Aber die Evakuierung von Saint-Pierre blieb aus.

Am nächsten Tag begannen erste vulkanische Brocken zu fallen. Die brennenden Schlacke- und Aschestücke waren so groß, daß sie Häuser einstürzen ließen. Der Gouverneur riegelte die Stadt mit Soldaten ab, um den Exodus zu verhindern, und mußte schließlich persönlich in die Stadt kommen, um die Bevölkerung zu beruhigen.

Vierundzwanzig Stunden später war alles vorbei. Innerhalb von drei Sekunden zerstörte Pelée mit vier unglaublichen Eruptionen die Stadt und tötete über fünfundzwanzigtausend Menschen. Die Masse, die der Vulkan ausspie, wird *nuée ardentée* genannt – Staub, Gas und Dampf in einer unglaublich heißen Wolke, mit Temperaturen von gut neunhundert Grad. Die heißen Gase brachten jeden um, der sie einatmete, doch die Todesfälle gingen auf Überhitzung zurück. Das Gas war so heiß, daß das Blut aufkochte, bis es zu Dampf geworden war. Die Leichen lagen wie aufgeplatzte überreife Melonen überall herum, die Kleidung war völlig intakt. Die Vernichtungswoge war so schnell gekommen und gegangen, daß sie die Menschen getötet hatte, ohne ihre Sachen anzusengen."

Jennys Gesicht war eine Studie des Entsetzens und Ekels. „Was für eine scheußliche Geschichte!" sagte sie erschaudernd, während Roger keine Reaktion erkennen ließ, außer daß er hastig sein Glas leerte.

„Der Meinung bin ich auch, alter Knabe. Ich hoffe, du willst uns damit auch etwas sagen."

„Natürlich", antwortete Forest, enttäuscht, daß Roger nicht sofort begriff, worauf er hinauswollte. „Wir stehen am Beginn einer Katastrophe von ungleich größerer Auswirkung. Die warnenden Vorzeichen sind so deutlich wie das Grollen eines Vulkans. Jemand muß die Menschen warnen. Dagegen steht eine Gruppe, die diese Warnung aus politischen Gründen verhindern möchte."

„Könntest du mir das alles ein bißchen genauer erklären?"

Forest schüttelte müde den Kopf. „Nein, Roger, das geht leider nicht. Es ist sehr kompliziert und würde zu lange dauern. Und es wäre sinnlos, dich mit hineinzuziehen, wenn es nicht unbedingt sein muß."

Roger ließ in seinem leeren Glas das Eis kreisen. „Wie kann ich dir dann helfen, mein Freund?“ Seine Stimme klang gleichgültig, doch Forest wußte, daß er es nicht mochte, ausgeschlossen zu werden.

„Wir müssen heute bei dir übernachten. Ich brauche außerdem dein Telefon. Micky wird mich gleich aus dem Studio anrufen, und dann muß ich arbeiten.“

Roger starrte einen Augenblick lang auf die Eiswürfel und blickte dann seinen Besucher an. „Aber ja. Ich habe nichts dagegen. Auch auf die Gefahr hin, unhöflich zu erscheinen, möchte ich aber fragen: Warum hier? Warum nicht bei dir zu Hause oder im Sender?“

Forest wandte sich hilfesuchend an Jenny. Jetzt wurde es brenzlig. Aber Jenny hätte auch gern gewußt, was Forest dazu zu sagen hatte.

„Ah, ja . . . das ist eine gute Frage.“ Forest überlegte, wie weit er Roger unaufgeklärt lassen konnte, ohne sich mit seiner Geschichte lächerlich zu machen. „Die Sache ist die: Einer der Herren, die verhindern möchten, daß ich die Story an die große Glocke hänge, ist General Harlan Wells.“

Roger verschluckte sich beinahe an dem Eisstück, auf dem er herumgekaut hatte. „Du meinst den . . . äh, Vater dieser jungen Dame?“

Forest nickte hilflos. „Ich fürchte, ja. Er ist der Grund, warum es für mich nicht ratsam ist, nach Hause oder in den Sender zu fahren. Er ist die Gefahr, von der ich dir vorhin erzählt habe.“

Roger stand auf und ging zur Bar. „Ich verstehe. Vielleicht hilft euch ein zweiter Drink weiter“, sagte er zur Wand.

„Für uns nicht mehr, Roger. Wir müssen heute nacht noch arbeiten.“

Roger schenkte sich nach und sammelte dabei seine Gedanken. Als er zu seinem Sessel zurückkehrte, war sein Gesicht wieder unverbindlich-starr. Er musterte Forest über sein Glas, ohne zu lächeln.

„Ich will nicht sagen, daß ich deine Geschichte nicht glaube, Forest. Dazu kenne ich dich schon zu lange. Aber wäre es möglich, daß du ein wenig zu extrem reagierst? Vielleicht regt sich der General lediglich über deine Beziehung zu seiner Tochter auf. So sind Väter nun manchmal.“

Forest schüttelte energisch den Kopf.

Roger versuchte es von einer anderen Seite. „Oder... wäre es denkbar, daß du dich über mich lustig machst?" Ein Funkeln erschien in seinen Augen. „Nur ein kleines bißchen? Du willst den alten Roger nicht etwa in einen Publicitygag für deine Sendung hineinziehen, oder?"

Forest knallte sein Glas auf den Tisch. „Verdammt, Roger, ich habe dir vorhin gesagt, daß ich es ernst meine. Und das stimmt. Also, wie sieht es aus?"

Roger schwieg. Er nippte an seinem Drink, und Forest erkannte, daß sie so nicht weiterkamen.

„Roger, Liebling! Du hast mir nichts davon gesagt, daß wir hier eine Party haben!"

Roger wurde dem Problem einer Antwort durch ein neues Problem enthoben. Seine Begleiterin stand leicht schwankend in der Tür zum Wohnzimmer. Sie war eine künstliche Blondine von etwa vierzig Jahren, die früher einmal hübsch gewesen sein mochte. Sie trug ein Handtuch, das ihren gut gerundeten Körper nur knapp bedeckte, und war offensichtlich angetrunken.

„Wie steht's mit einem kleinen Drink für die arme kleine Li?" Mit vorsichtigen Schritten tänzelte sie ins Zimmer, und Roger stand auf, als wolle er sie notfalls auffangen, wenn sie das Gleichgewicht verlor.

„Forest und Jenny, ich möchte euch Lila vorstellen." Er legte den Arm um sie. „Die Party ist vorbei, meine Liebe. Wir wollten uns gerade verabschieden." Roger drehte sie zur Tür. „Macht es euch gemütlich. Du weißt ja, wo alles ist, Forest. Bis morgen."

Forest und Jenny hatten den Blick abgewandt. „Vielen Dank, Roger!" rief Forest dem anderen nach. „Ich weiß deine Hilfe zu schätzen."

„Keine Ursache, alter Knabe!" hallte Rogers Stimme leise aus dem Flur. „Bis dann!" Sie hörten die Schlafzimmertür zuknallen. Forest starrte auf die leere Tür und versuchte sich Lila vorzustellen, dann wandte er sich zu Jenny um. In diesem Augenblick tat ihm Roger leid. Jenny schien Forests Gedanken zu ahnen.

„Ganz recht, Sie haben verdammtes Glück, Mister! Daß Sie mir das nie vergessen!"

Vierunddreißigstes Kapitel

Das Telefon klingelte. Forest hastete durch den Raum und war vor dem zweiten Läuten am Ziel.

„Forest?"

„Ja, Mick, ich bin's. Sind Sie drin?"

„Ich bin drin, aber ziemlich verängstigt. Sehr einsam hier. Ich komme mir wie eine Spionin vor." Angst lag in ihrer Stimme.

„Machen Sie sich deswegen keine Sorgen, Schätzchen. In knapp einer Stunde liegen Sie wieder sicher in Ihrem Bettchen. Jetzt zur Technik. Ich gebe den Hörer gleich an Jenny weiter, die sagt Ihnen, was zu tun ist. Sie brauchen nur ihren Anweisungen zu folgen."

„Wer ist Jenny?" Sofort schwangen Eifersucht und Ablehnung in Mickys Stimme mit.

„Ich bitte Sie, Mick! Sic ist General Wells' Tochter und Computeroperator. Sie sagt Ihnen Schritt für Schritt, was zu tun ist. Okay?"

„Aber klar. Sie Valentino!" antwortete Micky verbittert. „Geben Sie mir Ihre Freundin." Forest seufzte. Er hatte nicht die Zeit, ihr alles zu erklären. Er reichte Jenny den Apparat. Sie setzte sich an Rogers Tisch und nahm den Hörer ans Ohr. Dabei starrte sie ins Leere und versuchte sich die Anlage und die Reihenfolge der Schritte vorzustellen, die nun getan werden mußten.

„Hallo, Micky. Hier spricht Jenny. Haben Sie da einen Computerterminal . . ."

„Ein was?"

Jenny erkannte, daß sie alles beschreiben mußte. „Tut mir leid. Sehen Sie sich um, ob da irgendwo ein Gerät steht, das wie eine große elektrische Schreibmaschine mit einem kleinen Fernsehschirm darüber aussieht."

„Ach, das", antwortete Micky sofort. „Schon gefunden!"

„Gut. An dem Gerät müßten links unten zwei Schalter sein. Bitte beide bedienen." Jenny drehte sich um. „Auf diese Weise erhalten wir gleichzeitig einen Ausdruck auf Papier."

Bei Forest machte sich die Spannung bemerkbar. „Ja", sagte er grimmig. „Wenn wir überhaupt einen brauchen."

„Eingeschaltet!“ meldete Micky.

Jenny runzelte die Stirn und schloß konzentriert die Augen. „Auf der rechten Seite des Terminals müßten sich ein Telefonhörer und eine Haltevorrichtung befinden, eine waagerechte Gabel für den Hörer. Darin befinden sich ebenfalls zwei Schalter. Legen Sie den oberen um. Jetzt müßte ein grünes Lämpchen aufleuchten.“

„Schon passiert. Das Licht brennt.“

„Gut. Jetzt nehmen Sie das Telefon und horchen auf einen elektronischen Ton, ähnlich dem Freizeichen. Wenn das in Ordnung ist, müssen Sie eine Nummer wählen.“

Sie wartete, während Micky die Anweisungen befolgte und sich dann wieder bei Jenny meldete.

„Jetzt sind wir bereit, uns in das Goddard-Institut einzuschalten“, sagte Jenny. „Hast du das Papier?“ Forest griff in die Tasche und zog den Zettel heraus. Als er ihn weiterreichte, berührten sich ihre Hände, und Forest spürte einen elektrischen Schlag.

„Moment noch, Micky“, sagte Jenny und glättete das Papier vor sich. „Wählen Sie 202-975-0001. Verstanden? Okay. Jetzt legen Sie den Hörer in die Haltevorrichtung und drücken den RETURN-Knopf auf der Tastatur.“ In Jennys Stimme schwang Erregung mit.

„He!“ Micky wurde von der Spannung ebenfalls angesteckt. „Es funktioniert! Auf dem Schirm steht PASSIERKODE EINGEBEN. Was muß ich tun?“

„Hier ist der Passierkode. Ich lese Ihnen die Zeichen zweimal vor. Sie tippen sie in das Terminal wie bei einer normalen Schreibmaschine. SKY 44B-F2F-7-13. Die ersten Ziffern sind der Anzapfkode, die letzten der Tageskode bis morgen früh um acht Uhr. Fertig?“

„Fertig. Lesen Sie's mir langsam und deutlich vor.“

„SKY, Leertaste, vier, vier, B, Bindestrich, F, zwei, F, Bindestrich, sieben dreizehn.“ Jenny hörte einen Schrei durch das Telefon und lächelte Forest an.

„Hat schon wieder funktioniert, Jenny! Die Zeichen sind auf dem Schirm erschienen, dann hat die Maschine sie durchgeixt und dann FERTIG darunter geschrieben. Anschließend ging eine gelbe Lampe an.“

„Ausgezeichnet, Micky. Das bedeutet, unser Signal ist akzeptiert. Wir sind drin." Jenny atmete auf. „Wenigstens hat mein Teil funktioniert", sagte sie zu Forest. „Jetzt wollen wir mal sehen, ob sich auf den Bändern etwas Brauchbares findet." Sie sprach in den Hörer. „Micky, bitte tippen Sie jetzt das Wort EINGABE." Jenny wartete und fuhr fort: „Jetzt SYNCH, das wird geschrieben S-Y-N-C-H. Dann SAT TRACK. Begriffen? Micky, sind Sie noch dran?"

„Ja, ich bin noch dran. Okay, machen Sie weiter. Jetzt steht hier wieder FERTIG."

Forest trat hinter Jennys Stuhl und griff nach einem Kugelschreiber. Er beugte sich über sie und schrieb die Koordinaten auf, die Karapow ihm genannt hatte. Jenny nickte.

„Jetzt tippen Sie das Wort LISTE, dann TRI, dann CERTEX, dann 83 G, 58 G und 39 G, und dann das Wort RETURN. Jetzt warten wir", sagte sie zu Forest. Er stand hinter ihr, seine Hände drückten ihr sanft die Schultern. Trotzdem spürte sie seine Nervosität. Was war, wenn es auf diesen Koordinaten keine Satelliten gab? Jenny konnte sich vorstellen, wie Micky auf das leise Klappern der Computer lauschte, während sie auf den leeren Schirm starrte und auf irgendwelche Zeichen wartete.

Schließlich wurde Forest die Warterei zuviel. Er wandte sich ab und nahm Platz. Jenny lauschte ins Telefon und klopfte mit dem Stift auf den Schreibblock vor sich. Dann hörte sie etwas, hob den Kopf und strahlte Forest an.

„‚Ach du liebes bißchen', hat sie eben gesagt!" Forest sprang auf. „Wie viele Zeilen mit Ziffern haben Sie, Micky?" Jenny wartete, während Forest wie ein wildes Tier hinter ihr hin und her tapste. „Sie sagt, etwa zwanzig, Forest."

„Verdammt! Verdammt und zugenäht!" Forest wußte nicht, ob er lachen, weinen oder losbrüllen sollte. Er ging neben ihr auf ein Knie nieder und drückte sie an sich. „Wir haben es geschafft! Die Information saß vor unserer Nase, wie der Professor gesagt hat! Jenny, wir haben den Beweis!" Jenny löste sich aus seinem Griff; sie versuchte Mickys Worte zu verstehen.

„Moment mal, Micky. Hier hat schon eine kleine Feier begonnen."

Forest hockte sich hin. Er war plötzlich sehr erschöpft, während sich Jenny weiter nüchtern gab. „Ich bin wieder dran, Micky. Bitte geben Sie mir die letzten beiden Ziffernreihen rechts durch. Die linke müßte aus Daten bestehen, mit Ziffern wie elf, neun, einundsechzig. Rechts davon Längen- und Breitengrade vermerkt."

„Tut mir leid, Leute", meldete sich Micky leise. „Meine letzte Zahlenkolonne sind Daten. Längen- und Breitenangaben finde ich hier nicht."

Jenny senkte den Kopf und biß sich frustriert auf die Unterlippe.

Forest hob den Kopf. „Was ist?" fragte er.

„Wir haben nur die Daten, nicht die Ortsbestimmungen. Scheiße!" Forest blickte sie bestürzt an, doch Jenny grübelte. Sie ignorierte Forests unausgesprochene Fragen und wandte sich wieder an Micky. „Hören Sie, Micky, ich glaube, ich habe die Lösung. Versuchen Sie einmal folgendes: Drücken Sie den Knopf HOLD und lassen Sie den Finger darauf. Das ist wichtig. Nicht loslassen. Jetzt tippen Sie LIST, KREISBAHN-LOCO, Bindestrich, RETURN. Alles klar? Schön, dann können Sie den Knopf jetzt loslassen." Jenny blickte Forest nicht an, während sie warteten, und schließlich hielt er es nicht mehr aus und nahm seine Wanderung wieder auf.

„Na?" fragte Jenny in den Hörer.

„Noch nichts, Jenny. Die Maschine rattert nur. Moment ... Volltreffer! Hier kommen die Längen und Breiten."

Jenny atmete auf; sie hatte das Gefühl, seit Stunden den Atem angehalten zu haben, und versuchte nun den verkrampften Griff um den Hörer zu lockern. Sie sah Forest an, der zur Salzsäule erstarrt war, und nickte. Forest barg eine Sekunde lang das Gesicht in den Händen und blickte Jenny dann erschöpft an.

„Gott sei Dank!" murmelte er. Dann ließ er sich auf die Couch sinken.

„Micky? Gut. Bitte lesen Sie mir die Ziffern der letzten beiden Reihen vor. Zuerst das Datum, dann die Koordinaten. Los." Forest sah zu, wie Jenny die Ziffern aufschrieb, und widerstand der Versuchung, durch das Zimmer zu eilen und ihr das Blatt wegzureißen. Er wußte, daß er fast am Ziel war. Mit den Daten und Koordinaten konnte er sich ein komplettes Bild machen. Aber das mußte bis morgen warten. Die Augen fielen ihm zu. Er brauchte dringend Schlaf.

Jenny war fertig und sagte Micky durch, wie der Computer abzuschalten war. „Und reißen Sie den Printout ab, den die Maschine erstellt hat. Nehmen Sie ihn mit, Micky. Ich möchte ihn mir morgen ansehen."

Forest öffnete mühsam die Augen. „Richte ihr bitte meinen Dank aus. Sag ihr, ich liebe sie. Ich kann mich nicht mehr rühren." Jenny gab Forests Nachricht weiter, legte auf und kam zur Couch. Sie setzte sich neben Forest und legte ihm den Schreibblock auf den Schoß. Forest griff zu und zwang seine Augen, sich auf die Zahlen zu konzentrieren.

„Vielen Dank, Jenny", sagte er und starrte auf das Zahlengewirr.

14. 12. 64	12 23′15″ N	108 57′10″ O
14. 11. 70	26 14′ 5″ N	65 41′37″ O
28. 06. 71	40 5′56″ N	127 58′37″ 0
03. 01. 72	38 21′13″ S	73 18′ 2″ W
09. 06. 72	44 41′25″ N	103 50′19″ W
09. 07. 72	39 44′15″ N	117 6′ 7″ O
04. 09. 72	41 58′20″ N	29 18′56″ O
19. 11. 72	53 2′17″ N	157 39′13″ O
16. 10. 73	20 15′58″ N	9 18′22″ W
23. 10. 73	12 18′29″ N	31 6′42″ O
12. 11. 74	52 11′32″ N	81 2′29″ O
06. 01. 76	48 13′48″ N	85 31′ 6″ W
22. 01. 76	46 55′14″ N	79 83′43″ W
17. 02. 76	41 8′30″ N	73 3′57″ W
11. 04. 76	19 7′32″ S	50 51′18″ W
22. 04. 77	72 16′11″ N	71 2′19″ O
08. 77	39 26′10″ N	74 31′47″ W
16. 06. 77	35 17′39″ N	106 2′11″ W
05. 07. 78	38 12′17″ N	95 56′ 2″ W
12. 07. 78	38 59′12″ N	77 21′ 6″ O

Die Zahlen begannen ihm vor den Augen zu verschwimmen, die sich gegen seinen Willen schlossen. Forest schlief ein.

Freitag, 14. Juli
Pittsburgh, Pennsylvanien

Die Luft im Ghetto war nicht schlechter als die Luft, die die Weißen atmen mußten, sie fühlte sich nur schlechter an. Besonders heute.

Im dritten Stockwerk eines Gebäudes, um das sich niemand scherte, lag in einem Zimmer, das kaum jemand betrat, Mary White keuchend auf ihrem Bett. Sie konnte nicht einmal um Hilfe rufen – die auch gar nicht gekommen wäre. Der Fernsehapparat dröhnte, ein Ansager sagte etwas über die beinahe gesundheitsschädigende Luft, sprach von Inversion, doch Mary wußte nur, daß sie nicht mehr atmen konnte. Mary war siebenundfünfzig Jahre alt. Und dann war sie tot.

Fünfunddreißigstes Kapitel

Als Forest die Augen öffnete, war es Mittag. Zuerst hatte er keine Ahnung, wo er sich befand, aber dann erkannte er Rogers Wohnzimmer und wußte Bescheid. Er war voll angezogen entschlummert, jetzt aber lag er in Unterkleidung unter einer Decke auf Rogers Couch. Jenny mußte ihn ausgezogen haben.

Er richtete sich auf und sah Jenny im Schneidersitz mitten im Zimmer hocken, umgeben von Zetteln und Büchern. „Hallo“, sagte er und rieb sich den Schlaf aus den Augen.

„Selber hallo.“ Jenny stand auf und kam zu ihm. Sie setzte sich und küßte ihn auf die Wange. „Ich dachte schon, du würdest überhaupt nicht mehr aufwachen. Du hast geschlafen wie ein Toter.“

„Offensichtlich war ich müde. Vielen Dank fürs Ausziehen.“ Forest sah sich im Zimmer um, das nur eine Couch enthielt. „Wo hast du geschlafen?"

Jenny kuschelte sich an ihn, und er legte den Arm um sie.

„Oh, ich habe neben dir auf der Couch gelegen. Ich bin ein sehr kleines Persönchen, vergiß das nicht. Und ich hab's gern warm und gemütlich." Sie neckte ihn, und Forest hatte große Lust, sie unter die Decke zu ziehen, doch mit zunehmender Wachheit ging ihm auf, daß die Zeit knapp war, daß sie weitermachen mußten.

Jenny schien seine Gedanken zu lesen. „Es ist jetzt Mittag. Roger ist fort, und ich bin fast fertig damit, die Längen und Breiten zu entschlüsseln. Sehr interessant, Forest. Und verwirrend."

Forest erstarrte. „Zeig mal", sagte er und richtete sich auf.

„Nicht so schnell, mein Freund. Erst gehst du unter die Dusche und rasierst dich. Wenn du damit fertig bist, bin ich hier auch am Ende, dann hast du die komplette Übersicht."

Sehnsüchtig betrachtete Forest die Papiere auf dem Boden, doch er war ihr ein wenig Zurückhaltung schuldig. Sie war früh aufgestanden, um zu arbeiten; jetzt mußte er sie gewähren lassen.

„Und wenn du fertig bist, habe ich einen starken Kaffee für dich."

Forest küßte sie auf den Kopf und ging ins Badezimmer.

Eine Viertelstunde später hatte Forest einen dampfenden Becher Kaffee vor sich stehen und starrte auf die Listen mit Daten und Orten, die Jenny erstellt hatte. Sie hatte recht, einen Sinn ergaben die Angaben nicht. Jedenfalls nicht allein im Sinne der Triage. Forest sah sofort, daß die Zeitspanne in etwa stimmte – von 1964 und Vietnam bis vorgestern. Zunächst sah er sich das Ende der Liste an. Die letzte Eintragung betraf Mittwoch, den 12. Juli, und die Koordinaten wiesen auf das nordwestliche Maryland. Das mußte der Hamiltondamm sein.

Forest ging die Liste rückwärts durch und stieß auf Angaben, hinter denen sich die Katastrophen in Garnett, Kansas, und Los Alamos, New Mexico, verbergen mußten. Die Daten und Orte erkannte er sogar ohne Wetterberichte. Er hatte also richtig gelesen. Aber warum? Es war doch sinnlos, daß die Donnerstag-Gruppe innerhalb der Vereinigten Staaten zuschlug, soweit es sich nicht um wirtschaftliche oder politische Manöver handelte. Vergeblich suchte Forest nach einem Datum, das auf Arthurs Absturz paßte – für den Tag gab es keinen Vermerk, was Forest nicht wenig beunruhigte. Die übrigen Orte waren über die ganze Welt verstreut und ohne dazugehörige Wetterangaben bedeutungslos.

„Interessant und verwirrend sind nicht die richtigen Worte, Jenny. Eher verrückt. Aber was in Wirklichkeit dahintersteckt, können wir erst feststellen, wenn wir das Wetter kennen, das an jedem Ort erzeugt wurde. Und dazu brauchen wir alte Ausgaben von CRUMB."

Jenny kicherte. „Was ist denn das?"

„*Climatic Research Unit Monthly Bulletin,* eine Monatszeitung der Klimaforschung, in der das Weltwetter Tag für Tag, Ort für Ort verzeichnet ist. Ich habe die Jahrgänge zu Hause, aber das hilft uns nicht weiter."

„Eine Bibliothek?" fragte Jenny.

„Nein. Ich glaube, es ist Zeit, einmal auf die Brüderschaft der Meteorologen zu setzen. Ich rufe meinen Freund Joe Walters bei CBS an. Der müßte das Material haben."

„Ist es nicht ein enormer Bruch der Etikette, mit deinem direkten Konkurrenten zu sprechen?" fragte Jenny, während Forest zum Telefon ging.

„Im Grunde schon", sagte er. „Aber wenn du den Mund halten kannst – ich werd's niemandem verraten!" Jenny sah zu, wie Forest sich am Telefon in einen völlig anderen Menschen verwandelte. Er scherzte und spöttelte, als sei er völlig sorgenfrei, und hatte Joe nach wenigen Minuten überredet, ihm seine Fachbibliothek zu überlassen. Als er den Hörer auflegte, war er sofort wieder der alte.

„Okay", sagte er ernst. „Das hat geklappt."

„Weißt du, Forest, manchmal finde ich es unheimlich, wie sehr du dich verändern kannst."

Forest blickte sie verblüfft an. Er hatte gar nicht gemerkt, daß er die Rolle gewechselt hatte, und fand es ein wenig störend, daß er dabei beobachtet worden war.

„Ja", sagte er mürrisch, „so etwas gehört nun mal zu meinen großen Talenten. Wenn ich dafür nicht so viel Geld bekäme, würde man mich vermutlich als Schizophrenen einbuchten. Jedenfalls ist heute mein letzter Tag als Clown. Ab sofort gilt nur noch die ernste Seite meines Wesens."

Jenny wußte nicht, was er meinte, erkannte aber, daß ihn hier der Schuh drückte, und ging nicht weiter darauf ein. Sie begann in Rogers Wohnung Ordnung zu machen. Forest beobachtete sie einen Augenblick lang und räumte dann wortlos Bücher vom Boden in die Regale. Wenige Minuten später waren sie fertig und verließen die Wohnung.

Joe Walters kam persönlich zum Pförtner, um sie in sein Büro zu führen. Er war ein gutaussehender, jungenhaft wirkender blonder Mann, und hätte auf den ersten Blick als Forests jüngerer Bruder durchgehen können. Und er gab sich freundlich: Jenny war verwirrt wie immer, wenn sie Berühmtheiten von ihrer menschlichen Seite erlebte. Außerdem war sie überrascht, daß er Forest keine Fragen stellte und auch nicht darüber spottete, daß die Konkurrenz bei ihm etwas nachschlagen wollte. Vielleicht hatten die beiden das Thema schon am Telefon abgehandelt, oder vielleicht war er nur höflich. Nachdem sie endlose graue Korridore und einige rückwärtige Treppenhäuser hinter sich hatten, trafen sie in Joes Büro ein. Er zeigte Forest die gebundenen älteren CRUMB-Jahrgänge und ließ sie allein.

Die Zeitschrift war einfach zu benutzen. Man schlug ein Datum und einen Ort auf, und CRUMB zeigte an, wie das Wetter dort an jenem Tag gewesen war. Nachdem sie festgestellt hatten, daß sich an den vorgegebenen Orten Wetterfolgen zuweilen erst ein oder zwei Tage nach den aufgelisteten Daten zeigten, kamen sie schnell voran. Sie teilten sich die Liste auf und arbeiteten schweigend und gaben nur ab und zu Sprüche wie „Ach du je!" oder „Ich glaube es einfach nicht!" zum besten.

Als sie fertig waren, tauschten sie die Listen aus. Forest stand noch immer vor einem Rätsel. Manche Vorfälle ergaben einfach keinen Sinn. Viele hatten die Vereinigten Staaten getroffen, ließen sich aber notfalls als interne Manöver deuten. Karapow hatte zum Beispiel erwähnt, daß Nixon eine Demonstration hatte verregnen lassen. Andere Katastrophen richteten sich eindeutig gegen Länder, die für den Triageplan nicht in Frage kamen, die aber vielleicht in eine Außenpolitik der Aggression und negativen Einwirkung paßten. Und es gab

Fälle, da anscheinend nichts geschehen war – keine Katastrophe, kein großes Unwetter.

Geistesabwesend blätterte Forest durch die Papiere. Aber er fand keine Erklärung. Es war offenkundig, daß die Satelliten eingesetzt wurden, um Wetterbedingungen zu erzeugen, doch es lag ebenso auf der Hand, daß Karapow nicht über alles informiert gewesen war.

Forest griff nach dem Telefon und wählte Mickys Nummer im Sender. „Micky, ich bin's."

„Das weiß ich. Wohin soll ich jetzt sausen?"

Forest hörte den scharfen Klang in ihrer Stimme und erkannte, daß sie müde war. „Micky-Schatz, bitte verzeihen Sie mir, daß ich Ihnen gestern nacht nicht selbst gedankt habe, aber ich war schon am Wegsacken."

„Ich habe Ihnen schon immer gepredigt, daß Sie zuviel trinken!" gab Micky schlagfertig zurück.

„Na, jedenfalls vielen Dank. Sie haben uns wirklich sehr geholfen."

„Um Himmels willen, Forest, hören Sie auf, mir zu danken! Ich versuche nur meine schlechtbezahlte und viel zu anstrengende Arbeit zu tun, so gut ich kann, auch wenn ich keine Ahnung habe, was hier eigentlich läuft. Was wollen Sie?"

Forest überlegte einen Augenblick lang. „Organisieren Sie mir für vier Uhr heute nachmittag einen Vorführraum, aber nennen Sie meinen Namen nicht. Besorgen Sie einen Raum in einem anderen Stockwerk, in der Nähe einer Kindersendung oder so. Ich lese Ihnen gleich die Liste von gestern abend vor, mit Daten und Orten. Bitte ziehen Sie dazugehörige Nachrichtenmeldungen aus dem Archiv, die vom Wetter handeln." Forest hielt inne und überlegte, wie er in den Sender kam, ohne gesehen zu werden.

„Ist das alles, Boß? Ich möchte Ihnen gleich sagen, daß ich nicht auch noch Fenster putze!"

„Nein, noch nicht alles, Micky. Bitte schicken Sie einen Requisitenwagen los, der mich um halb vier Ecke 57. und Zehnte Avenue abholen soll. Sie nehmen uns dann um Viertel vor vier am Bühneneingang in Empfang und lassen uns rein."

„Und mit meiner anderen Hand . . ."

„Mit der anderen Hand greifen Sie nach dem Telefon und rufen Roger an. Bitten Sie ihn, um vier Uhr in den Vorführraum zu kommen. Sagen Sie ihm, es ist sehr wichtig, daß er dabei ist. Haben Sie alles?“

Micky schnaubte durch die Nase. „Alles begriffen, ob ich das aber alles schaffe, steht auf einem anderen Blatt. Ich soll zufällig nicht auch noch den heutigen Wetterbericht ausarbeiten, oder?“

Forest lachte mißtönend in den Apparat. „Nein, meine Liebe, das brauchen Sie nicht. Tun Sie, was ich Ihnen gesagt habe, dann läuft der Wetterbericht heute abend von allein! Und jetzt die Liste.“

Sechsunddreißigstes Kapitel

Der Fahrer des geschlossenen Requisitenwagens fuhr um 15.42 Uhr rückwärts an den ABC-Hintereingang heran. Er hatte keine Ahnung, was die beiden Leute hinten im Wagen taten, es war ihm auch gleichgültig. Er führte nur eine Lieferung durch. Forest und Jenny saßen auf dem kalten Metallboden und warteten darauf, daß Micky das Wellblechtor öffnete, damit der Fahrer ganz auf das Grundstück fahren konnte. Aber sie waren ein wenig früh dran. Nervös warteten sie, während der Fahrer aus dem Führerhaus stieg und zum Eingang marschierte. Er klopfte dröhnend gegen das Metall, das schließlich zur Seite geschoben wurde.

„Langsam mit den jungen Pferden, Sie Lakai!“ Mickys schneidende Stimme hätte nie angenehmer geklungen. „Die verdammte Tür besteht nicht aus Papier!“

„Tut mir leid, Lady“, hörten sie den Fahrer antworten. Er stieg wieder in den Wagen und knallte die Tür hinter sich zu. Daß Micky so tüchtig war, lag unter anderem daran, daß man sich nur selten mit ihr auf Diskussionen einlassen konnte – das heißt, solange sie in den Betreffenden nicht verliebt war.

Der Wagen setzte langsam zur Laderampe zurück, und Forest hörte die große Tür zugehen. Dann öffnete Micky die Wagentür, und schon waren sie im Gebäude. Aber das allein bedeutete noch keine Sicherheit. Forest führte Jenny und Micky im Laufschritt durch die Kulissenwerkstatt, vorbei an der Requisitenabteilung und in einen der zahlreichen Make-up- und Garderobenräume.

„Was wollen wir hier eigentlich, Boß?“ fragte Micky schweratmend, als sie die beiden endlich eingeholt hatte. Forest sah bereits eine Stange mit Kostümen durch.

„Wir verkleiden uns, zumindest Jenny und ich. Das muß sein, damit die bösen Soldaten uns in Frieden lassen.“ Er blickte Micky an und kniff ein Auge zusammen. „Übrigens ist es nett, Sie wiederzusehen.“

„Ja“, antwortete sie mürrisch, doch ihr Stirnrunzeln mißlang. „Freut mich auch, Sie wiederzusehen, auch wenn Sie nicht mehr so hübsch sind wie früher.“

Forest wandte sich wieder den Kostümen zu und fand schließlich etwas Geeignetes. Er nahm zwei Clownanzüge vom Bügel und gab einen Jenny.

„Von der Größe her müßte er passen. Zieh ihn an. Genau die richtige Verkleidung, meinst du nicht auch?“ Jenny hörte den Sarkasmus in seiner Stimme, ließ sich aber nicht einschüchtern.

„Durchaus“, sagte sie bestimmt.

Sie streiften die Kostüme über Straßenkleidung und setzten sich vor die Garderobenspiegel. Mit schnellen, geschickten Bewegungen malte sich Forest ein Clowngesicht, wobei er die empfindlichen Hautstellen vorsichtig betupfte, während Micky Jenny beistand. Mit weißer Schminke, Lippenstift und roten Nasen waren sie schließlich kaum zu erkennen. Die Clownhüte würden sie so gut wie unsichtbar machen.

Zum erstenmal, seit sie das ABC-Gebäude betreten hatten, fühlte sich Forest sicher. „Wo liegt der Vorführraum?“ fragte er Micky.

„Zweite Etage hinten. Zimmer 2114.“

„Sehr gut. Gehen Sie schon voraus. Am besten fahren Sie mit dem Lift in die dritte Etage und kommen dann über die Hintertreppe herunter. Wir treffen uns dort.“

Micky stemmte die Hände in die Hüften und musterte Forest und

Jenny einen Augenblick lang. „Klar, Boß. Aber ich hoffe stark, mir verrät noch jemand die Handlung dieses Spionagethrillers, ehe alles vorbei ist."

„Sie werden es erfahren, Micky", antwortete Forest, „sobald wir es selbst wissen. Jetzt aber los!"

Micky verließ den Raum, und sie warteten. Forest mußte sich zurückhalten, um ihr nicht nachzueilen. Er stand so dicht vor dem Ziel, so dicht vor der Lösung des großen Rätsels!

„Willst du die Sache heute abend vortragen, Forest?" Jennys Frage ließ ihn aufschrecken. Er war mit den Gedanken ganz woanders gewesen.

„Ich habe keine große Wahl. Wie lange können wir uns wohl vor deinem Vater verstecken? Und selbst wenn ich bis heute abend nicht alles zusammenkriege, haben wir doch längst genug Material, um dem Treiben der Gruppe ein Ende zu machen. Ich kann beweisen, daß die Wetterkontrolle nicht nur möglich ist, sondern längst durchgeführt wird.

Ich habe Satellitenbänder mit Daten und Koordinaten, an denen Donnerstag Katastrophen ausgelöst hat. Etwa dreißig Millionen Menschen werden mir zusehen und zuhören. Und meine Darlegungen werden sie überzeugen. Wenn ich heute abend fertig bin, wird uns die Gruppe nichts mehr tun. Und das ist schon mal ein schöner Anfang. Der Rest erledigt sich dann von allein." Forest hielt es nicht mehr auf seinem Sessel. „Gehen wir!" sagte er.

Mit langsamen Schritten gingen sie durch die Korridore und begegneten dabei Schauspielern, die als Cowboys, Polizisten, Ärzte und Tiere verkleidet waren. Sie kamen auch an einigen Soldaten vorbei und versuchten nicht nervös zu reagieren; dabei fragte sich Forest, ob die anderen Schauspieler die Soldaten vielleicht auch für Schauspieler hielten.

Sie gelangten in den Vorführraum, ohne angehalten zu werden. Micky saß bereits in der Projektorkabine. Er winkte ihr zu, und sie winkte zurück. Da Roger noch nicht da war, nahmen sie im vorderen Teil Platz und warteten. Während die Videomaschine warmlief, studierte Forest die Liste in seiner Hand.

14. 12. 64	Vietnam	Regen
14. 11. 70	Pakistan	Zyklon
28. 06. 71	Nordkorea	Heiß?
03. 01. 72	Chile	Heiß?
09. 06. 72	Süd-Dakota	Regen
09. 07. 72	China	Erdbeben
04. 09. 72	Türkei	Stürme?
19. 11. 72	Kamtschatka	Gezeitenwoge
16. 10. 73	Sahel	Dürre
23. 10. 73	Sahel	Dürre
12. 11. 74	Sowjetunion	Kälte
06. 01. 76	Nordwesten USA	Kälte
22. 01. 76	Nordwesten USA	Kälte
17. 02. 76	Nordwesten USA	Kälte
11. 04. 76	Brasilien	Regen
22. 04. 77	Sowjetunion	Kälte
08. 77	Nordosten USA	Stürme
16. 06. 77	New Mexico	Stürme
19. 11. 77	Indien	Zyklon
05. 07. 78	Kansas	Tornado
12. 07. 78	Maryland	Regen

Es lag auf der Hand, welche Wetterereignisse in das Triageprogramm der Donnerstag-Gruppe paßten, doch die Fälle, die sich nicht einordnen ließen, machten Forest doppelt zu schaffen. Es genügte ihm nicht, die Tatsache zu verbreiten, daß es eine Wetterkontrolle gab, er wollte auch zeigen, wie diese Neuerung eingesetzt wurde. Deshalb hatte er Micky gebeten, die Vorführung zu arrangieren. Forest hoffte, daß ihm die Nachrichtenmeldungen über die Ereignisse einen Hinweis darauf gaben, welche Absichten seine unsichtbaren Gegner verfolgten, welche politischen Schlußfolgerungen gezogen werden mußten, die bisher noch nicht hervorgetreten waren.

Forest sah sich um, in der Hoffnung, Roger zu erblicken, sah aber nur Micky ungeduldig in der Vorführkabine stehen. Er wollte jeden Vorfall einzeln behandeln, und die Zeit wurde knapp. Er konnte nicht länger warten. Forest hob den Arm, und Micky dunkelte den Raum ab.

„Micky, geben Sie uns den 14. Dezember 1964!" rief er und starrte auf den Bildschirm vor sich. Nichts geschah, und es fiel ihm ein, wo er war. Er drückte auf den Knopf der Sprechanlage rechts neben sich. „Wir wollen am Anfang beginnen, Micky. Dezember 1964, Vietnam."

Der Schirm begann zu flackern, dann sahen sie Chet Barkley, den langjährigen ABC-Chefsprecher vor Rogers Ankunft.

Chet trug seine Meldungen mit tiefer, voller Stimme vor.

„Die Militäraktionen der Vereinigten Staaten in Südvietnam kamen heute zum Erliegen, nachdem heftige Regenfälle, ausgelöst vom Taifun Iris, gut fünf Millionen Morgen Land am Mekongdelta unter Wasser setzten. Nach Korrespondentenberichten sind ungefähr fünftausend Menschen ums Leben gekommen und fast eine Million obdachlos. Schwere Regenfälle im Gefolge eines Taifuns haben in derselben Gegend erst letzten Monat alle Gewässer aufgefüllt und den Boden durchfeuchtet, so daß keine weiteren Niederschläge mehr aufgenommen werden konnten." Der Schirm wurde dunkel.

Forest wandte sich an Jenny. „Damals hat man nur herumexperimentiert. Ein Ereignis aus einer langen Liste, nur als Beispiel gedacht. Vietnam, Laos, Kambodscha, kein Wunder, daß sich der Krieg so lange hinzog." Jenny schüttelte den Kopf; sie wirkte in ihrem Clownkostüm gar nicht komisch. Forest drückte wieder auf den Knopf.

„Bitte den nächsten Ausschnitt, Micky. November 1970, Pakistan." Forest wußte, was jetzt kam – ein Ereignis, das kein Meteorologe jemals vergessen würde. Sein Adrenalin begann sich bemerkbar zu machen. Zorn erfüllte ihn. Der Schirm wurde hell, gefolgt von einem elektronischen Pfeifen, dann tauchte Roger auf. Er saß hinter einem Tisch, ernst wie immer, und Jenny staunte, wie jung Roger aussah, während Forest als erstes feststellte, daß er doch sehr steif wirkte; keiner der beiden merkte, daß der Nachrichtensprecher hinter ihnen den Raum betrat.

„Am 13. November kurz nach Mitternacht traf der schlimmste Hurrikan des Jahrhunderts auf die ostpakistanische Küste. Mit Windgeschwindigkeiten von über hundertundsechzig Stundenkilometern bewegte sich das Unwetter über die Gangesmündung und erzeugte eine Flut, die drei bis fünf Meter über normal ausfiel, Tausende von vorgelagerten Inseln wurden überschwemmt, alle Spuren menschlicher Behausungen darauf getilgt."

Es folgten aus einem Helikopter gefilmte Aufnahmen; die Maschine flog dicht über das endlose Elend des überfluteten Tieflands, über Häusergiebel, Baumwipfel und endlose Kilometer herumschwimmender Trümmer. Es war eine Szene absonderlicher Stille, ein Gebiet, auf dem zuvor Hunderttausende von Menschen gelebt und gelärmt hatten.

„Das Ausmaß der Vernichtung ist kaum vorstellbar. Fünfhunderttausend Tote; eine Million Morgen Reis vernichtet, kurz vor der Ernte stehend, eine Million Stück Vieh ertrunken." Rogers Stimme setzte den Bericht fort, während auf dem Schirm Leichen von Menschen und Tieren zu sehen waren, die an Bäumen hingen, dazu ganze Bootsladungen voller Flüchtlinge, die vor Kummer weinten. „Neun Meter hohe Wellen spülten auf den drei größten Inseln Shabbazpur, Dakhim und Hatia ganze Dörfer fort, ohne eine Spur von ihnen zurückzulassen."

„Genug!" bellte Forest in das Sprechgerät, und Micky nahm die Kassette heraus. Forest starrte auf den leeren Schirm, bis er Jennys Hand an seinem Arm spürte.

„Soll das heißen . . .", flüsterte Jenny, „daß die Donnerstag-Gruppe für Bangladesch verantwortlich war?"

„Natürlich!" gab er heftig zurück, und seine Stimme hallte viel zu laut durch den leeren Raum. „Weitere fünfhunderttausend Menschen starben an Unterernährung und Krankheiten, ehe die Regierung in Karatschi endlich Hilfe schickte. Und als Ostpakistan sich erhob und den Staat Bangladesch ausrief, hatte der Bürgerkrieg weitere hunderttausend Opfer gefordert." Er nahm die Clownmütze vom Kopf, legte sie vorsichtig auf den Boden und fuhr sich mit den Fingern durch das Haar. „Ungefähr eine Million hungrige Mäuler weniger." Seine Stimme klang gepreßt. „Eine wirksame Triagemaßnahme . . . wenn man die Nerven dazu hat." Forest versuchte seinen Zorn in den Griff zu bekommen. Dies war erst der Anfang, die klaren Situationen. Jetzt kamen die Ereignisse, die er nicht begriff. Er überprüfte im Dämmerlicht seine Liste und drückte auf die Sprechtaste. Seine Vorahnung war so stark, daß er wußte, seine Hoffnungen würden vergeblich sein.

„Die nächsten beiden Ereignisse, 1971 und 1972, Micky. Nordkorea und Chile. Wir konnten nur herausfinden, daß es heiß war. Gab es etwas in den Nachrichten?"

Micky antwortete viel zu schnell. „Nein, nichts!"

Forest hieb mit der Faust auf die Sessellehne. Bei dem nächsten Ereignis auf seiner Liste handelte es sich um Regen in Süd-Dakota im Jahre 1972; er glaubte den Fall zu kennen – Rapid City. Er kannte aber nicht den Grund. Wieder blickte er auf die Liste.

„Okay", sagte er spürbar erschöpft. „Den nächsten überspringen wir. Was haben Sie zum 9. Juli 1972 – China?" In der offenen Leitung knisterte es, als Micky ihre Papiere bewegte. Jenny legte ihre Hand unter Forests Finger, und er drückte sie beruhigend, ohne sich dieser Geste bewußt zu sein.

„Nichts, Boß . . ." Dann trat ein freudiger Ton in Mickys Stimme. „Dafür habe ich etwas über den 26. Juli in China gefunden. Wollen Sie's sehen?"

Forest schloß geduldig die Augen. „Ja, Micky", sagte er gedehnt. „Ich möchte es gern sehen. Wenn Sie nichts dagegen haben!"

„Gut gearbeitet, meinen Sie nicht auch?"

„Abfahren!" brüllte Forest.

Das gewissenhafte Gesicht von Roger Moss erschien wieder auf dem Bildschirm. „Nach siebzehntägigem Schweigen haben chinesische Stellen zugegeben, daß das Gebiet um die Stadt Tangshan durch ein Erdbeben verwüstet wurde, das in China als das schlimmste seit 1556 angesehen wird. Der Sprecher wollte keine Angaben über die Zahl der Toten machen, widersprach aber Berichten über sechshundertundfünfzigtausend Opfer nicht."

Jenny stockte der Atem, doch Forest schüttelte den Kopf.

„Kurz vor dem ersten Beben um 3.45 Uhr früh, so wird berichtet, habe der Himmel taghell geflackert, und bunte Lichter, vorwiegend rot und weiß, wären bis in dreihundert Kilometer Entfernung sichtbar gewesen."

Forests Finger tastete nach dem Sprechknopf, doch ehe er etwas sagen konnte, nahm Micky das Band heraus.

Forest wandte sich an Jenny. „Da steckt überhaupt kein Sinn darin.“ Er schien laut zu denken. „China gehört nicht zu den Triageländern, es sei denn, man faßt den Begriff denkbar weit. Wozu wird also eine halbe Million Menschen umgebracht? Was soll das?“ Jenny starrte ihn elend an und wünschte, sie wüßte die Antwort. Und als sich Forest abwandte, um auf die Papiere in seiner zitternden Hand zu starren, fühlte sie sich noch mehr allein. Zu gern hätte sie ihm geholfen. Wenn sie nur wüßte, was er eigentlich beweisen wollte!

Forest drückte die Taste. „Zum nächsten Datum haben Sie wohl auch nichts gefunden?“

Micky ließ sich Zeit mit der Antwort. Sie hatte ihn aus der Kabine beobachtet. „Tut mir leid . . . über die Türkei habe ich nichts.“

„Und das nächste Ereignis, Kamtschatka?“ Er stellte die Frage, als rechne er mit einer negativen Antwort.

„Da habe ich etwas. Aber es ist jetzt zwanzig nach fünf, Forest. Sie müssen nachher auftreten . . .“ Forest starrte wie betäubt ins Leere. Er wußte, daß ihm nie wieder daran liegen würde, das Wetter anzusagen. Allein diese Sache war wichtig.

„Bitte fahren Sie das Band ab, Micky!“ sagte er.

Sie drückte auf einen Knopf, und Forest zuckte zusammen. Am liebsten hätte er die Augen abgewendet, doch es ging nicht. Er sah sich selbst auf dem Schirm, viele Jahre war das her, mit Bürstenhaarschnitt, starrem Blick, viel zu hager in einem Doppelreiher mit breiten Aufschlägen, übertrieben ernsthaft die Lehre vom Wetter predigend.

„Zu früher Morgenstunde ist heute ein faszinierendes Weltwetterphänomen eingetreten. Die höchste je registrierte Gezeitenwoge schwappte über die Südspitze der Halbinsel Kamtschatka. Sie erreichte am Kap Lopatka eine Höhe von über sechzig Metern. Fragen Sie mich nicht, wer das nachgemessen hat . . .“ Forest wandte den Blick ab, angewidert von dieser frühen Manifestation seines zweiten Ichs. Er starrte gebannt auf den Clownhut neben seinem Sitz, bis der Film zu Ende war und wieder Stille herrschte.

Jenny rührte sich neben ihm, sagte aber lange Zeit nichts. Sie wagte ihn nicht zu berühren. „Forest, ich bin verwirrt. Was soll das alles bedeuten?"

Langsam wandte er sich um, starrte sie aus Augen an, die unter der traurig gemalten weißen Maske rotgerändert waren, und zwang sich dazu, sie zu erkennen.

„Ich weiß es nicht, Jenny." Er senkte den Blick und hob dann mühsam wieder den Kopf. „Es ergibt keinen Sinn." Sie erkannte, daß er sich geschlagen gab. Es kostete ihn große Kraft, ihrem Blick standzuhalten. „Die Lösung steckt hier irgendwo, davon bin ich überzeugt. Die Puzzleteile liegen auf dem Tisch. Ich weiß nur nicht, wie ich sie zusammenstecken soll. Und ich habe keine Zeit mehr."

Aus dem hinteren Teil des Vorführraums meldete sich plötzlich eine Stimme und zerstörte die Intimität ihrer Verzweiflung. „Alter Knabe, ist es vielleicht möglich, daß du die Stücke in das falsche Puzzle legen willst?"

Siebenunddreißigstes Kapitel

Forest und Jenny fuhren herum und erblickten Roger, der an der Rückwand lehnte und sein berühmtes Gesicht amüsiert verzogen hatte. Er schlenderte den Mittelgang herab, und sobald Micky ihn erblickte, stellte sie die Beleuchtung heller und stürzte mitsamt ihren Papieren aus der Kontrollkabine, als fürchte sie das wichtige Gespräch zu verpassen.

„Mann, o Mann", sagte Roger spöttisch. „Wollt ihr zu einer Kostümparty, oder hat sich Forest Hill mal wieder einen neuen Dreh für das Wetter ausgedacht?" Roger ahnte nicht, wie sehr sich Forest über sein Kommen freute; sein Sarkasmus störte ihn nicht.

„Wird Zeit, daß du endlich antanzt, du Faulenzer! Ich hatte dich zu vier Uhr bestellt. Wie lange hast du da hinten schon den Spannemann gemacht? Wie viele Ausschnitte hast du gesehen?"

Roger lümmelte sich eine Reihe hinter Forest und Jenny in einen Sitz, Micky plazierte sich neben ihm.

„Genug“, sagte er seufzend, „um zu erkennen, daß wir nicht jünger werden.“

Forest stand nicht der Sinn nach seichtem Geplauder. „Was hast du eben gemeint – die Stücke in das falsche Puzzle?“

Achselzuckend machte es sich Roger in seinem Sessel bequem. „Na, mein Junge, da du es nicht für ratsam hieltest, mich in deine kleine Theorie einzuweihen, kann ich diese Ereignisse natürlich nur als . . . mitdenkender Beobachter sehen. Ich habe keine Vorstellung, von wem du annimmst, daß er wem was antut, oder mit welcher Absicht, oder was . . . Triage damit zu tun hat. Ich kann dir nur sagen, was ich über die Ereignisse in größerem Zusammenhang weiß – vielleicht kannst du daraus dann neue Rückschlüsse ziehen.“

Forest wußte, daß Roger absichtlich den Großzügigen spielte und sich damit für etwas rächte, das er absolut nicht vertragen konnte, nämlich ausgeschlossen zu sein. Aber er hatte keine Zeit für Nettigkeiten. „Du bist ein weiser und gebildeter Mann, Roger“, sagte er ergeben. „Nun hör mit dem Herumgerede auf und komm zur Sache!“

„Na schön“, antwortete Roger ernst. „Nehmen wir zum Beispiel Pakistan. Der Grund, warum die pakistanische Regierung den Flutopfern im Osten nicht sofort half, lag darin, daß das Geld bereits für einen Atomreaktor bestimmt war, der von den Franzosen gekauft werden sollte. Die eigentliche Tragödie ergibt sich, wenn man bedenkt, daß mit diesem Geld viele tausend Menschenleben hätten gerettet werden können, denn die Vereinigten Staaten drängten die Franzosen damals, den Liefervertrag rückgängig zu machen.“ Rogers Augen begannen zu funkeln. „Wenn man nun die Zufälle auf die Spitze treiben wollte – und ich versichere dir, daß mehr nicht dahintersteht –, so könnte man das chinesische Erdbeben mit dieser Tragödie in Verbindung bringen.“

Forest hatte nicht die Absicht, sich mit Roger um diesen Punkt zu streiten; er wollte die Verbindung wissen. „Wie? Wie läßt sich das zusammen sehen?“ fragte er hastig.

„Nun, die Pakistani sahen sich nach einem anderen Lieferanten für ihren Atomreaktor um und konnten nach anderthalbjährigen Verhandlungen den Franzosen mitteilen, daß die Chinesen einsteigen würden, wenn die Franzosen nicht mehr wollten. Leider bekamen sie dann ihren Reaktor von China auch nicht, weil die Fabrik, die die Teile herstellte, völlig vernichtet wurde . . ."

„Beim Erdbeben von Tangshan!" sprach Forest den Satz zu Ende. „Faszinierend!" fuhr er leise fort. Er wußte noch nicht, wohin der Gedankengang führte, doch endlich paßten einige Stücke zusammen. „Was ist mit der Hitzewelle 1971 in Nordkorea?"

Roger blickte ihn erstaunt an. „Entschuldige bitte, alter Junge, interessiert dich denn nichts außer dem Wetter? Liest du keine Zeitungen?"

„Roger . . .!" knurrte Forest.

„Deine Hitzewelle in Nordkorea war eine Dürre, die über fünfzig Prozent der Reisernte vernichtete. Übrigens eine große Sache. Südkorea bekam Angst, der Norden könne eine Hungersnot erleiden und angreifen. Aufgescheuchtes Militär – Geheimmobilisierung und so weiter." Roger hielt inne und sammelte seine Gedanken. „Ich nehme nicht an, daß du das weißt, aber die Vereinigten Staaten sorgten damals entscheidend dafür, daß große Mengen Reis an den Norden geliefert wurden – um einen Krieg zu verhindern."

Forest begann zu erkennen, daß er seine Fakten viel zu eng gesehen hatte, indem er jedes Ereignis isoliert betrachtete. Plötzlich fiel ihm ein, was Karapow über Chile gesagt hatte.

„Das heiße Wetter 1972 in Chile war auch eine Dürre?" Roger nickte. „Aber Kriegsgefahr bestand dort nicht."

„Natürlich nicht. Trotzdem war die Situation ähnlich gefährlich. Sie führte zu Unruhen, die Allende vom Sockel stürzten, nachdem wir uns geweigert hatten, ihn aus unseren Weizenbeständen zu beliefern."

Forest verließ seinen Sessel und lehnte sich gegen die Wand.

„Politik. Hinter allem stehen politische Motive", sagte er vor sich hin. „Okay. Nehmen wir einmal an, Karapow lag völlig falsch, nehmen wir einmal an, dies alles hat nichts mit Triage zu tun. Wohin führt uns das?" Er betrachtete die Liste in seiner Hand, starrte intensiv darauf, als könne er auf diese Weise einen neuen Gesichtspunkt ausmachen.

Plötzlich fuhr Jenny zu Micky herum. „Zeigen Sie mir mal die

Computer-Printouts." Micky wühlte den Papierstapel in ihrem Schoß durch und reichte Jenny den Bogen.

Forest hatte eine Idee. „Was ist mit dem Unwetter über dem Bosporus? Was haben wir in der Türkei?"

„Am Schwarzen Meer gibt es einen NATO-Stützpunkt", antwortete Roger lässig. „Je nach Stärke des Unwetters kann es dort Schäden gegeben haben."

„Und Kamtschatka?" Forest trat vor und kniete sich auf seinen Sitz, so daß er Roger direkt anblickte. „Was ist dort zu finden?"

„Das östliche Radarabwehrsystem der Sowjetunion. Aber ich begreife nicht . . ."

„Ein Krieg!" rief Jenny. „Hier ist ein Krieg im Gange! Ein verdammter Wetterkrieg!"

Achtunddreißigstes Kapitel

Alle schwiegen verblüfft.

„Ein Wetterkrieg?" fragte Roger ungläubig.

Jenny starrte auf die ausgedruckten Computerdaten; ihre Hände hatten zu zittern begonnen. „Seht doch!" sagte sie. Forest und Micky beugten sich vor. „Die Daten stammen nicht von denselben Satelliten. Die Kennungen sind anders. TS, das sind die amerikanischen Thor-Star-Satelliten, und ORB steht für die sowjetischen – die Orbite-Satelliten." Geknickt sah sie zu Forest auf. „Tut mir leid", sagte sie mit leiser Stimme. „Ich hätte mir das früher ansehen müssen."

Aber Forest war bereits in einer anderen Welt.

„Wetterkrieg?" fragte Roger noch einmal ungläubig.

Forest sprang händeklatschend auf und begann hastig auf und ab zu schreiten. „Natürlich!" Er sah aus, als wolle er eine Fangruppe beim Football anfeuern. „Wie konnte ich nur so dumm sein? So naiv? Warum annehmen, daß wir die einzigen sind, die das Problem gelöst haben? Kein Wunder, daß die Daten keinen Sinn ergeben!"

„Wir haben alle Details hier, Forest." Jennys Erregung wuchs. „Die

Ereignisse in Vietnam gehen auf uns zurück." Sie bewegte den Finger über die Liste. „Ebenso die Katastrophe in Pakistan ..."

„Weil wir nicht wollten, daß die Pakistanis die Atombombe bekamen."

„Rußland aber hat das Erdbeben in China ausgelöst ..."

„Weil es ebenfalls nicht wollte, daß Pakistan Atomland wurde", warf Forest ein. „Gleichzeitig eine großartige Chance, China eins auszuwischen."

„Für Nordkorea war die Sowjetunion verantwortlich, weil wir in Südkorea engagiert sind ..."

„Folglich müssen wir hinter Chile stecken, weil wir nicht wollten, daß das Land kommunistisch wurde." Forest konnte es kaum fassen, wie gut die Details zusammenpaßten. „Die Sowjetunion griff unseren NATO-Stützpunkt in der Türkei an, und wir schlugen zurück, indem wir die Radarstation auf Kamtschatka zerstörten."

„Mit einer sechzig Meter hohen Gezeitenwoge?" Roger sah die anderen an, als hätten sie den Verstand verloren. Forest machte sich klar, daß die Clownkostüme nicht gerade zur Glaubwürdigkeit der Argumente beitrugen. Er bedeutete Micky, in die Vorführkabine zurückzukehren.

„Zeigen Sie uns alles, was Sie noch haben, Micky, der Reihe nach, bis ich halt sage."

Wortlos stand sie auf und setzte sich in Bewegung. Gleichzeitig wollte auch Roger aufstehen, doch Forest sprang auf, packte ihn am Arm und zog ihn in den Stuhl zurück; er kniete förmlich vor ihm. „Bitte Roger! Du mußt uns die politischen und wirtschaftlichen Auswirkungen schildern ... auch wenn du glaubst, daß ich verrückt bin!"

Roger blickte betont auf die Uhr. „Forest, ich muß zum Make-up. Wir sind in zwanzig Minuten dran." Er wich Forests flehendem Blick aus.

„Roger, bitte ..."

Plötzlich wurde es dunkel, und Roger erschien auf dem Bildschirm. „Berichten zufolge sind dieses Jahr in Äthiopien bereits über vierhunderttausend Menschen verhungert, da die Trockenheit kein Ende nimmt ..."

„Sowjetunion", sagte Jenny nach einem Blick auf den Computerausdruck.

„Wegen der Unruhen, die durch die Dürre ausgelöst wurden, wurde Haile Selassie gestürzt", sagte Roger resigniert, während seine konservierte Stimme die Meldung fortsetzte. „Die Russen unterstützten die neue Militärregierung. Damit hatten sie in Afrika endlich den Fuß in der Tür. Sie verloren ihn letztes Jahr wieder, als sie aus Somalia hinausgeworfen wurden. Außerdem verloren sie einen wichtigen Marinestützpunkt in Berbera am Golf von Aden."

Forest hielt Roger mit einer Hand fest und beugte sich vor, um die Sprechtaste zu bedienen. „Den nächsten Ausschnitt!" rief er.

„12. November 1974", las Jenny von der Liste. „Das waren wir. Dichter Schneefall über der russischen Steppe."

Wieder erschien Roger auf dem Bildschirm, jetzt in einem anderen Anzug. „Die Sowjetunion hat die Vereinigten Staaten gebeten, ihr hundertundfünfundsiebzig Millionen Tonnen Getreide zu verkaufen, eine bisher nie erreichte Größenordnung. Der Bedarf geht auf überraschende frühe Schneefälle zurück, die fast drei Viertel der erwarteten Herbsternte vernichteten ..."

Erneut unterbrach sich Roger selbst. „Die Kontrolle über den internationalen Getreidemarkt gab Amerika die größte Wirtschaftsmacht in die Hand, die sie je hatte, einschließlich der Zeit unmittelbar nach dem Zweiten Weltkrieg. Für die Landwirte war es ein ungemein gewinnträchtiges Jahr."

Der Bildschirm war dunkel geworden und spiegelte die matte Beleuchtung des Raumes. Forest hob die Hand, damit Micky noch einen Moment wartete, und nahm seine Liste vom Boden auf. Roger blieb reglos in seinem Sessel sitzen, obwohl Forest seine Hand inzwischen fortgenommen hatte.

Forest fand das Gesuchte und wandte sich zu Roger um. „Januar und Februar 1976. Ein Kälteeinbruch über den nordöstlichen Vereinigten Staaten. Die Folgen?"

Roger fuhr sich mit der Hand über das Gesicht und rieb sich beide Augen. Er sprach mehr oder weniger automatisch. „Im Nordosten fielen beinahe fünf Meter Schnee. Viele große Städte waren praktisch abgeschnitten. Auto- und Schiffsverkehr unterbrochen. Die USA verloren das wirtschaftliche Übergewicht, das sie durch das Getreidemonopol 1974 gewonnen hatten. Unsere Energiereserven nahmen ab, und wir gerieten in die Abhängigkeit von den OPEC-Staaten. Als die die Ölpreise anhoben . . . saßen wir in der Scheiße.“ Die letzten Worte wurden mit großer Heftigkeit ausgesprochen.

Forest begriff Rogers Haltung nicht. Er wirkte uninteressiert, beinahe feindselig, während Forest seine Erregung angesichts der unglaublichen Bedeutung seiner Entdeckung kaum noch zögern konnte.

„Forest?“ Er hob den Blick. Micky hatte sich aus der Projektionskabine gebeugt. „Soll ich den nächsten Bericht noch zeigen? Es wird spät.“ Forest winkte ihr bejahend zu, hockte sich neben Roger nieder und blickte auf den Schirm. Dort erschien nun Rogers Gesicht, das erschöpfter wirkte als gewöhnlich.

„Heute abend“, sagte er, „brennen die meisten Lichter New Yorks wieder. Nur noch wenige Gebiete im Nordosten Manhattans und in Jackson Heights sind noch ohne Strom, dank des Gewitters, welches das größte Elektrizitäts-Versorgungsunternehmen der Vereinigten Staaten lahmlegte . . .“

Jenny schnappte nach Luft. „Mein Gott, das war der große Stromausfall!“

Roger stand abrupt auf, und Forest tat es ihm nach. Gespenstische helle und dunkle Gestalten zuckten über sie dahin, während sie sich im Projektionsstrahl gegenüberstanden. Forest schwenkte den Arm, und Micky nahm das Band heraus. Sofort wurde es still im Vorführraum. Wieder winkte er, diesmal zur Decke, und Micky machte hell.

„In zehn Minuten ist Sendung, Forest. Die Regie ist sicher schon fürchterlich nervös.“ Forest blickte in das Gesicht seines alten Freundes und sah darin nur Mißtrauen und Ablehnung. Die beiden Männer blickten sich einige Sekunden lang an, die ihnen wie eine Ewigkeit vorkamen, dann wandte Roger den Kopf ab. Forest wußte, daß sich der andere mißbraucht und ausgeschlossen vorkam, aber daran konnte er nichts ändern. Roger war ein zu guter Journalist, um das alles ungeprüft zu akzeptieren, und sie hatten einfach nicht die Zeit, ihm alles zu erklären. Ihre Freundschaft mußte stark genug sein.

„Schön, Roger“, sagte Forest leise. „Vielen Dank. Vielen Dank für deine Hilfe. Wie die Dinge jetzt liegen, hätte ich es ohne dich nicht geschafft.“ Roger warf Forest einen unsicheren Blick zu und sah ihn lächeln. Er straffte die Schultern und hob die Hand. Forest ergriff sie.

„Meinen Glückwunsch, alter Knabe. Ich glaube, du hast es endlich geschafft, das Wetter zur Nachricht zu machen.“ Dann drehte er sich um und verließ den Raum.

Neununddreißigstes Kapitel

Im nächsten Augenblick hastete Micky aus der Vorführkabine, Abschminkkrem und eine Schachtel Papiertaschentücher in der Hand. Zornig lief sie den Gang herab. „Unglaublich ist das alles!“ rief sie. Forest konnte nicht anders; er mußte über ihre Entrüstung lächeln.

„Da haben Sie recht, Micky.“

„Ich habe mir letzten Winter den Hintern abgefroren und doppelt soviel fürs Heizen zahlen müssen – und das alles nur, weil jemand politische Spielchen mit dem Wetter veranstaltet?“ Forest nickte. „Die Hochzeit meiner Schwester haben die Kerle verregnen lassen ...“

„Halt, halt“, unterbrach er sie. „Das wissen wir so genau nicht. Darin liegt überhaupt das Problem. Man weiß nie, ob Strategen am Werk waren oder die Natur.“

Micky blickte ihn entsetzt an. „Das bedeutet ja, daß es bei jedem Regen ... oder Schneefall ... oder sonst etwas ...“

„Genau, Micky!“

„Forest, das darf nicht sein! Das muß aufhören!“

„Ob Sie es glauben oder nicht, Micky, genau das meine ich auch!“ rief er aufgebracht. „Ich will dem Spuk ein Ende machen. Dazu brauche ich ein bißchen Hilfe. Sie nehmen bitte Jenny mit und stellen im Studio die große Tafel für mich auf. Besorgen Sie mir außerdem einen Globus, einen großen. Klauen Sie den aus Phil Kenners Büro.“ Forest ergriff Jennys Hand und drückte sie. „Los, ihr beiden!“

Die Frauen eilten durch den Gang zur Tür. „Noch etwas, Mikky . . . !“ rief Forest. „Lassen Sie mir die Schminksachen da!“

Sie legte sie auf einen Sitz. „Entschuldigung, Boß!“ sagte sie zerknirscht, nahm Jennys Hand und zog sie fort.

Es war zehn Minuten vor sechs. Forest mußte um 18.20 Uhr vor die Kameras. So hatte er eine halbe Stunde Zeit, um sich seinen Vortrag zurechtzulegen. Er benutzte das Glasfenster der Projektionskabine als Spiegel und schmierte sich Krem über die breiten roten Lippen und die großen Augen des Clowngesichts – ein Bild, das er heute abend ein für allemal auslöschen würde.

Heute gab es keine Gags. Er wollte sich größte Mühe geben, ernsthaft und mit wissenschaftlichem Anspruch aufzutreten. Wenn ihm das nicht gelang – und tief im Innern fürchtete er diese Möglichkeit –, würde ihm niemand glauben. Die reinste Ironie – die Clownerien der Vergangenheit ermöglichten es ihm, im Fernsehen zu erscheinen; gleichzeitig mochten sie seinen Versuch vereiteln, die bittere Wahrheit glaubhaft zu machen.

Während Forest sich das Gesicht abrieb, begann er seinen Vortrag zu planen. Zuerst wollte er dem Publikum sagen, daß es nicht verrückt war. Ja, es stimmte wirklich etwas nicht mit dem Wetter. Dann wollte er die Wetterkontrolle erklären. Er konnte mit einem Diagramm darstellen, wie die Satelliten funktionierten. Das ist gut, dachte er, einfach und klar.

Unter der Schminkschicht kam Forests Gesicht zum Vorschein. Er wischte alle Reste der weißen Maske ab und zog das Clownkostüm aus. Als zweiten Schritt würde er erklären, daß die Wetterkontrolle zum Wohle, aber auch zum Wehe aller eingesetzt werden konnte, daß damit Menschen ernährt, aber auch vernichtet werden konnten. Und daß sie, so wie sie im Augenblick benutzt wurde, ohne Wissen der Betroffenen, die gefährlichste Waffe der Welt darstellte. Sie war wirksamer als jede Bombe, die bisher erfunden worden war, sie war außerdem unsichtbar – eben das Wetter. Wahrlich die ultimative Waffe.

Forest rückte seine Krawatte zurecht und versuchte mit den Händen sein Jackett glattzudrücken. Es mußte genügen. Er hatte so viel zu sagen und so wenig Zeit. Er mußte den Wetterkrieg erklären und die Katastrophen, die er angerichtet hatte. Und er mußte General Wells und die Donnerstag-Gruppe anprangern. Er lächelte. Es wäre dumm und gefährlich, das zu vergessen.

Forest blickte auf die Uhr. Noch zehn Minuten. Erschreckend, wie weitreichend seine Entdeckung war. Bis jetzt waren Kriege von Soldaten gekämpft worden, und das Militär hatte den größten Teil der Verluste getragen. Dieser Tatbestand bildete die Grundlage für die Genfer Konvention und für die deutschen Kriegsverbrecherprozesse nach dem Zweiten Weltkrieg. Doch inzwischen war ein dritter Weltkrieg im Gange, ein Krieg, der vom Militär ausschließlich gegen Zivilisten geführt wurde. Und niemand wußte, daß er in diesem Krieg stand.

Forest betrachtete sich in der Glasscheibe und lächelte. Sein Spiegelbild gefiel ihm. Er war müde und angeschlagen, doch er war noch nicht vernichtet. Sein Leben hatte einen Sinn bekommen.

„Sie sollen die Chance haben, Bescheid zu wissen!“ sagte er laut. „Sie werden es erfahren.“ Er blickte auf die Uhr. Noch fünf Minuten. Mit schnellen Schritten verließ er den Vorführraum.

Vierzigstes Kapitel

Roger Moss beendete gerade eine Meldung über Hausierer im Central Park, als ihm ein Zettel gereicht wurde. Zum erstenmal in seiner langen Karriere beim nationalen Fernsehen zeigte er Betroffenheit.

„Und jetzt“, las er vor, „sehen Sie in Vertretung für Forest Hill Tex Austin mit dem Wetter.“

Tex Austin zufolge war es ein völlig normaler heißer Julitag.

Donnerstag, 17. August 1978
Bucht von Guantanamo, Kuba

Fähnrich Erster Klasse Alvie Evans lag mit dem Gesicht nach unten im Wasser, als ein kleines Marineboot neben ihm stoppte. Drei Männer beugten sich über die Bordwand und zerrten seine Leiche in das Boot, legten sie vorsichtig auf einen Haufen von zweiundvierzig toten Kameraden. Wenn man von den Masten und Aufbauten einiger Schiffe absah, die aus dem ruhigen Wasser der Bucht ragten, fand sich nirgendwo ein Hinweis, daß vor zwei Tagen ein Hurrikan von bisher unerreichter Gewalt hier getobt hatte. Dabei war die Marinebasis Guantanamo fast völlig vernichtet worden.

Freitag, 25. August 1978
Zhitomir, Sibirien

Twardowski hatte sich große Mühe gegeben, in Zima heimisch zu werden. In der Nähe des Baikalsees beackerte er einen kleinen Hof. Eigentlich war der See eher ein Ozean, denn das gegenüberliegende Ufer war nicht zu sehen. Nachdem er nach Sibirien deportiert worden war, weil er das Haus seines Vermieters in Brand gesteckt hatte, war Twardowski seinen revolutionären Ideen sehr schnell untreu geworden. Und jetzt war das alles dreißig Jahre her.

Als er eine neue Kartoffel aus der Erde gegraben hatte, blinzelte er einige Male zu den riesigen Uralbergen hinüber, die aus der Ebene aufragten. Irgend etwas blinkte in der Ferne, und er starrte intensiver hin, als könne er dann mehr sehen. Eine dünne, funkelnde Linie erstreckte sich durch die gesamte Talsenke. Er rieb sich die Augen und blickte noch einmal hin.

Der Baikalsee bewegte sich auf ihn zu! Twardowski stand im Bann seiner Unentschlossenheit auf dem Kartoffelacker, als das Wasser um seine Beine und durch sein Haus und über sein Land schäumte und das ganze Tal überflutete.

Das Phänomen wurde schnell einsetzendem Tauwetter in den Bergen zugeschrieben. Die Tatsache, daß dabei auch die unterirdischen Raketensilos von Zhitomir überflutet wurden, kam nicht in die Zeitungen.

Nach Meldungen der *New York Times* haben die Vereinigten Staaten, die Sowjetunion und neunundzwanzig andere Staaten nach einem Treffen in Genf einen Vertrag unterschrieben, der es verbietet, die Umwelt zu militärischen Zwecken zu verändern. Der Vertrag kam nach dreijährigen Verhandlungen zustande.

Ein ähnlicher Vertrag war 1977 und davor 1972 zwischen den Vereinigten Staaten und der Sowjetunion unterzeichnet worden.